LA NOUVELLE RÉBELLION

LA SAGA DE LA GUERRE DES ÉTOILES
AUX PRESSES DE LA CITÉ

Timothy Zahn, *L'Héritier de l'Empire*
Timothy Zahn, *La Bataille des Jedi*
Timothy Zahn, *L'Ultime Commandement*
Kathy Tyers, *Trêve à Bakura*
Dave Wolverton, *Le Mariage de la princesse Leia*
Vonda N. McIntyre, *L'Étoile de cristal*
Barbara Hambly, *Les Enfants du Jedi*
Steve Perry, *Les Ombres de l'Empire*
Kevin J. Anderson, *Le Sabre noir*

DANS LA COLLECTION OMNIBUS

Star Wars, Tome 1
Star Wars, Tome 2

Kristine Kathryn Rusch

La guerre des étoiles

LA NOUVELLE RÉBELLION

Roman

Titre original : *The New Rebellion*
Traduit par Michel Demuth

Le Code de la propriété intellectuelle n'autorisant, aux termes de l'article L. 122-5 (2° et 3° a), d'une part, que les « copies ou reproductions strictement réservées à l'usage privé du copiste et non destinées à une utilisation collective » et, d'autre part, que les analyses et les courtes citations dans un but d'exemple et d'illustration, « toute représentation ou reproduction intégrale ou partielle faite sans le consentement de l'auteur ou de ses ayants droit ou ayants cause est illicite » (art. L. 122-4).
Cette représentation ou reproduction, par quelque procédé que ce soit, constituerait donc une contrefaçon sanctionnée par les articles L. 335-2 et suivants du Code de la propriété intellectuelle.

© Lucasfilm Ltd, 1996.
Edition originale : Bantam Books, New York.
© Presses de la Cité, 1998, pour la traduction française.
ISBN 2-258-04620-3

Ce livre est dédié à quatre groupes de gens particuliers.

D'abord, aux vieux amis de ce sombre théâtre de Duluth, Minnesota, un certain 25 mai 1977 : Mindy Wallgren-Holte, Janine (Plunkett) McCusker, Kevin O'Neill et Daniel W. Bergman. Vous me manquez et j'espère que vous allez bien.

Ensuite, à mes nièces et neveux qui, enfants, m'ont permis de retrouver la même excitation : Tim Rusch, Priscilla Wolfe, Kathy McNally, Kristine Hofsommer, Knute Hofsommer et Aaron J. Reynolds.

Egalement à mes amis de cœur qui n'ont jamais perdu le sens du merveilleux : Kevin J. Anderson, Paul B. Higginbotham, Nina Kiriki Hoffman et Dean Wesley Smith.

Et enfin à George Lucas, pour m'avoir donné tant d'heures de joie, ainsi qu'à John Williams, dont les génériques superbes me font encore frissonner de ravissement.

Remerciements

Je tiens à remercier avant tout Tom Dupree, Lucy Autrey Wilson et Richard Curtis pour avoir pensé à moi ; Sue Rostoni, qui a répondu à toutes mes questions ; Renee Dodds, pour m'avoir aidée à maintenir le bon cap ; Jenny Goodnough, pour m'avoir fait mieux connaître les profondeurs de l'univers de la Guerre des Etoiles ; Dean Wesley, pour m'avoir rappelé de rire là où il le fallait ; Kevin J. Anderson, Rebecca Moesta, Dave Wolverton, Steve Perry et Barbara Hambly pour leurs idées, leurs théories, leurs conseils, ainsi que tous les autres auteurs de *La Guerre des Etoiles* qui m'ont si gentiment accompagnée durant ce mois de recherche.

1

Il se tenait sur le point culminant de la planète Almania, la terrasse d'une tour construite autrefois par les puissants Je'har. La tour était en ruine et les marches s'effritaient sous ses bottes. La terrasse était encombrée de débris, souvenirs des batailles qui s'étaient déroulées des années auparavant. Mais de là, il pouvait contempler la ville : un millier de lumières qui s'étalaient à ses pieds, des rues désertes où seuls circulaient des droïds et des gardes omniprésents.

Mais la ville ne l'intéressait pas. Ce qu'il voulait voir, c'étaient les étoiles.

Un vent glacial faisait flotter sa cape noire. Il croisa ses mains gantées dans son dos. Le masque à tête de mort qui ne le quittait plus depuis qu'il avait vaincu les Je'har était accroché à son cou par une chaînette en argent.

Les étoiles scintillaient. Il avait du mal à croire qu'il y avait tant de mondes là-haut. Des mondes qu'il allait dominer.

Bientôt.

Il aurait pu attendre dans son poste de commandement, l'observatoire qui avait été construit pour ses desseins, mais pour une fois, il avait souhaité ne plus être entouré de murailles protectrices. Il voulait *sentir* cet instant, pas seulement le voir.

Le pouvoir de la vision était une chose tellement pitoyable face à la puissance de la Force.

Il leva le front vers le ciel en fermant les yeux. Il n'y eut aucune explosion cette fois. Aucune déflagration de lumière. Skywalker lui avait raconté la mort d'Alderaan.

J'ai senti une grande distorsion de la Force, avait dit un vieil homme. Du moins est-ce ce que Skywalker lui avait rapporté.

La distorsion ne serait pas aussi forte, mais Skywalker la sentirait. De même que les jeunes Jedi. Et tous sauraient alors que l'équilibre du pouvoir avait changé.

Mais pas encore qu'il lui était échu. A lui, Kueller, Maître d'Almania, bientôt seigneur de leurs misérables mondes.

Les murailles de pierre étaient humides et froides sous les paumes nues de Brakiss. Les semelles lisses de ses bottes de cuir dérapaient sur les marches et, plus d'une fois, il dut reprendre son équilibre sur une saillie précaire. Sa cape argentée, parfaite pour une petite promenade en ville, ne le protégeait pas du vent hivernal. Mais si cette expérience réussissait, il pourrait regagner Telti et retrouver ne serait-ce que la chaleur.

Le boîtier de télécommande était glacé sous ses doigts. Il n'avait pas voulu le donner à Kueller jusqu'à ce que l'expérience soit achevée. Il n'avait compris que quelques instants auparavant que Kueller attendrait le résultat ici, sur le lieu même de son triomphe sur ses ennemis et de leur mort éventuelle.

Brakiss avait horreur des tours. Il lui semblait toujours que des choses s'agitaient dans les murs, et un jour, dans les catacombes, il avait vu un grand fantôme blanc.

Ce soir, il avait grimpé près de vingt étages et, dès les premières marches, il avait compris que certaines ne supporteraient pas son poids. Kueller ne l'avait pas convoqué, mais Brakiss ne s'en souciait guère : plus tôt il quitterait Almania, plus tôt il serait soulagé.

Une dernière volée de marches, un dernier tournant et il émergea enfin sur la terrasse — ou ce qu'il avait cru être la terrasse de la tour. On avait érigé un pavillon de pierre pour protéger les marches, mais il n'y avait ni portes ni fenêtres. Entre les piliers, on découvrait la surface de gravier de l'extérieur et le ciel rempli d'étoiles. Des pierres jonchaient la terrasse du sol creusé par les bombes et les impacts des blasters. Kueller n'avait jamais fait réparer la tour, pas plus que les autres bâtiments officiels du gouvernement Je'har, et il n'était pas dans son intention de le faire.

Il ne pardonnait jamais à ceux qui suscitaient sa colère.

Avec un frisson, Brakiss rabattit sa cape sur ses épaules de ses doigts gelés.

— Je vous avais dit d'attendre en bas, gronda la voix grave de Kueller.

Brakiss sentit sa gorge se nouer. Kueller était invisible dans l'ombre.

La clarté des étoiles conférait au ciel une luminescence que Brakiss trouvait sinistre. Il sortit du pavillon et fut pris dans une bourrasque qui le colla contre la pierre. Il se retint de la main droite et lâcha sa cape. La boucle tira sur son cou tandis que le tissu claquait dans le vent.

— Il fallait que je sache si ça fonctionnait.

— Vous le saurez en temps utile.

La voix de Kueller l'enveloppait, résonnait en lui et le menaçait. Brakiss dut se concentrer, non pas sur cette voix mais sur Kueller lui-même.

Il le découvrit enfin, près du bord de la terrasse, observant la cité. Stonia, la capitale d'Almania, semblait petite, insignifiante, vue de cette hauteur. Mais Kueller, lui, évoquait un oiseau de proie avec sa cape noire et ses larges épaules qui suggéraient une force physique peu commune.

Brakiss fit un pas et le vent tomba soudain. L'air se gela autour de lui et il fut paralysé. Dans le même temps, il entendit un million de voix qui hurlaient de terreur. Il sentit et il vit.

La terreur le gagna et il revécut ce moment où Maître Skywalker l'avait guidé loin dans son propre cœur, lui avait permis de se contempler clairement au risque d'en perdre l'esprit.

Un cri se forma dans sa gorge.

Et mourut alors que d'autres cris éclataient, lui pénétraient l'esprit, et le réchauffaient : la glace fondit dans le vent. Il se sentit plus fort, plus grand, plus puissant que jamais auparavant. Et la peur fut remplacée par une joie tourmentée, étrange.

Il leva les yeux. Kueller avait dressé les bras, rejeté la tête en arrière, le visage découvert pour la première fois depuis des années. Il avait changé et il émanait de lui une connaissance nouvelle que Brakiss n'était pas certain de tolérer.

Pourtant...

Pourtant, Kueller rayonnait, comme si la souffrance de

ces millions de voix avait assouvi quelque chose en lui, l'avait encore grandi.

Le vent se leva à nouveau et ses bouffées glacées rivèrent une fois de plus Brakiss contre la pierre. Kueller ne semblait pas le sentir. Il partit d'un rire profond qui parut secouer la tour tout entière.

Brakiss se cramponnait à la pierre. Il attendit que Kueller baisse les bras avant de risquer :

— Ça a marché.

Kueller remit son masque.

— Plutôt bien.

Cette appréciation était un grand moment de triomphe pour Brakiss. Kueller devait bien admettre que Brakiss était un maître dans la Force.

Il fit volte-face dans un tournoiement de cape et sembla sur le point de s'envoler. Son masque de mort brillait comme illuminé de l'intérieur.

— Je suppose que vous voulez retourner à votre tâche mesquine...

— Sur Telti, il fait chaud.

— Ici aussi il pourrait faire chaud.

Brakiss secoua involontairement la tête : il détestait Almania.

— Votre problème, reprit Kueller d'une voix suave, c'est que vous ignorez le pouvoir de la haine.

— Je croyais vous avoir entendu dire que mon problème était que je servais deux maîtres à la fois.

Un sourire se dessina sur les lèvres minces de Kueller.

— N'y en aurait-il que deux ?

Ses mots restèrent suspendus dans l'air froid et Brakiss se sentit gelé.

— Mais ça a marché, insista-t-il.

— Je subodore que vous espériez être récompensé.

— Vous me l'avez promis.

— Je ne promets jamais, j'insinue.

Brakiss croisa les bras. Il ne voulait pas se mettre en colère.

— Vous avez insinué que j'aurais droit à une grande richesse.

— Moi aussi. Méritez-vous cette richesse, Brakiss ?

Il ne répondit pas. Kueller lui avait rendu son esprit après le désastre de Yavin 4 où il avait bien failli perdre son équilibre mental. Mais il avait depuis longtemps payé sa dette. Il n'était resté auprès de Kueller que parce qu'il n'avait nulle part où aller.

Il se dirigea vers l'escalier.

— Je vais repartir pour Telti, fit-il d'un ton de défi.

— Très bien. Mais vous, auparavant, allez me donner cette télécommande.

Brakiss s'arrêta et le regarda par-dessus son épaule. Il lui semblait que Kueller avait grandi depuis une heure. Et qu'il était plus large d'épaules.

Ou bien était-ce un tour que les ombres lui jouaient ?

S'il s'était agi de n'importe quel autre mortel, Brakiss lui aurait demandé comment il connaissait l'existence de la télécommande. Mais Kueller n'était pas n'importe quel mortel.

Il lui tendit le boîtier.

— C'est plus lent que les contrôles que je vous ai construits.

— Bien.

— Il va falloir paramétrer les codes de sécurité. Et que vous donniez les numéros de série qui suivent.

— Je suis sûr que j'y parviendrai.

— Il faut aussi une inféodation personnelle.

— Brakiss, je sais me servir des télécommandes.

— D'accord.

Brakiss pénétra dans le pavillon. Il y faisait plus doux, à l'abri du vent de la terrasse.

Mais il ne croyait pas que Kueller le laisserait repartir aussi facilement.

— Qu'attendez-vous de moi, quand je serai de retour sur Telti ? demanda-t-il.

— Skywalker, proféra Kueller avec la puissance de la haine. Le grand Maître Jedi. Luke Skywalker l'invincible...

Le givre avait maintenant atteint le cœur de Brakiss.

— Que comptez-vous faire de lui ?

— Le détruire. Tout comme il nous a détruits.

2

Luke Skywalker se tenait en équilibre sur une main, les doigts plantés dans le sol humide de la jungle. La sueur ruisselait sur son dos, perlait sur son nez et son menton. Ses pieds étaient nus mais il portait néanmoins un pantalon moulant qui collait à sa peau moite. D2 R2 flottait au-dessus de lui, entre des rochers et une souche pourrissante. Quelques étudiants de Luke faisaient cercle autour de lui — les six meilleurs éléments de sa classe la plus jeune et la plus douée.

Il était dans cette position depuis que la sphère orangée de la planète géante Yavin avait effleuré l'horizon de la quatrième lune. Yavin venait d'atteindre son zénith, et Luke transpirait abondamment, mais il n'éprouvait aucune fatigue et ne souffrait pas de la soif. La Force coulait en lui comme un flot de fraîcheur et elle maintenait aussi dans les airs D2 R2, les rochers et la souche.

Les étudiants s'agitaient quelque peu : ils se demandaient sans doute combien de temps ils allaient rester là à l'observer. Peut-être allait-il les lâcher l'un après l'autre pour les laisser retomber au sol avec délicatesse ou brutalité selon le degré de leur talent.

Luke réprima un sourire. Il aimait éduquer ses futurs Chevaliers Jedi, mais pas toujours autant qu'en cet instant. Il arrivait parfois que les étudiants pensent qu'il s'amusait à leurs dépens, sentiment qui ne pouvait en rien améliorer leurs rapports. Mais il avait aussi des moments de pur plaisir, comme celui-ci. D2 n'appréciait guère cet aspect de leur formation, alors que Luke se sentait redevenir un petit garçon.

Au lieu de libérer ses élèves, il lança un autre rocher en l'air. Il vint se placer au-dessus des autres en oscillant et les étudiants se figèrent. Luke observa leurs pieds, guettant le moindre signe d'inquiétude. Le premier qui se montrerait impatient serait le premier largué dans les airs.

Il avait appris cette méthode durant toutes ces années passées à enseigner son art aux étudiants. C'était un moyen de leur montrer les usages de la Force. Elle était efficace avec certains mais pas avec d'autres. Souvent, il lisait dans la réaction de tel ou tel élève. Ces jeunes en étaient encore à copier leur comportement les uns sur les autres et il comptait bien qu'ils ne le feraient plus au terme de cette journée.

C'est alors qu'une vague d'émotion déferla sur lui — dure, froide, lourde de terreur. La souffrance fut pire que tout ce qu'il avait pu connaître, pire que lorsqu'il avait failli perdre une jambe sur *L'Œil de Palpatine*, pire que le coup de blaster de l'Empereur à bord de l'Etoile Noire, pire que cet instant où il avait eu le visage ravagé sur Hoth. Et cette terreur et cette souffrance étaient portées par un choc, celui de la trahison. Que répercutaient des millions d'esprits.

Luke vacilla et lutta pour maintenir les rochers et la souche dans les airs afin qu'ils ne retombent pas sur ses élèves qui ne se doutaient de rien. D2 glapit dans sa chute et atterrit avec un claquement métallique. Les jeunes Jedi se dispersèrent et Luke perdit définitivement tout contrôle. Son bras devint inerte et il s'abattit au sol. Les poumons vidés, il resta un instant sur le dos, plaqué contre l'humus, l'écho de toutes ces voix terrifiées hantant encore son esprit.

Et subitement, elles se turent.

— Vous allez bien ? lui demanda un étudiant.

Il répondit par une autre question, la voix tremblante d'une frayeur qui remontait à dix-sept années :

— Qu'est-il arrivé ?

Il leva la main gauche à son visage ; il tremblait.

— Quelque chose a secoué la Force.

Il se demandait par quel mystère ils n'avaient pu percevoir une pareille puissance, la même que celle rencontrée il y avait si longtemps.

Comme si des millions de voix hurlaient leur terreur avant de se taire tout à coup.

— Ben, chuchota-t-il. Une autre Etoile Noire ?...

Mais il n'espérait pas de réponse. Le réconfort de la présence de Ben avait disparu bien avant la création de l'Académie Jedi, bien avant qu'il affronte le Grand Amiral Thrawn.

Luke ferma les yeux et tenta de localiser la perturbation. Là où il y avait eu la vie un moment auparavant, il découvrit un vide immense. La souffrance, la surprise et le choc de la trahison étaient comme l'écho d'un cri lancé au cœur d'un canyon.

— Maître Skywalker ? (La voix était celle d'Eelysa, une jeune étudiante prometteuse de Coruscant.) Maître Skywalker ?

Il lui fit un signe de la main droite. Il avait encore le souffle court et le dos endolori. Mais son cœur souffrait plus encore de l'ampleur de la perte. Quelque part au loin, D2 émit un sifflement funèbre.

Il devait s'asseoir, pour leur montrer que tout allait bien, même si ça n'était pas vrai.

— Maître Skywalker ?

La voix d'Eelysa se mêlait aux échos qui traversaient son esprit. Il ouvrit les yeux. Dans l'ombre de sa main tremblante, il entrevit la figure de Leia, brûlée, ensanglantée. Il tendit les doigts pour la toucher et elle s'effaça.

C'est le futur que tu vois.

La destruction n'était pas venue de Coruscant. Si Leia était morte, il l'aurait su. De même que Yan ou les enfants.

Il l'aurait su, assurément.

D2 siffla une nouvelle fois, mais avec une certaine impatience.

— Retrouvez D2, dit Luke.

Sa voix était angoissée, hésitante, comme celle de Ben Kenobi après la destruction d'Alderaan.

Il entendit les pas pressés des trois étudiants qui se lançaient à la recherche de D2 dans les fourrés.

Eelysa s'était accroupie près de lui, son corps svelte ployé comme sous la menace d'un ennemi invisible. Luke avait été surpris par cette jeune fille de Coruscant : elle était née après la mort de l'Empereur, mais ses dons dans la Force n'avaient pas été pollués. Elle était si jeune.

— Un million de personnes sont mortes il y a un

moment, dit-il. Dans une immense douleur, et soudainement.

Il se redressa. Le mal était de retour dans la galaxie. Colossal. Il en avait la certitude.

Et il menaçait Leia.

Les cours étaient suspendus. Il devait immédiatement partir pour Coruscant avec D2.

Leia Organa Solo, chef du gouvernement de la Nouvelle République, rajusta la ceinture de sa longue robe blanche et inspira profondément. Mon Mothma posa la main sur son bras et elle lui adressa un sourire éperdu. Elle était redevenue le jeune sénateur qui affrontait l'Empereur Palpatine et sa suite au Sénat Impérial.

Elle relâcha son souffle. Cette émotion, elle ne l'avait pas ressentie depuis son adolescence. Un sentiment de perte, de défaite, comme si sa vie s'infléchissait, suivant un tracé qui lui était inconnu.

Mon Mothma referma la porte aux incrustations d'or et la verrouilla. Elles se trouvaient dans une loge qui avait été rajoutée à la Chambre de l'Assemblée Sénatoriale du temps de Palpatine. Ça n'était pas exactement une loge mais une chambre qui avait longtemps servi aux communications secrètes de l'Empire. Les murs étaient décorés de délicats motifs en feuille d'or et un vaste miroir occupait toute une paroi, du sol au plafond, reflétant Leia et Mon Mothma. Mon Mothma pouvait faire penser à une Leia plus âgée, plus calme, même si ses cheveux courts étaient à présent striés d'argent. Même si de fines ridules trahissaient la terrible maladie que Furgan, l'ambassadeur de Carida, lui avait fait endurer six ans auparavant.

— Que se passe-t-il ?

Leia secoua la tête et essuya ses mains moites sur ses jupes. Elle ressemblait encore à la jeune fille qui était arrivée au Sénat pleine d'idéalisme et d'espoir. La Princesse Organa d'Alderaan, la benjamine des sénateurs, qui croyait que la raison et la persuasion pourraient sauver l'Ancienne

République. Et qui avait perdu ses illusions dès qu'elle avait vu le visage ravagé de l'Empereur Palpatine.

— Ils appartiennent à la Nouvelle République désormais, dit Mon Mothma. Ils ont été légalement élus.

— C'est faux. Une fois déjà, c'est comme ça que tout a commencé.

Leia avait eu la même conversation avec Yan, depuis les élections. Plusieurs planètes avaient soumis une pétition demandant que des ex-Impériaux soient employés comme délégués politiques. Leur argument était que les meilleurs politiciens avaient sauvé la vie de leurs citoyens en collaborant avec l'Empire au titre de fonctionnaires de second ordre. Ces bureaucrates insignifiants avaient permis d'épargner la vie de dizaines de Rebelles en signalant des mouvements de troupes inhabituels ou la présence d'inconnus dans la population. Leia s'était opposée depuis le début à cette exigence, mais la Chambre l'avait soutenue avec conviction. M'yet Luure, le tout-puissant sénateur d'Exodeen, avait rappelé à Leia qu'elle-même avait servi l'Empire au titre de sénateur. Elle avait répliqué qu'elle était déjà au service de la Rébellion à cette époque. M'yet avait souri de toutes ses six rangées de dents inégales. *Ces gens eux aussi ont servi la rébellion à leur façon.*

Leia s'était battue sur ce point. Ils avaient servi l'Empire sans le combattre, ils avaient affecté de l'ignorer. Mais M'yet avait pesé de tout son poids dans la balance et le Sénat avait fini par avaliser la pétition. Avec le soutien de ses partisans, Leia avait réussi à amender la loi — aucun ex-commando ne pourrait obtenir de poste officiel, de même que tout haut représentant de l'Empire —, en bref, aucun Impérial influent ne pouvait postuler au sein de la Nouvelle République. Mais la loi lui était néanmoins restée sur le cœur.

— Ils vont détruire tout ce que nous avons édifié, dit-elle à Mon Mothma.

— Mais vous n'en savez rien, souffla Mon Mothma.

Ses paroles faisaient écho à celles de Yan. Et Leia serra les poings.

— Si, j'en suis persuadée. Depuis que nous avons institué la Nouvelle République, nous avons toujours su que nos leaders poursuivaient les mêmes objectifs. Nous partageons la même philosophie. Et nous travaillons pour des buts semblables.

Mon Mothma relâcha sa prise.

— Nous avons toujours combattu l'Empire. Mais il n'existe plus. Si l'on excepte quelques bandes dispersées. Un jour, il faudra que nous devenions un vrai gouvernement. Et pour cela, Leia, il faudra accepter ceux qui ont vécu sous l'Empire sans le servir.

— Il est encore trop tôt.

— A vrai dire, je pense qu'il est presque un peu tard, répliqua Mon Mothma.

Leia tira sur sa robe. Elle avait choisi pour la circonstance de coiffer ses cheveux en nattes, comme elle ne l'avait plus fait depuis si longtemps. Pour bien souligner que Leia Organa Solo, chef d'Etat de la Nouvelle République, avait été princesse, sénateur et leader des Rebelles. Yan l'avait à peine embrassée quand elle avait quitté leur appartement et lui avait lancé avec un sourire : *Eh bien, madame, cela signifie-t-il que je dois redevenir un brigand* ?

Elle l'avait repoussé avec un rire léger, mais ses paroles lui revenaient. C'était peut-être elle qui faisait obstacle à la République. Qui refusait de s'arracher au passé.

— D'accord, fit-elle en se redressant. Allons-y.

Mon Mothma n'esquissa pas un geste.

— Autre chose. Rappelez-vous bien que le ton que vous allez adopter devant le Sénat sera au cœur du débat pour les années qui viennent.

— Je sais.

A la seconde où Leia levait la main pour ouvrir la porte, elle fut emportée par une vague lourde et glacée. Elle se figea sur place.

Des milliers de voix hurlaient, tellement ténues qu'elle les entendait à peine. Puis, elle vit se dessiner un visage sur le battant doré, blanc, avec des yeux noirs et enfoncés. Un visage concave, presque squelettique, semblable à ces masques mortuaires qu'elle avait connus dans sa jeunesse sur Alderaan. A cette différence près que celui-ci souriait. Et le froid qu'elle ressentait se fit plus intense.

Les voix se turent alors et Leia s'effondra sur le seuil.

Mon Mothma se précipita pour la relever et la soutenir.

— Leia ?...

Leia était encore froide ; plus froide qu'elle ne l'avait été sur Hoth. Elle claquait des dents. En projetant la Force, elle trouva ses enfants dans leurs appartements, en sécurité.

— Luke, murmura-t-elle.

Elle se détacha de Mon Mothma et se précipita vers l'ancienne salle de communications. Elle contacta Yavin 4 pour apprendre que Luke était à bord de son aile-X.

— Leia, que se passe-t-il ? s'inquiéta Mon Mothma.

Elle ne répondit pas. La seconde d'après, la voix de Luke retentit.

— Leia ?

Lui aussi semblait alarmé.

— Je vais bien, Luke.

— J'arrive. Attends-moi.

Mais elle ne pouvait attendre. Il fallait qu'elle sache.

— Tu as senti la même chose, n'est-ce pas ? C'était quoi ?

— Alderaan, souffla-t-il.

C'était tout ce qu'elle avait besoin de savoir.

Elle revit la dernière image d'Alderaan, sa planète, magnifique et sereine, telle qu'elle l'avait contemplée depuis l'Etoile Noire avant qu'elle ne vole en éclats.

— Non ! Luke ?

— Je serai bientôt là.

Il coupa la communication. Elle s'en trouva déconcertée. Elle avait besoin de lui. Quelque chose d'abominable était arrivé, comparable à la destruction d'Alderaan.

Elle l'avait senti.

— Leia, que s'est-il passé ? insista Mon Mothma.

— Quelque chose de terrible. (Elle se redressa.) La mort est ici, dans cette chambre, Mon Mothma.

— Leia...

— Luke arrive. Il l'a senti lui aussi.

— Alors, faites-lui confiance. Si vous étiez en danger, il le saurait.

Mais il ne savait rien, se dit-elle. Il avait été aussi soulagé qu'elle-même en entendant sa voix.

— Envoyez quelqu'un à la recherche de Yan, voulez-vous ?

Mon Mothma acquiesça.

— Je suppose que vous désirez reporter la session d'ouverture.

C'était ce qu'elle désirait le plus au monde, oui, mais elle se frotta les mains et vérifia l'ordonnance de sa coiffure d'un dernier regard.

— Non. Vous aviez raison. Je dois être très attentive au message que je délivre. J'y vais. Mais faites doubler la garde cet après-midi. Je veux une sécurité maximale sur Coruscant. Demandez aussi à l'amiral Ackbar d'être particulièrement vigilant par rapport à tout mouvement inhabituel dans l'espace proche.

— Que redoutez-vous ?

Leia retrouva le terrible éclair d'Alderaan, cette atroce fraction de seconde.

— Je ne sais pas. Une Etoile Noire, ou un Ecraseur de Soleil. Quelque chose qui pourrait tous nous anéantir.

3

Yan était assis dans un coin de la salle enfumée. Il n'avait pas mis les pieds dans ce casino depuis qu'il avait gagné la planète Dathomir au terme d'une partie de sabbac avant d'épouser Leia. Depuis, le casino avait changé de main au moins quinze fois — il s'appelait maintenant le *Joyau de Cristal*, un nom parfaitement incongru, se disait Yan. Mais il n'était pas différent. Il y flottait toujours la même odeur de moisi, d'alcool et de fumée. Un groupe médiocre jouait des blues de Tatooine avec une indifférence appuyée et le ton des conversations montait et descendait au fil des coups de chance autour des tables de sabbac.

Yan avait pris un verre de bière Gizer bleu pâle sur le plateau d'un droïd serveur. Son camarade Jarril s'était éclipsé depuis un moment, à la recherche du bar, et Yan n'était pas du tout certain de le revoir.

Il observait la partie de sabbac à la table voisine où un Gotal misait tout ce qu'il avait sur lui. En faisant glisser ses plaques, il laissa choir quelques touffes de cheveux gris. La plupart des Gotals savaient se contenir en période de mue : celui-là devait être passablement nerveux.

Ses compagnons ne semblaient pas s'en être aperçus. Le Brubb, un grand reptile brun, grattait ses écailles qui tombaient au hasard et sa queue tapotait la base d'un droïd du casino. La Ssty à deux bras comptait ses cartes en les griffant furtivement. Le minuscule Nain Tin-Tin était dressé sur son siège et son visage de rat ne se détournait pas de la pile, au centre de la table.

Les droïds croupiers avaient pris du galon depuis la dernière visite de Yan. Celui-là était soudé au sol mais, à la différence de ses prédécesseurs, il pouvait se baisser à hauteur de table pour cogner sur les parieurs qui transgressaient les règles. Ce qu'il avait fait peu après le départ de Jarril, attirant ainsi l'attention de Yan. Il n'avait encore jamais rencontré un droïd à ce point agressif. Mais il reconnaissait qu'il était sans doute très utile dans ce genre d'endroit.

Jarril se glissait sur sa chaise. Il avait rapporté deux verres remplis d'un breuvage vert vif peu engageant.

— Il y avait une queue incroyable.

Yan se cramponna à sa Gizer.

— Si j'avais su que tu offrais la tournée, j'aurais attendu, dit-il.

Jarril se contenta de hausser les épaules. C'était un petit homme aux épaules étroites, le visage marqué par une vie rude. Mais Yan lui avait toujours envié ses mains. Des mains de contrebandier aux doigts longs et fins, parfaites pour piloter, tirer et si utiles pour les jeux qui exigeaient de la dextérité.

— J'en reprendrais bien une autre, fit Jarril.

Yan sourit. Le credo des contrebandiers. Il y avait si longtemps qu'il ne s'était plus retrouvé dans ce genre d'endroit. Il n'aurait sans doute pas réagi à l'appel de Jarril sans Leia. Il avait eu à nouveau devant lui cette princesse acerbe qui avait rencontré un jour un vaurien tout aussi acerbe. Le vaurien qu'il était et qu'il regrettait plus souvent qu'il ne voulait se l'avouer.

Il recula sa chaise jusqu'au mur. Il portait un blaster à la hanche parce qu'il savait depuis longtemps qu'un homme sain d'esprit ne pouvait venir sans protection dans un lieu pareil. Et puis, il ne connaissait pas encore les intentions de Jarril.

— Je ne pense pas que tu es venu sur Coruscant uniquement pour m'offrir un verre.

Il ne lui rappela pas que le Jarril qu'il avait connu ne payait jamais le coup. Son ancien copain avait beaucoup changé. Par exemple, question habillement, il portait maintenant des vêtements cossus. Jarril avait toujours eu des chemises qu'il usait jusqu'à la trame. Mais celle qu'il avait sur le dos aujourd'hui était en laine de gaber verte, toute neuve, même si elle était particulièrement affreuse.

— Ce n'est pas pour ça que je suis là, tu as raison. (Jarril expédia son verre, toussa et s'essuya les lèvres avec un sourire, les dents brillantes.) Non, je suis venu te proposer une occasion.

Magnifique. Une affaire. Pour Yan Solo, héros de l'Alliance, époux et père de famille.

— Des occasions, j'en ai suffisamment, fit-il en se demandant aussitôt en quoi consistaient ces occasions en question.

— Ouais, ajouta Jarril en rejetant une mèche de son front. Je dois admettre que tu es resté réglo plus longtemps que je l'aurais cru. Je me disais que j'aurais pas six mois à attendre avant que tu repartes pour le fin fond de l'univers avec la princesse et Chewie.

— J'ai pas mal de choses à m'occuper.

— Ouais, sûrement... Mais, tu veux que je te dise, tu gâches ton talent. Toi et Chewie, vous êtes les meilleurs contrebandiers que je connaisse.

Yan glissa la main jusqu'à son blaster et posa l'index sur la détente.

— Jarril, je ne suis pas resté hors du coup aussi longtemps que ça. Et on ne m'embarque pas comme ça dans une combine. Qu'est-ce que tu veux ?

Jarril se pencha vers lui. Son haleine sentait la bière, la menthe et le sucre candy.

— Yan, il y a de l'argent à se faire. Plus que tu n'en as jamais rêvé.

— Je ne sais pas jusqu'où vont mes rêves.

— Moi si. (La voix de Jarril s'était faite si discrète que Yan avait du mal à l'entendre par-dessus le blues massacré.) Et je n'arriverai même pas à tout claquer.

— Félicitations. Tu veux qu'on porte un toast ?

— Ça ne t'intéresse pas, alors ?

Jarril avait un regard étrangement intense.

— Il y a pas mal d'années, ça m'aurait sûrement passionné, Jarril, mais j'ai une nouvelle vie.

— Ça, pour une vie... Tu passes ton temps à ne rien foutre en regardant les bébés jouer pendant que la petite dame dirige son empire...

Yan l'agrippa par le col de sa chemise d'un mouvement vif.

— Fais gaffe, mon vieux.

Jarril tenta de grimacer un sourire. Ses yeux allaient du visage de Yan à sa poigne d'acier, et il se dit que Yan n'avait pas perdu la main, même après toutes ces années.

— Je ne voulais pas critiquer... C'était juste histoire de, tu comprends ?

Yan serra plus fort.

— Alors, tu veux quoi exactement ?

— Je veux de l'aide, Yan.

Yan le lâcha et Jarril se laissa aller en arrière. Il prit le deuxième verre et le vida d'un trait. Yan avait encore le doigt sur la détente de son blaster. Les contrebandiers n'appelaient jamais au secours. Il leur arrivait seulement parfois de ruser pour se faire aider.

C'est ce qu'avait essayé Jarril. Sans y parvenir.

Il se lécha un instant les lèvres avant de s'emparer d'un autre verre sur le plateau du serveur droïd.

— Fais vite, dit Yan. La petite dame attend que je rentre pour faire le dîner. (Il s'appuya contre le mur.) Remarque, ma tarte du contrebandier n'est pas ce qu'il y a de mieux.

Jarril leva les mains.

— Yan, je ne me moque pas de toi. Cet argent, tu sais...

— Tu viens de me dire que tu avais besoin d'aide.

— Je pense qu'on en a tous besoin. Parce que, pour cet argent, il va falloir mettre le prix. J'en ai jamais autant vu de ma vie.

— Ça va, j'ai compris. Tu es riche. Ce qui ne va pas sans problèmes. Mais je n'ai pas envie de t'entendre gémir.

— Je ne suis pas là pour gémir !

— On le dirait pourtant, vieux.

— Non, Yan, tu n'y es pas du tout. Il y a des gens qui meurent. De braves gens.

— J'ignorais que tu fréquentais de braves gens, Jarril.

— Toi, par exemple.

— Tu veux dire que quelqu'un me menace ?

— Non, fit Jarril en jetant un coup d'œil nerveux par-dessus son épaule.

— Leia alors ?

— Non. (Jarril rapprocha sa chaise et Yan rectifia l'angle

de tir de son blaster.) Ecoute, tous ceux qui avaient un peu de jugeote ont fait fortune durant ces derniers mois. Tous ceux qu'on connaît, et aussi des gens que tu n'as jamais rencontrés. Tous riches. Tout a changé dans le Quartier. Il y a plus de crédits que les Hutts ne pourraient en balancer dans toute une vie.

— Et alors ?

— Alors ? (Jarril lampa la dernière goutte de son verre.) Ça paraissait splendide, vu comme ça. Et puis, des gens ont quitté le Quartier. Des passeurs connus. Comme toi ou Calrissian.

Yan réprima un sourire. Au bon vieux temps, lui et Lando étaient considérés comme des types bizarres parce qu'il leur arrivait d'aider tel ou tel contrebandier dans la panade.

— Et où sont allés ces honorables passeurs ?

Jarril haussa les épaules.

— Sur le coup, j'y ai pas pris garde, et puis, j'ai réalisé que ceux qui avaient quitté le Quartier étaient plutôt portés sur l'aventure et l'argent. Ce qui m'a fait penser à toi, mon vieux pote.

— Moi ?

— Eh bien, tu vois, je me suis dit comme ça que toi et Chewie vous pouviez essayer d'en savoir plus. Officieusement, je veux dire.

— J'ai une vie.

Jarril reprit à regret :

— C'est bien pour ça que je suis venu te voir. Tu connais des gens. Tu pourrais peut-être apprendre quelque chose. Officieusement.

— Depuis quand l'Organisation aurait-elle besoin d'un soutien légal ?

— Pas question qu'il soit légal ! grommela Jarril dans le vacarme ambiant.

Les conversations s'interrompirent et Yan, avec un sourire, se tourna vers les faces cupides de leurs voisins. Il devinait leur soif de sang et se retint de brandir son blaster.

Il apostropha la Ssty :

— Tu as vu quelque chose qui te plaît pas ?

Elle inclina son visage velu.

Yan haussa les sourcils et interrogea silencieusement les autres. Tous les regards dévièrent.

— Dans ce cas, fit-il enfin, pourquoi es-tu venu me trouver, moi ?

— Parce que toi et Chewie vous êtes les seuls à pouvoir vous immiscer entre l'Organisation et la République sans qu'on pose des questions.

— Et Lando ? Talon Karrde ? Mara Jade ?

— Karrde ne veut pas se mêler de ça. Jade était avec Calrissian et tu sais ce qui s'est passé entre lui et Nandreeson.

— Pas vraiment, mentit Yan.

Il connaissait cette histoire mais, pour lui, elle avait été réglée depuis des années.

— Allons, Solo. Tu ne me facilites pas les choses. Nandreeson avait reçu une prime pour Calrissian. Ça remonte à l'Empire.

— Elle ne devait pas être énorme. Et tout le monde sait où trouver Calrissian.

— Calrissian sait se faire des amis. Mais il ne se risque jamais dans le Quartier.

— Et tu penses que c'est là qu'est le problème ?

— Je pense qu'on pourrait y trouver certaines réponses.

Yan soupira et leva l'index de la détente.

— Jarril, pourquoi tu ne cherches pas de ton côté ?

— Il n'y a rien à gagner.

— Jarril ! insista Yan, d'un ton menaçant.

Le contrebandier respira profondément.

— Eh bien, tu vois, je suis beaucoup trop compromis. Beaucoup trop.

C3PO se remettait de ses émotions non loin de la chambre des enfants. Il avait passé la matinée avec les jumeaux, Jacen et Jaina, et le petit Anakin. Une matinée particulièrement difficile. Les enfants avaient mis au point leur attaque durant la nuit. Ils n'avaient pas fait leurs devoirs sur les origines de l'Ancienne République et, afin de détourner l'attention de C3 PO, avaient fait semblant de se battre avec le contenu de leurs assiettes.

La ruse avait réussi. C3 PO, couvert de haricots salthia et de lait caillé, avait tenté de découvrir l'origine du conflit. Il gémissait sur le manque de discipline des enfants tout en se demandant comment la nourriture avait pu arriver dans la nursery.

Le manque de discipline se faisait plus flagrant quand Maîtresse Leia et Maître Solo s'absentaient. Des parents trop indulgents. Winter, qui avait joué le rôle de gouvernante, elle, connaissait bien les valeurs de la discipline.

Heureusement, elle était arrivée avant qu'Anakin ne repère son lance-pierres. C'était Winter qui avait raccompagné C3 PO jusqu'à la porte en lui conseillant un peu de repos. Il avait bien essayé de lui expliquer que les droïds n'avaient pas besoin de se reposer, mais elle avait eu un sourire entendu. Depuis qu'elle avait refermé la porte, il attendait dans le corridor, sans doute troublé par ses conseils mais aussi parce qu'il ne souhaitait pas quitter les lieux du dernier désastre.

L'antichambre trahissait le chaos qui régnait dans la nursery. C'était une pièce octogonale avec quelques fauteuils. Elle avait autrefois servi de salon d'écoute secret, mais elle n'était plus maintenant qu'un lieu de passage. Les enfants s'en servaient parfois de piste de patins à roulettes et les droïds d'entretien se plaignaient régulièrement des rayures qu'ils laissaient sur le marbre.

Un bruit soudain éveilla l'attention de C3 PO. Des pas de droïd. La porte coulissa et une nounou droïd entra. Ses quatre mains serraient le tablier qui enveloppait son ventre et elle affichait un sourire de perpétuelle bonne humeur.

— C3 PO ? s'exclama-t-elle d'un ton chaleureux. Je suis TDL-3 Point 5. La nounou remplaçante.

Il se tourna brièvement vers la porte de la nursery.

— Ciel ! On ne m'a pas informé.

— Oui, je comprends que cette situation est plutôt inhabituelle. Un droïd de protocole s'occupant d'enfants. Vous n'avez pas de chair synthétique, pas de circuits de câlin et, pour parler franchement, très cher, vous êtes plutôt démodé. Il existe bien quelques droïds de protocole améliorés qui pourraient occuper ce poste mais...

— Je puis vous assurer que je me suis entièrement dévoué au service de ces enfants.

— J'en suis persuadée. (La nounou cherchait visiblement à le provoquer.) Je pense que vous en serez récompensé. Mais je dois vous remplacer.

— Personne ne m'a mis au courant.

— On n'informe jamais les droïds...

— J'ai un rôle particulier dans la famille. On ne peut me renvoyer comme... comme un...

— Un vieux droïd de voirie rouillé ? (La nounou gloussa.) On aura certainement exagéré votre importance, non ?...

— Pour ma part, je ne me surestime pas ! protesta C3 PO. Je puis vous certifier qu'à ma connaissance, je suis le plus modeste des droïds.

— C'est ce que tu m'as déjà dit bien souvent, fit Winter qui se dressait sur le seuil.

Jaina pointa son nez entre ses jupons.

— Comment pourrait-il être modeste s'il parle toujours de ça ?

— Silence, enfant, fit Winter.

— Maîtresse Winter, dit C3 PO, je pense que le protocole exige que vous m'informiez de mon remplacement au préalable.

— Vous vous débarrassez de C3 PO ? intervint Jacen. (Le petit homme de sept ans était la réplique de son père.) Vraiment, Winter, vous ne devriez pas. On lui joue des tours, mais c'est seulement parce qu'on l'aime bien.

— Je ne comptais pas m'en débarrasser, répondit Winter en écartant une mèche blanche. Vos parents non plus.

— On m'a donné comme instruction de me présenter à cette nursery, insista TDL-3 Point 5. Je suis ici afin de remplacer C3 PO selon le code Bantha 4 5 6.

— *Bantha* ? répéta Winter. Ça n'est pas un code de la famille.

— Ça n'est pas de ma faute ! cria Anakin depuis la chambre.

— Je ne crois pas qu'il ait été très content quand tu as décidé qu'il était trop petit pour entendre *Le Petit Bantha perdu*, murmura Jacen à l'intention de C3 PO.

— Sincèrement, cette histoire est dépassée depuis des années. La semaine dernière, justement, j'ai entendu Maître Solo exprimer son soulagement en apprenant qu'aucun de vous ne l'écoutait plus.

— C3 PO, fit Winter d'un ton de mise en garde. (Elle s'avança.) Veuillez nous pardonner, TDL-3 Point 5. Apparemment, l'un de nous, ici, s'est permis d'utiliser le réseau d'achat. Ce qu'il n'était pas censé faire.

— Ce qui justifie d'autant plus une surveillance adaptée, rétorqua la droïd. Les enfants dont je me charge se comportent avec la plus grande correction. Un droïd de protocole démodé comme celui qui veille sur ces enfants ne saurait à l'évidence leur imposer le respect. Vous avez besoin de l'expérience de...

— *Vous* en avez besoin, contra Winter en croisant les bras. Avez-vous déjà été responsable d'enfants sensibles à la Force ?

— Les enfants sont des enfants. Quels que soient leurs talents particuliers. A mon sens, l'hypersensibilité peut s'expliquer par un manque de discipline qui...

— Je savais bien que non. C3 PO a su s'y prendre dans cette tâche particulière. Je considère, tout bien pesé, qu'une nounou droïd serait un désastre, autant pour les enfants que pour les adultes.

— Vous me congédiez ? demanda la droïd.

— C'est un enfant qui vous a convoquée.

— Non, c'était quelqu'un d'autre ! hurla Anakin.

Jaina porta la main à ses lèvres et Jacen recula dans la nursery.

— Anakin, c'est absurde de mentir. Le code t'a dénoncé. Et maintenant, nous ne pouvons plus nous en servir.

— Je suis contre, fit C3 PO. Imaginez que les enfants aient accès au réseau d'achat. Qu'est-ce qui va encore leur venir comme idée ?

— Quelque chose d'aussi pendable, fit Winter sans quitter du regard la nounou droïd qui n'avait pas esquissé un mouvement. TDL-3 Point 5, vous n'avez rien à faire ici. Je vous prie de disposer.

— Pardonnez-moi, Maîtresse, protesta la droïd, mais je crois que vous commettez une erreur.

— Quelle grossièreté ! s'écria C3 PO. Maîtresse Winter a charge de ces enfants...

— Je me charge de cela, C3 PO, sourit Winter. (Elle interpella la droïd.) Je vais noter votre plainte dans le dossier.

La droïd émit un son écœuré et, en tremblotant, roula vers le corridor.

— Quel dossier ? fit C3 PO. J'ignorais que vous teniez des dossiers.

— Certainement pas.

— Et à quoi tu pensais, hein ? demanda Jacen à son frère.

— L'holo était très joli.

Winter se tourna en souriant vers C3 PO avant de rentrer dans la nursery.

— Anakin a eu la vie sauve une fois grâce à une nounou droïd. Il est possible qu'il n'ait pensé qu'à protéger le bébé qu'il est encore.

— Je ne suis pas... commença Anakin.

Puis il se tut brusquement. C3 PO entra à son tour dans la pièce. Anakin était blême.

— Qu'y a-t-il ? s'inquiéta Winter.

Jacen et Jaina étaient figés sur place. Les yeux dilatés, à l'unisson, les trois enfants se mirent à hurler.

4

Kueller traversait le hangar. Ses bottes claquaient sur le métal. Les techniciens se prosternaient devant lui. Sa cape effleura les crânes. Le masque de mort adhérait à son visage : avec lui, il se sentait à l'abri, plus fort.

— Il me faut un vaisseau.

Sa voix amplifiée par la Force résonna dans toute la salle. Elle était déserte, si l'on exceptait trois chasseurs Tie en réparation.

Sa fidèle assistante, Femon, se dressa à son approche. Ses longs cheveux noirs dissimulaient en partie la pâleur surnaturelle de son visage.

— Nous sommes prêts, monseigneur.

D'un mouvement de tête, elle révéla ses yeux ténébreux soulignés de khôl et ses lèvres d'un rouge profond. Ainsi, elle paraissait porter un masque plus funèbre encore que celui de Kueller.

Il hocha la tête. Nul n'esquissa un geste.

— Brakiss ?

— Il est parti, monseigneur.

— Il n'a pas perdu de temps.

— Il a décrété avoir votre permission.

— Vous n'avez pas vérifié ?

Femon sourit :

— Je vérifie toujours.

— Bien.

Il savoura ce mot. Femon se redressa, comme à chacun de ses compliments. Si elle n'avait pas été aussi efficace...

Il rejeta cette pensée. Il ne devait même pas se laisser distraire par des perspectives séduisantes.

— Aucun rapport de Pydyr ?

— Un millier de personnes sont emprisonnées à domicile, ainsi que vous l'aviez ordonné.

— Destruction ?

— Aucune.

Le mot resta en suspens entre eux.

Il se permit un sourire, sachant bien que son expression glaçait les plus ardents de ses partisans.

— Excellent. Pertes en vies ?

Elle croisa les mains dans son dos et sa cape souligna ses formes sveltes.

— Un million six cent cinquante mille trois cent cinq, monseigneur.

— Exactement ce que j'avais prévu.

— A une personne près. Vous allez enquêter ?

— Comme toujours.

Elle sourit. Et son visage devint ainsi plus doux.

— Aurai-je la permission de vous accompagner ?

Il hésita un instant. Elle était avec lui depuis le commencement. Ce plan était en partie le sien.

— Pas encore, dit-il. J'ai besoin de vous ici.

— Je pensais que vous alliez attendre la Phase 2.

— Oh, non, fit-il en adoucissant le ton. Les roues tournent. Mieux vaut garder la vitesse acquise que de perdre l'avantage. Vous vous souvenez ?

— Comme si c'était hier.

Il perçut dans le tremblement de sa voix les traces des cauchemars qu'il lui avait envoyés. Parfois, cinq par nuit.

— Bien. (De sa main gantée, il lui effleura le visage.) Très, très bien.

Le chambellan ouvrit la porte de la Chambre du Sénat tandis que les hérauts annonçaient la Princesse Leia. Elle estimait ce faste inutile avant sa rencontre avec Mon Mothma. Mais, depuis l'incident étrange qu'elles venaient de connaître, ce cérémonial était une diversion bienvenue. Il lui donnait la possibilité de recouvrer ses esprits et d'oublier cette vague d'horreur qui avait déferlé sur elle comme une onde glacée.

Elle entra, la tête haute, encadrée par ses gardes. Il était évident que la sécurité avait été renforcée : il y avait des gardes à toutes les issues de l'amphithéâtre et des droïds de défense s'étaient mêlés aux droïds de protocole entre les sénateurs qui ne s'exprimaient pas en basique. Les représentants de toutes les planètes, de toutes les races de la Nouvelle République observaient Leia. Mon Mothma ne s'était pas trompée : son attitude serait déterminante pour l'avenir du Sénat.

Des journalistes venus de dizaines de mondes s'étaient entassés dans la loge des visiteurs, tout près du plafond de cristal dont les croisillons reflétaient le soleil en un effet d'arc-en-ciel. L'Empereur avait conçu cet artifice afin de susciter un respect émerveillé chez son public. Leia appréciait : cette lumière allait distraire les nouveaux représentants qui n'étaient jamais encore venus au Sénat.

Elle descendit l'escalier. Les relents humains et étrangers saturaient la Chambre, déjà torride pour une telle foule. Leia gardait le regard bien droit, ce qui ne l'empêcha pas de remarquer au passage M'yet Luure assis près de son nouveau collègue d'Exodeen qui avait, comme tous les Exodeeniens, six bras et six jambes. Ils n'étaient pas très à l'aise dans les sièges que Palpatine avait fait créer au temps où les non-humains étaient considérés comme des espèces d'importance mineure. Au premier coup d'œil, il était difficile de distinguer l'ex-Impérial exodeenien de son collègue rebelle. A vrai dire, Leia était incapable de faire la différence entre les Impériaux et les Républicains.

Même chose pour Meido, le premier et unique sénateur de la planète Adin. Adin avait été un des bastions de l'Empire et Leia était convaincue que Meido avait été élu en toute légitimité. Mais elle avait demandé une enquête discrète à son propos. Il lui semblait se souvenir de ce visage couturé de cicatrices. Elle avait dû le connaître dans la Rébellion, mais elle ne parvenait pas à le resituer.

Elle se retrouva enfin face à l'assemblée. Le chambellan fit son annonce tandis qu'elle montait sur le petit podium illuminé. Les sénateurs applaudirent, chacun à sa façon. Les Luyals tapaient sur leurs bureaux avec leurs tentacules. Les Uteens en forme d'anguille laissaient faire leurs droïds. Leia évitait de regarder l'écran de l'ordinateur. Elle n'avait pas préparé de discours, ce qui la soulageait.

On referma les issues de la Chambre et les gardes prirent leurs postes. Les applaudissements avaient été nourris et enthousiastes. Leia sourit en hochant la tête à l'adresse de ses anciens amis, tout en ignorant les visages nouveaux. Il lui faudrait s'en occuper bien assez tôt.

Le tumulte commença à s'apaiser quand elle déclara :

— Chers collègues sénateurs.

Elle attendit que les applaudissements s'éteignent.

— Nous entamons aujourd'hui un chapitre nouveau de l'histoire de la République. La guerre contre l'Empire s'est achevée depuis longtemps et nous avons enfin tendu une main amicale.

Une explosion secoua la Chambre et elle fut soulevée dans les airs. Elle retomba sur un bureau et son corps tout entier vibra douloureusement sous le choc. Du sang et des débris pleuvaient sur elle. La salle était obscurcie par la fumée et la poussière. Leia n'entendait plus rien. Elle porta une main tremblante à son visage. Elle avait les joues et les oreilles en feu. L'explosion avait dû lui déchirer les tympans.

Les panneaux d'alerte clignotaient et elle vit des morceaux de cristal tomber du plafond dans un silence absolu. Un garde s'était écroulé tout près d'elle, le cou brisé. Elle prit son blaster. Il fallait qu'elle s'enfuie. Elle ignorait si l'attaque était venue de l'extérieur ou de l'intérieur. Dans un cas comme dans l'autre, il fallait qu'elle empêche l'explosion d'autres bombes.

Elle tenta de se redresser mais fut incapable de garder son équilibre. Elle rampa sur des corps inertes en direction de l'escalier. Chacun de ses mouvements faisait naître une nausée mais elle s'obstina.

Un visage se dessina devant elle, marqué de terre et de sang, le casque de travers : c'était un des gardes qu'elle connaissait depuis Alderaan. Il marmonna « Votre Altesse » et elle ne comprit pas le reste. Elle secoua la tête, au bord de l'évanouissement, et continua.

Elle atteignit enfin l'escalier. Elle prit appui sur un bureau pour se redresser. Sa robe était gluante de sang. Elle gardait le blaster prêt à faire feu mais elle aurait tellement voulu pouvoir entendre à nouveau pour mieux se défendre.

Une main émergea des gravats. Elle pivota et vit Meido se relever. Son visage acéré était maculé, mais il ne paraissait pas blessé. En voyant son blaster, il se crispa, mais elle se contenta de hocher la tête. Sa garde était revenue l'encadrer.

Des débris pleuvaient toujours du plafond et elle leva les mains pour essayer de se protéger. Des cailloux roulèrent sur le sol, suivis de grands fragments de dalles. Suffoquée par la poussière, elle toussa dans un total silence. En quelques secondes, la Chambre du Sénat était devenue un lieu dévasté par la mort.

L'image d'un masque funèbre s'imposa à sa mémoire. Elle avait su par avance que cela arriverait un jour. Elle avait déjà assisté à cette scène dans un instant projeté par la Force. Luke lui avait dit que, parfois, les Jedi pouvaient entrevoir l'avenir. Mais elle n'avait pas encore achevé son éducation. Elle n'était pas tout à fait une Jedi.

Presque.

La colère s'insinuait en elle, profonde et pure. Elle laissa retomber ses mains. La pluie de débris s'était interrompue, pour un instant du moins. Elle fit signe à Meido et à tous ceux qui pouvaient la voir. Elle n'entendait rien ; eux non plus peut-être.

Pourtant, ils devaient tous évacuer la salle.

Elle leva les yeux vers les brèches ouvertes dans le cristal du plafond. Les dalles de l'Empire avaient cédé et continuaient à tomber dans la Chambre. Un peu partout, des sénateurs se relevaient. De vieux droïds de protocole repoussaient les débris pour essayer de dégager les survivants encore bloqués. Le collègue de M'yet Luure avait déjà rejoint les marches. Etalé de toutes ses six jambes, sa longue queue déployée, il barrait la route à une dizaine de sénateurs rescapés. Leia ne vit aucun signe de Luure lui-même.

Un garde lui prit le bras et lui montra la sortie. Elle acquiesça en se dégageant. Elle craignait d'autres explosions. Cet attentat ne ressemblait à rien de ce qu'elle avait connu. Pourquoi avoir frappé au Sénat une seule et unique fois ?

Elle trébucha dans les gravats et se retint à quelque chose de la main gauche. Ses doigts rencontrèrent une surface poisseuse et elle s'aperçut qu'elle prenait appui sur une jambe qui avait appartenu à M'yet Luure. Elle avait été arrachée. Elle rampa dans sa direction avec l'espoir de le retrouver vivant, écarta les morceaux de marbre et de rocher et... se figea en découvrant son visage. Il avait les yeux grands ouverts, la bouche béante sur ses six rangées de dents. Elle promena un doigt sur ses joues ensanglantées.

— M'yet...

Les mots l'étouffaient. Il n'avait pas mérité de mourir ainsi. Elle avait toujours détesté sa politique, mais c'était un véritable et sincère ami, et l'un des meilleurs politiciens qu'elle eût jamais connus. Elle avait toujours entretenu l'espoir qu'il acquerrait un jour une position de leader et qu'il travaillerait avec la République, hors du Sénat, là où il pourrait apporter de profonds changements.

Les portes s'ouvrirent et une lumière aveuglante baigna la salle. Leia se tendit et appuya la crosse de son blaster sur un morceau d'éboulis. Elle vit alors que les hommes de sa sécurité personnelle couraient vers elle. Elle se releva et vint à leur rencontre.

— Vite ! Il y a des blessés, là, en bas !

Un garde lui répondit mais elle n'entendait toujours rien. Elle se tourna vers la salle. L'amphithéâtre était enfoui sous les décombres. De nombreux sénateurs étaient encore prostrés.

Le ton venait d'être donné pour l'ouverture de la saison sénatoriale.

L'Empire allait leur payer ça.

5

L'explosion avait atténué l'éclat des brillances du *Joyau de Cristal*. Le sol trembla et, dans un concert de plaintes, les droïds croupiers quittèrent leurs postes. Yan sentit vaciller sa chaise et se retint in extremis. Jarril bascula sur la table en renversant les verres.

— Mais qu'est-ce qui...
— Un tremblement de terre ? lança une voix.
— ... ça va tomber...
— Attention !

Les cris et les appels couvraient toutes les conversations. Yan, lui, n'avait rien à dire : il savait faire la différence entre un séisme et une explosion.

Il tapota l'épaule de Jarril.

— Fichons le camp d'ici.
— Mais c'est quoi ?

Yan lui répondit indirectement.

— On est au sous-sol, vieux. Si on ne sort pas d'ici maintenant, ça risque d'être jamais.

Cette idée n'avait probablement pas effleuré Jarril. Tous ces tripots n'avaient rien de souterrain, et pourtant ils étaient tous à deux mètres de profondeur et plus. Il se mit à crier comme les autres en se redressant. Yan, lui, se frayait déjà un chemin vers la sortie en brandissant son blaster. En chemin, il aida un Cemas à se remettre sur pied, évita les crocs d'un chien de bataille nek et libéra un Agee aux ailes froissées d'un tas de gravats.

La foule se battait devant la porte. Yan constata qu'un imbécile l'avait fermée.

— Laissez-nous sortir ! gronda-t-il.
— Tu ne sais même pas ce qui se passe dehors !
— Quoi que ce soit, ça vaut mieux que de crever ici !

Les autres faisaient chorus et Yan s'avança. Un Oodoc colossal, dont la race était renommée pour son manque d'intelligence, lui barra le chemin en croisant ses bras épineux sur son torse massif.

— On est en sûreté ici.

— Ecoute-moi, petite tête de cure-dent. Le toit va finir par craquer. Et l'idée de mourir avec toi me déplaît beaucoup.

— Moi, je ne ferais pas ça.

— Alors n'y va pas, grinça Yan en l'écartant avant de détruire le verrou d'un coup de blaster.

Le ricochet grilla le dos de l'Oodoc qui chargea Yan en grondant à la seconde où la porte s'ouvrait. Une marée vivante surgit du tripot, repoussant Yan loin du gros cactus musclé. Il atteignit enfin le turbolift et chercha brièvement des yeux Jarril sans le trouver. La cabine le déposa au pied de l'escalier et il enfila les marches, crispé dans l'attente d'une seconde secousse. Qui ne vint pas.

Les consommateurs se répandirent en hurlant à l'extérieur.

Yan s'arrêta brusquement et le Gotal lui rentra dedans. Il voulut écarter Yan, puis stoppa net à son tour, levant son crâne cornu vers le ciel.

Yan regarda, la bouche sèche.

Coruscant n'avait pas changé. La cité était intacte. Pas la moindre trace de destruction.

Le soleil était éblouissant et chaud. C'était un paisible et lumineux après-midi.

— Ça a pu se passer sous terre, non ? demanda un des clients du *Joyau de Cristal*, qui paraissait vaguement familier à Yan.

Il secoua la tête.

— Il s'est produit quelque chose quelque part.

— Pas en surface, dit le Gotal. Sinon, on en verrait les effets.

— Sinon, on serait en train de courir, tous, ajouta l'autre.

Yan mit une main en visière, guettant le moindre mouvement. Il distingua enfin une troupe de gardes et d'infirmiers qui se dirigeait rapidement vers le Palais Impérial.

Le palais.

Les enfants.

Leia.

Il s'élança en courant à la suite des gardes et faillit écraser le chien de bataille nek qui venait d'échapper à son maître. Il ne ralentit pas.

C'était la présence du personnel médical qui l'inquiétait. Il y avait eu des blessés.

Ils évitèrent la porte principale pour contourner le palais. En direction de la Chambre du Sénat.

Il courait toujours, haletant, un point douloureux au côté. Il n'avait pas fourni un tel effort depuis longtemps.

La cité était paisible.

Il n'y avait pas eu d'autre secousse.

C'était très insolite.

Dès qu'il eut dépassé l'angle, il accéléra sa course : des sénateurs gisaient un peu partout sur la pelouse, couverts de poussière, certains ensanglantés. Le sénateur de Nyny perdait son fluide vital en une longue traînée noire, sa triple tête basculée en arrière, sans doute agonisant.

Mon Mothma était penchée sur un autre sénateur qu'elle essayait apparemment de rassurer. Yan s'arrêta pour lui tapoter l'épaule.

— Leia ?

Elle secoua la tête. Elle semblait avoir vieilli depuis ce matin.

— Je ne l'ai pas vue, Yan.

Il continua, contournant les corps. Il cria le nom de Leia tout en pensant à ce qu'elle lui dirait : ne rentre pas, laisse agir les secours.

Pourtant, il était bien décidé à la retrouver lui-même.

Dans le grand hall de marbre, il découvrit d'autres blessés. Certains étaient entassés contre la paroi comme de vulgaires marchandises et il lui fallut quelques secondes pour réaliser que c'étaient des droïds. Tous mutilés, avec leurs membres épars. Il vit des dizaines de pièces détachées dorées et n'osa pas imaginer le sort de C3 PO.

Le sol était visqueux de sang et de boue. Il glissa avant de parvenir au seuil de la Chambre.

Les portes étaient béantes, les lampes de secours allumées, et la poussière tournait comme dans une tempête du désert sur Tatooine. Des appels et des plaintes montaient de toutes parts. Des voix lançaient des ordres dans le tumulte. Très vite, les unités médicales investirent les lieux avec les gardes de la sécurité.

Seule une bombe de forte puissance avait pu avoir cet effet. C'était plus grave que tout ce qu'il avait connu à l'issue d'une bataille spatiale. Et cet engin n'avait certainement pas pu venir de l'espace. La façade du bâtiment était intacte. Donc, l'explosion s'était produite dans la salle.

Il découvrit enfin Leia, la robe déchirée, maculée de sang, les cheveux emmêlés et collés sur son visage. Elle avait glissé les mains sous la tête d'un Llewebum. Deux gardes le portaient par les pieds. Elle recula en boitillant.

Yan se précipita et mit ses mains à côté des siennes sur la peau ridée du non-humain.

— Je suis là, ma chérie.

Elle ne parut pas l'entendre. Il la poussa d'un coup de hanche et elle s'écarta. Il faillit lâcher prise sous le poids du Llewebum. Comment Leia avait-elle pu le soutenir jusque-là ? Il le laissa aux bons soins d'un droïd médic qui distribuait des étiquettes indiquant les degrés d'urgence pour une intervention médicale avant de retourner auprès de Leia.

Elle traversait la salle, mais il passa un bras autour de sa taille et la retint.

— C'est moi ton médecin.
— Laisse-moi, Yan.
— Tu as largement fait ton devoir. On rentre.

Elle ne dit rien, ne le regarda même pas. Elle avait le visage meurtri et marqué d'égratignures. Du sang perlait à ses narines et elle ne paraissait pas s'en apercevoir.

— Il faut que je retourne dans la salle.
— Je vais y aller, moi. Tu restes ici.
— Laisse-moi, répéta-t-elle.
— Elle ne peut pas vous entendre, dit un droïd médic en les dépassant. Une explosion aussi violente dans un espace clos a causé des lésions aux tympans.

Leia ne l'entendait pas ? Il la regarda en essayant de ne pas montrer sa peur.

— Leia. Les secours sont arrivés. Laisse-moi te conduire au centre médical.

— C'est de ma faute, fit-elle, livide sous les traces de poussière.

— Mais non, chérie, sûrement pas.

— J'ai laissé les Impériaux entrer au Sénat. Je ne me suis pas assez battue.

A ces mots, il se sentit glacé.

— Nous ignorons la cause de cette explosion. Viens. Je vais t'aider.

— Non. J'ai des amis qui sont mourants.

— Tu as fait tout ce qui était en ton pouvoir.

— Ne sois pas entêté, Yan.

— Ça n'est pas moi qui... !

Il ravala ses paroles. Ils ne devaient pas se quereller. Elle ne l'entendait pas.

— Viens avec moi, insista-t-il.

— Non. Je vais bien. Vraiment.

Soit elle avait recouvré l'ouïe, soit elle lisait sur ses lèvres.

— Je ne veux pas que tu meures parce que tu ne sais jamais t'arrêter.

— Mais je ne vais pas mourir.

Le cœur serré, il la serra plus fort encore.

— Ma douce dame, j'aimerais en être aussi convaincu que toi.

Jarril ne s'arrêta que lorsqu'il eut atteint les hangars. Il avait décelé un regain d'activité autour des bases d'envol, mais il espérait que personne ne s'était encore approché de son vaisseau.

Il ne s'était pas trompé. Cependant, ça ne lui laissait que peu de temps.

Il avait garé le *Spicy Lady* dans un recoin éloigné, derrière deux unités plus importantes. Le *Spicy Lady* était petit, certes, mais il attirait l'attention. C'était un bâtiment brun qui évoquait un croisement entre une aile-A et le *Faucon Millenium*. Il en avait lui-même conçu le design. C'était un cargo mais, en cas de difficulté, il pouvait larguer la soute et le *Spicy Lady* devenait un vaisseau autonome pilotable à distance pour tromper l'adversaire, alors que lui-même se trouvait dans la soute avec la cargaison. Il n'avait eu recours à cette ruse qu'une unique fois, et il avait eu la chance de récupérer plus tard l'unité de combat.

Pour l'heure, il éprouvait un soulagement intense en retrouvant son vaisseau.

Il fallait absolument qu'il décolle de Coruscant avant que le trafic portuaire ne soit bloqué. Ce qui ne tarderait guère dès qu'on aurait découvert l'origine de l'explosion. Il devait rallier l'Organisation avant qu'on ne s'aperçoive de sa disparition. Ce qui risquait d'être déjà le cas.

Ce secteur des hangars semblait désert. Etrange. S'il avait été responsable de la sécurité planétaire, il aurait interdit immédiatement l'accès du spatioport. Mais la Nouvelle République faisait toujours les choses très démocratiquement, sans la moindre logique.

Il espérait seulement avoir piqué au vif la curiosité de Yan Solo. Ils n'avaient guère de chance de reprendre un jour leur conversation.

Il se dirigea rapidement vers son vaisseau. C'était étrange de se retrouver seul à bord. D'ordinaire, il voyageait avec Seluss, un Sullustéen. Ils avaient fait leurs débuts ensemble dans le commerce et Seluss était censé le couvrir quand il s'absentait.

L'air conditionné était frais à l'intérieur. Il l'avait laissé en fonction ; une faute qu'il ne commettait pas d'habitude. Pour une fois, ça ne comptait guère, il pourrait décoller plus vite.

Il allait piloter dans la section cargo. Ce serait plus sûr au cas où le contrôle de Coruscant lui ferait des difficultés. Il pourrait toujours répéter le stratagème de la séparation. A peine s'était-il glissé sur son siège qu'il entendit un bruit dans son dos.

Il se raidit sans se retourner. Il avait pu se tromper.

Non. Ça se répétait. C'était comme le souffle creux de quelqu'un qui respirait avec un masque.

Sa gorge se noua à l'instant où il se retournait en serrant son blaster.

Deux commandos de l'Empire se tenaient devant lui. Eux aussi braquaient leurs blasters.

— Tu comptais aller où ? demanda l'un d'une voix assourdie par son masque.

Ils avaient dû se glisser à bord dans une autre tenue. Pourquoi avaient-ils pris ces uniformes ? Pour l'effrayer ? Mais il n'avait pas peur des commandos. Tout au moins quand ils portaient des uniformes qu'ils avaient pris dans la soute.

— Je crois qu'il est temps pour moi de quitter Coruscant. Et vous ?

— On compte bien partir, fit le second commando. Quand tu nous auras dit ce que tu faisais ici.

— J'étais venu rendre visite à un vieil ami.

— Tu as choisi un drôle de moment.

— C'est aussi un drôle de moment pour vous servir de mon équipement, lança Jarril.

— A bien y réfléchir, il est à nous.

— Vous ne tenez quand même pas à vous faire prendre sur Coruscant dans cette tenue.

— On ne se fera pas prendre, dit le premier commando en hochant la tête sous son casque. Pose ce blaster.

Jarril obtempéra en haussant les épaules.

— De toute façon, je ne comptais pas l'utiliser.

— Dis-nous donc pourquoi tu es sur Coruscant.

— Et vous ? Vous avez quelque chose à voir avec cette bombe ?

— C'est à nous de poser les questions.

Jarril déglutit avec peine. Il avait la tête vague après tous ces verres au *Joyau de Cristal*. Il était dans *son* vaisseau. Il fallait qu'il trouve un moyen de se tirer de ce mauvais pas.

— Je suivais une piste.

— Une piste. Je croyais que tu étais venu rendre visite à un vieil ami.

— Qui pouvait me mettre sur la piste, à votre avis ?

— Yan Solo, l'époux du leader de la Nouvelle République ?

Ainsi, ils l'avaient suivi. Pas question de s'en sortir en racontant des histoires. Il agrippa la console de commande, mais trop tard. Un trait de blaster lui grilla les doigts et il se mit à hurler sous la douleur.

Il crispa les mains sur son ventre et regarda les deux commandos.

— Qu'est-ce que vous me voulez ?

— Te réduire au silence pour toujours, dit le premier commando.

Ce qu'ils firent.

6

Luke n'avait vu qu'une seule fois le centre médical du Palais Impérial bondé à ce point.

Cela remontait à très longtemps, à l'assaut de l'Empire, mais tous ces blessés autour de lui réveillaient des images encore douloureuses.

Il circulait entre eux, plus secoué encore que lorsqu'il avait appris l'attentat.

Il reconnaissait des visages familiers, blêmes sous l'effet de la doulcur, certains si affreusement touchés qu'il devait détourner les yeux. Il s'était inquiété dès qu'il avait découvert que tout le système de défense de Coruscant avait été déployé. Il lui avait fallu l'autorisation expresse de l'amiral Ackbar, et ce n'est qu'après avoir contacté Mon Mothma qu'il avait eu des explications. Leia était injoignable.

Il enfilait le corridor en direction des salles de soins quand il se sentit saisi par une botte. En baissant les yeux, il vit Anakin qui se cramponnait à sa cuisse, ses yeux bleus emplis de larmes.

— Oncle Luke !

Luke se pencha et le prit dans ses bras, même si, à six ans, Anakin n'était plus un bébé. L'enfant se blottit contre lui et Luke eut quelque mal à garder son souffle.

— Ta maman va bien ? demanda-t-il sans être certain de vouloir connaître la réponse.

Anakin hocha la tête.

— Alors, qu'y a-t-il, petit Jedi ?

Luke gardait une voix calme et apaisante. Et soudain, il sut. Ce qu'il venait de dire avait éclairci son esprit. Il entendit alors les cris de Jacen et de Jaina qui accouraient à la suite de leur frère, l'air tout aussi affolés que lui.

— Hé, les gamins !

— Oncle Luke, fit Jaina. Papa nous a dit que tu pourrais nous expliquer.

Il ignorait s'ils avaient senti le froid et entendu les cris. Nombre de ses étudiants n'avaient rien senti. Mais ils avaient moins de talent que ces enfants dans l'art de la Force. Ou alors, les enfants avaient ressenti un impact. Quoi que ce fût, apparemment, ils avaient été traumatisés et les adultes ne pouvaient venir à leur secours.

— Venez.

Il les entraîna jusqu'à un banc. Un droïd médic passa sans leur accorder un regard.

— C'est nous qui avons fait ça ? demanda Anakin.

— Fait quoi ?

Luke s'était attendu à tout sauf à cette question.

— C'est nous qui avons fait du mal à maman ?

Il fit de la place à Jacen et Jaina. A l'évidence ils avaient discuté de ça ensemble et il retint un soupir. Les enfants élevés dans la Force étaient plus difficiles encore qu'il ne l'aurait jamais cru. Chaque fois qu'il se produisait quelque chose, il se disait qu'il aurait dû en parler avec sa tante Beru. Elle avait réussi à l'élever, en dépit de l'hostilité de son oncle Owen, sur une planète perdue, ignorée du reste de la galaxie.

Sauf de Ben Kenobi.

Tante Beru avait certainement parlé à Ben.

— Mais comment auriez-vous pu faire du mal à votre maman ? demanda Luke.

Ils répondirent en même temps en agitant les bras, énervés, inquiets.

— Hé, attendez : un seul à la fois ! Jaina, tu commences, et après vous autres, les garçons, vous compléterez si vous le voulez.

Jaina coula un regard vers Jacen, comme si elle avait besoin de son appui. Luke en eut un brusque pincement au cœur. Si lui et Leia avaient été élevés en même temps, auraient-ils réagi ainsi ?

— Oncle Luke, quelque chose est venu dans la nursery.

Le visage rond de Jaina était la réplique de celui de Leia. Elle était tout aussi jolie, avec ses yeux bruns et sa petite bouche décidée.

— C'était tout froid et ça parlait avec un millier de voix. Et cette chose nous a frappés tous les trois en même temps.

C'était ce qu'il avait soupçonné. Les enfants avaient perçu ces morts innombrables, tout comme Leia et lui. Il lutta pour ne pas fermer les yeux. Plus tard, quand Leia serait rétablie, il devrait lui en parler. Il fallait qu'ils admettent que les enfants, même si jeunes, ressentaient les choses comme tous ceux qui avaient été élevés dans le don de la Force.

— Alors, on s'est mis ensemble, intervint Jacen.

— C'est moi qui raconte ! le coupa Jaina. On s'est pris la main et on a repoussé la chose.

Luke fut déconcerté.

— Vous avez fait *quoi* ?

— On a fait de la chaleur, dit Anakin.

Jaina lui décocha un regard mauvais mais il acheva :

— C'était mon idée.

— Non, ça n'était pas ton idée ! protesta Jacen.

— J'y ai pensé moi aussi.

— En tout cas, ajouta Jaina, on a rejeté la chose dehors, et c'est un peu plus tard que... que tout... (Elle reprit son souffle.) C'est un peu plus tard que tout...

— Que tout l'immeuble a été secoué, acheva Jacen d'une voix décidée. Et que maman a failli mourir.

— Et aussi, des fois, risqua Anakin, quand je le veux pas, je fais du mal à quelqu'un...

Luke acquiesça. Il avait lui-même fait certaines choses par inadvertance et blessé quelqu'un. S'il n'avait pas acheté D2 et C3 PO, sa tante et son oncle seraient encore vivants. Mais s'il ne l'avait pas fait, il ne se serait jamais retrouvé ici, avec ces êtres si chers à son cœur. Il ne pouvait expliquer ça aux enfants. Il aurait eu l'air de leur faire la morale. Ben s'en était abstenu quand Luke était revenu de la ferme ravagée, et il devait faire de même. Ils apprendraient bien assez tôt.

— Vous avez senti une chose terrible, dit-il. Quelque part dans la galaxie, des dizaines de milliers de gens, ou peut-être même des millions, sont morts en même temps. Moi aussi j'ai éprouvé ça : ce froid intense et toutes ces souffrances.

— Et maman aussi ? demanda Jaina, d'une voix toujours tremblante.

Il acquiesça.

— Oui, de même que quelques-uns de mes élèves sur Yavin 4. Cela fait partie de la condition d'un Jedi. Lorsque quoi que ce soit détruit la vie à grande échelle, nous le ressentons comme si cela nous arrivait en propre. Ce qui est vrai, en un certain sens. Car le tissu de la Force est alors déchiré.

Les enfants avaient l'air grave. Jacen plissait les lèvres comme Yan lorsqu'il était en colère.

— C'était une idée brillante que d'envoyer de la chaleur vers cet endroit glacé, reprit Luke. J'aurais pu y penser. C'est comme de projeter de l'amour vers un lieu qui n'est habité que par la haine. Nous ne pouvons retourner en arrière dans le temps pour ressusciter tous ces gens, mais nous pouvons du moins guérir ceux qui ont ressenti cette perte.

— Ou faire payer ceux qui en sont la cause, suggéra Anakin.

Le rancunier assoiffé de sang. Luke posa la main sur sa tête, convaincu qu'il devrait toujours veiller plus particulièrement sur lui. Il comprenait pourquoi Leia lui avait donné le même nom que son père : elle avait voulu ainsi effacer une part de son passé. Mais, en même temps, Luke se disait qu'il devait prendre garde au côté impitoyable d'Anakin, à peine dissimulé par son impétuosité. Quelquefois, il réagissait comme son oncle.

— Si nous n'y prenons pas garde, Anakin, lui dit-il, ce genre de vengeance nous fera basculer du Côté Sombre. Et nous ne vaudrons alors guère plus que ceux qui ne respectent pas la vie.

Anakin détourna les yeux, les joues légèrement rosies.

— A présent, les enfants, regardez-moi bien. Vous avez bien réagi en suscitant cette chaleur. Vous n'êtes pas responsables de l'explosion qui a blessé votre mère. Pas du tout.

— Tu nous le promets, oncle Luke ? demanda Jacen.

Il essayait de se montrer vaillant, comme son père, mais Luke avait rarement connu un enfant aussi sensible.

Oui, il était bien comme Yan.

— Je vous le jure.

Il les serra dans ses bras et répandit sa chaleur rassurante en eux.

Ils avaient détecté quelque chose. Mais ils avaient tout compris à l'envers. Il y avait eu ces morts, tous ces morts, et quelque temps après, cette explosion dans la Chambre du Sénat, à l'ouverture de la session. Si ces événements n'étaient pas en rapport direct, il y avait cependant une coïncidence frappante.

Et avec l'âge, Luke en était venu à croire aux coïncidences.

— Venez, dit-il quand les enfants commencèrent à s'agiter. Allons voir votre mère.

Il les conduisit jusqu'à la salle où se trouvait Leia. Evidemment, elle n'avait demandé aucun traitement de faveur. Il y avait là cinq autres sénateurs blessés, séparés par un rideau. Leia était dans le box du fond et son rideau était écarté. Yan se trouvait à son chevet, tandis que Chewbacca, au pied du lit, avait les mains croisées, l'air gêné, comme s'il occupait une fonction officielle et n'avait pas su comment s'habiller. Un droïd vint poser des médicaments sur la tablette de Leia et repartit.

Winter, elle, avait pris place sur une chaise, à l'écart. Elle sourit en voyant Luke. Il se demandait parfois si elle n'avait pas des pouvoirs particuliers, mis à part sa fantastique mémoire. Elle perdait rarement de vue les enfants, mais ils avaient retrouvé Luke à l'instant où il le fallait.

Yan se redressa :

— Luke, Leia t'a fait demander.

Sur l'oreiller, le visage de Leia était couvert d'entailles et d'ecchymoses. Elle avait dû faire un séjour en cuve bacta, mais elle portait encore des pansements.

— Oh, Luke, je suis si heureuse...

— Moi aussi, ma belle.

Elle plissa le front.

— Je ne pense pas qu'elle t'entende, expliqua Yan.

Luke le dévisagea. Vu les circonstances, Yan paraissait remarquablement calme.

— Ils disent qu'elle va recouvrer l'ouïe dans quelques jours. L'explosion a été très forte. Je dois avouer que c'était assez drôle de voir les médics en train de s'occuper d'une centaine de patients sourds. Il n'y en avait pas un pour obéir.

Mais Luke ne décela pas la moindre trace d'humour dans son ton. Il avait appris les chiffres en débarquant. Cinquante morts parmi les sénateurs, une centaine de blessés graves plus une centaine de cas plus mineurs. Sans compter les pertes dans le personnel et tous les droïds détruits.

— Tu as une idée ?

Winter se leva.

— Les enfants, je pense que nous sommes restés bien assez longtemps pour aujourd'hui.

— Papaaa ! protesta Jaina en s'agrippant à son bras. On nous chasse toujours quand la conversation devient intéressante.

— Moi, je ne pars pas, décréta Anakin.

Chewie poussa un grognement et Anakin se réfugia entre les bras de sa sœur.

— Chewie, tu as le don de te faire comprendre, fit Yan. Allez, les gamins, obéissez à Winter. Je vous suis.

Ils embrassèrent Leia avant de se retirer sans protester. Ces dernières journées, songea Luke, avaient dû les épuiser. Il devrait parler de leurs craintes à Yan.

— Leia pense que les nouveaux Impériaux du Sénat sont les responsables, dit Yan. Mais je n'en suis pas certain.

— Moi si, fit Leia.

Il était évident qu'elle lisait sur les lèvres depuis l'explosion. La Force l'avait sans doute aidée. Luke se dit qu'il devrait tester cette hypothèse plus tard.

— Et que s'est-il passé selon toi ?

— Un vieux copain à moi a fait surface au bon moment, dit Yan. Je me trouvais avec Jarril au *Joyau de Cristal* quand ça a sauté.

— Une diversion pour te tenir à l'écart ?

— Ça se pourrait. Ou alors, il était venu me prévenir et il était trop tard. Je n'ai pas réussi à le retrouver.

— Tu sais où il peut être allé ?

Yan secoua la tête.

— Son vaisseau n'est plus là, et personne ne l'a vu décoller, ce qui me semble bizarre. On ne peut pas confondre le vaisseau de Jarril avec un autre. C'est un mélange du *Faucon* et d'une aile-A.

— Je l'ai vu, dit Luke. La défense était bouclée quand je suis arrivé. Il m'a fallu un moment pour les convaincre de me laisser passer. Et, juste à l'instant où on abaissait les boucliers, j'ai vu ce vaisseau qui décollait comme s'il avait attendu cet instant-là. J'ai prévenu le contrôle, mais ils n'ont même pas enregistré un bip sur leurs écrans. Ça n'est pas souvent qu'on me dit que j'ai rêvé.

— Drôle de rêve, commenta Yan.

— Mais ça ne signifie rien, dit Leia. (Luke se demanda si elle avait vraiment suivi leur conversation.) Ce sont les Impériaux.

— Tu as moins de preuves que moi, protesta Yan. Ton personnel ne sait même pas quel genre de bombe a explosé au Sénat.

— *Mon* personnel ?

Luke lui posa la main sur le bras.

— Leia, qu'est-ce qui te fait croire que c'est un coup de l'Empire ?

— Ils ont de nouveaux représentants au Sénat. C'est tout à fait dans leur style de détruire ce qu'ils viennent à peine d'acquérir. (Elle le regardait bien en face.) Première règle de toute enquête, Luke, chercher les changements. La réponse se trouve dans les changements.

— Tu n'as aucune preuve, dit Luke en réprimant un soupir. Il faut attendre les conclusions des experts. Savoir d'abord ce qui a explosé dans la Chambre.

— Il faut aussi chercher du côté de l'argent, ajouta Yan. Jarril m'a dit que de nombreux contrebandiers se sont enrichis et sont morts soudainement.

— Il a pu mentir.

Chewie grogna : à l'évidence, il approuvait Yan.

— Mais non, Chewie, je ne le contredis pas, fit Luke. Je veux seulement que nous ne fassions pas de suppositions avant d'en savoir plus.

Il n'avait pas eu l'intention d'être la voix de la raison. Ils étaient tous stressés. Il l'avait d'abord découvert chez les enfants avant de retrouver la même tension chez Yan et Leia.

— Il m'a dit aussi que je pourrais en apprendre plus dans l'Organisation.

— Ça pourrait aussi bien être une autre forme de diversion, remarqua Leia.

— Ou bien n'avoir aucun rapport avec ce qui vient de se produire, fit Luke.

— Ou encore, il s'agit de quelque chose que nous devons absolument savoir, acheva Yan.

Chewie ronfla son assentiment.

— Mais tu ne peux pas t'absenter maintenant, dit Leia. (Elle connaissait trop bien son mari.) Les enfants ont besoin de toi.

Yan esquissa un sourire distrait.

— Ils ont tout autant besoin de toi, chérie. Comme la Nouvelle République. Et nous avons failli te perdre.

Luke s'éclaircit la gorge.

— Laisse-moi fouiller un peu de mon côté, tu veux ? Je peux très bien tomber sur quelque chose d'inattendu.

C3 PO suivait D2 R2 dans les couloirs de permabéton. Le sol et les parois étaient couverts de taches d'huile anciennes, de marques de patins et autres traces d'origine inconnue. Les panneaux lumineux clignotaient comme s'ils n'étaient pas alimentés par le même circuit que tout Coruscant. D2 avançait d'un air décidé, sa carcasse d'argent fièrement redressée, les roues déployées.

— Je ne comprends pas comment tu te débrouilles toujours pour me mêler à ce genre de chose, protesta C3 PO en tentant de conserver son équilibre. Tu n'es là que depuis quelques heures à peine et j'ai déjà le sentiment que nous avons des ennuis.

D2 siffla avant de jacasser d'un ton de reproche.

— Mais c'est *toi* qui m'as invité. Tu m'as dit que tu pensais qu'on avait fait quelque chose à l'aile-X de Maître Luke et que nous devions enquêter.

D2 sifflota quelques notes aigrelettes.

— D'accord, d'accord. Tu *sais* qu'ils ont fait quelque chose à l'aile-X de Maître Luke et tu as dit que *tu* allais enquêter personnellement sur cette affaire. Mais *tu* me l'as dit *à moi*. Ce que j'ai considéré comme une invitation.

D2 accéléra en gazouillant, lancé à pleine vitesse sur le sol crasseux.

— Oh, mais je ne compte pas rester en arrière. Durant toutes ces années, tu nous as trop souvent mis dans des situations pénibles comme celle-ci. De plus, comme je te l'ai dit, des travaux de rénovation ont été prévus sur l'aile-X depuis plus d'un an.

D2 flûta, irrité, et inclina la tête en examinant un portail. Apparemment, il ne trouva pas ce qu'il cherchait.

C3 PO n'accorda même pas un regard au portail.

— Je crois que tu te montres plutôt présomptueux en pensant que Maître Luke va te tenir au courant de toutes ses affaires.

D2 émit un bip coléreux.

— En tout cas, pas à propos de son aile-X. Tu n'en es pas propriétaire. Tu es un simple droïd.

Un trille nerveux.

— Non, vraiment, D2, n'importe quel autre mécano ferait l'affaire. Tu n'as rien de si exceptionnel que cela.

D2 jura grossièrement et C3 PO, impavide, continua :

— Ils auraient peut-être dû effacer ta mémoire. Tes prétendus exploits te sont montés à la tête après la Bataille d'Endor. Je ne sais même pas pourquoi j'accepte encore de te fréquenter. (Il se tut : ils étaient arrivés devant le portail fermé qui ouvrait sur les hangars d'entretien.) Comme c'est bizarre. Je pensais que la zone de maintenance devait être accessible en permanence.

D2 ne répondit pas. Un compartiment s'ouvrit dans son flanc et un bras-outil se déploya. Il se connecta aux circuits de la porte en pépiant doucement *in petto*.

C3 PO se pencha sur les lucarnes de transparacier. Il vit des vaisseaux en pièces détachées un peu partout. Des droïds s'activaient sous le contrôle des Kloperiens. Les Kloperiens étaient des êtres trapus et grisâtres pourvus de fins tentacules qui tombaient de part et d'autre de leur corps comme des filaments. Chacun d'eux était muni de mains et leur cou était extensible. Ces caractéristiques physiques et leur talent naturel faisaient d'eux les meilleurs ingénieurs et mécanos de la République.

D2 bipa et C3 PO se détourna.

— Evidemment, que c'est une inspection de routine. Je ne comprends pas ta surprise. Toutes les ailes-X ont été révisées durant ces derniers mois.

D2 insista avec une note suraiguë.

— Mais si, je suis convaincu que Maître Luke est au courant. Ils ont dû lui en parler. Vraiment, D2, tu t'inquiètes pour le moindre détail.

L'astromécano se balançait sur ses deux roues en sifflant furieusement.

— Non, je ne vais pas demander à Maître Luke de venir ici. Nous ne savons même pas ce qu'ils font sur ces ailes-X.

Cette fois, D2 lança un sifflement déchirant qui éveilla des échos dans le corridor.

— D2 !

Le claquement des chenillettes du petit astromécano soulignait ses trilles stridents.

— Oui, je comprends que tu aies de mauvais pressentiments, fit C3 PO. Mais ça n'est pas le cas de Maître Luke, et il est expert en pressentiment.

Au même instant, les portes s'ouvrirent et un Kloperien se dressa devant eux, six tentacules croisés sur son torse visqueux, l'air menaçant.

— Vous voudrez bien m'expliquer pourquoi vous vous êtes illégalement connectés à notre système ?

D2 arracha le jack et rentra son bras-outil.

— Mais nous n'avions aucune mauvaise intention, l'assura C3 PO. Notre maître nous a envoyés nous assurer de l'état de son vaisseau. Nous n'arrivions pas à pénétrer dans les lieux et mon adjoint ici présent tentait d'ouvrir.

— C'est ça, le panneau de commande de la porte ! proféra le Kloperien en pointant un septième tentacule sur un tableau discret à l'intérieur du hangar.

— Oh, ciel ! geignit C3 PO. Je t'avais dit de ne toucher à rien, D2.

Les yeux globuleux du Kloperien se rétrécirent.

— Bon, vous deux, suivez-moi. On va vérifier votre quincaillerie.

Il s'empara des deux droïds d'un coup de tentacule et les traîna à l'intérieur. Les portes se refermèrent avec fracas. Ils affrontèrent le regard d'une bonne cinquantaine de Kloperiens et quelques dizaines de droïds mécanos se figèrent sur place.

— D2, chuchota C3 PO, j'ai un très mauvais pressentiment.

7

Kueller s'arrêta dans l'une des rues de grès de Pydyr, les jambes écartées, les mains croisées dans le dos. L'air était chaud et sec, salé. Il rappelait l'océan qui s'étendait au-delà des collines artificielles. Dans cette atmosphère aride, son masque de mort était suffocant et il transpirait abondamment, détruisant l'adéquation avec sa peau. Il ne pourrait demeurer longtemps sur Pydyr dans ces conditions : le masque avait été réglé pour des environnements précis.

Il ressentait un profond malaise, comme ses troupes. Tous ses hommes portaient l'uniforme impeccable des commandos. Ils étaient frais et prêts au combat. Menaçants. Ils étaient l'emblème de l'Empire, avec leurs cuirasses blanches, leurs casques sophistiqués : tout ce que Kueller souhaitait réveiller.

L'image était tout : Pydyr l'avait su autrefois.

Les rues de la cité respiraient la richesse. Les grands immeubles de grès s'étaient rendus après quelques jours seulement. Les Pydyriens avaient un modèle de droïd spécifiquement conçu pour l'entretien des rues, un autre pour le nettoyage des édifices. Le taux de vie de Pydyr était légendaire et la classe aristocratique avait donné naissance à des contes qui se transmettaient dans toute la galaxie.

Almania avait envié Pydyr depuis des générations.

Ce qui n'était plus le cas.

Pydyr appartenait désormais à Kueller.

Le calme de la cité était sinistre. Il n'entendait que le bruit des bottes de ses soldats qui fouillaient les immeubles.

Il s'était attendu à la puanteur des cadavres sous le soleil ardent, mais Hartzig, l'officier en chef, s'était montré méthodique : les aristocrates étaient morts et leurs cadavres avaient été évacués en quelques heures. Mais leurs richesses étaient à sa disposition.

Et il en avait besoin. Son calcul avait été parfait. Il voulut sourire, mais sa peau était moite sous le masque et ses lèvres soudées.

Il pivota et entra dans un des immeubles que ses soldats avaient déjà investis.

L'architecture pydyrienne était audacieuse : les cours vastes et carrées étaient entourées de gigantesques colonnes brunes. La décoration était omniprésente, chaque surface avait été peinte à la main par des artistes depuis longtemps disparus. Certaines étaient incrustées de minuscules perles de fah de mer. Pydyr avait accumulé les richesses de bien des mondes, mais elle avait également la sienne, le fah, une créature océane microscopique dont la coquille produisait une perle infiniment précieuse. A tel point que Kueller avait ordonné que les joailliers de perles de fah soient épargnés. Il fallait l'œil aguerri d'un Pydyrien pour repérer les petits coquillages sur le fond de la mer. Depuis des générations, les aristocrates pydyriens avaient essayé de créer des droïds capables de localiser les fah. Mais les machines les plus sophistiquées n'avaient pu faire la différence entre les perles durcies par les siècles et les excréments corail des poissons.

Kueller passa un doigt ganté sur les perles serties dans la mosaïque. Leur éclat était fait de couleurs fondues en tourbillon. Certaines étaient bleu et vert, d'autres noir et rouge, mais il y en avait aussi des blanches, des orangées et, plus rares encore, des jaune mat. Chacun de ces joyaux, guère plus épais que son ongle, s'était formé durant des siècles au fond de la mer, bien après la mort des fah.

La colonne qui se dressait devant lui représentait à elle seule deux années de dépenses en matériel et il allait accroître encore ses frais, probablement. Certains de ses vaisseaux les plus puissants avaient besoin d'être remis en état. A la différence des Pydyriens, il n'économisait pas ses richesses. Il en aurait d'autres dans les mois à venir.

La voix douce de Femon l'arracha à sa rêverie. Elle résonnait étrangement dans ce lieu désert.

— On dirait qu'ils viennent à peine de partir.

Femon avait achevé sa tâche sur Almania et décidé de le rejoindre ici, sur Pydyr.

— C'est vrai, fit Kueller sans se retourner, irrité par le

masque qui glissait sur sa peau et lui interdisait de se montrer lorsqu'il parlait. Ils ne sont pas morts depuis longtemps, Femon.

— Ça paraît tellement étrange. Je viens de l'aile des salons, et il y a encore des plats sur les tables.

— Mais plus de nourriture.

Les droïds avaient tout effacé, tout ce qui était organique et susceptible de se putréfier.

— Bien sûr.

Elle s'approcha de lui et il sentit la chaleur de son corps dans son dos. Il ne bougea pas. Elle se montrait trop présomptueuse, depuis quelque temps. Il devrait lui rappeler avant peu qui gouvernait ici.

— Je ne comprends pas pourquoi l'Empereur n'a pas fait ça lui-même. Il était tellement destructeur.

Kueller se souvint du sentiment délicieux qu'il avait éprouvé, de tous ces cris, de toutes ces peurs.

— Il n'avait pas su trouver un moyen de procéder qui fût propre. Il ne l'a peut-être même pas cherché. Quelquefois, je me dis que Palpatine était moins intéressé par le pouvoir que par la destruction.

— Mais vous, vous êtes intéressé par le pouvoir.

Derrière cette assertion, il crut deviner une question.

— Vous avez une opinion ?

Une touche de doute, pour qu'elle comprenne qu'elle n'en avait pas vraiment le droit.

— Il me semble, fit-elle doucement, que si nous sommes censés conquérir, nous devrions le faire dès maintenant. Tout est en place.

— Seulement sur Coruscant.

— Mais c'est là que nous en avons besoin.

Il baissa la main. Toutes ces questions étaient venues troubler sa bonne humeur.

— Nous en avons besoin sur toutes les planètes visées. Pour garder le contrôle, nous devons être minutieux. Tel est le secret.

— Alors, emparons-nous en priorité de Coruscant. Tout se mettra en place en quelques jours.

— Le timing est essentiel. Je vais attendre.

— Si vous vous débarrassez des chefs politiques...
— D'autres leur succéderont.

Il réprima une violente envie de se tourner vers elle, de la foudroyer du regard : mais le masque le trahissait et il ne voulait pas qu'elle voie son visage.

— Est-ce pour cette raison que vous voulez éliminer Skywalker ?

Il hésita : il n'était pas certain de vouloir tout lui révéler de ses projets.

— C'est sa sœur qui dirige la République.
— Comment savez-vous qu'elle a résisté à l'attaque contre le Sénat ?
— Elle a survécu.
— Alors, retrouvez-la.
— Je m'en occupe, fit-il en serrant les poings pour ne pas céder à la colère. Oui, je m'en occupe dès à présent.

Le vaisseau était suspendu dans l'espace. Lando Calrissian l'observait depuis le cockpit du *Lady Luck*. Il était seul à bord : il avait laissé Mara Jade dans l'Essaim de Minos. Elle était repartie en quête de Talon Karrde. Leur vieille association ne plaisait guère à Lando mais il n'avait pas le droit de se plaindre — et il n'était pas vraiment convaincu de le vouloir.

Mais ces dernières semaines passées ensemble dans les cités flottantes des Calamari avaient été délicieuses. Il n'avait pas vu Mara depuis longtemps et il avait apprécié ce séjour. Tout en aspirant parfois à un peu de solitude.

Et maintenant qu'il l'avait, il n'était pas sûr de vouloir la prolonger. En cet instant, par exemple, il aurait bien aimé avoir quelqu'un pour le renseigner sur l'identité de ce vaisseau étranger mais à l'aspect familier. A première vue, il s'était dit que c'était le *Faucon Millenium*, avant de constater qu'il ne portait pas de tubes de missiles arakyd. Il ne connaissait qu'un seul cargo léger qui pouvait ressembler à ce point au *Faucon* : le *Spicy Lady*. A cette différence près que le *Spicy Lady* avait été accouplé à une aile-A qui occupait l'emplacement des missiles arakyd.

Une aile-A indépendante. Pratique pour les escapades et les manœuvres de dérobade.

Il appela, le cœur battant :

— *Spicy Lady*, ici le *Lady Luck*. Vous êtes en détresse ? Terminé.

Pas de réponse. Le cargo paraissait abandonné. Mais Jarril ne s'absentait jamais pour longtemps du *Spicy Lady*. Il avait investi sa fortune personnelle dans le vaisseau et c'était son principal gagne-pain. Même lorsqu'il était dans la partie aile-A, il s'assurait toujours que l'élément cargo ait l'air paré et armé afin de décourager tout abordage.

— *Spicy Lady*, ici le *Lady Luck*. Terminé.

Il jura à mi-voix. Il avait envisagé un voyage de tout repos. Il détestait voyager seul et il avait à bord un droïd astromécano que Mara avait acheté à bon prix durant leur dernière escapade. Mais, même amélioré, le droïd ne pouvait guère lui être utile dans une pareille situation.

Il sonda le *Spicy Lady* et ne détecta aucun signe de vie à bord. Le vaisseau était plongé dans l'obscurité et les circuits vitaux ne fonctionnaient plus.

Il soupira : pas question pour lui de monter à bord. Il ne voulait pas abandonner le *Lady Luck*. Il chercha un éventuel circuit auxiliaire sur l'autre vaisseau. Mais la plupart des unités de contrebande n'en avaient pas : les circuits auxiliaires permettaient de contrôler un vaisseau à distance. Le commerce avait cependant changé depuis l'arrivée de Lando. Quelques fournisseurs exigeaient des circuits auxiliaires et Jarril, qui était depuis longtemps dans le trafic, avait peut-être eu affaire à eux.

L'ordinateur du *Lady Luck* lança un bip soudain : le *Spicy Lady* avait des circuits auxiliaires complets et opérationnels.

— C'est bien la première fois qu'on me dérange, grommela Lando.

Il connecta les holocams internes du *Spicy Lady* au *Lady Luck* et observa l'intérieur.

On aurait dit qu'une tempête d'Imerria avait dévasté le secteur d'habitation. Les provisions flottaient à la dérive et les couchettes étaient zébrées de traces de blaster. Les masques à oxygène étaient arrachés et le matériel médical détruit.

Lando exécuta un panoramique, la bouche desséchée par l'angoisse. Il savait que Jarril n'aurait pas toléré des holocams dans les compartiments de la soute. Son inquiétude grandit.

Finalement, il observa le cockpit du *Spicy Lady*. Et relâcha son souffle.

Le corps de Jarril flottait à la dérive, rebondissant doucement entre les consoles, la baie, le plafond et le sol. A en juger par la dimension du trou qu'il avait dans la poitrine, c'était une arme de gros calibre qui l'avait touché à bout portant.

Lando ferma les yeux et se frotta le nez. Un vieil ami ne mourait pas comme ça. Pas au fond de nulle part, sans personne.

Puis, il se souvint que Jarril avait toujours été accompagné d'un Sullustéen. Seluss. Seluss était parti avec l'aile-A ? Pourquoi ? Pour chercher du secours ? Ça n'avait pas de sens. Il aurait été de retour depuis longtemps.

A moins qu'il n'ait été suivi.

Mais Lando n'avait pas repéré d'autre vaisseau dans le secteur. Dans cette région de la galaxie, à l'écart des routes de contrebande, le trafic était réduit. Jamais il ne se serait retrouvé là si Mara n'avait pas voulu rencontrer Karrde. La République ne s'intéressait guère aux planètes primitives proches et l'Empire avait depuis longtemps renoncé à unifier ces cultures tellement diverses. De même qu'il avait renoncé à tout.

Quelque chose affleura dans l'esprit de Lando. Dans les débris du *Spicy Lady*, il avait entrevu un détail insolite.

Il balaya le cockpit et modifia la mise au point jusqu'à ce qu'il trouve ce qu'il cherchait : dans la cambuse, un casque de commando de l'Empire ricochait dans une course lente, comme un palet de hockey dans un match abandonné.

Il était parfaitement lisse et reflétait la lueur des écrans d'alerte.

Des commandos. Si loin de tout. Il se dit qu'il s'était peut-être trompé dans sa cartographie de l'Empire.

En quelques gestes rapides, il activa l'ensemble des circuits du *Spicy Lady*. Il allait le remorquer jusqu'à Kessel pour inspecter lui-même l'intérieur du cargo. Il apprendrait peut-être ce qui était arrivé à Jarril.

Mais il se doutait déjà que ça ne lui plairait guère.

8

Les sénateurs survivants s'étaient rassemblés dans la Salle d'Audience du Palais Impérial. Les seniors, les doyens du Sénat, fidèles à la République, discutaient de points de loi essentiels. Leia se tenait à l'écart, près du buffet. Les réactions de ses collègues ne l'intéressaient pas. Elle observait plutôt les juniors, pour la plupart d'ex-représentants de l'Empire, lancés dans de grandes diatribes. Elle souffrait encore un peu de ses brûlures, mais elle s'était remise du choc.

Sauf qu'elle aurait préféré ne pas recouvrer l'ouïe.

Le brouhaha des discussions était tel que les voix se couvraient les unes les autres, sans qu'on puisse distinguer à qui elles appartenaient.

— ... convient de décider qui est responsable maintenant que...

— ... *jamais* dû tolérer un tel chaos...

— ... encore heureux que nous soyons ici. La Nouvelle République ne peut se permettre pareil lax...

Elle n'avait pas besoin d'en entendre plus pour savoir ce qui se passait. Pour les sénateurs juniors du moins, le gouvernement, et plus précisément elle, Leia, était responsable de l'attentat contre la Chambre. Elle n'aurait pas dû écouter Yan. Elle aurait dû reprendre son rôle immédiatement après l'explosion. Deux jours d'absence avaient suffi pour que la situation lui échappe.

Elle grignota rapidement un petit four avec l'espoir que le sucre lui apporterait un supplément d'énergie. Les docteurs lui avaient dit qu'il lui faudrait du temps pour se remettre, qu'elle avait failli mourir, mais, par le passé, elle s'était remise de blessures plus graves. Elle soupçonnait que le problème, cette fois, était dû en partie à son attitude.

Elle s'essuya les mains sur le pantalon souple, presque

une jupe ample, qu'elle portait avec un chemisier lâche : elle avait choisi une tenue confortable pour cette réunion.

Les conversations s'interrompirent dès qu'elle s'avança au milieu des jeunes sénateurs. Elle leur sourit comme si elle n'avait pas entendu leurs conversations et claqua des mains.

— Je désire vous remercier tous pour être venus aussi rapidement. Nous sommes en train d'aménager la salle de bal en Sénat temporaire, mais elle ne sera prête que demain. Entre-temps, j'ai souhaité que nous ayons cette réunion improvisée afin que vous soyez tenus au courant de l'enquête en cours.

— Quelle enquête ? proféra R'yet Coome, sénateur junior d'Exodeen.

Avec ses six rangées de dents, il avait le même accent que son collègue M'yet Luure. Et M'yet, sans aucun doute, aurait posé la même question.

Elle toisa l'Exodeenien qui tenait ses six bras serrés sur les flancs.

— Nous avons entamé une enquête en même temps que nous organisions les secours. Les secours ont été prioritaires durant le premier jour. Il fallait nous assurer que...

Sa voix se brisa.

— Il fallait nous assurer que personne n'était prisonnier des décombres, enchaîna ChoFi, l'un des sénateurs qui avait été aux côtés de Leia dès les débuts de la Nouvelle République.

Avec ses deux mètres et demi, il se dressait tel un géant derrière elle. Elle hocha la tête avec gratitude. Elle ne l'avait pas entendu approcher et se dit qu'il avait dû épier les conversations, tout comme elle.

— Vous auriez dû prendre les précautions nécessaires avant, insista R'yet. Je ne sais pas encore comment je vais expliquer au peuple d'Exodeen la mort d'un de ses héros.

— Il n'existe pas de service de sécurité plus efficace dans toute la République, dit Leia. Mais à l'évidence, ça n'a pas suffi.

— A l'évidence, souligna R'yet.

Meido, aussi mince qu'une vibrolame, son visage cramoisi couvert de fines ridules blanches, posa les deux doigts de sa main sur le bras de R'yet. Leia s'étonna de le voir se conformer ainsi à l'étiquette exodeenienne. Un simple attouchement sur le premier bras était une intimation au silence. Un autre aurait signifié une provocation en duel.

— Le chef de l'Etat a eu une semaine pénible, dit Meido.

— Comme nous tous, remarqua un sénateur dans le fond de la salle.

Meido ignora l'interruption.

— Nous devons lui accorder le bénéfice du doute. Il fallait nous assurer que personne n'était resté dans les ruines de la Chambre. Désormais, l'enquête peut suivre son cours.

Son soudain appui éveilla la méfiance de Leia. Depuis son élection, Meido n'avait pas vraiment été de son côté.

— Je vous remercie, sénateur. (Elle inspira profondément.) La Chambre a énormément souffert. La bombe, pour autant qu'il s'agisse d'une bombe, a explosé à l'intérieur. Les dommages extérieurs ne sont pas importants. Nous enquêtons actuellement sur tous ceux qui se trouvaient dans la salle à l'instant de la déflagration ainsi que sur les gens qui avaient pu y accéder dans les jours précédents.

— Y compris les sénateurs ? demanda Wwebyls, un petit humanoïde d'Yn.

— Y compris tout le monde.

— Même les morts ? demanda R'yet.

— Même les morts. Nous ne pouvons faire d'exception pour aucun de ceux qui se trouvaient sur les lieux.

— Pas même vous, alors, dit Meido.

Leia sursauta. Bien entendu, on n'enquêtait pas sur elle. Elle n'avait pas de question à se poser.

— Elle a dit « tout le monde », fit ChoFï, la tirant d'affaire du même coup.

Kerrithrarr, le sénateur senior wookie, grommela du fond de la salle.

— Mon collègue soulève un point important, dit ChoFï. La meilleure façon de survivre à cette crise est de travailler unis.

— Nous ne le pourrons pas si nous faisons l'objet d'une enquête ! lança un sénateur junior.

— On enquête sur nous tous, remarqua Nyxy, sénateur de Rudrig.

— L'important est de rester soudés, dit le sénateur Gno.

Il avait été membre de l'Ancienne République et avait représenté la phalange rebelle du Sénat Impérial. C'était l'un des rares membres de l'Ancienne République à ne pas avoir pris sa retraite.

— Vous est-il seulement venu à l'esprit que c'est pour cette raison qu'on a mis cette bombe dans le Sénat ? Si nous nous querelons, nous ne serons plus à même de nous concentrer sur les menaces extérieures. Nous ne devons pas déchirer ce gouvernement de l'intérieur.

Leia n'avait pas encore vu le problème sous cet aspect. Elle s'était focalisée sur les coupables qui étaient peut-être à la source de cette vision qu'elle avait eue dans la Force en même temps que Luke. Elle n'avait pas oublié ce sentiment de menace imminente qui pesait sur tout le gouvernement.

Mais elle ne devait pas faire allusion à cette arme nouvelle. Pas tant qu'ils n'auraient pas acquis de preuves.

— Il me semble que ce gouvernement est d'ores et déjà déchiré de l'intérieur, remarqua R'yet. Nous avons besoin d'un chef. Nous aurions été protégés contre cette attaque si nous en avions eu un.

— Nous l'ignorons, le contra ChoFï. Et nous ne saurons rien avant de découvrir ce qui a provoqué ce désastre.

— Toutes les équipes travaillent là-dessus, fit Leia. Nous avons des experts sur place qui fouillent les moindres fragments.

— Pourront-ils nous dire si l'attentat visait le Sénat ou votre personne ? insista R'yet.

C'était son droit de poser pareille question. Mais ça ne calma en rien la colère qui montait en elle. C'était insupportable. Il se comportait comme si la disparition de M'yet l'avait propulsé à un statut moral supérieur.

— Sénateur Coome, fit-elle en s'adressant à lui de toute sa hauteur, si l'attentat vous visait, vous, moi, ou l'un de nos collègues, alors il nous visait tous. Nous formons un groupe, un corps constitué, que vous appréciez ou non.

Cette attaque a été dirigée contre le siège du gouvernement et elle nous a tous affectés au même titre.

— Pas tous. Certains sont morts.

— Tous, répéta Leia, du moins en ce qui concerne les survivants. Maintenant, il faut travailler avec nous et soutenir la Nouvelle République.

— Ou alors ?... (Il échappa à la main apaisante de Meido.) Vous me menacez, Leia Organa Solo ?

— Ça ne serait pas bon pour notre unité, non ?

— Certainement pas, fit Meido. Mon collègue serait sans doute rassuré si nous menions une enquête indépendante, parallèlement aux investigations officielles. Avec deux équipes, nous pouvons sans doute obtenir de meilleurs résultats.

— Ou rendre les choses plus confuses, dit Leia.

— Vous vous opposez donc à une enquête parallèle ?

Le ton de Meido sous-entendait qu'elle pouvait avoir quelque chose à dissimuler.

— Certes non. Mais je n'aime pas gaspiller de l'argent en pure perte. La Nouvelle République n'est pas riche, que ce soit financièrement ou en potentiel de travail.

— Je considère que tout ce qui peut nous permettre de retrouver mutuellement notre confiance ne constitue nullement un gaspillage.

Encore ? se dit Leia.

— Il est évident que la princesse n'apprécie pas cette idée, remarqua R'yet.

Ils lui avaient tendu un piège. Elle aurait dû s'y attendre.

— Nous sommes un corps constitué, dit-elle enfin. Mettons cette proposition aux voix.

— Je pensais qu'il s'agissait d'une session improvisée, intervint ChoFï, trouvant là un moyen de retarder le vote.

— Ça n'en reste pas moins une session officielle, protesta Meido.

Leia retint un soupir. Ils avaient habilement manœuvré contre elle. Un vote sans console, sans ordinateur, serait difficile. Mais ils pouvaient s'exprimer oralement ou à main levée, si le décompte était juste et fait par des sénateurs compétents.

Elle envoya un page en quête d'une feuille de pointage officielle. Quand elle l'ouvrit, son regard s'arrêta sur chaque nom biffé, chaque sénateur porté disparu ou grièvement blessé. Jamais elle n'oublierait cette désastreuse journée. D'une certaine façon, cela l'avait presque autant secouée que la destruction d'Alderaan. Elle avait toujours considéré la Chambre du Sénat comme un refuge, un lieu intouchable. Et c'était sans doute pour cette raison qu'elle s'était initialement opposée à l'arrivée des ex-Impériaux.

Il ne fallut que quelques instants pour mettre le système de vote au point. Ce qui permit à chacun des sénateurs de réfléchir.

— La question à laquelle nous devons répondre est la suivante : devons-nous désigner une commission d'enquête indépendante ? Vous devez répondre par oui, non ou par abstention.

Ayant repris son souffle, elle appela le premier sénateur.

Leia prit note de son vote en même temps que le page du Sénat. Une droïd de protocole les assistait et vérifiait les votes portés sur la feuille. Elle s'était attendue à ce que le vote tourne rapidement en sa faveur, mais en parcourant la liste, en sautant les morts et les absents, elle prit conscience que son vote de blocage était maintenant en minorité. La plupart des sénateurs présents étaient des juniors. Les seniors, ceux qui avaient des liens traditionnels avec la République, avaient pour une grande part été victimes de l'explosion.

En arrivant au terme de la liste, Leia avait la gorge sèche et les yeux brûlants. Quinze sénateurs avaient voté contre la constitution d'une commission indépendante. Quinze seulement face aux voix favorables et aux abstentions. La mesure venait d'être adoptée avec une écrasante majorité.

Elle rencontra le regard de Kerrithrarr le Wookie. Tout comme elle, il considérait que les ex-Impériaux allaient détruire le Sénat. Il secoua sa tête hirsute d'un air désespéré.

Le droïd de protocole confirma les chiffres.

— La mesure en faveur de la création d'une commission

d'enquête indépendante est adoptée à une nette majorité, proclama-t-elle.

Les sénateurs juniors applaudirent tandis que les autres affichaient une expression de surprise. Leia s'empara d'une tasse en bois et s'en servit comme d'un maillet pour rétablir le calme.

— Je suis consciente que nous ne sommes pas dans la Chambre du Sénat. Compte tenu des circonstances précaires de cette session, j'oublierai ce manquement à l'étiquette. Mais à l'avenir, cependant, tout sénateur démontrant une partialité excessive sera expulsé et son vote annulé. Ces règles figurent dans le Code sénatorial. Je vous suggère d'en prendre connaissance.

Elle lut sa propre colère dans l'écho de sa voix. Sa patience était à bout. Ces prétendus leaders politiques se rendaient-ils seulement compte de leurs actes ? Savaient-ils que leur partialité risquait de diviser la République ?

Tous les regards étaient tournés vers elle et elle inclina la tête.

— Puisque l'idée d'une commission d'enquête indépendante émane de vous, sénateur Meido, j'aimerais que vous la composiez vous-même. Nous aurons besoin des noms des enquêteurs pour les archives.

Meido sourit de toutes ses dents roses.

— Mais avec joie, madame la Présidente.

Elle n'aimait pas son expression. Il émanait de lui comme une menace. Elle avait le sentiment d'être tombée dans un piège.

— Demain, nous nous réunirons dans la salle de bal à l'heure habituelle. D'ici là, la séance est suspendue.

Elle tapa sur la table du buffet et, aussitôt, les conversations reprirent. Les sénateurs juniors se congratulaient en riant.

ChoFi parcourait la liste.

— Vous savez, fit-il d'une voix si discrète que seuls Leia et le sénateur Gno l'entendirent, leur rapport sera différent.

— Je sais, fit Leia. Mais je n'avais pas vraiment le choix. Je ne pouvais me permettre de confier la sélection à l'un des nôtres. Ils ont réussi à me manœuvrer. Si j'avais seulement pensé...

— Ce n'est pas de votre faute, Leia, dit ChoFï. Si ce n'avait pas été cette fois, ils auraient bien su trouver une autre occasion. Vous avez présidé le Sénat tel qu'il était et non pas tel qu'il est aujourd'hui. Ce n'est plus un corps constitué uniforme. Il faut à présent compter avec les factions.

— Ça ne me plaît pas, remarqua Gno.

— Que ça vous plaise ou non, ces factions existent désormais.

— Je ne peux pas m'y faire. C'est comme ça que l'Empire s'est imposé la dernière fois. A coups de petits désagréments qui sont devenus majoritaires. Mais le gouvernement les a ignorés jusqu'à ce que toutes ces factions l'empêchent de fonctionner.

— Ça ne se passera pas ici, l'assura ChoFï.

Gno eut un sourire sans joie.

— C'est ce que je croyais aussi, il y a bien des années.

Leia prit la liste de vote avec une petite grimace de douleur quand elle serra les doigts.

— Nous ne devons pas avoir peur du changement, sénateur. Il faut nous rappeler qu'il y a une différence entre la situation présente et ce qui a existé dans le passé. Ils n'ont plus un leader de la dimension de Palpatine.

— Pas encore, dit Gno.

Un rai de soleil filtrait dans la salle par une brèche du toit effondré. La main noire d'un droïd de construction se dressait au-dessus des gravats : il attendait les ordres pour se mettre au travail.

Sur le seuil, Luke observait la Chambre du Sénat. A la clarté des panneaux de secours, il découvrait de nouveaux dégâts dans les recoins d'ombre.

La plupart des pupitres de vote étaient couverts de débris de pierre et de cristal. Les droïds de transport, d'entretien et de réparation attendaient dans le fond l'instant de démarrer.

Rien n'avait encore commencé. Leia souhaitait attendre que l'enquête soit en cours.

Mais Luke avait décidé de chercher un peu de son côté.

Plusieurs points le dérangeaient : l'insistance de Leia sur l'implication des ex-Impériaux, l'étrange conversation que Yan avait eue avec le contrebandier disparu et surtout la perturbation de la Force ressentie par Luke, Leia et les enfants à des degrés divers. Luke était d'accord avec Yan : il doutait que les ex-Impériaux soient directement mêlés à cette affaire. S'ils l'avaient été, ils auraient trouvé une excuse pour ne pas être présents dans la salle à l'instant de l'explosion. Mais Leia avait un argument : la plupart des sénateurs juniors n'avaient pas été blessés. Si elle avait raison, et donc si un groupe d'ex-Impériaux était impliqué dans l'attentat, quel meilleur moyen avaient-ils de détourner les soupçons en se trouvant sur les lieux et en réchappant « miraculeusement » à l'explosion ?

Luke s'avança.

Le podium avait été dévasté et le cercle sur lequel il s'était dressé était encombré de gravats tombés du plafond. Les équipes de secours l'avaient prévenu que le bâtiment n'était pas solide : il ne devait pas y pénétrer sans escorte, mais il avait insisté pour être seul.

Il percevait un souffle froid. Le même que sur Yavin 4 : celui de la mort rapide, soudaine. Tant de vies avaient été oblitérées aveuglément.

Il fit encore quelques pas. Derrière le froid, il décelait une sensation bizarre : celle de la trahison. La trahison était sans doute la réaction à la mort brutale mais, cette fois-ci, ce qu'il percevait était différent. C'était... personnel. Comme ce qu'il avait éprouvé quand Kyp s'était rallié aux forces adverses avec Exar Kun. Comme si tout, dans ces lieux, était mort entre les mains de quelqu'un en qui ils avaient eu confiance.

Une mort personnelle. Or, une bombe était un engin de mort anonyme.

Il ferma les yeux et laissa la Force le pénétrer. Il explora les poches de froid. Des voix tournèrent en spirale, des voix dont il se souvenait, qui appelaient à l'aide, qui lançaient des ordres. Les cris des amis, les plaintes des mourants.

Dans les poches de froid.

Il ouvrit les yeux.

Il n'y avait pas eu qu'une seule explosion, mais plusieurs. Mineures, simultanées, dans toute la salle. Et les sénateurs qui avaient été les plus proches étaient morts.

Des exécutions multiples préparées à l'avance ?

Un avertissement ?

Ou une destruction de la Chambre qui aurait tourné court ?

Il ne pouvait encore le dire. Mais il avait tout de même quelque chose à apprendre aux enquêteurs de Leia.

En se détournant, il entra par inadvertance dans une des poches de froid. La lumière y était ténue, et il perçut brusquement une présence malveillante.

Un de ses ex-étudiants.

Un homme.

Brakiss.

9

Le placard où le Kloperien avait enfermé les deux droïds avait un sol revêtu de permabéton et les murs comme le plafond étaient métalliques. Tout était nu, il n'y avait même pas une poignée sur la porte. Ils étaient dans le noir absolu.

D2 sifflota doucement.

— Oui, tu as raison, chuchota C3 PO. Moi aussi, j'entends des pas. Ils se dirigent vers nous.

Le verrou électronique cliqueta. La lumière se déversa dans le placard. C'était un autre Kloperien qui venait d'apparaître. Il tenait une liasse d'instructions dans un tentacule, une clé de code spéciale dans un autre.

— Loué soit le constructeur, dit C3 PO. Je suis C3 PO et voici mon assistant D2 R2. Nous appartenons à la Présidente Leia Organa Solo, chef de l'Etat, et à son frère, le Chevalier Jedi Luke Skywalker. Nous avons été emprisonnés à tort et...

— Vous avez pénétré illégalement dans ces lieux, l'interrompit le Kloperien.

— Bien au contraire. Nous...

— Peu m'importe. S'il ne tenait qu'à moi, je vous jetterais au recyclage avec tous les autres droïds obsolètes. Mais nous avons vérifié vos numéros de série et vous êtes bien ce que vous dites. La prochaine fois que vous viendrez ici, vos propriétaires devront nous en aviser officiellement. Les vieux droïds ne sont pas autorisés ici. Le secteur est dangereux et certains de mes équipiers sont un peu trop zélés. Ils pourraient penser que vous êtes bons pour le rebut et vous récupérer pour les pièces détachées.

— Des pièces détachées ! s'exclama C3 PO. Je vous assure, monsieur, que nous n'avons rien à voir avec des pièces détachées ! Mon adjoint et moi pourrions même être considérés comme...

— Vous n'êtes qu'un droïd de protocole démodé depuis

trois générations, et l'autre est un astromécano vieux de *seize* générations.

D2 jacassa avec véhémence.

— On veut bien accepter que vous jetiez un coup d'œil sur l'aile-X. Ensuite, vous disparaîtrez. (Le Kloperien croisa deux tentacules.) Allez, suivez-moi.

C3 PO se rua au-dehors à la suite du Kloperien. Il ralentit pour confier à D2 :

— Tu vois, D2, je t'avais bien dit qu'ils ne nous garderaient pas quand ils sauraient qui nous sommes.

D2 bipa.

— Non, moi ça ne me paraît pas bizarre.

D2 éructa.

— D'accord, je reconnais qu'ils auraient dû aller plus vite pour vérifier nos identités. Mais ce qui compte, c'est qu'ils l'aient fait. J'admets cependant que les choses auraient pu mal tourner. Le recyclage ! Moi qui pensait que ces histoires à propos des droïds démodés n'étaient que des légendes !

D2 pencha la tête et déclencha son micro-holocam.

— Je ne pense pas que tu sois autorisé à...

D2 bipa avec une telle énergie que le Kloperien se retourna.

— Il y a un problème ?

C3 PO dévisageait D2.

— Non, non, aucun.

Il posa la main sur le petit astromécano en un geste un peu trop pesant.

Ils passèrent devant des dizaines d'ailes-X à divers stades de réparation. Puis devant des hangars où d'autres appareils avaient été démantelés. Plus loin, une nouvelle unité brillait comme un jouet flambant neuf sur lequel s'activaient des droïds polisseurs.

Quand ils s'arrêtèrent enfin, le Kloperien leur désigna une vieille aile-X bosselée et meurtrie, aux pièces dispersées sur le sol d'un hangar, et D2 gémit.

C3 PO s'avança entre les pièces éparses.

— Oh, par tous les cieux, Maître Luke comptait sur son vaisseau.

— Il sera remonté dans deux jours, assura le Kloperien.

D2 sifflota et bipa.

— Mon adjoint voudrait savoir pour quel motif cette unité a été démantelée.

— On avait des ordres. Ces ailes-X ont trop de problèmes pour qu'on les laisse voler dans la galaxie sans une bonne petite vérification de temps à autre.

D2 zuzuta.

— Mon adjoint assure que le vaisseau était en parfaite condition.

— Eh bien, il se trompe. Un entretien amateur ne peut pas se comparer à une révision de pro.

Suivit une salve grésillante de D2.

— D2 ! le tança C3 PO. Excusez-le, monsieur. Il était très attaché affectivement à cette aile-X et il craint que vous ne l'ayez endommagée irréversiblement.

— Je ne l'ai pas touchée. Vous l'avez vue, et maintenant vous pouvez faire votre rapport à votre maître. La sortie est par là.

C3 PO hocha la tête.

— Viens, D2, nous devons parler à Maître Luke.

D2 trilla un soupir en s'arrêtant près des restes de l'aile-X. Il se pencha.

— D2 ! Nous en avons suffisamment vu !

— Vous devriez dire à votre maître de purger la mémoire de cet astromécano. La série des D2 date déjà gravement, et avec les dernières modifications des vaisseaux, ils seront périmés dans quelques mois.

D2 déployait un bras cylindrique sur son flanc gauche, celui que le Kloperien ne pouvait voir.

— Comptez sur moi pour le répéter à Maître Luke. Cette petite unité D2 a été un problème constant depuis que nous l'avons acquise.

— C'est toujours la même chose. Maintenant, fichez le camp avant que je ne vous vire moi-même.

— Oui, monsieur ! Allez, viens, D2 !

D2 rentra son bras dans son compartiment, sortit sa troisième roue et se dirigea rapidement vers la sortie.

— Merci, monsieur, pour nous avoir montré l'aile-X,

ajouta C3 PO en le suivant. Je ne manquerai pas de parler de vous à notre maître...

Il se tut à la seconde où les portes se refermaient sur eux. D2 laissa échapper une plainte pitoyable.

— D2, je pense que tu prends tout ça trop à cœur. L'aile-X n'est pas détruite. Simplement démantelée.

Il enfila le couloir et D2 l'accompagna en bipant.

— Effacer sa mémoire ? Mais Maître Luke a donné des instructions très précises pour qu'on ne touche sous aucun prétexte à la mémoire de l'aile-X.

D2 confirma d'une note sèche.

— Mais cela n'implique pas nécessairement une conspiration. Les êtres organiques sont sujets à l'erreur.

D2 vrilla dans les suraigus.

— Bon, très bien. Crois ce que tu veux. Mais je ferai moi-même mon rapport à Maître Luke. Je ne partage en rien des hypothèses aussi folles.

D2 ronfla.

Ils pénétraient dans le niveau supérieur du hangar et C3 PO ajouta :

— Néanmoins, je vais informer Maîtresse Leia de l'attitude de ce personnage. Si nous avons été emprisonnés par un être aussi vulgaire, imagine ce qui pourrait arriver à des droïds dont les propriétaires sont moins notoires. Quel affront. Pareille chose devrait être proscrite sur Coruscant.

D2 gloussa.

— Mais je ne pensais pas seulement à moi ! Si tel avait été le cas, aurais-je mentionné d'autres droïds ?

Leia brossait ses longs cheveux avec lenteur, appréciant dans la lumière douce le mouvement souple de ses mains récemment guéries. Le dernier bain dans la cuve bacta avait été salutaire.

Yan s'était assis au bord du lit. Il aurait aimé qu'elle lui accorde un regard. Elle s'était emparée de sa brosse dès que leur conversation avait pris un tour sérieux.

— Ecoute, chérie, je ne te demande qu'une semaine.

— Yan, nous sommes en pleine crise. Et tu veux me quitter pour aller t'amuser.

— Je ne veux pas aller m'amuser, Leia. Je pense que Jarril avait une raison particulière pour venir me voir.

— J'en suis convaincue. D'après ce que tu m'as rapporté de votre conversation, il n'a pas pu comprendre ce qui était arrivé à ce pauvre Yan Solo, le célèbre aventurier.

Il se redressa.

— Je pense que Jarril a un rapport direct avec tout ça.

— Moi pas.

Il s'accroupit près d'elle. Elle cessa de se brosser les cheveux et croisa les mains. Elle n'avait plus de cicatrices apparentes, mais son visage restait pâle et tiré.

Il la prit dans ses bras et la sentit frissonnante, fragile. Il fallait qu'ils soient sincères l'un et l'autre.

— Leia, je suis inutile ici.

— Tu ne seras jamais inutile, Yan. Jamais.

Il posa la tête contre son épaule et sentit la caresse douce de ses cheveux sur son front, son parfum discret. Il ne savait comment lui expliquer une chose qu'elle comprenait toujours, d'habitude. Il était un homme d'action.

Elle soupira.

— Je sais : tu veux participer.

Il hocha la tête.

— Et tu n'as rien à faire sur Coruscant.

Il se redressa sans lui lâcher les mains.

— Leia, j'ai déjà fait tout ce que je pouvais ici. J'ai suivi la piste de Jarril. Il a quitté la planète dans la confusion générale en profitant de l'arrivée de Luke et de la brève interruption des boucliers. Apparemment, il n'a parlé qu'à moi. Il n'avait pas d'autre ami ici.

— Il n'a peut-être rien à voir avec l'attentat.

Yan acquiesça.

— Oui, je sais. Mais les enquêteurs que tu as mis sur cette affaire explorent tous les indices.

— Et s'il y a un autre attentat, Yan ?

— J'attends depuis des jours. Mais il ne s'est rien passé, tu le sais.

— C'est bizarre, non ? Oui, je trouve ça très bizarre.

— Moi aussi.

Elle eut ce demi-sourire qu'elle lui réservait lorsqu'elle savait qu'ils allaient se quereller sans qu'elle en ait vraiment envie.

— Je peux rester si tu le veux.

— Je n'ai besoin de personne, gros malin.

— Ça, je le sais, Votre Altesse. (Il eut un bref sourire.) Mais c'est vrai : si tu as besoin de moi ici...

— Nous travaillons mieux en équipe.

De cela il était convaincu. C'est ce qu'il voulait lui dire depuis le début.

Elle retira sa main et posa la brosse sur sa coiffeuse.

— Je me fais du souci à propos des enfants, c'est tout. Et s'il y avait un attentat dirigé contre eux ? Si R'yet avait raison ? Je veux dire : si tout cela ne vise que moi et les miens ?...

— Dans ce cas, ça n'était qu'un avertissement.

— Comme la visite de Jarril.

Il hocha la tête.

— Winter dit que la base d'Anoth a été reconstruite. Elle pourrait peut-être y accompagner les enfants.

— Un pèlerinage à la nursery ? Leia, tu peux te passer d'eux, non ? Si je m'éclipse et eux aussi, tu seras mieux à même de traiter cette crise politique.

Elle inspira profondément et il lut les émotions qui jouaient sur son visage. Il savait à quel point la famille comptait pour elle.

— Je serai plus efficace si je sais que tout le monde est en sûreté.

— Et c'est pour ça que tu voudrais que je reste ?

Elle évitait son regard et il se pencha pour lui embrasser la nuque.

— Princesse, je suis assez grand pour prendre soin de moi.

— Je sais.

— C'est toi qui es en danger. Tu devrais partir pour Anoth avec Winter et les enfants.

Enfin, elle le regarda dans les yeux.

— Je ne peux pas. J'ai des devoirs. Je dois prendre les mêmes risques que les autres membres du gouvernement.

Lui aussi avait les mêmes risques à courir. Le forcer à demeurer sur Coruscant équivalait à demander à Leia de partir pour Anoth.

Il vit à son expression qu'elle commençait à comprendre ce qu'il venait de faire, et elle dit :

— Tu m'as manipulée.

Il acquiesça.

Elle l'attira contre elle. Ces derniers jours, elle avait perdu du poids. Il la sentait frêle tandis qu'elle le serrait. Mais il devait faire confiance à ses talents, autant qu'elle se fiait à lui.

— Tu ne souhaites jamais que nous vivions plus calmement, un jour, comme les gens normaux ? fit-elle dans un souffle.

— Non. (Il s'écarta pour mieux voir son visage.) Parce que, si nous étions des gens normaux, nous ne nous serions jamais rencontrés, voyez-vous... Votre Altesse.

Elle rit en l'embrassant. Passionnément. Comme s'ils ne devaient plus jamais s'embrasser.

10

Le vaisseau de Jarril était une épave bizarre et rare. Lando avait remorqué le *Spicy Lady* jusqu'à Kessel et passé une demi-journée à explorer le cargo de son vieux collègue. Il avait trouvé son corps dans le cockpit. Il ne savait pas vraiment quoi en faire. Il se disait qu'il devait chercher parmi ses proches parents.

Mieux valait attendre le dernier instant.

Au moment du meurtre, Jarril ne transportait aucune cargaison, apparemment. Mais quelqu'un avait pu vider la soute quelque part dans l'espace.

Cependant, Lando avait découvert pas mal de choses abandonnées. Séparément, leur présence aurait été explicable. Mais, réunies, elles posaient une énigme.

Une crosse de blaster, un gant de commando de l'Empire, une pièce de canon-laser, et des fragments de brouilleur de signaux carbanti. Ainsi que des cellules énergétiques et des plans de véhicules de combat blindés. Et aussi des charges de répulseurs. Et puis surtout, ce qui l'intrigua le plus : une trousse d'aiguilles destinées à un droïd-inquisiteur impérial.

Pas le moindre crédit, pas de bijoux ni d'épices.

Jarril avait été compromis dans une affaire sinistre, ou alors il était involontairement tombé sur quelque chose.

A son avis, Jarril s'était sans doute trouvé au mauvais endroit au mauvais moment.

Mais il y avait une différence entre ce que Lando préférait croire et la vérité.

Il était prêt à reconduire le *Spicy Lady* dans l'espace pour l'y abandonner. Il était à mi-chemin de son vaisseau lorsqu'il se souvint du rire de Jarril.

Un rire chaleureux, profond, presque violent. Comme celui qu'il avait eu quand il avait réussi à arracher Lando à l'Organisation des Contrebandiers. Sous le nez de Nandreeson.

J'ai une dette envers toi, avait dit Lando.

Je le sais, mon vieux, avait répliqué Jarril en souriant. *Et un jour, je viendrai me faire payer. Très cher.*

Mais il n'était jamais venu. Et, désormais, il était trop tard. Depuis qu'il avait vu Yan Solo plongé dans la glace carbonique de la Cité des Nuages, Lando se préoccupait beaucoup plus de l'amitié et des dettes d'honneur.

Le Lando d'autrefois aurait abandonné le *Spicy Lady* là où il l'avait retrouvé et tout oublié.

Mais le Lando d'aujourd'hui soupirait en pénétrant dans le cockpit qui était la réplique parfaite de celui du *Faucon Millenium*. Suffisamment grand pour quatre humanoïdes et même un Wookie. Des tirs de blaster avaient laissé des cicatrices sur les sièges et noirci un hublot. Lorsqu'il enclencha les systèmes vitaux, le corps de Jarril s'écroula près du siège de pilotage comme une vieille défroque.

Il se pencha sur lui. Jarril avait été foudroyé par un blaster à bout portant, exactement comme il l'avait soupçonné. Il avait les yeux ouverts, avec une expression de terreur. Avec douceur, il lui ferma les paupières. Il avait trop souvent pensé qu'il mourrait lui-même de cette façon, seul dans l'espace, abattu par quelqu'un qu'il avait offensé ou non...

— Voyons voir ce qu'on peut faire pour toi, Jarril.

Il s'installa dans le siège du copilote, aussi loin que possible du cadavre. Il alluma l'ordinateur de bord qui n'était pas asservi au circuit auxiliaire.

Un manifeste de transport apparut sur l'écran. Il était daté de la semaine précédente — et vide.

A l'évidence, quelqu'un l'avait totalement effacé.

Lando chercha dans les sauvegardes, mais celui qui avait fait ça n'avait rien oublié. Il ne restait aucune trace des manifestes de fret. Il ne trouva que des fichiers fantômes, des noms et des dates d'émission.

Le fret de Jarril avait été tellement clandestin qu'il n'en avait même pas conservé un relevé personnel.

Lando reporta son attention sur les dossiers d'adresses.

Les codes de procédure d'approche de Jarril devaient être là. En pianotant sur quelques touches, il ouvrit les fichiers.

Tous les noms lui étaient familiers, à l'exception de trois. L'un se trouvait sur Fwatna et n'avait pas servi depuis plus de trois ans. Le deuxième était situé sur Dathomir et le troisième sur Almania. Lando revint au contact de Fwatna. Un certain Dolph. Jarril avait ajouté [NOM ANNULÉ] dans le dossier des mots invisibles. Apparemment Jarril oblitérait les informations inutilisables. Il prit mentalement note du nom, de l'ex-adresse et poursuivit ses recherches.

L'adresse de Dathomir ne correspondait à aucun nom. Les notes, en revanche, semblaient correspondre à des directions. Des astérisques indiquaient qu'il s'agissait d'une Trouvaille Importante. Elle était récente et Lando se dit que Jarril n'avait certainement pas eu la chance de l'exploiter, d'où le fait qu'elle figurait toujours dans les données.

Il ouvrit le fichier d'Almania et découvrit que Jarril y avait expédié un message le jour même de l'effacement du manifeste. Le contenu du message avait été effacé également, mais Jarril avait conçu le *Spicy Lady* sur le modèle du *Faucon*. Il avait copié les plans du cockpit et s'en était vanté auprès de Lando. Ce qui impliquait qu'il avait les mêmes sauvegardes de fond, très exactement.

Ce qui était effacé une fois ne l'était pas pour toujours.

Jarril n'avait jamais été quelqu'un de très brillant. Non seulement il avait gardé le même système de mémoire de fond que Lando, mais aussi les mêmes codes. Ou bien était-ce une idée géniale ? Qui pouvait en effet soupçonner que deux vaisseaux différents aient le même codage ? Qui sinon Lando, évidemment.

Il ne lui fallut qu'un instant pour trouver le message. Il le mit en lecture pour apprendre qu'il était codé. Et écrit.

De plus en plus étrange.

Il décoda le texte qui s'afficha sur le moniteur. Il n'était pas signé et ne portait aucune mention de destinataire. Typique des contrebandiers. Comme ça, il ne risquait pas d'être reconnu en cas d'interception.

CARGAISON LIVRÉE. FEU D'ARTIFICE SPECTACULAIRE.

Suivait un autre message :

Solo sait. Nous pouvons compter sur sa participation.
Rien d'autre. Jarril avait cessé d'émettre ensuite.
Lando fit une copie sur son ordinateur. Puis jeta un regard à Jarril. Le contrebandier avait appris quelque chose, il avait prévenu Yan, et maintenant il était mort. Ce qui signifiait que quelqu'un était aux trousses de Yan.

Celui qui s'était emparé de l'aile-A en abandonnant le *Spicy Lady* à la dérive.

Lando s'extirpa du siège du copilote. Il devait appeler Coruscant, mais il ne pouvait le faire d'ici.

Brakiss. Luke s'était assis dans les gravats qui couvraient l'escalier. Il n'avait pas envie de quitter la salle du Sénat. Pas tout de suite. Il devait retrouver toutes les traces d'émotions et de souvenirs possibles.

Brakiss avait fait partie de ses échecs. L'un de ses rares étudiants qui avaient opté pour le Côté Sombre de la Force. Luke gardait le souvenir de tous ceux qui avaient quitté Yavin 4 avant le terme de leur formation. Certains partaient à cause de problèmes familiaux (*A toi de décider comment tu peux mieux les servir*) qui survenaient toujours au moment crucial de leur éducation. (*Ce moment est dangereux car tu pourrais être tenté par le Côté Sombre.*) Mais il n'avait rien oublié des enseignements de Ben et de Yoda et il répétait ce qu'il avait appris : *Pensez tous à ce qui vous a été inculqué. Et préservez-le.*

Certains y parvenaient et revenaient plus tard. D'autres disparaissaient mais Luke conservait l'espoir de leur retour.

Pourtant, aucun ne l'avait quitté de façon aussi spectaculaire que Brakiss. Brakiss avait fait partie d'un groupe d'Impériaux qui avait tenté d'infiltrer l'Académie Jedi. A la différence de ses complices, il avait montré un réel talent pour la Force. Et Luke avait essayé de le maintenir à l'écart du Côté Obscur.

L'éducation de Brakiss s'était bien passée. Il s'était apaisé et Luke avait jugé que le moment était venu de lui faire connaître l'équivalent du séjour dans la caverne de Dagobah. Il devait affronter son moi. Mais Brakiss était revenu furieux et terrifié, et il avait quitté Yavin 4 pour rallier l'Empire.

Luke avait toujours su qu'il le retrouverait. Et redouté que ce soit en pareille circonstance.

— Maître Luke ! Maître Luke ! Le ciel soit loué, c'est vous !

La voix aiguë de C3 PO l'arracha à sa rêverie. Le droïd doré venait de surgir avec D2 R2.

— Non ! protesta Luke. Le sol est trop instable. Retrouvez-moi à l'extérieur.

— Mais, Maître Luke...

— J'arrive, C3 PO.

— J'y compte bien.

C3 PO s'éloigna de la porte. D2 émit un bip d'angoisse avant de le suivre. Le problème devait être grave.

Il n'avait identifié Brakiss que par cette impression initiale, mais il était perturbé. Il n'avait pas pour habitude de se fier à des sensations aussi superficielles. Mais tout ce qui entourait l'attentat était étrange. Il retrouva son chemin vers l'extérieur. L'un des ouvriers l'apostropha :

— Ces droïds sont à vous, Maître Skywalker ?

Il acquiesça.

— Ils me semblent très agités.

Luke sourit.

— C3 PO est toujours très agité. Je suis sûr que ça n'est rien de sérieux.

Les deux droïds l'attendaient sur la pelouse ravagée.

— C'est si important que ça ?

— Maître Luke, D2 et moi-même avons vécu un moment atroce dans les hangars d'entretien. D2 avait insisté pour que nous y descendions et nous avons été retenus prisonniers par un horrible Kloperien qui semblait ne pas savoir qui nous étions. Je ne vous en aurais pas parlé, monsieur, si D2 n'avait pas exigé que je le fasse en prétendant que vous deviez savoir.

— Que faisiez-vous là-bas ? Ce secteur n'est autorisé qu'aux droïds spécialisés.

— Mais D2 a insisté. Il se comporte très mal. Je dois dire que la façon dont il s'est exprimé devant ce Kloperien...

Tous mes rouages en ont frémi, si vous comprenez ce que je veux dire, et...

— D2 ? l'interrompit Luke.

Le petit astromécano trillota, un compartiment s'ouvrit à la base de son cou et un bras tubulaire en surgit. Luke tendit la main et D2 lui remit une pincée de puces électroniques. Il s'accroupit pour les examiner.

— Mais, ce sont les processeurs de mémoire de l'aile-X !

D2 émit une plainte lugubre.

— L'aile-X a été démontée, Maître. Si j'avais su que D2 oserait dérober des pièces...

— Démontée ? s'exclama Luke.

Il serrait les puces dans ses doigts crispés. D2 avait volé si longtemps avec l'aile-X que leurs mémoires étaient soudées et qu'une sorte de langage spécial s'était créé entre l'engin et le droïd. L'aile-X elle aussi avait sa personnalité.

— Qui a donné l'autorisation ?

— Mais, je pensais que c'était vous...

— J'ai demandé une révision de routine, c'est tout. Il fallait que ça arrive au moment où je dois partir ! Quels sont les dégâts ?

— Il n'y en a pas.

D2 bipa en ajoutant un gloussement rageur.

— Si ce n'est les pièces détachées, ajouta C3 PO.

— J'ai comme l'impression qu'ils sont en train de reconstruire l'aile-X, dit Luke. Pourquoi ont-ils ôté les processeurs de mémoire ?

D2 sifflota pour l'approuver.

— Je ne connais rien à la technique, monsieur. Mais il me semble qu'il ne s'agit là que d'un entretien de routine. Du moins pour Coruscant.

— Et ils vous auraient bouclés ? Non, ça ne me plaît pas du tout.

— Mais ça ne nous a pas plu du tout, Maître Luke. Si je ne leur avais pas dit que nous étions à votre service et à celui de Maîtresse Leia, nous serions encore dans ce placard. Ou alors... (le corps doré de C3 PO eut comme un frisson de terreur)... ils nous auraient effacé la mémoire et auraient vendu nos propres corps pour la casse.

D2 geignit.

— Vous avez bien réagi l'un et l'autre, fit Luke en rendant les puces à D2. Gardez ça en sécurité. Je vais aller voir où ils en sont sur l'aile. On va la faire remonter en un rien de temps.

Mais il n'était pas convaincu de ce qu'il disait. L'entretien de routine des ailes-X n'exigeait pas leur démantèlement. Il aurait dû donner des instructions plus précises à son retour. Mais jamais il ne lui était venu à l'idée qu'on pouvait le menacer, lui, son droïd ou son vaisseau, ici, sur Coruscant. Même après l'attentat et les étranges sentiments qu'il avait éprouvés.

Quelqu'un l'épiait. Cette certitude ne l'avait pas quitté depuis Yavin 4.

Il devait reprendre la maîtrise des événements.

— Viens, D2. On retourne à l'aile-X.

— Avec tout le respect que je vous dois, Maître, dit C3 PO, je préférerais quant à moi ne pas retrouver ce séjour d'iniquité. Il est judicieux que je vaque à mes devoirs.

Luke acquiesça.

— C3 PO, va rapporter votre mésaventure à Leia et parle-lui de l'aile-X. Et que...

Il s'interrompit. Non, il devait s'en entretenir seul avec elle. Pour qu'elle comprenne son inquiétude.

— Non, dis-lui seulement que nous aurons une conversation avant que je reparte.

— Très bien, Maître Luke.

Le droïd doré retourna vers le Palais et Luke se dit qu'il n'y avait rien de mieux à faire pour l'instant.

Mais il était loin d'être satisfait.

11

Le Conseil Intérieur s'était réuni dans l'immense salle de banquet de l'ambassade, avec ses dorures et ses ornements qui dataient du règne de l'Empereur. Leia devait attendre les résultats de l'enquête avant de faire reconstruire la salle du Sénat. Ce lieu de session provisoire ne faisait qu'accroître son impatience.

Une odeur d'antiseptique flottait dans les airs ; l'endroit avait dû être récemment nettoyé. Elle avait opté pour cette pièce au dernier moment et comptait choisir ainsi les salles au hasard, jusqu'à ce que les agresseurs aient été identifiés et que le Sénat puisse se réunir normalement.

Elle siégeait au bout de la table, avec les membres du Conseil Intérieur de part et d'autre. Trois de ses amis les plus chers avaient péri dans l'attentat. Elle avait le matin même envoyé les enfants avec Winter sur Anoth. Yan était parti et elle savait que Luke ne tarderait pas à le suivre. Elle pouvait travailler seule, mais avec les siens dispersés dans la galaxie et tant d'amis blessés ou disparus, elle avait le sentiment d'être revenue aux jours sombres de la destruction d'Alderaan. Maintenant, elle ne pouvait compter que sur elle-même.

— La nouvelle est parvenue jusqu'à la Bordure, dit Borsk Fey'lya, une note d'inquiétude dans sa voix mélodieuse.

La toison de son visage était plus courte qu'à l'habitude : les médecins avaient rasé les parties brûlées.

— Les Mondes de la Bordure s'agitent. Ils appellent à la vengeance.

— Ça n'est pas la solution, fit Leia. Ce qu'il faut, c'est prévenir un autre attentat. J'espère que vous savez tous que l'enquête est en cours.

— Là-bas, ils n'en tiennent pas compte, insista C-Gosf.

Même pour une Gosfambling, elle était minuscule. Les Gosfambling avaient un pelage très doux, aussi doux que leur voix. Ses favoris s'enroulaient autour de son petit visage et Leia dut se pencher pour mieux l'entendre.

— Nous avons perdu notre représentativité. Avec toutes ces pertes, tous ces blessés, le Sénat ne peut voter qu'à la simple majorité. Nous avons de la peine à rassembler un quorum.

Leia se laissa aller en arrière : elle avait redouté cette réaction.

— Le terme est à peine entamé, remarqua Gno. Si nous approchions de la fin, Leia, je suggérerais que la session soit close avec les représentants dont nous disposons. Mais nous affrontons plus de trois années où certaines planètes risquent d'être défavorisées dans leur représentation au Sénat.

— Exodeen a perdu son doyen et son second, intervint ChoFï. Elle n'est plus représentée que par R'yet Coome. Ça n'est bon pour aucun de nous.

— Ne vous laissez pas entraîner par vos considérations politiques, ChoFï, le tança Garm Bel Iblis, son visage plissé un peu plus encore par l'épuisement. Nous devons nous habituer aux ex-Impériaux.

— Je m'inquiète à l'idée que nous soyons obligés d'en faire entrer encore d'autres à l'issue d'élections anticipées, dit Leia.

— Ou alors, nous concédons un peu plus de pouvoir à ceux qui sont déjà présents au Sénat, suggéra Bel Iblis. Leia, le Sénat est fondé sur les choix des Républiques votantes. Ce sont elles qui ont désigné des ex-Impériaux pour les représenter. Nous ne pouvons nous y opposer.

Elle eut un sourire attristé.

— Je suppose que non.

— Et nous devrons également leur faire confiance à l'avenir, ajouta Fey'lya.

Le Bothan ne se fiait à personne, pourtant : Leia le savait bien.

— Et que vous dit votre clairvoyance parfaite des éventuels résultats d'élections anticipées ?

Un frisson parcourut le pelage de Fey'lya. Seul signe de son trouble.

— Ce serait sans conséquence pour les Bothans. Nous avons eu une chance étonnante dans cette affaire.

— Si nous mettons très vite sur pied ces élections, dit ChoFï, aucun nouveau candidat n'aura le temps de monter une campagne. Les perdants des dernières élections remporteront sans doute tous les postes.

— Vous ne pouvez prédire cela, protesta C-Gosf. Mes électeurs ne sauraient voter pour des perdants. Jamais ils ne reviendront au pouvoir. Pour un Gosfambling, un perdant le reste à jamais.

Leia coula un regard dans sa direction. Elle n'avait jamais réalisé ce que sa collègue avait risqué en se présentant au Sénat.

— Et que se produira-t-il en ce qui concerne Gosfambling ?

— L'un des élus déjà en place sera promu.

— Nous avons toujours achoppé sur ce problème, remarqua Gno. Je veux dire : imposer un système électoral à des sociétés différentes.

— Nous avons des règles, dit Fey'lya.

— Oui, répliqua ChoFï, et vous, plus que n'importe qui, devriez savoir de quelle façon elles manipulent ces règles.

— Les Bothans n'ont jamais rien fait dans ce sens.

— Rien d'illégal, vous voulez dire.

— Ça n'arrangera pas nos affaires de nous quereller, trancha Leia avec un soupir. Gno a raison. Je ne le souhaite pas vraiment, mais nous devons appeler aux urnes dès maintenant pour tous les mondes dont le représentant a été tué ou blessé durant l'exercice de ses fonctions. Très vite, sinon toutes les lois décrétées devront être entérinées par un conseil restreint. Nous avons déjà suffisamment de difficultés à réunir les divers membres de la République pour nous créer d'autres problèmes.

— Ce qui pourrait advenir en cas d'élections rapides, vous en avez bien conscience ? demanda Bel Iblis.

— Vous voulez dire que nous risquons de nous retrouver avec encore plus d'ex-Impériaux que nous le voulons ? dit Gno. Nous devons assumer ce risque. Leia a raison. Le Sénat est d'ores et déjà diminué par l'attentat. Une sous-représentation signifierait pour tous ces mondes qu'on les estime sans importance.

— Nous ne pouvons constamment redouter nos collègues, remarqua C-Gosf. Nous avons déjà approuvé la présence d'ex-Impériaux au sein du Sénat. Nous ne pouvons que les accepter.

Leia acquiesça. A regret.

— Proclamons des élections dans une semaine. Et que les élus arrivent dès que cela leur sera possible. Dans un délai de un mois. Nous sommes d'accord ?

Les conseillers approuvèrent. Leia appela à un vote officiel avant de passer à l'ordre du jour suivant, non sans un frisson.

Peut-être était-ce ce que voulait son invisible ennemi. Une refonte rapide du Sénat. La désorientation, la destruction et l'apparition de nouveaux visages pouvaient provoquer la fragmentation.

Ce qui s'était passé lorsque le sénateur Palpatine avait pris la tête du Sénat de l'Ancienne République.

C'était à Leia qu'il revenait d'empêcher que l'événement se répète.

Femon était installée dans son bureau d'Almania, entourée des masques mortuaires d'une dizaine de races différentes. Rouges, dorés, bleus, certains avec la bouche ouverte en un rictus de souffrance, d'autres sereins, ils possédaient tous cet aspect sinistre qu'elle avait trouvé rassurant autrefois.

Plus maintenant.

En revenant de Pydyr, elle avait failli effacer le maquillage de son visage, mais elle aurait révélé ainsi qu'elle ne croyait plus en Kueller. Son hésitation à poursuivre le combat signifierait leur ruine. Kueller avait dit qu'il voulait remplacer la Nouvelle République par son propre gouvernement. Et Femon l'avait cru dès l'instant où elle l'avait rencontré.

Il disait que la Nouvelle République était faible. Elle laissait planer trop de menaces sur ses propres populations, consacrait trop de temps à légiférer sur des choses qui n'appelaient aucune loi et pas assez à réaliser les changements nécessaires.

Femon avait perdu toute sa famille six ans auparavant, lorsque *L'Œil de Palpatine* avait dévasté sa planète. Le vaisseau impérial appliquait le programme d'un très vieil ordinateur dont la mission avait été conçue par l'Empereur lui-même. C'est en tentant de sauver ceux qui avaient été trompés par le vaisseau que la famille de Femon avait été prise dans un tir croisé entre les unités de la Nouvelle République et *L'Œil de Palpatine*. Certes, le croiseur avait été neutralisé, mais trop tard.

La Nouvelle République tolérait trop souvent le maintien des structures impériales sur les planètes reconquises. Elle avait même autorisé plusieurs fois que les Impériaux menacent des mondes pacifiques en tentant de rétablir leur pouvoir. Bien trop de fois. Jamais la Nouvelle République n'avait décidé d'exécuter les coupables et elle n'avait pas su agir pour rétablir les gouvernements légitimes.

Selon Kueller, l'incapacité de la Nouvelle République à éradiquer définitivement ses ennemis était la preuve d'une faiblesse mortelle. Peu importait qui régnait sur la galaxie si la loi n'était pas appliquée avec une poigne de fer.

Mais voilà qu'il montrait la même faiblesse dont il avait accusé la Nouvelle République.

Femon ne pouvait plus lui accorder son soutien.

Bien avant Pydyr, elle l'avait incité à frapper vite et définitivement. Il en avait le pouvoir. Mais non : il préférait s'amuser avec Skywalker et Organa Solo.

Il se comportait comme un homme qui voulait assouvir une vengeance qu'elle ne comprenait pas vraiment.

Peu importait désormais. Il allait passer encore deux jours sur Pydyr à calculer le montant de sa richesse et à rencontrer ses espions. Plus de temps qu'il n'en fallait à Femon pour agir à sa place, de façon définitive.

Elle avait la connaissance, l'équipement et les codes nécessaires. Elle pouvait même se débarrasser de Kueller.

Sur Pydyr, il était totalement à découvert.

Mais demain, son masque de mort serait sans doute réel.

12

L'odeur d'huile et de métal du hangar rappelait à Luke les années qu'il avait passées à réparer le speeder de son oncle sur Tatooine. Il adorait bricoler sur les moteurs et trouver les astuces qui permettaient d'améliorer la vitesse et la précision.

Autre monde. Autre époque.

D2 se déplaçait silencieusement derrière lui. Le département des Ordres et Réquisitions avait déclaré à Luke qu'il pouvait descendre jusqu'aux ateliers, que son aile-X subissait une simple révision de routine comme il l'avait demandé.

Dans le hangar principal, il ne vit que quelques ailes-X démantelées. Mais D2 roula jusqu'aux portes en sifflotant.

— D'accord, D2 : je passerai là-bas si je ne trouve personne. Mais un peu de patience.

Il fut récompensé l'instant d'après : un jeune homme blond en tenue de mécanicien surgit du fond du hangar en s'essuyant les mains avec un chiffon blanc.

— Hé, c'est un secteur interdit.

Il devait avoir l'âge de Luke quand son oncle et sa tante étaient morts.

— Je sais. C'est le département des Ordres et Réquisitions qui m'envoie. Je crois que mon aile-X est quelque part dans le coin.

Le mécanicien haussa les épaules.

— Si c'est le cas, on doit travailler dessus. On finira dès que possible.

— Mais elle ne devrait pas se trouver là.

— Il faut voir ça avec les Ordres...

Luke s'avança dans un froissement de cape.

— Ecoutez : je n'ai pas de temps pour ces subtilités. J'ai besoin de mon aile-X cet après-midi. On m'a dit qu'elle avait été démontée...

— Alors, vous ne l'aurez pas avant que ça soit terminé. Désolé. Les Ordres n'auraient pas dû vous envoyer ici.

— Peut-être, mais c'est ce qu'ils ont fait. Alors, nous allons voir comment résoudre ça, n'est-ce pas ?...

L'autre leva les yeux. Apparemment, il ne s'était pas attendu à ce que Luke se montre aussi raisonnable. D2 s'était rapproché.

— Votre astromécano ne devrait pas être ici, vous savez.

— Oui, bien sûr. Mais j'ai besoin de mon aile-X aujourd'hui. D2 et moi, nous faisons équipe.

L'autre grimaça, comme si cette idée le dégoûtait.

— Mais ça n'est pas vous qui avez confié cette aile-X à nos ateliers ?

— Non, il s'agissait juste de l'entretien de routine. Comme chaque fois que je reviens sur Coruscant.

— Avez-vous lu le mémo du général Antilles ?

Wedge ? Mais qu'est-ce qu'il pouvait bien avoir à faire avec l'aile-X ?

— Apparemment pas.

— L'entretien comprend désormais la remise à jour de toutes les ailes-X selon les normes standard des chasseurs.

— Ça doit être coûteux.

Le mécanicien fronça les sourcils.

— Vous venez d'où, m'avez-vous dit ?

— Je ne vous l'ai pas dit. Où puis-je trouver Wedge ?

— Le général Antilles ? (L'autre était ébranlé par son assurance.) Je l'ignore. Je ne lui ai jamais adressé la parole. Vous le connaissez ?

Luke sourit.

— Un peu, oui. Nous étions dans la même escadrille à la Bataille de Yavin.

Le garçon en laissa tomber son chiffon graisseux.

— Excusez-moi, monsieur. Je ne savais pas. Je... euh, est-ce que je peux lui envoyer un message ?

— Je peux le contacter moi-même si vous me conduisez à mon vaisseau.

— Mais ce secteur est interdit.

— Nous avons déjà discuté de ça. Je suis Luke Skywalker. Tout ce dont je veux me rendre compte, c'est l'état de mon aile-X et...

— Luke Skywalker ? Le Chevalier Jedi ? Pourquoi ne pas l'avoir dit tout de suite, monsieur ? J'aurais pu arranger les choses.

— Les Jedi n'ont pas pour habitude de profiter injustement de leur statut. (Ce qui n'était pas vraiment exact.) Allons voir mon aile-X, voulez-vous ?

Le garçon tapa plusieurs codes sur son ordinateur et s'essuya les mains sur son treillis brun.

— Si vous voulez bien me suivre, monsieur.

Luke s'avança dans le hangar, D2 sur ses talons.

— Vous feriez peut-être mieux de laisser votre astromécano ici, monsieur. Les droïds ne sont pas très bien accueillis dans le nouveau hangar des ailes-X, les D2 R2, en tout cas.

— Il peut courir un danger ?

— Non, pas vraiment, mais ce sont les Kloperiens. Ils n'aiment pas trop les unités D2.

— C'est ce qu'il a cru remarquer lors de sa première visite. Il semblerait qu'il ait été retenu prisonnier un certain temps.

— Emprisonné ? (Le mécanicien lui jeta un coup d'œil.) Excusez-moi, monsieur, mais on ne peut pas emprisonner un droïd.

Il devait se dire que Luke exagérait. Luke croisa les mains sur sa robe à la façon de Ben Kenobi.

— C'est plus qu'un droïd. De même que mon aile-X, qui n'est pas simplement un chasseur tactique.

Il régnait une puissante odeur de solvant dans le hangar. Des ailes étaient en cours de remontage un peu partout. Le profil des unités remaniées était affiné. Le nez conique n'avait pas été modifié mais on avait supprimé le compartiment arrière destiné aux droïds astromécanos. Luke sentit ses cheveux se hérisser sur sa nuque.

— Dites-moi donc quels sont les ordres du général Antilles.

— Il est venu ici l'année dernière, peu après que le nouveau prototype d'aile-X eut été livré. Il se comporte mieux au combat avec la combinaison du système d'ordinateur et de l'unité astromécanique.

— Mais on a essayé ça il y a longtemps, et on s'est aperçu que si l'unité tombait en panne, le pilote courait un grave danger.

L'autre haussa les épaules.

— Ils sont venus à bout de ce bogue. Il y a eu des changements étonnants dans la technologie des droïds et des ordinateurs ces six derniers mois. On peut faire des choses qui étaient impossibles avant. Mais où étiez-vous donc pour ne pas le savoir ?

— Sur Yavin 4, répondit Luke, avec le sentiment d'être soudain vieux et plus du tout dans la course. J'enseigne là-bas.

— Hmm... marmonna le mécanicien en contournant une autre aile démantelée.

— Vous les révisez toutes ?

— Oui, monsieur. Nous avons aussi installé des systèmes similaires sur d'autres chasseurs.

L'enthousiasme du garçon était sympathique, se dit Luke en se souvenant qu'il avait réagi comme lui devant les nouvelles technologies.

— Mais comment la République peut-elle financer ça ?

Le garçon eut un nouveau haussement d'épaules : à l'évidence, les problèmes de gros sous ne le concernaient pas.

— Je ne sais pas, mais ça dure depuis un mois. On est tous là-dessus, je dois dire. Je n'ai eu droit qu'à un seul jour de congé.

Il s'arrêta devant une autre plate-forme d'entretien. L'aile-X était à peine reconnaissable. D2 gémit doucement comme s'il découvrait un ami à l'agonie.

Luke refoula son irritation.

— Et ça va prendre combien de temps pour la remonter ?

— Pardon, monsieur ?

— J'en ai besoin cet après-midi. C'est possible ?

— Ils viennent seulement de se mettre au travail sur l'ordinateur. On ne pourra pas vous la rendre avant demain, peut-être même plus tard.

— Mais je ne veux pas qu'on la modifie, dit Luke.

Combien de temps faut-il pour la remonter telle qu'elle était ?

— Je crains que nous ne puissions faire ça, monsieur. Ce sont les ordres du général Antilles. Il dit que les vieilles ailes-X ne sont pas assez stables pour des chasseurs interstellaires.

— La mienne se comporte très bien. Je veux qu'on me la rende très vite.

— Je suis désolé, monsieur.

Luke retrouva ce sentiment de gêne qu'il éprouvait quand il devait user de son rang.

— Je dois partir en mission diplomatique pour le compte de ma sœur, la Princesse Leia Organa Solo, chef d'Etat. Il me faut mon aile-X dès cet après-midi.

Le garçon se tourna vers le vaisseau.

— Désolé, mais on a déjà ôté la mémoire et les fixations astromécaniques. Le socle est encore là, mais on ne peut pas le remettre en place. Si le programme a été respecté, les pièces devraient déjà avoir été recyclées.

— J'ai mes puces-mémoire. Mon D2 les a prélevées.

Le garçon avait les mains nouées.

— Monsieur, si vous voulez bien regarder à l'intérieur...

C'était très exactement ce que Luke ne voulait pas. C'était comme de découvrir un vieil ami le ventre ouvert, à moitié mort. Il se hissa sur la plate-forme et risqua un coup d'œil. Toute la partie astromécanique avait été sortie et démontée. Même s'il n'avait plus travaillé sur une aile-X depuis la Bataille d'Endor, Luke savait qu'il avait devant lui un pur gâchis. Son aile-X était déjà à moitié transformée.

Il tapota la coque tandis que D2 gémissait à nouveau d'un ton lugubre.

— Remontez-la comme elle était.

— Mais, monsieur...

— Je m'expliquerai avec le général Antilles. Occupez-vous d'elle.

— Mais vous ne l'aurez jamais à temps.

Luke acquiesça.

— Je l'ai compris. Trouvez-moi une ancienne aile-X qui

n'ait pas été encore transformée et j'y monterai mes puces-mémoire. Ça fera l'affaire.

Le garçon prit un air chagriné.

— Navré, monsieur. Nous les démantelons dès qu'elles arrivent. C'est facile et rapide. Nous n'en avons plus d'utilisables.

— Il y en a certainement une quelque part sur Coruscant...

Luke n'acheva pas sa phrase devant l'expression de l'autre. Rien ne se passait facilement avec la Nouvelle République. Et quand c'était le cas, un problème surgissait régulièrement.

— Je peux vous en fournir une autre, mais ce sera une des nouvelles. Vos puces ne marcheront pas, pas plus que votre unité astromécano.

— Est-ce que D2 pourra y tenir ?

— C'est un chasseur strictement monoplace.

Luke soupira. Cette option lui déplaisait. Il avait besoin d'un chasseur interstellaire rapide et capable de s'infiltrer discrètement dans les défenses d'un système planétaire. Il pourrait prendre un vaisseau plus important — Leia lui prêterait sans doute l'*Alderaan* — mais ça impliquait un équipage en plus de D2. Et aussi qu'il ne pourrait s'aventurer dans la galaxie sans être remarqué. Ce qui voulait dire qu'il devrait expliquer l'absence de Leia. Yan avait déjà quitté Coruscant à bord du *Faucon Millenium*. Et tous les autres vaisseaux portaient les marques de la Nouvelle République.

— Vous allez travailler avec mon astromécano, dit-il. D2 R2 connaît cette aile-X mieux que moi. Je veux retrouver cette aile-X réparée à mon retour.

D2 bipa et geignit.

Luke posa une main apaisante sur son dôme.

— Désolé, vieux frère. Je ne crois pas que ça puisse attendre. Je te fais confiance pour qu'on répare notre aile-X.

D2 répondit par un geignement.

— Je vais dire à Leia, C3 PO et Wedge que tu es sur place. Il ne t'arrivera rien. (Il se tourna vers le garçon.) N'est-ce pas ?...

— C'est une unité D2 démodée, monsieur. Ils...

— Non. C'est un héros de la Rébellion. Ni Leia ni moi ne serions encore en vie sans ce petit gars. Vous le traiterez comme s'il était moi.

— Monsieur...

— Vous vous appelez comment, fiston ?

Le garçon inspira à fond avant de répondre :

— Cole Fardreamer.

Luke sursauta.

— Vous êtes de Tatooine ?

Fardreamer acquiesça.

— J'ai grandi avec les récits de vos exploits, monsieur. On disait que vous étiez quelqu'un de formidable, que vous étiez né dans une ferme d'humidité. C'est à cause de vous que je suis venu ici.

Luke n'avait jamais eu conscience d'être une source d'inspiration pour quiconque. Il eut envie de battre en retraite.

— Et à présent, vous travaillez sur les ailes-X.

— Il faut bien commencer quelque part.

Luke hocha la tête.

— Oui, on peut dire ça. Ecoutez, Cole, prenez bien soin de mon aile-X et de mon droïd D2. Qu'il ne leur arrive rien. A mon retour, je veux les retrouver intacts et prêts à reprendre du service.

— Mais si vous le voulez, monsieur, votre aile-X peut être à votre disposition dès demain.

Luke le dévisagea. Il ne doutait pas que Cole fût prêt à consacrer tout son temps à l'aile-X. Mais ça ne suffirait pas.

— Si je l'avais pu, j'aurais attendu, dit-il d'une voix apaisée. Mais je sens que le temps passe.

Le Quartier n'avait pas vraiment changé. C'était une ceinture d'astéroïdes qui, au fil des années, était devenue le repaire de centaines de contrebandiers. Le processus d'entrée était complexe et Yan fut surpris de s'en souvenir après tant d'années.

Il posa le *Faucon* sur Skip 1, le trente-cinquième astéroïde du système, le seul qui ait été aménagé. Il avait toujours abrité la vie et les conditions d'existence y étaient extrêmement sûres.

Les repaires avaient été creusés dans le noyau de Skip, des siècles auparavant, par des créatures que Yan n'osait même pas imaginer. Tandis qu'il descendait les couloirs familiers avec Chewie, il retrouva cette vieille impression de claustrophobie qu'il avait éprouvée dans le passé. Il l'avait toujours associée à l'idée de fuite. Pourtant, depuis, il ne fuyait plus.

Chewie grommela.

— Oui, d'accord. Tu t'étais dit que ça ne sentirait plus aussi mauvais avec le temps.

Mais les couloirs empestaient toujours le soufre, la sueur aigre et la viande avariée. Ce relent avait toujours été associé au Quartier. Et le Wookie s'en plaignait à chaque visite.

L'origine de cette odeur fétide était une source jaune-vert qui suintait au carrefour des couloirs pour se répandre jusqu'aux secteurs commerciaux. Quand Yan avait connu le Quartier des Contrebandiers, il avait assisté à la première et dernière tentative pour endiguer le suintement. Un Bothan avait eu l'idée de détourner la source. Il avait réussi... et l'astéroïde avait été secoué par le plus violent séisme de l'Histoire.

— Il y a plein de gaz là-dedans, avait-il expliqué plus tard. Ou on le supporte, ou Skip explose.

Les contrebandiers, évidemment, avaient opté pour la puanteur. Il n'existait pas de meilleure planque dans toute la galaxie. Ni aucune qui fût aussi bien défendue. Yan savait que le *Faucon* avait été suivi pendant toute son approche. Mais il ne s'était pas attendu à se retrouver tout à coup devant des gardes armés, au bout du couloir.

Ils étaient cinq. Tous de vieux amis.

Chewie gronda son indignation et Yan posa une main rassurante sur son bras velu. Il inspecta le groupe de contrebandiers. Kid DXo'ln, maintenant chauve, l'avait accompagné pour son premier passage vers Kessel. Zeen Afit, le visage plus craquelé que dans le souvenir de Yan, avait été avec lui et Chewie quand ils avaient pour la première fois rallié le Quartier. Ana Blue la Sinueuse, plus belle que jamais, dirigeait les parties de sabbac grâce auxquelles Yan avait gagné des milliers de crédits. Wynni, la Wookie qui avait tenté de séduire Chewbacca lors de leur première visite sur Skip 1, n'avait pas changé d'un poil. Quant à Seluss, le Sullustéen qui était généralement le comparse de Jarril, il serrait son blaster avec une impatience frémissante.

Yan leva les mains.

— En voilà une façon d'accueillir un vieil ami !

— Tu n'es pas un ami, Solo, répliqua Ana Blue la Sinueuse.

— Tes copains de la Nouvelle République vont venir nous arrêter quand ? demanda Zeen Afit.

— Vous avez fait quelque chose d'illégal ?

Wynni grommela.

— N'importe qui a le droit de poser des questions, lui lança Yan.

— Pas s'il connaît déjà la réponse, fit Kid DXo'ln.

Yan sentit les muscles de Chewie se nouer sous ses doigts et il resserra son étreinte.

— Si la République avait voulu s'en prendre aux contrebandiers, elle l'aurait fait depuis longtemps.

Seluss couina coléreusement en agitant ses oreilles de souris.

— Oh, je vois. On veut grimper tout en haut de l'échelle, c'est ça ? Seluss, tu ne crois pas que vous surestimez votre importance ?

Wynni rugit et Chewbacca recula.

— Arrête, Chewie, grinça Yan. Inutile de basculer dans les règlements de comptes privés.

Chewie marmonna, irrité. Yan comprenait sa frustration : jamais Wynni n'avait respecté le code des Wookies dans son comportement — elle avait abandonné sa famille et deux dettes de vie pour poursuivre sa carrière de contrebandier —, mais Yan ne tenait pas à ce que les vieilles cicatrices soient rouvertes. Chewie et lui étaient désavantagés.

— C'est d'ores et déjà une affaire privée, Yan, dit Kid. Tu nous as quittés il y a pas mal de temps. Tu n'avais pas le droit de revenir dans le coin.

— J'ai autant le droit d'être ici que vous ! Et depuis

quand est-ce un privilège d'habiter le Quartier ? Je crois me rappeler d'une époque où la plupart de nous se battaient pour survivre.

— Le Quartier a changé. L'Organisation n'est plus la même, dit Blue.

— Mais l'odeur est restée.

Ils se rapprochèrent. Seluss poussa Yan du canon de son blaster. Chewie grommela tandis que Wynni le menaçait de son arbalète.

— Quoi ? Vous voulez me renvoyer au *Faucon* ? Ou bien me descendre sur place ? (Yan saisit le blaster de Seluss et attira violemment le petit humanoïde à lui.) Je suis là sur l'invitation de ton partenaire, mon pote. Alors, tu vas me conduire à lui bien gentiment, d'accord ?

Seluss lâcha son blaster en pépiant rageusement. Alors, Yan leva la main gauche en position de défense.

— Hé, comment je pouvais savoir qu'il n'était pas ici ? Je pensais qu'il était rentré directement.

Seluss le repoussa sans cesser ses criaillements, avec une force surprenante si l'on considérait qu'il arrivait à peine à la taille de Yan.

Chewbacca rauqua en le prenant par le cou pour l'arracher du sol.

— Chewie, laisse-le : il pique une crise.

— Oui, mais il a raison, remarqua Zeen. Jarril est allé te trouver et il n'est pas revenu. Et maintenant, te voilà.

Seluss ne se taisait toujours pas, frénétique. Chewie le maintenait à distance — surtout à distance de Wookie. Et Seluss n'était plus qu'une souris furieuse qui tournait dans sa roue.

— Vous me connaissez, les gars. Je ne double jamais personne et je n'ai jamais tué qui que ce soit de sang-froid. (Yan sentait la colère le gagner.) Je suis venu parce que Jarril m'a dit qu'il se passait des choses pas claires.

— Tu es venu parce qu'il t'a parlé de l'argent, répliqua Kid DXo'ln.

Wynni le mit en garde en feulant.

— Je pense que le terme de « paranoïde » serait un peu léger dans votre cas, dit Yan. Vous cachez quoi, les gars ?

— Vous voyez ? s'exclama Zeen. Je vous avais bien dit qu'il était en mission pour la Nouvelle République.

Ana Blue la Sinueuse approuva.

— C'est une question justifiée. Reposez Seluss et on va parler.

Chewie secoua la tête et Seluss tenta vainement de le frapper. Chewie le serra plus fort encore.

— Chewie, repose-le, dit Yan.

Le Wookie ulula.

— Je t'ai dit de le poser.

Chewie lâcha Seluss juste au-dessus de la source suintante et puante et ce dernier lança un hurlement déchirant en s'écrasant dans la mare sulfureuse. Yan battit en retraite, asphyxié, tandis que les contrebandiers éclaboussés de glu jaune-vert s'agitaient frénétiquement.

Seluss s'extirpa de la gadoue et arracha d'un geste son blaster.

— Hé ! cria Yan.

Chewie tenta de récupérer l'arme, mais trop tard.

Seluss tira.

13

Lando attendit durant une nuit interminable. Il essaya de dormir mais son sommeil fut hanté par des cauchemars. Des souvenirs surtout, qui remontaient au séjour de Yan dans la chambre de surgélation carbonique. *Qu'est-ce qui se passe, vieux ?* demandait Yan régulièrement. Et Lando essayait de lui dire que Vador les avait tous trahis. Mais il n'arrivait pas vraiment à parler. Et puis, c'était Chewbacca qui lui serrait le cou et qui lui répétait en wookie qu'il aurait pu empêcher tout ça.

Qu'il aurait pu...

Il se redressa sur sa couchette, la mince couverture thermique dorée froissée sur ses cuisses. Il faisait froid, même si la température était parfaitement réglée. Ce dernier cauchemar, il ne l'avait pas fait depuis longtemps, mais il gardait le souvenir très vif de ses effets : il le laissait glacé et frissonnant. Le froid venait du fond de son être. C'était comme... comme s'il avait été plongé dans la neige carbonique et qu'il mourait.

Il jeta un regard sur son écran : toujours aucune réponse de Coruscant. Il avait laissé des messages à Yan, Chewbacca, Leia et pour finir Winter. Tous urgents. Sans résultat. Alors qu'ils répondaient toujours.

Il avait aussi tenté d'appeler Yavin 4, en se disant que Luke saurait sans doute où chacun se trouvait, mais il n'avait pu joindre que Streen qui lui avait dit que Luke était parti soudainement pour Coruscant en lui laissant la responsabilité de l'Académie.

A la suite de quoi Lando avait envoyé plusieurs messages à Luke. Le premier, sur la fréquence de son aile-X, lui avait été renvoyé par les turbulences des communications spatiales. Il en avait lancé un deuxième vers Coruscant, puis un autre au Palais Impérial.

Il avait ensuite essayé Mon Mothma, l'amiral Ackbar et

Wedge Antilles. Il avait même ajouté un message général à l'intention de tous les membres du Conseil Intérieur.

Personne n'avait répondu.

Frémissant, il quitta la couchette, enfila sa robe la plus épaisse et se servit une tasse brûlante de protéine Aitha. Puis, il s'installa devant l'ordinateur en luttant contre la panique que le cauchemar avait fait naître en lui. Il appela Mara Jade.

Elle répondit si vite qu'il en fut déconcerté. Il s'était imaginé qu'elle aussi avait disparu. Mais elle était dans le cockpit du *Wild Karrde*, avec ses vornskrs partiellement visibles sur l'écran.

Elle lui sourit.

— Tu ne peux pas rester sans moi ne serait-ce que quelques jours, Lando ?...

— Ça me semble des années, Mara.

— Allons, ne me raconte pas d'histoires : qu'est-ce qui ne va pas ?

— Ça fait presque un jour que j'essaye de joindre Yan et Leia, sans succès. En fait, je n'arrive pas à contacter Coruscant.

— Ça n'est pas surprenant.

Il sursauta. Mara ne souriait plus.

— Tu étais ailleurs, non ?

Elle devait savoir quelque chose. Quelque chose d'important.

— Ne joue pas avec moi, Mara.

— Mais je n'ai pas envie de jouer, Lando. Tout le monde parle de ça dans le secteur.

— De quoi ?

— De l'attentat. Dans la salle du Sénat. (Elle plissa les lèvres. Lando vit Karrde entrer dans le cockpit derrière elle.) Mais ne t'inquiète pas. D'après ce que j'ai entendu dire, Organa Solo a été légèrement blessée et Yan était à l'extérieur.

— Et Luke ?

— Il n'était pas sur Coruscant à ce moment-là. Mais il y a eu de nombreux morts et blessés. Et les communications sont interrompues.

Elle se retourna : Karrde venait de s'asseoir à côté d'elle.

Lando avait la bouche sèche. Il s'était attendu à une mauvaise nouvelle.

— Tu as dit que l'attentat avait eu lieu au Sénat ?

— Oui. Mais tout le monde essaie d'appeler Coruscant pour avoir des nouvelles des siens. C'est sans doute ce qui a saturé les faisceaux.

— Une vraie calamité pour le commerce, intervint Karrde.

— Je suppose. Mais les routes spatiales sont encore ouvertes, non ?

Karrde acquiesça.

— Oui. Mais ce n'est guère le moment de s'y risquer, Calrissian. D'après ce que je sais, ils redoutent un deuxième attentat.

... tu aurais pu empêcher tout ça...

UN FEU D'ARTIFICE.

SOLO SAIT.

UN FEU D'ARTIFICE.

Mara lui lança un regard inquiet depuis l'autre bout de la galaxie.

— Ça va, Lando ?

— Tu m'as bien dit qu'il n'était rien arrivé à Yan ?

Elle hocha la tête.

— Qui a fait ça ?

— S'ils savaient, il n'y aurait pas une telle panique sur Coruscant, dit Karrde.

— Lando ? demanda Mara.

Il plissa le front.

— Talon, sur quel coup était Jarril ces temps-ci ?

Le contrebandier se laissa aller en arrière en jetant un coup d'œil à Mara. Qui lui répondit par un haussement d'épaules.

— Je n'ai pas travaillé avec Jarril depuis deux ans, sinon plus.

— Vous ne me répondez pas.

— Je pense que vous devriez faire un saut jusqu'au Quartier.

— Je ne peux pas. Je croyais que vous le saviez !

— Qu'est-ce que Jarril vient faire là-dedans ? demanda Mara.
— Demande à ton ami.
— Talon ?
— Le Quartier a beaucoup changé ces derniers temps, dit Karrde. Mais je n'aime guère parler de ça, Calrissian.
Et surtout pas sur une ligne ouverte. Le message de Karrde était clair.
UN FEU D'ARTIFICE.
Jarril avait été sur Coruscant.
SOLO SAIT.
Et maintenant, il était mort.
— Merci, dit Lando. Je vous recontacterai bientôt.
Il coupa la transmission sans attendre la réponse. Il avait deviné tout ça dans ses cauchemars.
Il ne pouvait prendre le risque d'envoyer un message qui n'arriverait jamais.
Il devait aller sur Coruscant.
Et mettre Yan en garde avant qu'il ne soit trop tard.

Kueller ouvrit à la volée la porte du bureau de Femon. Il retint les gardes qui l'escortaient. Il voulait seulement qu'ils observent, sans intervenir.
Femon avait ôté des murs ses masques mortuaires et la pièce semblait bizarre. Mais ça n'était pas le seul changement. Elle aussi était différente. Elle s'était nettoyé le visage. Il avait presque oublié à quoi elle ressemblait sans maquillage. Ses traits accusaient toutes les années passées, mais elle restait belle avec son teint d'albâtre et ses yeux d'un bleu profond.
Elle ne paraissait pas surprise de le voir.
Mais ce n'était pas le cas des quinze gardes de Kueller. Il ne pouvait voir leur expression sous leurs casques de commandos, mais ils étaient subjugués par Femon.
— Je n'ai donné à personne l'ordre de se tenir prêt.
— Moi, je l'ai fait, rétorqua Femon. (Elle se leva de son fauteuil.) Vous êtes bien trop porté sur la vengeance, Dolph.
Il faillit tressaillir en entendant son nom. Mais son

masque était à nouveau efficace depuis qu'il avait retrouvé l'environnement artificiel d'Almania, et il contrôlait mieux ses mouvements qu'un être normal.

— Nous ne sommes pas prêts. Agir dans votre sens provoquerait un désastre.

— Et en faisant à votre façon, nous perdons l'avantage.

Elle avait presque sa taille et ses yeux étincelaient de fureur. Jamais il n'aurait cru qu'elle pouvait le mettre en colère, mais il aurait pourtant dû le prévoir. La mission le passionnait plus que lui-même, plus que tout ce qu'elle avait pu connaître durant sa vie, même lui. Elle avait besoin de cela pour réussir. Elle en avait besoin pour tout contrôler, afin que rien de néfaste ne lui arrive jamais plus.

Il la comprenait sans sympathie, avec un sentiment de regret étouffé de la retrouver ainsi opposée à lui.

Il se tourna vers un garde.

— Annulez les ordres. Faites passer le mot.

— Si j'étais vous, je ne ferais pas ça, dit Femon au garde. Mais l'autre, obéissant, se tourna vers Kueller en acquiesçant :

— Il en sera selon vos souhaits, monseigneur.

— Non ! glapit Femon.

— Merci, dit brièvement Kueller.

Il s'approcha d'elle dans un grand mouvement de sa cape noire et sentit l'odeur aigre de son corps : elle était inquiète, même si elle jouait la comédie.

Il pencha la tête pour la scruter de plus près et elle leva le menton, méfiante.

— Vous croyez que je ne vise que la vengeance.

— Je le sais, fit-elle.

Elle avait les bras libres mais Kueller ne vit aucune arme. Elle avait dû préparer quelque chose. Une femme comme elle ne laissait jamais rien au hasard.

— Vous et Brakiss, vous avez souvent parlé de faire payer Skywalker.

— J'en ai bien l'intention.

— Faites-le après que nous nous serons emparés de la République. Tout est en place, maintenant.

— Pas tout.

— Mais suffisamment.
Kueller secoua la tête.
— C'est l'impatience qui fait chuter la plupart des mégalomanes, Femon.
— Je ne suis pas une mégalomane.
Il sourit.
— Moi non plus.
Les gardes les observaient : à l'évidence, ils ne comprenaient rien à ce conflit. Ils se rapprochèrent de leur maître.
— Femon, j'ai étudié l'histoire de la galaxie, fit-il d'une voix douce. Et vous ?
— L'histoire est poussiéreuse, ancienne et sans importance.
— Je suppose que ça veut dire non. (Il souriait et gardait un ton calme, charmeur.) L'histoire, Femon, nous donne des leçons. Des leçons pour vivre comme pour mourir. Et aussi sur la façon dont la galaxie fonctionne.
— Je sais comment elle fonctionne.
— Vraiment ?
Il y avait soudain un accent de menace dans sa voix. Elle le perçut et faillit accuser le coup.
Ou presque.
Avant d'ajouter :
— Oui, je le sais.
Il prit une mèche de ses longs cheveux noirs entre ses doigts.
— Alors, fit-il tendrement, vous savez pourquoi je combats Skywalker.
— Par vengeance. Il vous a fait quelque chose, à vous et à Brakiss, il y a longtemps. Je n'ai pas besoin de l'histoire pour le savoir.
Il laissa retomber sa main.
— Mais si. Je me suis vengé. En conquérant Almania. Je connais des façons propres de tuer, Femon. Pourquoi pensez-vous que j'ai passé une semaine à torturer les leaders Je'har ?
— Pour avoir des informations, fit-elle d'une voix rauque.
Il secoua la tête.

— Mais non, simplement par vengeance, ma douce. Pour me venger du massacre de ma famille et de la destruction de la maison que j'aimais. Je pensais que les Je'har pouvaient éprouver un peu de ma souffrance. Je pense que vous aurez remarqué que je n'ai plus torturé quiconque depuis.

— Vous avez trouvé de meilleures méthodes.

Il tira sur ses gants noirs en observant ses mains. Ses mains si vigoureuses.

— Alors, oui, je connaissais de meilleures méthodes. Mais je ne pensais pas que les Je'har les méritaient. Je suis un homme raisonnable, Femon. Vous auriez dû vous en souvenir.

— Vous avez essayé d'être juste ?

Il réprima un sourire. Il devina que sa certitude oscillait, qu'elle avait perdu sans en avoir encore conscience.

— Vous avez harcelé Skywalker pour lui donner une chance de se défendre ?

— Skywalker n'a nul besoin de faveurs.

Kueller ne parlait plus qu'à l'intention de ses gardes. Ils étaient là en tant que témoins : plus tard, ils sauraient dire qu'il avait su répondre aux trahisons de Femon.

— C'est l'homme le plus puissant de la galaxie.

Elle rit.

— Je croyais que c'était vous, *Dolph*.

— Je le serai bientôt.

Il gardait un ton mesuré et se sentait remarquablement calme, même si d'ordinaire la trahison provoquait sa colère. Il avait été parfaitement formé et il adressa un hommage mental à son *Maître* Luke Skywalker.

— Quand j'aurai réussi à le vaincre.

— C'est donc une lutte pour le pouvoir.

Kueller lui répondit par un rire.

— Vous êtes tellement simpliste, Femon. Il vous manque cette complexité intellectuelle que vous auriez si vous aviez étudié.

Il lança un regard vers ses hommes. Ils l'observaient. Il remarqua que l'un d'eux avait lâché la détente de son blaster. Il s'avança et referma les doigts sur la crosse de l'arme.

C'est alors que Femon se décida. Elle s'élança vers le

panneau de contrôle pour déclencher le système de sécurité qui lui permettrait de fuir tandis que les gaz toxiques se répandaient dans la pièce.

D'un geste vif de la main gauche, il appela la Force et immobilisa Femon. Puis il renforça sa prise et maîtrisa tout son corps. A l'exception du cou et de la tête.

— Ce que vous ne savez pas, fit-il avec un calme désinvolte, c'est que l'histoire de cette galaxie est celle de la Force. L'Ancienne République était gardée par les Chevaliers Jedi qui croyaient en l'honneur et la bienséance. Mais ils devinrent prétentieux et ils se laissèrent dominer par Palpatine, qui avait découvert le pouvoir obscur de la Force. Il régna comme Empereur et, avec le temps, oublia la leçon qu'il avait apprise dans sa propre existence. Et quand il se retrouva en face des pouvoirs du jeune Luke Skywalker, il pensa qu'il était en mesure de le vaincre. Mais Skywalker, qui était doué d'un talent hors du commun dans la Force, tua l'Empereur.

— Et vous, vous allez tuer Skywalker au nom de je ne sais quelle idée noble de l'Histoire ? cracha Femon.

Même si elle se trompait, il ne pouvait qu'admirer son courage.

— Je vais tuer Skywalker car telle est ma destinée. Et aussi parce que je ne pourrai régner sur cette galaxie tant qu'il sera en vie. C'est la vraie leçon de l'Histoire. C'est à moi d'être la puissance dans la Force. L'unique roi. Et pour ça, je dois vaincre le Jedi. Je dois triompher de Skywalker.

— Vous êtes un idiot, Kueller.

— Non, juste un homme patient. (Il sourit.) Et aussi...

Il tendit la main droite et la referma sur le cou de Femon.

— ... je contrôle...

Elle hoqueta, les yeux dilatés, incapable de desserrer l'étreinte de ses doigts. Le corps frémissant, elle luttait pour lui échapper.

— ... la Force...

Il crispa la main, et le cou de Femon craqua violemment dans le silence de la pièce. Alors, il la lâcha et elle s'effondra sur le sol. Elle n'était plus qu'une enveloppe de chair, d'os. Un souvenir.

Il se dressa au-dessus d'elle et regarda les gardes abasourdis.

— Je vais régner sur cette galaxie, dit-il. Vous feriez bien de ne pas l'oublier.

14

Le trait de blaster ricocha sur la paroi. Yan se jeta sur le côté, mais trop tard. Le tir lui effleura les fesses. Les contrebandiers hurlaient en plongeant à couvert. Le trait crépitant manqua Chewie de peu, frôla Wynni et Zeen avant de finir dans la source suintante. L'explosion souleva un nuage de vapeur délétère.

Yan tressaillit sous la brûlure, le nez et les yeux ruisselant dans la puanteur. Il se redressa, souleva Seluss du sol et le colla d'un geste brutal contre la paroi calcinée.

— Et qui t'a appris à tirer ? gronda-t-il. On ne t'a jamais dit que ces murs étaient antiblaster ? Et qu'ouvrir le feu au laser dans un lieu confiné c'est dangereux ? Tu aurais pu tous nous tuer.

Seluss leva ses minuscules mains gantées en pépiant de façon pitoyable.

— Peu m'importe que tu t'inquiètes à propos de Jarril, répliqua Yan. C'est sur *moi* que tu viens de tirer.

— Yan... intervint Zeen.

— Je n'aime pas du tout ça.

— Yan... fit Blue, en écho.

— Mais pas du tout, insista Yan.

Seluss se remit à pépier lamentablement. Puis il se recroquevilla en se cachant la figure entre ses bras.

— Oui, tu as intérêt à ne plus te montrer, parce que lorsque j'en aurai fini avec toi, tu regretteras d'avoir jamais su ce qu'est un blaster.

— Mais Yan... fit Kid DXo'ln.

— Oui, tu vas le regretter.

Chewie attrapa Yan par le bras et le sépara de Seluss.

— Laisse-moi ! Tu ne vois pas que je vais me venger ?

Blue se mit à rire.

— Ça n'est pas aussi évident que ça. Mais tu sais, tu nous as convaincus que le vieux Yan était toujours le même.

Excuse-nous. Il y a tellement de choses qui ont changé qu'on s'est dit que ça devait être ton cas.

Yan foudroya Seluss du regard. Mais il s'interrompit pour répéter :

— Il m'a tiré dessus.

— Et n'importe qui l'aurait descendu sans poser de question, fit Blue sans perdre son sourire qui révélait les dents de cristal saphir d'où lui venait en partie son nom. Mais Yan Solo ne descend jamais ses amis, malgré tout ce qu'ils peuvent lui faire. (Elle glissa le doigt sur la fente que le blaster avait taillée dans son pantalon.) Cependant, je dois dire que ce que je vois n'est pas mal du tout.

Il se dégagea.

— Laisse tomber, Blue.

— Oh, mais c'est qu'on est marié, hein ? Oui, il y a des choses qui ont bien changé.

— Ça me plaît comme ça !

— On passe des contrebandières aux princesses, fit Zeen. Personnellement je n'ai rien contre.

Blue le dévisagea de toute sa hauteur, souple et magnifique.

— Certains n'ont pas besoin de pedigree pour prouver leur valeur. Moi, je suis de première qualité.

— Ça, on peut le dire, Blue, fit Kid DXo'ln.

Seluss se laissa glisser contre la paroi en gémissant, les bras toujours croisés sur son visage.

— Je pense qu'il s'est excité, commenta Blue en le regardant. Je ne crois pas qu'il voulait vraiment te faire du mal, Yan.

— J'espère que non.

Yan se contorsionnait pour essayer de constater les dégâts et Chewie pouffa de rire.

— Hé, ça n'a rien de drôle, gros tas de fourrure. Ça fait mal, en plus.

— Allons, fit Blue. J'ai un baume magique.

Zeen passa un bras autour des épaules de Yan et le poussa en avant.

— Allez, on va s'asseoir et parler.

Seluss sifflota faiblement.

— Toi aussi, tu peux venir, lui dit Kid DXo'ln, mais tu ferais bien de ne pas t'approcher de Yan.

— Enlevez-lui son blaster, voulez-vous ? demanda Yan. Je ne suis pas d'humeur très charitable aujourd'hui.

Il rengaina son arme. Il avait très mal, mais il aurait préféré passer une journée sur Hoth plutôt que de l'avouer. Surtout devant Chewie.

Ils suivirent le ruisselet fétide jusqu'à la chambre d'accès de Skip 1. En entrant, Yan découvrit une trentaine de contrebandiers qui pointaient leurs armes sur lui. Il se retint pour ne pas se retourner vers Chewie : les choses avaient changé dans le Quartier, c'était évident.

Radicalement.

D'habitude, les duels privés restaient personnels. Ça ne semblait plus être le cas.

Le vestibule de Skip 1 constituait la frontière que quelques renégats n'avaient jamais franchie. Des ossements étaient empilés dans un coin : des trophées pour la plupart. Appartenant à des bêtes et autres créatures, mais un certain nombre de nouveaux venus s'étaient entendu dire que tel était le sort réservé à ceux qui révélaient le secret de l'accès à Skip 1.

Plus loin, il y avait les six tables de sabbac sur lesquelles régnait Blue, qui perdait rarement. Elles étaient truquées à l'intention des non-initiés qui se faisaient très vite plumer et repartaient de là d'où ils venaient pour ne jamais revenir. De l'autre côté, le bar en verre avait été installé dans la roche. Bômlas, le barman, jugeait qu'il était indispensable que ses clients venus de tous les secteurs de la galaxie connaissent son extravagante variété d'alcools. Bômlas était un Ychthytonien à trois bras — en fait, il avait perdu le quatrième au cours d'une partie de sabbac particulièrement animée — mais il restait le barman le plus rapide que Yan ait jamais connu.

Un peu à l'écart de la caverne, la salle hokuum était réservée aux contrebandiers qui préféraient les stimulants non liquides. Un endroit que Yan détestait et où il avait rencontré pour la première fois des amateurs d'épice ou de brillstim. Mais les habitants du Quartier adoraient la salle hokuum. Les inconditionnels s'y massacraient généralement au bout de trois jours.

Le coin restauration se situait tout au centre, aussi loin que possible du suintement sulfureux. Jadis, la fille qui était aux fourneaux avait été le meilleur chef de la galaxie. Elle avait été tuée lors d'un duel avec un autre chef et les papilles de Yan frémirent de nostalgie.

— Qui est en cuisine ? demanda-t-il.

Blue plissa le nez.

— Un ex-artiste de la cour de Hapès.

— La classe et le talent, *quoâ* ? Voyez-vous, très chêrr ! railla Kid.

— On ne parle pas comme ça sur Hapès, le contra Yan.

— Mais lui, si. Il prétend qu'il était le chef préféré de la reine mère.

— Il a été recommandé par Isolder ?

— Comment ?

Yan secoua la tête. Son ancien rival auprès de Leia avait encore une fois prouvé qu'il était un homme d'action et de bon goût. Il avait pris à la reine mère ce qu'elle avait de mieux.

— J'espère qu'on vérifie que les plats ne sont pas empoisonnés.

Blue haussa les épaules.

— Il travaille avec pas mal de poisons. Mais ça ne nous fait rien. Il n'y a que les nouveaux qui y mangent, de toute façon.

Chewie gronda et Zeen répondit par un rire.

— Mais non, Chewbacca, on n'a pas oublié la vraie nourriture. C'est à deux cavernes de là.

Yan lança un regard intrigué à son vieux Wookie. Chewie semblait prêt à dévorer le mobilier.

— Je pense qu'on devrait y aller en priorité.

— Il faudrait peut-être s'occuper de ta blessure, proposa Blue avec un regard appuyé.

— Laisse tomber.

— Comme on est susceptible.

Elle les précéda dans l'étroit passage qui menait aux cavernes 2 et 3.

— Tu étais plus drôle quand tu étais plus jeune, Yan.
— Je ne t'intéressais pas quand j'étais plus jeune, Blue.
— Tu étais tellement naïf, tout neuf et gentil. Je préfère les hommes avec un peu plus d'expérience, Yan.
— Et une épouse, ajouta Zeen.
— C'est faux.
— D'accord. Alors, disons que tu préfères les hommes qui ont d'autres attaches.
— Une vraie contrebandière du cœur, commenta Kid.
— Ça c'est malin, les garçons.

Elle sinua dans la caverne 3 et Yan la suivit. Il régnait une odeur de viande rôtie, d'oignon et d'ail, de won-wons wookie et de ragoût sullustéen. Les lieux étaient humides. Une couche gluante luisait sur les murs, sur le blindage antiblaster.

— Je n'ai pas souvenir de cet endroit, remarqua Yan.
— C'est Boba Fett qui en est le propriétaire, avec cinq autres chasseurs de primes. La plupart des amis de Boba Fett sont morts au cours des six dernières années et on a décidé que ce coin serait le rendez-vous des gourmets pour ceux qui s'y retrouvent souvent, comme nous, expliqua Kid.

Yan frémit à la seule mention du nom de Boba Fett. Il avait bien failli perdre la vie à cause du petit chasseur de primes. Il éprouva un certain bonheur en apprenant que Fett avait perdu ses associés.

Rien ne rappelait que la caverne avait pu être l'antre des chasseurs de primes. Yan compta dix-huit auberges autour de lui, plus d'autres plus loin dans le fond. Chacune proposait la cuisine régionale d'une planète. A droite de la porte, l'auberge wookie était nichée dans un faux arbre wroshyr : du moins Yan espérait qu'il était faux. Chewie s'y rua avec un ronflement gourmand.

Yan trouva l'auberge corellienne. Sous son pavillon rouge, vert et mauve, elle semblait droit sortie d'un *Vaisseau au Trésor*. La Corellienne qui faisait rôtir une pièce de viande à l'extérieur était tout aussi clinquante. Yan ne la reconnut pas, mais elle si. Ça n'était guère surprenant : la plupart des Corelliens avaient entendu parler de lui. Ce qui ne lui plaisait guère. Il aimait savoir à qui il parlait.

— Alors, Solo, on s'encanaille ? fit-elle en découpant quelques tranches.

— Non, on dîne.

Il prit le plateau. L'arôme de la viande était délicieux. Il n'avait pas fait un repas corellien depuis... eh bien, depuis que les jumeaux étaient nés.

La fille ajouta à la viande quelques légumes et des racines de charbote avec une montagne de riz-purée.

— Seize crédits.

Il faillit s'étrangler.

— Seize crédits ? Mais ça ne vaut qu'un demi-crédit sur Corellia.

Elle eut un sourire éclatant.

— Il y a longtemps que tu n'es pas repassé par la maison, hein, Solo ?

Il ignora la réplique.

— Un demi-crédit.

— Quinze.

— Deux.

— Dix.

— Cinq.

— On marche comme ça, fit-elle.

Il la paya en retenant un sourire. Ça faisait bien longtemps qu'il n'avait pas marchandé un repas. Il emporta son plateau jusqu'à une table, au centre de la caverne, où Chewie engouffrait déjà une portion de won-wons graisseux. Il en avait cinq, bien dodus, en brochette sur chaque griffe et les dégustait comme des sucreries.

Yan avait déjà goûté des won-wons. A première vue, on aurait dit des limaces de pierre juste un peu visqueuses. Il devait cependant admettre qu'elles avaient bon goût. Il s'installa à côté de son partenaire.

Et se redressa avec un cri de douleur.

Blue éclata de rire en les rejoignant avec un plat de pâtes exodeeniennes.

— Solo, je t'ai dit que je devais te mettre du baume.

— Très drôle, Blue.

— Il y a un poste d'urgence médical par là, fit-elle avec un signe de tête. Tu devrais y aller pour te l'acheter.

— Mais je vais le passer moi-même.
Elle eut un sourire coquin.
— Mais... je n'ai fait aucune proposition.
Kid vint les rejoindre avec une tasse de Vaerbok fumant.
— Comment ça, Blue, on ne fait plus dans la contrebande des cœurs ?
— Non, ça n'a rien d'excitant. L'expérience n'a pas changé notre homme. Il a encore trop bon cœur pour moi.
— Je pensais qu'un bon cœur était toujours bon à prendre, Blue.
— Peut-être. Mais il est trop du genre romantique et tendre. N'est-ce pas, Solo ? Ton épouse a droit au dîner aux chandelles ?
— Bien sûr. Et ça vaut le coup.
Avec un clin d'œil, il partit en courant vers le poste médical.
Un droïd fatigué le reçut, examina sa plaie attentivement et déclara au grand costaud qui tenait le comptoir :
— Une écorchure de blaster.
— Ça, j'aurais pu le dire moi-même, remarqua Yan.
— Non, répliqua le droïd. Vous êtes un contrebandier. Il faut avoir suivi un enseignement spécialisé pour émettre un diagnostic.
— J'en suis persuadé. Mais vous n'étiez pas droïd de protocole dans une vie antérieure ?
— Certainement pas. Je suis un droïd FX. Je n'ai jamais eu la moindre envie d'être un droïd de protocole. Cela va à l'encontre de mon programme.
— C'est évident, fit Yan en s'approchant du comptoir.
Le costaud posa violemment un flacon devant lui.
— Ça fera cinquante crédits.
Yan sourit.
— On dirait que la vente du baume antiblaster marche bien. Moi, je vous en donne cinq crédits.
L'autre braqua instantanément un blaster sur lui.
— Vous voulez que ce baume soit *vraiment* nécessaire ?
Yan fit un pas en arrière.
— Hé, je veux vous payer.
— C'est cinquante crédits pour l'ordonnance.

— Et cinquante de plus pour le diagnostic, ajouta le droïd médical.

— Non, pas question. Moi, je *sais* que c'était un coup de blaster. Je n'ai pas besoin de l'opinion d'un expert.

Le droïd tourna sa face argentée vers le costaud du comptoir.

— Ça ne marche jamais, fit-il.

— C'est plus la saison.

Yan plissa le front, s'empara du flacon et plongea dans la petite alcôve, de l'autre côté du comptoir. Il faillit grogner de plaisir en passant le baume sur sa brûlure. En ressortant, il s'attendait à ce que la brute lui réclame encore quelques crédits pour le peu de temps qu'il avait passé dans l'alcôve, mais il n'en fut rien.

Il s'éloigna sans problème et retrouva Chewie et les autres. Quelqu'un avait pioché dans son riz-purée, mais ça n'était pas grave : il avait horreur de ça.

Il se rassit avec soulagement et finit sa viande, la plus délicieuse qu'il eût dégustée depuis longtemps.

Et puis, il y avait l'atmosphère qu'il avait retrouvée, la caverne humide et toutes ces voix qui se fondaient dans des centaines de langages.

— Tu as dit que c'était Jarril qui t'avait invité à venir nous voir, fit Kid.

Yan haussa les épaules.

— Il a prétendu qu'il y avait de l'argent à se faire.

— Mais le mari d'une princesse n'a pas besoin d'argent, lança Blue.

— Sauf si on a fait sauter son royaume.

— Ça remonte à dix-sept ans, protesta Zeen.

— Vraiment ? Vous ne recevez jamais de nouvelles ici ?

Wynni grommela.

— Bon, alors vous avez entendu parler de l'attentat de Coruscant.

— La salle du Sénat n'est pas tout le royaume, remarqua Kid.

— Tu vas lui en acheter une autre ? demanda Zeen.

— Comme tu as acheté Dathomir ? appuya Blue en riant.

— Ça a marché, Blue.

— Oui, j'en ai entendu parler.

Il repoussa son plateau, rassasié.

— Alors tu es venu pour quoi ? insista Zeen.

Yan jeta un regard à Chewie : le Wookie griffait les derniers restes de son plat de won-wons en ignorant leur conversation.

— Jarril a disparu juste après l'attentat. En fait, il a réussi à franchir le bouclier de Coruscant au dernier instant. Avec ce qu'il m'a dit et cette histoire d'argent facile, je me suis demandé s'il n'en savait pas plus sur ce qui s'est passé.

Seluss lui adressa un pépiement furieux en agitant son blaster.

Yan porta la main à son arme.

— Je vous avais dit de lui confisquer son blaster.

— Il est trop malin, fit Blue.

— Prends-le-lui.

— Yan, il a en partie raison et...

— Prends-lui son arme.

Seluss devint frénétique. Et soudain Chewbacca, d'un coup de patte, lui arracha son blaster et le jeta sur le sol. L'arme alla cogner le droïd médic qui hurla.

Seluss bondit et Yan braqua son arme sur lui.

— A ta place, mon gros, je ne ferais pas ça. On se rassied et on reste calme.

— Mais il est seulement affolé, dit Blue.

— Et moi, j'ai mal au cul, répliqua Yan. Il s'assied, c'est tout.

Seluss obéit avec une expression d'enfant vexé.

— Maintenant, si nous poursuivons la conversation, je risque de dire des choses qui vont te déplaire. Tu vas m'écouter comme un adulte et tu as aussi le droit de répondre. (Yan prit conscience qu'il s'exprimait du même ton qu'avec ses enfants quand ils dépassaient les bornes.) Si ça ne te plaît pas, si tu as l'intention de défendre l'honneur de Jarril par les armes, dis-le-moi tout de suite. Comme ça, je pourrai te descendre plus facilement.

— Tu sais, Seluss est un vieux copain, dit Blue.

— Le tien, peut-être.

Seluss le regardait, les lèvres plissées.

— Je n'ai jamais fait confiance à ce salopard depuis qu'il a piqué les plans du *Faucon*.

Seluss pépia d'indignation.

— Je corrige, ajouta Yan. Depuis le jour où Lando m'a dit que ce salopard avait piqué les plans du *Faucon*. Mais les détails importent peu : il n'en reste pas moins que tu n'es pas du genre honnête.

— Aucun de nous, fit Blue.

Chewie gronda.

— Oh, ça va, Chewie. Garde ça pour ceux qui veulent bien te croire.

— Fiche-lui la paix, dit Yan en se penchant. Je ne tiens pas à ce que Seluss me grille encore. Je suggère que tu te retires, petite tête.

Seluss s'éloigna vers le poste médical.

— Sans blaster, ajouta Yan.

Seluss disparut avec un crépitement irrité.

— Il n'est pas content, diagnostiqua Zeen. Et il aurait pu t'en dire plus que n'importe qui sur le compte de Jarril.

— Ça, j'en doute un peu.

La dernière adresse connue de Brakiss était sur Msst, une petite planète proche des Mondes de la Bordure, jadis une place forte de l'Empire. L'Empire s'en était théoriquement retiré après la trêve de Bakura, mais Luke savait que bien des Impériaux l'utilisaient encore comme lieu de rendez-vous. Mais pas récemment.

Luke se posa sans assistance dans la brume laiteuse. La nouvelle aile-X répondait parfaitement, mais ça ne compensait en rien l'absence de D2.

Le terrain principal de Msst se situait dans une des rares zones où la brume se dissipait vers midi. Ce qui n'était apparemment pas le cas ce jour-là.

L'humidité poisseuse du dehors le fit frissonner. Il se dit que D2 aurait été perdu dans cette purée. Mais c'était le grand défaut des nouvelles ailes-X. Luke était suffisamment bon pilote pour se poser sur n'importe quel monde inconnu, mais il se sentait péniblement vulnérable sans la compagnie de son petit astromécano, sans ses observations désabusées et ses astuces.

Cole Fardreamer avait intérêt à lui restituer sa vieille aile-X en parfait état à son retour.

Des tours d'acier se dressaient dans la brume. Elles portaient le sceau de l'Empire, même s'il semblait moins menaçant, usé par le temps. Les tours avaient l'air d'être abandonnées, mais Luke n'avait aucun moyen d'en être certain.

Il avait eu le vague espoir de retrouver Brakiss ici, mais il ne le sentait nulle part. S'il y avait eu quelqu'un naturellement doué du talent de la Force, il l'aurait perçu.

Luke avait souvent pensé à Brakiss — dans des moments étranges en fait, surtout lorsqu'il se remémorait Ben Kenobi. Ben avait toujours parlé de Dark Vador avec une note de tristesse, de regret, comme s'il était responsable de l'avoir laissé partir vers le Côté Sombre.

Je ne veux pas te perdre comme j'ai perdu Vador.

Ces mots lui étaient revenus à l'instant où Brakiss fuyait vers son vaisseau, pour tenter de s'échapper de Yavin 4. Pour tenter d'échapper à lui-même.

J'ai été stupéfait de constater à quel degré la Force était présente en lui. J'ai dû prendre sur moi pour lui donner l'éducation d'un Jedi. Je pensais pouvoir le former aussi bien que Yoda m'avait formé, moi.

Je me trompais.

Le froid qu'il ressentait faisait écho à celui qu'il avait connu sur Yavin 4 lorsque toutes ces voix s'étaient tues soudainement. Comme à celui qu'il avait ressenti dans la salle ravagée du Sénat en percevant la trace méphitique de Brakiss.

Brakiss, qu'il avait tenté de ramener vers les Jedi, en le détournant du Côté Sombre.

Je me trompais.

Brakiss s'était enfui et, selon les premiers rapports, il s'était réfugié ici, sur Msst, auprès des officiers qui avaient tenté d'infiltrer l'Académie Jedi. Luke s'était dit qu'il y était encore, qu'il avait retrouvé une vie paisible, pareille à celle qu'avait connue Obi-wan Kenobi sur Tatooine, lorsqu'il veillait sur Luke Skywalker.

Si Luke ne sentait pas sa présence, il se disait aussi que quelque chose pouvait brouiller la Force, comme les ysalamari sur Mrykr. Mais l'effet des ysalamari était physique, et il n'éprouvait rien de tel sur la planète brumeuse.

Pas la moindre trace.

Il n'y avait que les volutes blanches et humides.

Une impression étrange.

Les archives lui avaient appris que l'Empire s'était comporté comme d'habitude sur Msst. Que la flore avait été détruite, que les indigènes travaillaient dans les marais de cristal et qu'une colonie d'esclaves édifiait des immeubles dont nul n'avait besoin. Mais apparemment, les Impériaux n'avaient pas touché aux formes de vie sauvage.

Ce qui signifiait que quelque chose le maintenait à l'écart.

Et ce quelque chose devait être Brakiss lui-même.

Il porta la main à la poignée de son sabrolaser et se tourna vers l'aile-X. Ses ailes étaient visibles au-dessus de la brume.

Il lui fallait la trousse d'urgence. Elle contenait une lampe antibrouillard et quelques rations. Avec ça, il pourrait atteindre les tours.

Il se retourna...

... à la seconde où de grosses bulles roses flottaient à hauteur de l'aile. Elles n'avaient pas de visage et de longs filaments roses pendaient sous elles. Les bulles ne paraissaient pas avoir conscience de sa présence. Elles rebondirent doucement sur le vaisseau, comme autant de doigts tâtonnants.

Luke resta immobile. Si ces êtres étaient intelligents, ils devaient réagir aux stimuli. Les filaments roses semblaient l'indiquer, de même que leur comportement. Les bulles devaient répondre aux mouvements. Eussent-elles été sensibles à la chaleur, elles auraient approché Luke en premier et non l'aile-X.

Mais le vaisseau était au sol depuis un bon moment. Les créatures avaient pu le repérer quand il s'était posé, ou alors elles étaient attirées par autre chose.

Les réserves d'énergie ?

Impossible à dire. Mais il devait défendre son aile-X, son unique moyen de repartir de ce monde.

Il serra son sabre et marcha vers les bulles roses.

Dans un grand chuintement, la brume disparut. Une bulle trois fois plus haute que l'aile-X décolla du sol pour dériver jusqu'à lui. Ses filaments dardèrent comme des aiguillons et des élancements douloureux lui traversèrent le corps. Instantanément, son organisme réagit et il s'agenouilla, les bras noués sur la tête.

Cette agression se faisait dans un silence surnaturel. La brume n'était plus là mais les bulles continuaient à rebondir sur le fuselage de l'aile-X comme des insectes aériens.

Sa peau était insensible aux endroits où les filaments l'avaient touché. La solution consistant à se protéger n'était pas le meilleur choix et il risqua un regard vers le haut, entre ses bras. La bulle géante était toujours là. Elle semblait vide. Mais les filaments le piquaient toujours, et chaque trait de douleur était suivi d'insensibilité. La chose le paralysait peu à peu.

Il remarqua que les filaments semblaient sortir d'une sorte de tente de chair dont les bords étaient découpés. Comme...

... comme des dents !

Des dents !

La bulle devait piquer sa proie jusqu'à totale immobilité avant de l'aspirer et de la mâcher.

Le sabre ronronna dans sa main. Il le brandit et faucha une dizaine de filaments qui s'abattirent sur lui en une averse piquante.

Ses muscles semblaient tétanisés. Mais il continua à frapper aussi vite que son corps endolori le lui permettait.

La bulle réagit en le piquant plus vite encore, et plus fort. Chaque filament était comme un fer rouge. Il sursauta, le corps à la fois brûlant et glacé, luttant pour retrouver son souffle.

Mais il concentrait toute son énergie dans son bras sans cesser de frapper avec son sabre. D'autres filaments l'enveloppèrent, le rivèrent au sol dur, toujours dans le silence.

La bouche rosâtre s'approchait. Il en émanait une haleine

glacée et blanche. La source de la brume. Yan sentit la paralysie le gagner un peu plus. Il continuait à lutter, l'épaule douloureuse ; il sentait à peine sa main, son cou, son visage. Les filaments le piquaient toujours, mais il était maintenant insensible à la souffrance.

Quelle étrange façon de mourir. Ici, seul, sans D2. Sans même savoir...

Je sens le froid, la mort. Sa propre voix répondait en écho au souvenir de Yoda.

Cet endroit... est hanté par le Côté Sombre de la Force... Tes armes... tu n'en auras nul besoin.

Et le petit Anakin :

On a fait de la chaleur.

Luke focalisa toute sa chaleur vers le haut, droit au centre de la bulle vivante. La créature tenta de dériver, mais il accentua encore le flux.

Dans une explosion assourdissante, la créature s'évanouit. Une dizaine d'autres bulles plus petites éclatèrent en série.

Des choses roses pleuvaient maintenant autour de Luke. Elles grésillaient en atteignant le sol. Mais quelques-unes le touchèrent et la paralysie devint totale. Il tenta de créer un bouclier avec la Force, mais trop tard.

Il s'abattit sur un amas de globules et, horrifié, vit leurs dendrites qui se glissaient sous sa combinaison de vol jusqu'à sa peau gelée.

15

Leia, couchée sur le lit, lisait les informations. Elle avait passé un vieux pantalon de combat et une des chemises de Yan. Ses cheveux n'étaient maintenus que par deux tresses.

C'était là, entre les oreillers et les couvertures, qu'elle se sentait le plus en sécurité. Elle avait souvent le sentiment qu'elle n'était vraiment elle-même qu'ici, où nul ne pouvait entrer sans invitation, y compris les enfants.

Elle était seule et ne risquait pas d'être dérangée. Elle souffrait néanmoins de l'absence de Yan en prenant connaissance des résultats des élections.

Elle avait tout de suite compris, dès le matin, en voyant l'expression de Gno, que les nouvelles n'étaient pas très bonnes. Elle avait demandé des copies sur papier avant de se retirer. Si elle était restée dans son bureau, elle aurait été harcelée par ses partisans comme par les opposants, avec leurs plaintes, leurs reproches et leurs promesses.

Les élections avaient été rapides, comme elle l'avait souhaité. Certains mondes se plaignaient de ne même pas avoir eu le temps de mobiliser l'électorat. (*Exactement ce que nous voulions*, avait commenté Gno.) D'autres avaient demandé un délai de deuil pour les sénateurs disparus, ce qui leur avait été refusé. Le gouvernement se devait d'agir vite pour son avantage. C'était trop souvent dans les cérémonies funéraires que se retrouvaient les politicards que Leia et ses partisans souhaitaient éviter.

Les doigts tremblants, elle parcourait les listes. Elle lut les chiffres des planètes dont les sénateurs avaient été blessés dans l'attentat. La plupart des électeurs avaient décidé de suivre leurs représentants en leur accordant le droit de voter par procuration. D'autres, pourtant pas certains que leurs sénateurs puissent encore siéger en personne, avaient quand même voté dans leur sens.

Le déséquilibre était provoqué par les centaines de planètes dont les sénateurs avaient péri dans l'attentat. Malgré la rapidité de la mise en place du scrutin et les précautions prises, quinze pour cent seulement des voix étaient restées acquises à la tendance politique en place. Les quatre-vingt-cinq pour cent restants s'étaient portés sur d'ex-Impériaux.

Par le seul effet de la bombe, les ex-Impériaux s'assuraient ainsi une majorité relative au Sénat.

Suffisante pour contrer n'importe quel scrutin sur une loi, sans pour autant leur permettre de l'emporter dans tous les cas.

Du moins, Leia l'espérait-elle.

Sinon, ils devraient se battre pour chaque vote majeur. Le Sénat était devenu un corpus politique, il n'était plus un collège.

Dès ce soir, il lui faudrait réagir aux résultats ; et de la manière la plus diplomatique possible. Elle ne pouvait pas isoler les nouveaux sénateurs en les laissant s'installer dans la certitude qu'ils allaient s'opposer à elle, mais elle devait également rassurer ses partisans.

Elle plongea la tête dans un oreiller en froissant quelques feuilles. De plus en plus souvent, elle regrettait le temps de la Rébellion, où les crises se résolvaient au cours de combats francs, à coups de blaster, par les assauts de la flotte au nom de la vérité et de la justice.

Elle savait se montrer subtile. Luke et Yan le lui avaient dit. Elle en avait conscience et avait su le prouver.

Mais elle avait toujours été une femme directe. Pour elle comme pour ses amis. Et elle envisageait comme une corvée la déclaration qu'elle devait prononcer.

Elle discernait déjà l'avenir de ce gouvernement, et la sincérité n'y jouerait certainement pas un grand rôle. Les Impériaux avaient retrouvé un certain pouvoir et les Rebelles devraient modérer leur langage s'ils ne voulaient pas se montrer insultants envers leurs collègues. L'histoire de la Rébellion se modifierait pour faire apparaître que seuls les leaders de l'Empire avaient été corrompus. Et chaque modification de l'histoire apportait son petit mensonge. Ainsi les mensonges s'ajoutaient les uns aux autres jusqu'à ce que la vérité se perde.

Leia se redressa en repoussant les feuillets. Non, se dit-elle, elle ne supporterait pas ça. Dans son allocution, elle mettrait le Sénat en garde : jamais les menées de l'Empire n'auraient leur place dans la politique de la Nouvelle République. Elle soulignerait quel pouvoir ils servaient désormais et à quel point les idéaux pour lesquels ils s'étaient battus si souvent restaient importants.

Ma douce, il ne t'est jamais venu à l'esprit que c'est toi qui peux être injuste.

Elle plissa le front en retrouvant l'écho des paroles de Yan, comme lorsqu'il les avait prononcées devant elle. L'Empire était leur ennemi et le resterait toujours.

Mais il avait été vaincu.

Qui donc alors avait posé la bombe ?

L'enquête avançait lentement, comparée aux élections, ce qui l'irritait. Elle avait espéré que le ou les auteurs seraient déjà traduits en justice. Mais elle avait le sentiment que plus elle s'inquiétait de ces choses, plus elles lui échappaient.

Leia, le secret pour utiliser tes pouvoirs, est de rejeter ce que tu sais. Laisse-toi guider par la Force.

La voix de Luke était aussi nette que s'il était dans la chambre.

Elle quitta le lit. Rejeter ses émotions était plus difficile que tout ce qu'elle avait pu connaître. Depuis l'âge de dix-huit ans, elle n'avait cessé de combattre l'Empire. L'Empire qui avait détruit sa maison, tué son père bien-aimé et l'avait fait naître des œuvres malfaisantes d'un homme mauvais, avec un nom qu'elle avait essayé de redorer en le donnant à son plus jeune fils. Elle avait été torturée et blessée durant toutes ces batailles et avait perdu tant d'amis face à l'Empire.

Aujourd'hui, elle devait coexister avec ce même Empire.

Un jour, lui avait dit Mon Mothma, *il nous faudra dépasser la Rébellion pour devenir un vrai gouvernement.* Peut-être était-elle la seule capable de réussir cela. C'était Mon Mothma qui avait jeté les fondements de la République. Toute sa force résidait dans son pouvoir de persuasion et son talent pour déchiffrer les événements à long terme.

Mais pour Leia, la Rébellion avait remplacé tout ce qui

existait avant. Elle avait été pour elle un nouveau foyer, avec de nouveaux amis.

Elle ne pouvait abandonner cela. Car si elle oubliait sa haine de l'Empire, elle risquait de perdre l'amour qu'elle avait trouvé au sein de la Rébellion.

Mon Mothma, elle, avait la capacité de rejeter ces passions.

Mais c'était aussi à cause de ça qu'elle s'était effacée.

Leia, notre chef doit être forte et dynamique. Nous avons besoin de quelqu'un tel que vous.

Forte, dynamique. Et passionnée.

Et aussi lourde de colère.

La peur, la colère et la haine appartenaient au Côté Sombre. Combien de fois Luke ne le lui avait-il pas répété ?...

Où était-il ? Quelque part, pourchassant un fantôme. Comme Yan. Ses enfants étaient sur Anoth, avec Winter. Tous ceux qu'elle aimait étaient au loin.

Le gong de l'appartement résonna.

Elle sursauta, irritée.

— J'ai dit que je ne voulais pas qu'on me dérange, fit-elle à l'intention de l'ordinateur.

— Certainement, madame, répondit le circuit domestique avec la voix de Yan mais pas son vocabulaire. (Leia, soudain amusée, oublia sa colère : Anakin, encore une fois, avait joué avec les contrôles.) Mais vous avez ici un visiteur qui désire vous voir d'urgence. Il a menacé de déconnecter mes circuits si je ne vous contactais pas.

— Vraiment ? Ce mystérieux visiteur a-t-il un nom ?

— Il prétend être un certain Lando Calrissian.

Non seulement Anakin avait bricolé la voix de l'ordinateur, mais sa mémoire également : il aurait dû identifier instantanément le nom de Lando. Heureusement pour lui, le petit génie de la mécanique était à un certain nombre d'années-lumière de là, sinon Leia lui en aurait touché deux mots. Evidemment, il aurait rejeté la faute sur Jaina. Mais Jaina, elle, savait toujours effacer ses traces.

— Passez en visuel.

Une projection holographique apparut à hauteur de son

regard. Calrissian portait sa cape, ses bottes sombres de contrebandier et une chemise éclatante en satin. Ses cheveux étaient plus courts, mais à part ça, il n'avait pas changé. Si ce n'est que sa moustache toujours aussi soignée ne cachait pas son expression sombre.

— Faites-le entrer.

Elle passa dans le living. Les tentatives de séduction de Lando appartenaient au passé, mais elle avait toujours évité scrupuleusement de se retrouver dans l'intimité avec lui.

C'était Jacen qui avait choisi la décoration du grand salon. En se plaignant qu'aucun fauteuil n'y était confortable, plainte que Leia avait trouvée justifiée. Maintenant, tous les sièges étaient dépareillés (*c'est le confort qui compte, maman*), mais tout le monde appréciait le living. En attendant Lando, elle s'installa dans le canapé marron que Winter avait judicieusement recouvert d'une couette blanche.

Il franchit la porte et regarda autour de lui comme si elle était invisible.

— Où est Yan ?

Pas le moindre « Hello, Leia, comment va la princesse la plus douée de la galaxie ? ». Pas de « Comme vous êtes splendide aujourd'hui ! ». Rien. Si elle ne lui avait jamais vu cette expression, elle aurait pu se croire en présence d'un imposteur.

— Il n'est pas sur Coruscant. Je peux vous aider, Lando ?
— Il faut le contacter, Leia. La situation est critique.

Un frisson monta dans son dos.

— Dites-moi ce qui se passe.
— Il y a des jours que j'essaie de vous joindre.
— Le réseau de communication a été saturé depuis l'attentat.
— Je sais.

Lando croisa les mains dans son dos en arpentant le salon, l'air aussi sinistre que le jour où ils avaient plongé Yan dans la glace carbonique et où il avait appris que Vador l'avait trahi.

— Où est Yan ?
— Il faut d'abord me dire quel est le problème.
— J'ai retrouvé un vaisseau de contrebandier, celui d'un

vieux collègue à nous. Abandonné et saboté. Il n'y avait plus personne à bord. Le pilote avait été tué.

Leia ressentait le malaise jusque dans son estomac maintenant.

— Il venait de Coruscant. Et en fouillant dans ses archives de bord, j'ai trouvé ces messages.

Il lui tendit un petit ordinateur portable. Elle lut sur l'écran.

CARGAISON LIVRÉE. FEU D'ARTIFICE SPECTACULAIRE.

SOLO SAIT. NOUS POUVONS COMPTER SUR SA PARTICIPATION.

Elle rendit l'ordinateur à Lando.

— Et sur quel vaisseau avez-vous trouvé ça ?...

— Le contrebandier s'appelait Jarril. Vous ne le connaissiez pas ?

— Yan est parti à sa recherche il y a quelques jours. Qu'est-ce qui vous fait croire que la situation est critique ?

— Jarril a été tué à cause de ce message dans lequel Yan est mentionné.

— Vous pensez que Yan pourrait être le suivant ?

— Quel est votre avis, Leia ?

— Ce qui m'inquiète, c'est cette histoire de « feu d'artifice ».

— Yan ne se serait jamais laissé compromettre dans ce genre d'affaire.

Elle leva les yeux sur lui. Lui aussi pensait que ce « feu d'artifice » avait un rapport direct avec la bombe.

— Je sais. Mais Jarril l'ignorait peut-être.

— Jarril connaissait Yan. Comme tout le monde. Son attitude a suscité pas mal de mécontentement chez les contrebandiers. Avec sa bonne conscience, il nous a causé plus d'ennuis qu'on a tendance à le croire.

— Et c'est aussi grâce à elle qu'il a sauvé beaucoup d'entre vous. Yan pensait qu'il y avait un rapport entre Jarril et l'attentat. Il avait raison.

— Ses intuitions sont généralement bonnes.

Elle acquiesça. Et elle n'avait pas cru Yan. Jarril était mort. Il n'avait été qu'un pion, rien de plus. Yan aussi ?

— Ce second message n'est pas clair, dit-elle. (Subtile, posée.) Et si c'était le signal de déclenchement d'un piège ?

— C'est ce que je pense. Jarril ne se trouvait pas dans une région particulièrement fréquentée. Nul n'était censé lire ce message. En fait, il avait été effacé. Si je n'avais pas eu les codes du vaisseau, nous n'en saurions rien.

— Où était-il adressé ?

— Une planète du nom d'Almania. Vous en avez déjà entendu parler ?

Elle secoua la tête.

— C'est à l'autre bout de la galaxie. Tatooine, c'est la banlieue, comparée à Almania. Elle se situe tellement loin de l'Empire ou de la Rébellion qu'elle n'a jamais été revendiquée durant le conflit.

— Et vous pensez qu'il peut y exister une base impériale ?

— J'ai trouvé un casque de commando dans le vaisseau. Et du matériel insolite appartenant sans doute à l'Empire. Mais ça n'est pas dans leur style. Ils détruisent d'abord et posent des questions ensuite.

— Mais ce n'est plus Palpatine qui est à la tête de l'Empire. Ni Vador. (Ou Thrawn, ou n'importe lequel des autres prétendants qui s'étaient manifestés depuis ces dix-sept dernières années.) Un nouveau leader devrait avoir un style nouveau.

Plus subtil. Mieux adapté à la politique actuelle. Capable d'ébranler la foi en la Nouvelle République. D'implanter des hommes au Sénat — pour reconquérir le pouvoir, tout comme l'avait fait Palpatine autrefois.

Elle frissonna.

— Il faut joindre Yan. Le prévenir.

Lando hocha la tête.

— Expédiez-lui un message si vous le pouvez. Je vais partir à sa recherche. Vers quel secteur s'est-il dirigé ?

— Le Quartier des Contrebandiers.

Il se laissa tomber sur le canapé à ses côtés.

— Qu'y a-t-il, Lando ?

— Je ne peux pas y aller. Un personnage plutôt mauvais du nom de Nandreeson a mis ma tête à prix.

Leia soupira longuement. Si Lando ne pouvait aller là-bas, elle devrait envoyer quelqu'un d'autre. Mais qui ? Si elle en croyait la description de Yan, seuls quelques rares individus pouvaient trouver le chemin de l'Organisation.

Lando s'arracha au canapé dans un grand tourbillon de cape.

— Non, ça ne devrait pas m'arrêter. Qu'est-ce qu'une poignée de crédits entre amis, n'est-ce pas ?

— Ça ne sera pas nécessaire. Nous allons bien trouver quelqu'un d'autre.

— Pas assez vite. Et certainement pas quelqu'un auquel je puisse me fier quand il s'agit de Yan. Non, je dois m'y rendre moi-même.

— Lando...

Il leva la main.

— Leia, vous ne me ferez pas changer d'avis. Sur Bespin, j'ai bien failli tuer Yan à cause de ma cupidité et de mon imprudence. Je ne l'oublierai jamais.

— Mais vous avez aidé à le sauver. Vous avez rendu service à la Nouvelle République. Vous vous êtes racheté.

— Jamais je ne me rachèterai assez, Leia.

Il avait un air grave qu'elle ne lui avait jamais vu. Puis il sourit, avec cette expression rusée qui devait être le propre de tous ceux qui avaient un jour appartenu à l'Organisation des Contrebandiers.

— Mais personne ne m'interdit d'essayer.

Cole Fardreamer n'avait jamais encore remonté une aile-X. Et certainement pas sous la surveillance d'une unité D2 démodée. Ce petit droïd semblait avoir la tête sur les épaules : il bipait chaque fois que Cole s'éloignait du vaisseau. S'il avait eu des bras, il les aurait sans doute croisés sur son corps en forme de barrique argent et bleu.

Cole avait bien essayé de s'adjoindre les services d'un Kloperien, mais le D2 avait couiné avec une telle férocité en se balançant sur ses roues que Cole avait aussitôt renoncé. Skywalker lui avait dit que le droïd avait été « emprisonné » par les Kloperiens. L'expression était bizarre, mais il la comprenait mieux à présent devant les réactions quasi humaines du petit astromécano.

Cette partie du hangar était déserte. Le D2 sifflait dès que d'autres employés se montraient. Cole les accueillait et, quand on lui posait des questions, il répondait qu'il travaillait sur un projet spécial. Ils n'insistaient pas — si l'on exceptait son contremaître qui, en apprenant que le projet et l'aile-X appartenaient à Luke Skywalker, lui avait laissé la paix.

Il était soulagé que Skywalker n'ait pas attendu pour quitter Coruscant. Ce boulot avait déjà pris trop de temps. Quand il avait fait part de ses difficultés au D2, le droïd avait émis un « pfftt ! » méprisant.

Skywalker l'appelait simplement D2. C'était un surnom plus qu'une appellation de série. Cole sourit à cette idée.

— Maintenant, D2, annonça-t-il, nous allons nous mettre au travail sur le socle de l'unité astromécanique.

D2 sifflota en se balançant, mais Cole n'aurait su dire s'il réagissait à son nom ou à ce que Cole venait de lui annoncer. Aux deux, peut-être.

Il grimpa jusqu'au cockpit et ôta les boulons qui maintenaient l'unité d'astrogation optimisée et les ordinateurs d'hyperdrive. Cinq nouveaux branchements avaient été ajoutés au système informatique : Cole en avait déjà supprimé trois. Quand il aurait retiré les deux derniers, il lui faudrait fixer à nouveau le socle de l'astromécano avec son siège éjectable. Ensuite, il remettrait en place les puces-mémoire que le droïd gardait encore sur lui et reprogrammerait les ordinateurs pilotes et capteurs. Il avait déjà fait ce genre de travail sur Tatooine, en remontant des ailes-X endommagées qui n'avaient pas été récupérées par les Jawas, mais sans grand succès.

Il devait allonger le bras selon un angle douloureux pour fixer sa clé à rotation. Dès qu'elle bourdonna, les boulons cédèrent. Je n'y crois pas, se dit-il, je travaille sur l'aile-X de Luke Skywalker. Il avait entendu parler de lui pour la première fois à Anachore, sur Tatooine, où Luke était un personnage bien connu, l'ami de tous apparemment.

Il avait collecté des tas d'anecdotes à son sujet, avec le vague espoir de suivre un jour ses traces. Mais sans jamais réaliser que les exploits de Skywalker étaient liés à ses talents de Jedi. Et quand quelqu'un le lui avait fait remarquer, ç'avait été comme la fin d'un rêve.

Il laissa tomber les boulons en retirant la clé et le droïd les inspecta comme tout ce qu'il arrachait au vaisseau, redoutant sans doute que ce soit important.

Plus tard, Cole avait tourné dans les parages d'Anachore en faisant de petits boulots bizarres à droite et à gauche. Jusqu'à ce que quelqu'un qui l'avait bien connu et qui regrettait de le voir dans la déroute *(Ça veut dire quoi, ça, Fardreamer ? Qu'on ne devient pas un héros en réparant les machines des autres ?)* lui fasse prendre conscience que ses talents valaient bien ceux de Skywalker, tout en étant différents. Des tas de gens dans la galaxie, des êtres importants, non doués de la Force, avaient pourtant apporté leur tribut à la Nouvelle République.

C'est ainsi qu'il avait pris le premier vol à destination de Coruscant et qu'il avait proposé ses services de mécanicien au gouvernement. Il avait commencé par des besognes ineptes qu'un droïd aurait pu faire mieux que lui, comme de trier des boulons. Mais il ne s'était pas laissé décourager. Et quand il avait fait la preuve qu'il était plus doué que les Kloperiens les plus experts, on lui avait offert le genre de travail qu'il aimait.

Ce qui l'avait amené, assez ironiquement, à rencontrer Luke Skywalker.

Le dernier boulon tomba et Cole glissa les doigts sous le panneau en tirant. Mais il n'avait pas suffisamment de force et un mauvais angle d'appui.

Le D2 gémit alors.

Cole insista. Le panneau refusait de céder. Il sortit du chasseur en brossant ses vêtements.

Le D2 s'agitait en sifflant.

— Je vais m'y recoller, dit Cole. Pour l'instant, il tient bon.

Mais sa réponse ne calma en rien la petite créature qui se fit de plus en plus bruyante. Il l'observa, inquiet. Le D2 avait peut-être des ennuis, ou alors...

L'astromécano l'écarta et s'approcha de l'aile-X en

déployant un petit bras cylindrique muni d'une griffe-outil. Il la fixa sur le panneau et tira.

— Hé ! lança Cole.

Le D2 pouvait casser le panneau et il n'avait pas l'intention de le rembourser sur son salaire.

Mais ça n'arrêta pas le droïd. Le panneau sauta, dégageant un espace de cinq centimètres. Le droïd tourna la tête vers Cole.

Il gazouilla fiévreusement, comme s'il tentait de lui faire comprendre quelque chose d'essentiel. Cole se demanda si Skywalker comprenait tout ce que disait la créature. Oui, sans doute, avec la Force.

— Okay, okay, laisse-moi voir.

Il se hissa auprès de D2 et risqua à grand-peine un coup d'œil derrière le panneau.

Immédiatement, il vit l'insigne impérial vert et bleu.

Avec un sifflement étonné, il se tourna vers le droïd. Pas étonnant que Skywalker tienne à ce petit machin, se dit-il.

Il arracha quelques puces et quelques câbles et se figea. L'insigne faisait partie du nouveau système informatique installé dans les œuvres vives du chasseur. Seuls ceux qui avaient procédé à l'assemblage devaient en connaître l'existence.

Cole ne pouvait savoir si ce dispositif était uniquement destiné à l'aile-X de Skywalker. Il devrait se livrer à des recherches pour s'en assurer.

Car il reconnaissait ce dispositif. Il l'avait déjà vu dans certaines épaves de Tatooine et quelques amis étaient morts sous ses yeux.

Le symbole de l'Empire cachait un dispositif explosif exclusif qui restait inerte jusqu'à ce qu'il soit déclenché par un code de commandement précis ou entré dans le système annexe. Alors, la polarité énergétique s'inversait, passait en surcharge, et le détonateur éclatait, provoquant une explosion maximale à partir de tout l'équipement environnant.

Cole avait les mains qui tremblaient. Skywalker avait eu raison de ne pas prendre son aile-X. A cette heure, il serait mort.

16

— Seulement la peau... ça va aller...

Luke crut entendre la voix de Yoda. Il écouta plus attentivement, mais les mots s'amplifiaient puis s'éteignaient.

— ... chance... vous êtes...

Comme sa conscience. Il lui semblait avoir chaud pour la première fois depuis une éternité, mais il ne sentait rien sur sa peau. Il flottait en apesanteur mais sans bouger. C'était très, très étrange. Rien ne le touchait. Jamais encore il n'avait connu ça.

— ... vous connais... Je...

Sous ses paupières closes, la texture des ténèbres était différente. Il ne discernait pas seulement le noir mais une trace de couleur brune et vive, comme lorsqu'il fermait brièvement les yeux dans le soleil de Yavin 4.

— Vous sentirez...

Des odeurs passaient, fugaces. Il crut retrouver celle du ragoût de sa tante Beru, celui qu'elle faisait quand les vaisseaux venaient de livrer leur cargaison à Anachore. La viande n'était jamais vraiment fraîche et elle la faisait mitonner des journées entières avant de la servir, comme si elle était aussi précieuse que l'humidité qu'on récoltait à la ferme.

— ... le moment venu...

Si la voix avait les intonations de Yoda, ça n'était pas la sienne. Elle possédait les mêmes qualités graves et androgynes, mais il manquait la syntaxe particulière de Yoda. Celui qui parlait possédait parfaitement la langue. Les oreilles de Luke captaient mal les sons, c'est tout. Elles sautaient des mots comme s'il était devenu un droïd endommagé.

Il se concentra à la recherche de la Force, la trouva enfin et accentua ses réceptions sensorielles.

Les bulles.

Le grésillement.
La bave rose sur sa peau.
Il lutta pour ouvrir les yeux, le cœur en accélération.
Une femme était penchée sur lui. Elle devait avoir plus de soixante-dix ans et un sourire illuminait sa peau ridée. Elle avait dû être très belle, et elle l'était encore d'une certaine manière. Elle avait des cheveux d'argent et les yeux bleus les plus étincelants qu'il eût jamais vus depuis...
Depuis...
Le souvenir lui échappait.
— Ne vous inquiétez pas. Vous allez vous rétablir.
A vrai dire, il n'avait clairement entendu que « pas », « allez » et « rétablir » et avait lu le reste sur ses lèvres.
— Peu nombreux sont ceux qui survivent aux faiseurs de brume, et je n'ai encore jamais vu quelqu'un à ce point couvert de bave. Vous avez bien failli y passer. (Son sourire se radoucit.) Une chance que j'aie une cuve bacta.
Il était maintenant totalement éveillé. La cuve bacta était à l'autre extrémité de la chambre et des traces de bave rosâtre flottaient encore à la surface. Il découvrit d'autres équipements médicaux issus de technologies diverses. Plus loin, il entr'aperçut un salon et une cuisine. Une porte devait accéder à une autre chambre.
Il remarqua tous ces détails sans même tourner la tête. Il avait du mal à retrouver des sensations. Avec un effort terrible, il parvint à se tordre le cou pour découvrir qu'il flottait au-dessus d'un lit, soutenu par des coussins d'air. Il en avait déjà vu dans les centres médicaux de l'Empire. Ils étaient destinés aux patients brûlés au troisième degré. Il frissonna. Et tenta de lever la main pour voir s'il avait perdu sa peau, mais la femme secoua la tête.
— Plus vous essayerez, plus la guérison sera longue. Vous ne sentez plus rien parce que les faiseurs de brume paralysent leurs victimes avant de les dévorer. Ça reviendra bientôt. Dans une heure, sans doute moins. Ensuite, vous pourrez manger. Je craignais de vous nourrir dans votre état. Vous auriez pu vous étouffer.
Quelle façon bizarre d'entendre, en écoutant des mots et en en déchiffrant d'autres.

— Je sais que vous avez des questions à poser. Mais il vaut mieux ne pas parler pour l'instant. (La femme s'installa dans une chaise qui flotta jusqu'à la hauteur de Luke.) Je vais répondre dans la mesure de mes moyens.

Il cligna des yeux, en espérant lui faire comprendre sa gratitude.

— Vous avez de la chance que je vous aie entendu vous poser. J'espérais... (Elle secoua la tête en s'interrompant.) Peu importe ce que j'espérais. Je suis allée sur place et j'ai vu les faiseurs de brume qui flottaient autour du vaisseau. J'étais sur le point de rebrousser chemin quand la bulle a éclaté. Beau travail. Il faudra me dire comment vous avez fait. Ces choses résistent même aux tirs de blaster.

Il retrouvait lentement l'ouïe. Il percevait plus de mots et il eut l'impression qu'il sentait la pulsion de l'air sur son dos.

— Je me suis mise à l'abri parce que la bave tombait un peu partout. Quand je me suis relevée, je vous ai vu.

— Merci, murmura-t-il.

Du moins, il essaya, mais ses lèvres n'obéirent pas.

— Chut... Je vous aurais laissé sur place si je n'avais pas eu ma tenue de protection. Sinon, je n'aurais rien pu faire. Si j'avais dû revenir ici, je vous aurais retrouvé mort. Un pur coup de chance. C'est tout.

Elle s'efforçait de nier tout droit à la reconnaissance et il se dit qu'il devrait l'interroger à ce propos.

— Voyons voir... Qu'est-ce que vous voulez encore savoir ? (Elle plissa le front en tripotant nerveusement un anneau d'argent à sa main droite.) Vous êtes ici depuis le début de la journée à peu près, et votre aile-X est en parfait état. Juste quelques taches de bave sur la coque, rien de plus grave.

Il s'éclaircit la gorge. Il recouvrait tous ses sens.

— Vous allez me poser des questions à mon sujet, n'est-ce pas ? (Elle haussa les épaules en montrant la pièce.) J'ai volé tout ça quand les Impériaux sont partis. J'aurais dû partir moi aussi depuis longtemps mais... je suis chez moi ici. C'est peut-être pénible, mais on vit où l'on peut, non ?

Il était heureux de n'avoir pas à répondre à cette question.

Sur Tatooine il était chez lui, mais il ne retournerait jamais plus y vivre. Quoique sa réaction aurait pu être différente si sa tante Beru et son oncle Owen avaient encore été vivants.

— Tous ces trucs m'ont été très utiles. Je peux survivre par mes propres moyens, en grande partie. Je n'ai jamais eu de problème avec les faiseurs de brume. Je n'ai jamais connu personne qui s'en soit sorti, d'ailleurs.

Les courants d'air qui lui massaient le dos étaient tièdes. Il ne portait rien sur lui, aucun sous-vêtement, pas même une couverture. Il tenta de lever les mains, en vain.

Ce qui fit rire la femme.

— Ne vous inquiétez pas, mon garçon. J'en ai vu d'autres. J'ai été obligée de vous déshabiller pour vous mettre dans la cuve. Et je pense que la pudeur compte moins que votre guérison.

Luke avait la bouche sèche, comme s'il s'était retrouvé dans le désert de Tatooine.

— De l'eau.

Cette fois, ses lèvres avaient formé les sons.

— Non, certainement pas. Ça n'est pas indiqué jusqu'à ce que vous ayez retrouvé toutes vos perceptions.

Il passa la langue sur ses lèvres.

— Fiez-vous à moi. Il y a un risque d'interaction avec le poison que le faiseur de brume vous a inoculé.

Mais il avait désespérément soif. Il tendit son esprit et lança la Force.

La douleur fusa dans ses orteils, remonta ses jambes jusqu'à la hanche. Il sentait tout à nouveau.

— Je suis venu ici... commença-t-il.

— Oh, je sais. Ça n'était pas la meilleure chose à faire, non ? Quand vous serez remis, vous remonterez dans votre aile-X et vous repartirez. Vous retrouverez votre famille. Ça vaudra mieux.

— Je cherche quelqu'un.

Sa voix tremblotait, comme celle d'un vieil homme.

— Eh bien, vous l'avez trouvé. (Elle fit descendre son siège et tourna des boutons sur la cuve bacta.) Parfois, les droïds me manquent. Mais nous n'en avons pas sous la main, ici.

C'était une provocation : dans toute la galaxie, il était non seulement insolite d'éviter les droïds, mais en plus c'était difficile. Il fallait vivre sur un endroit aussi perdu que Msst pour se le permettre.

— Je cherche un homme qui se trouvait ici en même temps que les Impériaux.

Elle passa dans le salon comme s'il n'avait rien dit.

Lentement, prudemment, il leva son bras droit. Sa peau, sous les dernières traînées de bave rose, semblait normale. Il n'avait pas la moindre envie de s'attarder sur les coussins d'air. Il trouva l'interrupteur et, en se servant de la Force, il le coupa et se posa en réprimant un cri de douleur à la seconde où un millier d'aiguilles se plantaient dans son dos.

Il devait se redresser.

Il s'assit et la douleur changea. En se dégageant du lit il découvrit ses vêtements parfaitement pliés sur une chaise.

Son sabrolaser était posé dessus.

Il s'habilla. Le simple contact de l'étoffe le fit tressaillir de douleur, mais la femme lui avait dit que ça ne durerait pas.

Il gagna le salon.

Elle était installée sur une pile de coussins, le dos à la porte, une tasse fumante près d'elle. La pièce baignait dans une lumière artificielle mais d'épais rideaux noirs occultaient les fenêtres, comme si elle ne voulait pas voir au-dehors.

— J'arrive à marcher, fit-il, comme un adolescent. Ça veut dire que je peux boire aussi ?

Il avait espéré la faire rire, mais elle se retourna brusquement, l'air choqué.

— Vous ne devriez pas être debout.

Il risqua un sourire furtif.

— La douleur est une expérience extraordinaire, mais je suppose quand même qu'elle va disparaître assez vite. Mon état ne s'est pas aggravé, n'est-ce pas ?...

Elle hésita, puis soupira en se levant.

— Asseyez-vous, Luke Skywalker. Je vais vous préparer à manger.

Il avait tressailli en l'entendant prononcer son nom. Un

millier d'explications lui vinrent : elle avait pu fouiller son aile-X ou le reconnaître d'après de vieux hologrammes. Mais il en doutait.

— Vous savez pourquoi je suis là.

Elle acquiesça à regret.

— Mon fils m'a dit que vous viendriez.

Cette fois, il dut s'asseoir sans tenir compte de la douleur. La mère de Brakiss...

Elle lui avait sauvé la vie...

— Ça n'était pas un mauvais enfant, Luke Skywalker. Non, vraiment pas. Il était brillant et tellement gentil. Il rayonnait de vie. Et puis, ils sont arrivés.

— Les Impériaux.

Elle fit oui de la tête.

— Ils sont venus nous voir, ils ont vu mon fils, et ils ont pensé à se servir de lui. Un bébé. Ils me l'ont enlevé.

Il se redressa, prêt à apaiser son chagrin, mais elle arpentait la pièce.

— Ils l'ont autorisé à venir me voir. Mais jamais plus je ne l'ai vu sourire. Pas vraiment. En tout cas, ça ne se voyait pas dans ses yeux. Ils lui ont pris quelque chose. Vous avez tenté de le lui restituer à l'Académie, c'est cela ? Vous avez voulu me rendre mon fils.

Il était glacé. L'Empire avait enlevé Brakiss alors qu'il n'était qu'un bébé en découvrant qu'il était sensible à la Force. Pas étonnant qu'il n'ait jamais réussi à s'assumer : on lui avait soustrait son identité, sa bonté, sa chaleur, plus radicalement que Luke l'avait jamais soupçonné.

— J'ai essayé. Et j'ai échoué.

— Ensuite, il est revenu ici, mais il n'est pas resté. Il avait raconté aux Impériaux tout ce que vous lui aviez fait, et cette idée le rongeait. Jamais encore je n'avais senti sa conscience. Il s'en voulait.

Sa voix s'était radoucie. La colère d'un être tel que Brakiss pouvait être mortelle.

— Ils n'avaient plus besoin de lui ici et il est reparti. Il m'a dit qu'il pouvait monnayer ses talents. Je n'ai plus entendu parler de lui pendant longtemps. Jusqu'à une date récente. C'est alors qu'il m'a dit que vous alliez débarquer, que vous étiez à sa poursuite.

La douleur s'estompait, tout comme la soif. Luke se leva.

— Il veut vous retrouver, Luke Skywalker. Je pense que vous devriez retourner chez vous et l'oublier. Ce qu'il y avait de bon en lui est mort depuis longtemps.

— Non, ça n'est pas mort. C'est seulement enfoui très profondément.

Mais ce serait très difficile à récupérer, car Brakiss était ancré dans le Côté Sombre, non pas de son propre choix, comme ç'avait été le cas pour Anakin Skywalker. On avait décidé pour lui sans même qu'il en ait conscience.

— Vous savez où il est, n'est-ce pas ?

Elle hocha la tête.

— Il me l'a dit. Parce qu'il veut que vous le rejoigniez. Mais vous êtes un homme bon, Luke Skywalker. Je ne peux pas vous envoyer là-bas. Il veut vous tuer.

— Je sais. Mais j'ai déjà connu le danger.

— Pas celui-là, Luke Skywalker. Oh non, pas celui-là.

Il y avait toujours eu des chambres vacantes sur Skip 1. Mais elles ne l'avaient jamais été pour de bonnes raisons.

Yan ouvrit la porte de celle qu'il devait partager avec Chewie. Le Wookie rugit.

— Arrête de râler, gros tas de poils. Tu ne peux rien faire contre l'odeur.

Yan posa son duvet de voyage sur le bat-flanc moisi. Le suintement verdâtre ruisselait sur les murs pour s'écouler vers un orifice, au centre de la pièce. Le sol plat était épargné. Blue leur avait assuré que c'était encore le meilleur gîte disponible.

Yan ne tenait pas à voir le pire.

Chewbacca finit par mugir et gémir.

— Alors, va dormir sur le *Faucon*. Comme ça, le vaisseau va tanguer et tu seras tout courbaturé demain.

Il déplia la couette dans un nuage de moisissure. Après tout, Chewie n'avait peut-être pas tellement tort.

Le Wookie roucailla d'un ton définitif.

— D'accord, je sais, tu as déjà dormi à bord. Mais c'était sur Skip 8. Et tu te souviens comment je t'ai retrouvé ?...

Chewie secoua sa tête hirsute en marmonnant.

— Si tu avais su t'en sortir seul, tu l'aurais fait bien avant que j'intervienne. Ça ne sert à rien de jouer les héros avec moi. Tu n'as pas de sac de couchage ? Dans ce cas, tu ferais mieux de ne pas t'allonger sur ce matelas.

Chewie ouvrit son sac. Il le déploya sur le matelas et il retomba lamentablement des deux côtés. Chewie émit un grognement discret sans formuler d'autre plainte. Yan avait décidé de l'ignorer, de toute façon. Par principe : encore une ou deux nuits, et ils prendraient le large.

Mais il ne tenait pas à dormir sur le *Faucon*, d'abord parce que tout vaisseau gardé, pour les contrebandiers, était une marchandise de valeur, et aussi parce que personne n'oserait l'approcher à bord. Et il se trouvait sur Skip 1 avec l'espoir d'avoir des visites intéressantes.

— Okay, Chewie, installons-nous.

Chewie inspectait le bat-flanc à la recherche de micros-espions. Il en découvrit trois avant de passer les murs au crible.

Yan se dit que, de toute façon, il devrait l'aider à se nettoyer du suint putride qui imprégnait déjà sa toison.

— Allez, mon gros père.

Il s'étendit et ferma les yeux. Dès qu'il écarta les bras, il sentit la couche visqueuse sous ses doigts, tiède, répugnante. Il faudrait des jours pour oublier cette puanteur. Il effleura la paroi et découvrit quatre autres espions, plus ou moins rouillés.

Il récupéra ceux de Chewie et secoua la tête quand le Wookie fit mine de les écraser.

Il sortit dans le couloir, les jeta dans la chambre voisine, puis se lava soigneusement les mains dans le puits.

En regagnant la chambre, il fut intrigué de voir la porte ouverte et dégaina son blaster.

Chewie braquait son arbalète sur Seluss. Le petit contre-bandier avait levé ses mains gantées et ne bougeait plus, le regard apeuré, ses grandes oreilles déployées vers l'avant en position de défense.

— Beau travail, commenta Yan en refermant la porte. Tu sais, Seluss, c'est plus facile d'assassiner quelqu'un *après* qu'il s'est endormi.

Seluss lança un pépiement pathétique.

— D'accord, ça va. Je te croirai quand je n'aurai plus mal au cul, tu vois ? Tu veux bien nous dire ce que tu es venu faire ici ?

Seluss répondit par une salve crépitante. Yan n'avait guère pratiqué le sullust depuis la Bataille d'Endor et il risqua un regard vers Chewie. Mais, apparemment, le Wookie ne saisissait pas tout.

— Répète plus lentement, dit Yan. Je ne te tuerai pas avant que tu aies fini. Je te le promets.

Un frisson agita la peau molle de Seluss, juste sous son nez, et sa lèvre inférieure se gonfla, mais il ralentit son débit.

Considérablement.

Cette fois, Yan finit par comprendre. Du moins il l'espérait.

— On résume. Jarril t'a demandé de me tirer dessus dès mon arrivée pour que tous les autres pensent que nous étions ennemis ? Comme ça, personne ne risquait de te suivre et tu pouvais tout me raconter tranquillement ? Chewie, tu y crois toi, à ce truc ?

Le Wookie lança quelques éructations.

— C'est dit un peu durement, mais je comprends, fit Yan en acquiesçant. L'idée était stupide. Essaie de faire mieux, Seluss.

Seluss fit un pas en avant sans cesser de pépier et Yan leva son blaster.

— Reste où tu es, vieux. Je suis un peu nerveux aujourd'hui.

Seluss se figea et son débit se ralentit encore. Yan commença à l'écouter vraiment.

Tu vois, je suis beaucoup trop compromis. Beaucoup trop.

C'est ce que Jarril lui avait dit. Et ce que Seluss lui confirmait dans sa panique.

— Il faisait la contrebande de quoi ? D'équipement impérial ? Des carcasses que les Jawas entassent sur Tatooine ?

Il réfléchit, l'air sombre. C'était absurde, surtout avec les chiffres que Seluss annonçait.

— Je ne comprends pas pourquoi vous vous plaigniez, toi et Jarril, alors que vous étiez en train de vous enrichir ?

Seluss se tourna vers Chewie, qui haussa les épaules.

— Bon, je veux bien l'admettre. Mais même tout cet argent ne justifie pas qu'on meure pour ça. Comment sais-tu qu'il y a un rapport entre ces meurtres ?

Seluss piailla avant de lever trois fois le bras et de lancer une plainte.

— Les trois gars qui sont morts ont parlé de ça ? Ils n'avaient rien d'autre en commun ?

Seluss répondit par un grondement sourd, menaçant, même s'il n'avait rien à voir avec Chewie. Le Wookie, d'ailleurs, se rapprocha et Yan lui fit signe de reculer.

— Chewie, je compte bien te voir aussi désespéré si je devais un jour ne pas revenir de ce genre de mission. Mais laisse-moi un moment pour réfléchir.

Seluss avait en grande partie confirmé l'histoire de Jarril, certains détails en plus. La plupart des contrebandiers du Quartier revendaient de l'équipement impérial à des prix exorbitants. Selon Jarril et Seluss, certains en étaient morts. Mais Yan ne voyait toujours pas quelle pouvait être la relation avec l'attentat de Coruscant. Il y en avait pourtant une.

Le fait que Jarril ne soit pas revenu ajoutait également une note de véracité. De même que le plan stupide conçu par Seluss. Jarril avait toujours des idées de ce genre pour tromper les autres. Une logique tordue.

Yan abaissa son blaster tandis que Chewie meuglait.

— Mais non, ça va. On peut faire confiance à ce petit bonhomme. Pour le moment du moins.

Chewie écarta son arbalète sans la lâcher pour autant.

— Et qu'est-ce que tu crois que je dois faire ? demanda Yan à Seluss.

L'autre trilla humblement.

— Je pense que tu as plus de chances que moi de découvrir qui paye tout ce matériel.

Seluss secoua la tête sans se taire.

— Des ressources ? Mais tu en as des tas ici. C'est vous

qui négociez avec les acheteurs. Il suffit d'aller un peu plus loin dans le circuit.

Seluss protesta avec véhémence et Yan en fut presque déconcerté. Presque.

— Les trois autres ont tenté de passer outre les acheteurs et ils y sont restés ? C'est ça ? (Yan siffla entre ses dents.) Et Jarril, lui, a essayé de repérer la source ?

Seluss inclina la tête et ses pépiements se firent hésitants.

— Jarril est venu me trouver.

Il n'aimait pas ça. Si Jarril y avait laissé sa peau, alors ceux qui l'avaient abattu étaient déjà sur sa piste. Il était la prochaine cible.

— Splendide.

Seluss, pour la première fois, trilla des excuses.

Chewie affichait un air sombre. Les choses viraient au pire.

— D'accord, fit Yan en fixant Seluss. C'est quoi ton plan ?

Seluss regarda Chewie, puis sifflota.

— Quoi ? Tu n'as pas de plan ?

Yan agita son blaster d'un air écœuré et l'autre s'accroupit.

— Tu n'as pas de plan. Personne n'en a jamais. Mais comment ça se fait ?

Chewie grommela et Seluss tenta de se mettre à l'abri derrière le bat-flanc moisi.

— Hein ? s'exclama Yan. Parce que tu pensais que *moi* j'aurais un plan ? Mais tu viens seulement de m'apprendre tout ça, vieux. Chewie, pense à quelque chose, tu veux ?

Chewie refusa d'un grand mouvement de tête.

— Parfait. Tout simplement parfait. Je viens ici pour rendre service à un type qui a disparu et il ne m'a même pas laissé de plan.

Seluss pépia un discret commentaire.

— Oui, merci beaucoup. Mais je dirai que ça s'explique plus par son manque d'organisation que par la confiance qu'il pouvait avoir en moi et en mes brillants pouvoirs.

Ou alors, la peur réelle de Jarril le jour de l'attentat expliquait tout. Il avait perdu tous ses moyens.

Seluss observait Yan entre ses petites mains gantées. Quant à Chewie, il inspectait son arbalète avec une ferveur inhabituelle.

— Bien sûr qu'il va me venir un plan, ajouta Yan. Comme toujours, n'est-ce pas ?

Le Wookie grogna.

— Je ne te le garantis pas à cent pour cent, petite tête de balai. Je ne sais même pas s'il a une chance de marcher. Mais ça va faire bouger les choses. (Il regarda les deux autres tour à tour.) Mais ça devrait suffire dans l'immédiat.

17

Cole Fardreamer s'éloigna de l'aile-X de Skywalker pour aller jusqu'au dernier chasseur optimisé et le droïd D2 le bipa impérativement.

— Ecoute-moi, D2, dit Cole, si nous devons travailler ensemble, il faut que tu me fasses confiance.

Voilà qu'il parlait à un droïd ! En secouant doucement la tête, il grimpa jusqu'au cockpit de l'aile-X révisée. L'ordinateur était fixé par des verrous et il avait oublié sa clé.

D2 l'avait suivi et brandissait sa propre clé. Le droïd avait sur lui plusieurs outils de Cole, comme s'il faisait partie d'un collage spatial artésien.

— Merci, fit Cole. Je pense que moi aussi je peux te faire confiance.

D2 siffla son agrément.

Cole ôta en partie le panneau d'accès à l'ordinateur et se redressa : cette autre aile-X avait également un détonateur intégré dans ses circuits.

Il en visita une autre, puis une troisième.

D2 eut un roucoulement sombre et Cole ne put qu'acquiescer. Ils pensaient tous deux la même chose. Si les ailes-X optimisées avaient ce problème, était-ce aussi le cas des nouveaux chasseurs ?

Ce serait plus difficile à vérifier. Cole n'était pas autorisé à travailler sur les nouvelles unités. Peu importait. Si on le surprenait, il dirait ce qu'il avait constaté.

A qui ? Qui, dans les hangars d'entretien, avait pu autoriser l'installation de ces systèmes explosifs ? Luke Skywalker n'avait sans doute pas exagéré en disant que le petit droïd avait été emprisonné.

Cole se tourna vers lui, et D2 gémit doucement.

— Oui, le coup est dur.

Il se dit qu'avant de se laisser aller à la panique, il devait absolument inspecter les nouvelles ailes-X. Le problème ne concernait peut-être que les modèles révisés.

Il explora la salle du regard. Le seul modèle nouveau d'aile-X était là, dans son box. Mais Cole était le seul mécanicien présent dans le secteur parce qu'il travaillait tard. Les droïds d'entretien étaient tous dans le secteur d'assemblage des chasseurs. Il n'avait pas vu le moindre Kloperien et tous les humains étaient en vacation.

Sauf lui.

Du moins il l'espérait.

— D2, tu peux monter la garde pour moi ?

Le petit droïd bipa deux fois sur un ton offensé, mais Cole ne voulait pas savoir pourquoi. Le code de bip, ils l'avaient créé ensemble cet après-midi, presque inconsciemment. Il était évident que le droïd avait l'habitude de travailler au contact des humains.

— Okay. On y va.

Cole quitta la plate-forme pour se diriger vers la nouvelle aile-X. Il se retourna et constata que le petit astromécano avait récupéré de nouveaux outils dont il aurait sans doute besoin. Pas étonnant que le droïd manque tellement à Skywalker : il était vraiment précieux.

— On se dépêche ! souffla Cole.

Il tapa sur le clavier d'accès et l'ordinateur lui demanda la raison de son intervention. Il répondit en inventant un problème sur les nouvelles ailes-X et la porte coulissa. Il avait les mains tremblantes : les gardes ou les contremaîtres pouvaient surgir d'une seconde à l'autre.

Auquel cas, il leur exposerait le problème et produirait les appareils en question. Avec l'espoir que personne sur Coruscant n'avait de liens avec l'Empire.

Il se glissa dans le cockpit de la nouvelle aile-X. Ces chasseurs de la nouvelle génération avaient une configuration différente de l'ancien modèle T-65C-A2. Sur les nouvelles T-65D-A1, le système informatique était accessible à partir du cockpit, ce qui donnait plus de liberté de mouvement au pilote.

Mais quand il s'agissait d'entretien, il n'était guère pratique. En fait, l'ordinateur était difficile d'accès dans toutes les positions. Cole se cala dans un recoin du cockpit et fit sauter les agrafes, la main mal assurée. Jamais auparavant il n'avait transgressé les règles de la profession.

Du moins, pas sur Coruscant. Sur Tatooine, et par curiosité, il lui était arrivé de bricoler sur des chasseurs. C'était comme ça qu'il avait appris et que ses contremaîtres l'avaient remarqué.

Le bloc de l'ordinateur lui tomba entre les mains. Les circuits étaient hautement sophistiqués. D2 se pencha derrière lui et darda le rayon d'une lampe dans l'ouverture.

— Oh, merci.

Cole se plongea dans le circuit, prudemment. Tout d'abord, il ne trouva rien. Et puis, l'insigne blanc et bleu de l'Empire scintilla. Oui, toutes ces ailes-X avaient été piégées. Il aimait mieux ne pas penser à toutes celles qu'il avait optimisées, qui volaient déjà dans l'espace : des bombes interstellaires qui n'attendaient qu'un geste du pilote pour s'activer.

Il regarda le petit droïd qui venait d'éteindre sa lampe.

— Est-ce que tu pourrais savoir combien d'accidents sont survenus à des ailes-X après leur décollage de Coruscant ?

D2 bipa affirmativement.

— Alors, vas-y.

A la seconde où Cole levait le couvercle de l'ordinateur, il entendit un craquement.

D2 bipa d'un ton urgent.

Et Cole sentit ses cheveux se hérisser sur sa nuque.

— Je vois qu'on ne nous a pas avertis pour rien, dit une voix grave. Nous avons un saboteur parmi nous. Allez, montre-toi.

D2 couina et Cole reposa le couvercle de l'habitacle contre le siège de pilotage.

— Allez, lève-toi !

Il se redressa lentement. Une dizaine de gardes le cernaient, blasters pointés.

Nandreeson se laissa aller sur son matelas tapissé de baquor. Le haut n'avait pas été correctement enduit. Il était humide et froid au toucher. Mais une douce tiédeur enveloppait ses jambes. Elles étaient sous l'eau. La couche était couverte d'algues. En tout cas, cette partie avait été bien traitée.

Il avait quitté Skip 6 pour trois jours afin d'enquêter sur la disparition d'un de ses hommes dans la Bordure Extérieure. De retour au Quartier des Contrebandiers, il avait constaté que quelqu'un avait changé son matelas sans savoir le préparer. Dès qu'il serait reposé, se promit-il, il inspecterait les lieux pour relever les autres erreurs.

Jusque-là, néanmoins, c'était supportable. L'atmosphère était humide au point d'être une brume quasi visible. De minuscules moustiques dansaient dans l'air et des mouches eilniennes sucrées bourdonnaient sur la paroi d'en face. Bientôt, elles seraient assez grosses pour être dégustées. Rien que d'y songer, il en avait l'eau à la bouche.

Les nénuphars étaient en fleur sur l'étang et on avait gratté les algues d'un côté, probablement pour mieux les redisposer plus tard. Les bulles montaient au centre en dégageant un doux parfum de soufre.

Il était chez lui. C'était tellement bon. D'ici peu, il irait nager dans les cavernes pour s'assurer que nul n'avait dérangé ses œufs et ses trésors.

Mais avant, il devait s'occuper de certaines choses. Il avait envoyé tous ses hommes se coucher à l'exception d'Iisner. Comme lui, Iisner était un Glottalphib, à cette différence près que son groin était plus court de vingt centimètres et que ses dents n'étaient que des chicots. Ses yeux ressemblaient à deux petits scarabées. Ses mains flottaient à la surface de l'eau et sa queue était enroulée au bas de la couchette. Un bout d'algue traînait encore sur sa narine droite : il avait plongé au fond de l'étang pour s'assurer qu'il n'y avait ni poison ni engin-espion. Il en avait encore les branchies tout agitées.

Nandreeson savait qu'il devrait le remplacer avant peu. Iisner se faisait vieux. Après un ou deux jours seulement à l'écart de l'eau, il perdait déjà ses écailles. Il s'était construit une petite mare à mousse à bord de *L'Œuf d'Or* afin d'éviter de laisser toutes ses écailles dans un voyage au long cours.

— On dit que Yan Solo est sur Skip 1, annonça Nandreeson.

Une petite flamme darda du côté gauche de son groin : il était plus affamé qu'il ne le croyait.

— Oui, fit Iisner. Il y a établi ses quartiers. C'est Jarril qui l'a envoyé.

— Jarril...

Nandreeson plongea son groin dans l'eau lourde et tiède. Ce qui apaisa quelque peu ses brûlures. Il ne se sentait pas encore disposé à aller goûter les mouches. Il se dit qu'il croquerait peut-être un œuf de grotte cru s'il retournait nager un peu.

— Jarril m'a réglé sa dette la semaine dernière. Trente mille crédits. Ça ne m'a rien dit de bon.

— Il a donc de l'argent, remarqua Iisner.

Nandreeson souffla l'eau de ses naseaux.

— Tout le monde s'est enrichi ici. Et moi, je n'ai pas touché un loyer substantiel depuis des mois. Jarril n'est qu'un parmi tous ceux qui m'ont payé. Si ça continue, il va falloir que je change de trafic.

— On pourrait peut-être quitter le Quartier, risqua Iisner. Ici, les choses ont beaucoup trop changé à mon goût. Je n'aime pas les contrebandiers riches. Ils ne sont plus drôles.

Ce qui fit sourire Nandreeson.

— C'est vrai que l'excitation n'y est plus. Si seulement je connaissais un meilleur endroit... Mais le Quartier sert encore nos intérêts pour l'instant.

— Et Glottal ? proposa Iisner.

Nandreeson se rembrunit. Son monde à lui, avec ses étangs et ses flaques, ses fougères et ses algues, ses insectes bien gras, ses forêts sombres, son air moite... Mais, sur Glottal, il ne serait qu'un parmi les mille riches des Phibs. Ici, il était seul, unique, et il régnait comme un seigneur du crime de la galaxie. Sur Glottal, il ne serait qu'un seigneur.

— Non, je ne suis pas prêt à retourner sur Glottal, rétorqua-t-il enfin. (Ce serait à l'approche de sa mort. Il comptait frayer sur ses vieux jours et laisser sa fortune en héritage à sa descendance.) Non, ce qu'il me faut, c'est une nouvelle activité, vois-tu. Et une distraction d'un nouveau genre.

— Vous pourriez faire le commerce de matériel impérial.

Nandreeson dévia un œil sur Iisner.

— Je préfère les bons profits et les biens clinquants. Le trafic de matériel est un marché plutôt limité. Dès que l'acheteur trouve ce qu'il recherche, ou qu'il lance ses propres usines, finie la richesse. Tous ces contrebandiers qui se sont trop développés vont avoir besoin à nouveau d'argent. (Il sourit.) Nous réagissons sans doute trop vite aux fluctuations du système. Patience, mon garçon. C'est un sage qui te parle.

Iisner se laissa aller plus profond dans l'eau de l'étang et nagea jusqu'à l'autre bord. Ses écailles se hérissèrent sous la caresse des algues.

— Vous ne m'avez jamais semblé particulièrement patient, déclara-t-il.

Nandreeson projeta sa langue pour happer un essaim de moucherons. Il les fit griller dans l'instant de son haleine brûlante et les avala goulûment. Mais ce n'était qu'un hors-d'œuvre.

— Je suis patient, très patient. Et c'est souvent payant. Regardons Calrissian, par exemple.

— Calrissian n'est plus revenu dans l'Organisation depuis dix-sept ans, remarqua Iisner.

Nandreeson avala le dernier moucheron et son estomac gronda.

— Mais il ne tardera guère.

— Ça, vous n'en êtes pas certain.

Nandreeson loucha dans sa direction et Iisner plongea jusqu'à ce que ses yeux seuls émergent.

— Je le sais et j'apprécie tes conseils, mais pas tes doutes. Calrissian va rappliquer parce que Solo est là.

— Ils ne sont même pas associés. Ils ont seulement bourlingué ensemble. Avant son mariage, Solo ne voyageait qu'avec son Wookie.

— Il ne faut pas en tenir compte. (Nandreeson se plongea dans l'eau tiède jusqu'à ce que le matelas mal préparé le fasse frissonner.) Depuis que Calrissian a perdu la Cité des Nuages, lui et Solo ont fait front commun devant la menace impériale.

— Alors ?

— Alors ? Mais, mon cher Iisner, qu'est-ce qui a changé dans le Quartier ?

Iisner ouvrit une bouche béante, de quoi avaler toute une grève de nénuphars.

— Eh bien... le matériel impérial...

— Précisément. Et qui dans la Nouvelle République sait comment trouver le chemin du Quartier, sinon Solo et son Wookie ?

— Calrissian. Vous avez un plan, n'est-ce pas ?

— Bien sûr. (Nandreeson sourit et des flammèches jaillirent des commissures de sa bouche.) Quoique, dans ce cas, je n'en aie pas vraiment besoin.

18

Lando ralentit à la périphérie de la ceinture d'astéroïdes des Contrebandiers. En s'avançant, il risquait de se trouver dans le rayon d'action du scanner. Il avait brusquement l'impression que son accès d'héroïsme était une stupidité absolue. Il s'était tenu à l'écart de l'Organisation depuis plus d'une décennie. Pour quelle raison s'y risquer maintenant ?

Et seul.

Même avec les meilleures intentions de la galaxie, il ne serait pas à l'abri de Nandreeson. Même avec des excuses ou la promesse de rembourser le Glottalphib. Ce qui lui avait paru un motif d'orgueil des années auparavant ne lui semblait plus qu'une attitude vaine. Oui, c'était lui et lui seul qui avait réussi à dérober le trésor privé de Nandreeson. Lui qui avait affronté l'air humide et puant, les eaux vaseuses et les pièges des nénuphars. Lui qui avait plongé en apnée pendant près de quatre minutes et s'était rempli les poches pour être à l'abri du besoin durant des années.

Et se retrouver à court d'argent quand Vador avait investi la Cité des Nuages de Bespin. Depuis cette époque, l'idée que Lando se faisait de la bravoure avait changé du tout au tout. Pour lui, il avait été plus important de remporter la victoire à la Bataille d'Endor que d'infliger une leçon à Nandreeson.

Depuis que Lando avait trouvé une nouvelle vie auprès des Rebelles, il avait compris que ses actes de piraterie n'étaient rien comparés au courage de Leia, par exemple, qui avait perdu son foyer, sa famille et sa planète sans pour autant cesser de se battre. Ou encore comparés à Luke, qui affrontait le mal au fond de son être, jour après jour.

Ou à Yan, qui avait le chic pour se retrouver dans des situations impensables dont il sortait victorieux à tous les coups.

Sauf cette fois, peut-être.

Lando se leva et traversa le cockpit. Il avait amené avec lui une demi-douzaine de droïds aux fonctions variées et Leia lui avait remis une somme importante afin qu'il puisse acheter des informations dans le Quartier des Contrebandiers.

Il était aussi doté d'un petit arsenal dissimulé dans les soutes secrètes du *Lady Luck*. Il courait seulement le risque que les contrebandiers ne le découvrent, mais il avait toujours parié sur tout.

Il jeta un regard vers la ceinture d'astéroïdes du Quartier. C'était comme une traînée de grains scintillant sur le noir de l'espace, laissée par le pinceau d'un artiste. Les astéroïdes tournoyaient dans la clarté d'une étoile proche comme une mini Voie lactée.

Le Quartier existait depuis des temps immémoriaux. En en cherchant l'accès, des vaisseaux impériaux s'étaient abîmés dans le labyrinthe de débris. L'Empereur lui-même avait tenté de s'emparer du repaire plusieurs fois pour recruter des troupes fraîches. Les vaisseaux qui n'avaient pas été drossés contre les astéroïdes avaient été annihilés à coups de blaster.

Les contrebandiers ne travaillaient que pour leur compte.

L'Empereur n'avait pas su comprendre cela.

Mais Lando, lui, le savait.

Le sombre pressentiment qu'il avait éprouvé en retrouvant le *Spicy Lady* était encore plus marqué ici. Pour la quinzième fois, il consulta les indicateurs d'environnement. Ils fonctionnaient tous parfaitement.

S'il rebroussait chemin et que quelque chose advienne à Yan, la trace qu'il en garderait serait plus terrible que lorsque Yan avait été gelé dans la carbonite. Un homme ne pouvait trahir un ami par deux fois. S'il avait été en difficulté, Yan aurait trouvé un moyen, n'importe lequel, pour l'en sortir.

Il devait faire pareil.

Il devait retrouver Yan, le mettre en garde, et le tirer de là. Les deux premières phases ne présenteraient pas trop de difficultés. Mais ce ne serait certainement pas le cas pour la troisième.

Ce qui comptait, c'était la réussite de sa mission. Mais il se serait comporté en idiot s'il n'avait pas prévu une issue de secours.

Il tapa un message codé, l'expédia à Mara en même temps qu'une copie à Leia, avec instruction de la transmettre à Mara. Comme ça, il aurait une issue.

Ensuite, il se boucla dans son siège de pilote et mit le cap sur les astéroïdes. A pleine puissance. Il se pencha alors sur la console avec sa clé à laser, et ôta le bâti. Il prit trois puces et les empocha : l'énergie fit instantanément défaut dans les secteurs vitaux du vaisseau.

Le *Lady Luck*, avarié, continuait sur sa lancée.

Lando tapa sur une série de touches et expédia au Quartier un manifeste de la cargaison légale du cargo : l'équivalent d'un Mayday pour les contrebandiers.

Luke posa son aile-X au centre d'une piste métallique, sur la face nord de Telti. Il était entouré de dômes qui se dressaient au-dessus du paysage désolé, raboté par les vents de sable. En lisant les données de Telti, il s'était attendu à une planète désertique, comme Tatooine, mais il réalisa vite qu'il s'était trompé.

Sur Tatooine, la vie abondait, d'innombrables créatures vivaient dans le sable. Et les soleils eux-mêmes avaient une présence.

Mais Telti était une lune. Sans atmosphère ni trace de vie. Avec de la terre, uniquement de la terre. Pourtant, elle était recouverte d'immeubles en forme de dôme et de pistes d'atterrissage. L'ordinateur indiquait que tous les dômes étaient reliés entre eux par des tunnels.

Luke tendait la main vers son masque respiratoire quand la piste se mit en mouvement. Par réflexe, il tourna la tête vers l'endroit où aurait dû se trouver D2. Et où il n'était pas.

Jamais il ne s'était senti aussi seul. Il n'avait plus adressé la parole à un être vivant depuis qu'il avait quitté la mère de Brakiss. C'était elle qui lui avait révélé les coordonnées de Telti tout en le mettant en garde contre son fils.

Luke n'avait correspondu avec Telti que par ordinateur interposé. La lune de métal avait téléchargé ses coordonnées d'atterrissage directement dans l'unité de navigation. Luke avait essayé de contacter Brakiss, mais pour s'entendre répéter à chaque fois que les communications vocales avec la lune étaient interrompues. A dessein.

Telti recevait peu de visiteurs, et ils n'étaient pas les bienvenus.

Mais Luke n'avait eu aucun problème pour se poser. Brakiss l'attendait.

Il voulait savoir pourquoi.

Il se passait quelque chose sur cette lune, quelque chose qui allait bien au-delà des contacts rompus entre un professeur et son élève. Brakiss travaillait pour quelqu'un — l'Empire probablement — et on lui avait donné pour tâche d'attirer Luke dans une chausse-trappe.

Il comptait bien y tomber.

Mais il ne s'y ferait pas prendre.

La piste d'atterrissage s'enroulait comme une courroie et le vaisseau approchait d'un immeuble. Luke savait qu'il pouvait redécoller à tout instant : il n'était pas encore dans le piège. Cette opération était de pure routine.

Une partie du dôme se rabattit comme un ventilateur. L'intérieur était aussi obscur que la piste d'atterrissage.

Mais Luke sentait une présence.

Celle de Brakiss.

Il n'était pas ici, dans le dôme, mais il se trouvait bien sur Telti.

Il attendait.

Avant peu, il percevrait la présence de Luke. S'il n'était pas déjà au courant de son arrivée.

Alors, peut-être Luke obtiendrait-il certaines réponses.

Quant aux informations sur Telti, elles étaient inexistantes. La Nouvelle République prétendait que la lune était une colonie minière abandonnée qui avait été ravagée par l'Empire. Il n'y restait qu'une seule usine et, apparemment,

Telti faisait un peu de commerce avec la Nouvelle République.

C'était la mère de Brakiss qui lui avait donné le plus de renseignements sur Telti. Son fils avait enfin trouvé un vrai travail. Et elle redoutait que l'intervention de Luke ne détruise toutes ses chances d'avenir.

Elle craignait sans doute qu'il ne tue Brakiss.

Maintenant, il n'en était plus aussi certain.

Il alluma les phares avant de l'aile-X pour éclairer l'intérieur du dôme. Le hangar était vide mais assez vaste pour accueillir une dizaine de vaisseaux. Tout au fond, un portail était ouvert.

Il ne discernait pas le moindre mouvement.

L'unique présence était celle de Brakiss. Il ne semblait y avoir aucune forme de vie animale ou végétale sur Telti. Pas même un insecte.

Il inspira à fond selon le processus mental qu'il enseignait à l'Académie. Il s'était attendu à trouver un peu plus de vie ici. Pas seulement Brakiss.

Il aurait dû être rassuré, mais ça n'était pas le cas.

La piste métallique happa l'aile-X dans les profondeurs du dôme et l'enceinte se referma avec un grincement. Luke ne se retourna pas. Il avait fait son choix depuis longtemps.

Au même instant, la lumière jaillit de toutes parts. Des plates-formes comme du plafond. Un sifflement annonça le recyclage de l'atmosphère. L'air était de nouveau respirable.

Il ouvrit : la température était plus douce qu'il ne l'avait espéré, avec des relents de rouille et de graisse. Ce qui ne le surprit guère.

En se redressant, il eut un étrange sentiment de déjà vu. Oui, c'était comme sur Anachore quand il était petit, à l'époque où Jabba le Hutt avait fait quelques tentatives dans des emplois honnêtes. Il vendait des landspeeders et Luke était allé le trouver avec son oncle Owen pour en acheter un.

Il s'inquiéta de ne voir personne. Une usine de fabrication de droïds devait bien avoir un vendeur quelque part.

Encore un coup de Brakiss.

Il devait savoir comme Luke que cette visite n'avait rien de normal.

Avant de descendre, Luke referma le capot de l'aile-X et verrouilla la sécurité. Ça ne serait certainement pas efficace pour un saboteur expérimenté, mais ça pouvait toujours décourager un droïd.

Et oui, Brakiss disposait sans doute d'autres moyens contre lui.

Il tapota son sabrolaser. Il ne portait qu'une chemise ample et son pantalon de combat. Il avait laissé sa cape sur l'aile-X. Ici, il ne voulait aucune diversion.

Il avait la bouche sèche. Il s'était attendu à un affrontement mais pas à cet accueil glacial et muet.

Brakiss appartenait encore à l'Empire. Il avait toujours aimé jouer.

Luke s'avança vers le portail, conscient d'être sans doute épié. Brakiss devait tout enregistrer et il savait déjà que Luke n'était pas à son aise dans cet endroit.

Il s'arrêta sur le seuil. Il pensait être à l'abri d'éventuels holocams. Il lança alors des vrilles de Force, en quête de Brakiss.

Si la présence de Brakiss était intense, elle restait diffuse. Luke n'arrivait pas à le situer. Ce qui ne l'étonnait guère. Sa mère avait dit qu'il attendait Luke. Il devait donc s'être préparé.

Il connaissait de nombreuses astuces, certaines que Luke lui avait lui-même enseignées, d'autres qu'il avait pu apprendre au contact de l'Empire. Un être sensible à la Force pouvait éparpiller ses traces dans un rayon délimité. Le seul fait que Luke détecte sa présence signifiait qu'il était tout proche.

Il passa dans la salle suivante, et s'arrêta de nouveau.

Des milliers de mains dorées pendaient du plafond. Les mains droites avaient la paume levée, les mains gauches les doigts tendus. Tous les pouces désignaient la même direction. D'autres encore étaient disposées sur les courroies de transport, en cours d'assemblage. Certains avant-bras laissaient voir un mécanisme très semblable à celui du poignet droit de Luke. Il découvrit un peu partout des doigts et des os dorés qui n'attendaient plus que d'être fixés à des épaules.

C3 PO avait probablement commencé sa vie dans un tel endroit. Quelque part dans ces dômes, on devait également assembler des unités D2 R2. Il était bizarre de se dire que deux créatures artificielles qui comptaient autant dans la vie de Luke avaient pu être fabriquées dans ces conditions ignobles.

La salle était plongée dans un silence inquiétant. Tout était arrêté, aucun bruit ne montait des machines. Les mains pendaient comme des stalactites. Les bras, quant à eux, étaient abandonnés dans des chariots courants.

— Hello ? lança-t-il.

Sa voix lui revint en échos multiples.

Il ne savait pas où aller. Il ne tenait pas à suivre des pistes fantomatiques. Brakiss avait sans doute l'intention de le promener de salle en salle, des jambes aux torses, en un parcours à thème prévu à l'avance.

Dans une intention que Luke ne connaîtrait que lorsqu'il affronterait Brakiss.

— Hello ?

Il se dit qu'il allait rester là, à proximité de son vaisseau, dans l'attente d'une réponse.

Tout en se disant qu'il n'en aurait aucune.

19

Brakiss suivait Luke grâce à quatre systèmes différents : le circuit informatique, un groupe de droïds gladiateurs qui filaient Luke en silence, le dispositif de surveillance générale de Telti qu'il avait lui-même conçu, et la Force. Il comptait avant tout sur la Force. L'arrivée de Luke avait fait l'effet d'un rocher tombant dans l'étang calme du monde de Brakiss. Il savait qu'il allait venir mais il ne s'était pas attendu à une perturbation aussi violente.

Il était dans le centre de communications, dans le dôme des droïds de protocole. Des éléments de droïds expérimentaux étaient suspendus à la voûte : des yeux qui pouvaient écouter, des mains qui voyaient, des bouches capables d'agripper. Il préférait les yeux. Ils n'avaient même pas besoin d'être portés par un droïd. Ils suivaient tout ce qui se passait tout en transmettant les communications. Ils étaient aussi très efficaces pour épouvanter les créatures qui n'utilisaient leurs yeux que pour voir. Brakiss était certain de bientôt leur trouver un usage.

Il était assez doué pour ça. Telti avait été le révélateur de ses pouvoirs créatifs. Si seulement Kueller l'avait laissé diriger la fabrique de droïds sans utiliser les pouvoirs de la Force... Il lui avait promis qu'il n'aurait plus rien à faire sur Almania. Mais Kueller ne tenait jamais ses promesses, surtout avec Brakiss. Kueller savait que les guerriers doués de la Force étaient rares, et il voulait se servir de chacun de ceux qui étaient en son pouvoir. Et le plus talentueux était Brakiss.

C'était pour cela que Brakiss devait attirer Skywalker dans les mailles du filet tendu par Kueller.

Il s'installa dans son fauteuil qui prit instantanément le moule de son corps. Sur les moniteurs, dix Luke Skywalker criaient dans une salle vide. Sous les stocks de mains de droïds. Même le fantastique Luke Skywalker avait eu un regard surpris.

Il n'avait pas changé. Pourtant, des années avaient passé. Brakiss avait entendu dire que Skywalker avait frôlé la mort à bord du croiseur de l'Empereur, *L'Œil de Palpatine*. Mais il était resté le même. Son visage marqué de cicatrices était toujours celui d'un adolescent, son corps était encore svelte et vigoureux, et il émanait de lui une formidable assurance.

Cette même assurance qu'il avait eue lorsqu'il l'avait obligé à faire face aux ténèbres.

Il avait la gorge nouée tout à coup. Des frissons le parcouraient au seul souvenir de cet instant où il s'était retrouvé seul face aux tourments que Skywalker avait lancés sur lui. S'il y pensait un instant de plus, il était convaincu que son cerveau allait éclater. Brakiss s'était enfui pour échapper à l'épreuve aussi vite qu'il le pouvait, et quand il avait retrouvé sa mère, elle vivait dans l'ombre de l'Empire. Il avait dû tout raconter pour qu'ils le laissent partir.

La valeur de ses informations et la détérioration de son esprit expliquaient que l'Empire l'ait relâché. Il avait ainsi fui jusqu'à ce que Kueller le retrouve. Et le reconstruise.

Au prix fort.

Skywalker.

Brakiss tapa sur la touche de communication. Kueller répondit aussitôt et son hologramme se matérialisa au-dessus du bloc-vidéo. Il était minuscule et Brakiss se dit qu'il aurait pu l'écraser d'un coup de poing. Pourtant, le pouvoir qu'il irradiait, même sous cette forme, le fit reculer d'instinct.

— Il est ici.

Un sourire se dessina sur le masque de mort de Kueller.

— Bien. Envoyez-le-moi.

Brakiss se mordit nerveusement la lèvre.

— Je me disais que... peut-être... je pourrais le tuer. Je le lui dois. Il...

Kueller leva une main. Son sourire s'élargit.

— Oui, tuez-le. Par tous les moyens.

Brakiss frissonna. Cette victoire était trop facile.

— Mais je croyais que c'était vous qui deviez le faire.

Kueller haussa les épaules.

— Je doute que vous parveniez à le tuer, mais si vous y réussissez, ma réponse est simple : je devrai vous tuer.

Il s'exprimait avec une telle assurance que Brakiss recula encore.

— Je pensais que nous travaillions ensemble.

— Certainement. Mais celui qui tuera le grand Jedi Luke Skywalker deviendra l'être le plus puissant de la galaxie. Si vous tuez Skywalker, cet honneur vous échoira et je n'aurai pas d'autre choix que de vous le ravir.

— Mais l'Empereur voulait que Vador supprime Skywalker.

— L'Empereur est mort depuis bien longtemps, Brakiss. (Le sourire de Kueller s'effaça.) Vous feriez bien de vous en souvenir.

Brakiss hocha la tête.

— Et, ajouta Kueller, n'oubliez pas : si Skywalker meurt, je le saurai.

Son image s'éclipsa et une trace de scintillement flotta brièvement au-dessus du bloc. La présence de Kueller s'estompait et Brakiss abattit le point sur le bloc. La douleur fusa dans sa paume. Il n'était pas encore de taille à affronter Kueller, mais un jour...

Un jour très prochain...

Il revint aux écrans. Skywalker avait cessé de crier à tous les vents. La tête levée vers le dôme, il avait le front plissé : son attitude était celle du Jedi qui ne percevait le réel que par le biais de la Force.

Avait-il lui aussi senti la présence de Kueller ?

Non, c'était absurde : nul ne pouvait percevoir quoi que ce soit à une telle distance.

Pas même Skywalker.

Ou alors ?...

Brakiss pivota et, d'un claquement de doigts, fit apparaître son droïd de protocole. C9 PO était un modèle récent qu'il avait modifié pour ses besoins personnels. Le reformatage de la mémoire finale, deux mois auparavant, combiné à l'optimisation du langage faisait de C9 PO un droïd dont les talents dépassaient toute comparaison.

Skywalker n'en saurait peut-être jamais rien.

— Nous avons un invité, C9, dit Brakiss.

— Je sais, monsieur.

Le droïd s'était immobilisé à deux mètres de lui, selon ses instructions, et le fixait de ses yeux dorés luminescents.

— Conduis-le à la salle d'assemblage. Qu'il m'y attende.

— Mais, monsieur, les invités ne sont jamais admis dans la salle d'assemblage.

Brakiss lui décocha un regard noir. Mais le droïd le fixait, impassible, implacable. Certaines choses ne changeaient jamais chez les droïds de protocole, même après un effacement mémoriel.

— Celui-ci n'est pas un acheteur.

— En ce cas, qui est-il, monsieur, pour que je le conduise à la salle d'assemblage ?

Qui est-il ? Brakiss eut un sourire dénué d'humour. Il était impossible d'attribuer à Skywalker une quelconque catégorie que le droïd pût admettre.

— C'est un Maître Jedi, C9. Il vient pour l'usine.

— Ah, je comprends. C'est personnel.

Le droïd se retira d'un air pincé. Les petits pieds des C9 n'étaient certes pas un progrès par rapport à ceux des C1 et des C8.

Brakiss en prit note.

Mais d'ordinaire, le simple fait de se concentrer sur les droïds lui éclaircissait l'esprit. Ce qui n'était pas le cas. L'aura de la présence de Skywalker le submergeait.

Il était urgent de le chasser de Telti.

Ils prirent le *Faucon Millenium* pour gagner Skip 5. Seluss aurait voulu prendre un des skippers, mais Yan lui rappela que c'était lui qui dirigeait les opérations. Et il n'était pas dans ses intentions de parcourir plus de dix mètres sans le *Faucon*.

Il avait décidé qu'il devait superviser lui-même cette opération extravagante : il avait un mauvais pressentiment. Les contrebandiers faisaient toujours le trafic de produits qui avaient une certaine *valeur*. Et voilà qu'ils étaient payés dix fois plus pour des surplus ordinaires — de la camelote ordinaire que n'importe quel caïd du crime pouvait se procurer sur des dizaines de planètes.

L'Empire, ou ce qui en subsistait, ne fabriquait plus d'équipement. La Nouvelle République y avait veillé en neutralisant toutes les usines et fabriques dont elle avait eu connaissance. Les maquettes et les prototypes avaient été détruits. S'il demeurait quelque part des centres de production, alors ce seigneur du crime devait mettre le prix pour se procurer de l'équipement impérial de pointe.

Ou bien le secret se trouvait-il dans le matériel ancien ? Est-ce qu'il avait quelque chose de *différent* ?

Yan avait le sentiment que s'il y regardait de plus près, il trouverait. Et, pour la première fois depuis longtemps, il regrettait l'absence de C3 PO. Le cher professeur doré aurait pu lui dire quelle était la différence entre les divers équipements de l'Empire, et D2 l'aurait aidé.

C'était tellement déconcertant de voyager sans leur aide.

Du temps où il avait fréquenté le Quartier, Skip 5 était abandonné. Ses cavernes, bien qu'immenses, étaient creusées dans l'aventurine et la température ambiante était d'environ quarante degrés, ce qui était insupportable pour les humains et mortel pour d'autres races qui résidaient dans les astéroïdes. Une décennie avant l'arrivée de Yan, une bande de contrebandiers s'était installée sur Skip 5 durant des mois. Ils s'étaient finalement massacrés, à cause de la chaleur disait-on.

Mais Yan n'avait jamais été sur Skip 5. Il ne s'était pas attendu à la taille du planétoïde pas plus qu'à y découvrir un tel niveau de développement.

Les plates-formes d'atterrissage étaient assez vastes pour accueillir six paquebots de luxe. Hormis sur Coruscant, Yan n'avait jamais rien vu d'aussi impressionnant ailleurs. Le *Faucon* avait l'air d'un insecte à côté de la dizaine de cargos qui se trouvaient là, les baies ouvertes, en cours de chargement. Les coffres que les grues hissaient à bord étaient souvent plus grands que le cockpit du *Faucon*.

Yan se tourna vers Chewie, qui venait de mugir son étonnement. Seluss trillait, excité.

— Ces containers peuvent cacher n'importe quoi, lui dit Yan. Je veux voir la marchandise.

Seluss continuait ses trilles et Yan décida de l'ignorer. Il savait que personne n'ouvrirait spontanément un container, surtout à présent qu'il était perçu comme représentant de la loi. Il décida donc de visiter les entrepôts et les ateliers. Il n'arrivait toujours pas à croire que les contrebandiers avaient rassemblé tous leurs efforts pour fournir leur mystérieux client. Il avait dans l'idée qu'ils n'étaient que quelques-uns à travailler ensemble. Quant aux autres, ils devaient faire personnellement leurs livraisons. Il lui fallait découvrir qui contrôlait Skip 5. Ensuite, avec Chewie, ils suivraient ceux qui s'absentaient trop souvent. Ces contrebandiers, il l'espérait, se souviendraient de la dette qu'ils avaient envers lui. Et il pourrait connaître l'identité du client sans le rencontrer personnellement.

— Tu restes ici, dit-il au Wookie. Je reviens.

Chewie gronda.

— On a déjà discuté de ça. Je ne veux pas laisser le *Faucon* sans surveillance ici. Et je ne vais pas entrer au cœur de Skip 5 seul avec Seluss.

Seluss protesta.

— Ça n'est pas parce que ton explication semble plausible que je vais pour autant te faire confiance, fit Yan en s'arrachant au fauteuil de pilotage. Si je ne reviens pas très vite, Chewie, tu décolles. Et c'est un ordre.

Chewie se hérissa en mugissant.

— Oui, je sais, une dette de sang. Ce qui veut dire que tu ne dois pas m'écouter ? (Yan empoigna son blaster.) Veille bien sur le *Faucon*. Je ne tiens pas à rester coincé ici, compris ?

Chewie marmonna en se tournant vers le panneau de contrôle et Seluss s'agrippa à la chemise de Yan en poussant des piaillements aigus.

— Oui, je sais bien ce que tu cherches, petite tête. Mais ce n'est sûrement pas la même chose que moi.

Il sortit du cockpit et descendit vers le terrain.

La chaleur était telle qu'il eut l'impression d'avoir percuté un mur. Immédiatement, son corps se couvrit de sueur. Il regretta d'avoir oublié d'emporter des rations d'eau, mais il était trop tard pour retourner au vaisseau.

Il pourrait tenir quelques instants. Et puis, il avait déjà

connu des séjours torrides, alors qu'il était plus vulnérable et sans protection. Il se rappelait les heures terribles du mal d'hibernation, sur Tatooine. Aveuglé par le soleil tandis que la bataille faisait rage. Il était encore stupéfait d'avoir survécu à ça.

Les contrebandiers l'épiaient derrière les baies des vaisseaux. Des blasters étaient braqués sur lui. Deux élévateurs s'arrêtèrent comme il s'en approchait. A proximité des droïds et du vaisseau en cours de chargement, la chaleur s'intensifia. Pourtant, il était encore à découvert : à l'intérieur de l'astéroïde, la température devait être infernale.

Il enfila un couloir étroit. Les murailles d'aventurine étaient enduites d'un revêtement thermique et la température chuta de plusieurs degrés. Yan prit un instant pour essuyer la sueur de son visage en respirant à fond. Puis il vérifia son blaster.

— Vous comptez vous servir de ça ?

Il leva les yeux. Un humain aux longs cheveux bouclés était installé derrière un bureau creusé dans la paroi. Il était torse nu, couvert de tatouages, et ne portait qu'un pantalon à larges mailles. Ses mains, posées sur le bureau, cachaient peut-être un blaster.

— Je m'assurais seulement qu'il pouvait fonctionner en cas de besoin.

— C'est à vous, ce vaisseau, là-dehors ?

— Oui.

Yan s'efforçait de garder un ton neutre, ne sachant pas encore s'il avait affaire à un ami ou un ennemi.

— Drôlement petit pour un cargo.

— C'est un excellent transporteur.

— Certainement, fit l'autre sans conviction.

— Il vous pose un problème ?

— Non, non. Seulement, il est stationné à un emplacement réservé à des unités plus importantes, c'est tout. Les vaisseaux de ce type vont généralement vers d'autres plates-formes.

— Personne ne m'a expliqué les règles. Je le saurai pour la prochaine fois.

L'homme posa son blaster sur son genou.

— Mon ami, il risque de ne pas y avoir de prochaine fois si tu ne me dis pas ce qui t'amène ici.

— Un ami m'a envoyé pour inspecter la cargaison. Il a loué mon vaisseau pour l'enlever du Quartier.

— Et cet ami a un nom ?

Yan ne lâchait pas son blaster.

— Seluss. C'est un Sullustéen. Son collègue a disparu avec leur vaisseau.

— Oui, j'ai entendu parler de ça. Ce genre de truc s'est pas mal répété, ces derniers temps.

— Des contrebandiers qui disparaissent ?

— Ils ne reviennent pas, dit le grand blond en haussant les épaules. Je pense qu'ils se retirent tous avec leurs primes.

— Je croyais qu'on ne prenait pas sa retraite dans l'Organisation.

— Oh... ces types s'en vont, c'est tout. Normal. Les contrebandiers sont des romantiques. Ils refusent de vieillir. Parce qu'ils ne s'amusent plus autant que dans leur jeunesse. Et comme ils ont pas mal d'argent depuis quelque temps, qui pourrait leur en vouloir ?...

— Vous ne m'avez pas l'air très vieux.

— Mais je n'ai pas dit que j'avais pris ma retraite.

— Alors que faites-vous ici ? Je n'ai encore jamais rencontré de garde sur Skip 5. Remarquez que je n'y suis jamais venu encore, mais le Sullustéen n'avait pas besoin de le savoir.

— Je n'ai pas dit non plus que j'étais un garde. (L'homme se leva.) Je me disais seulement que votre vaisseau était un peu près du mien. Je voulais savoir ce que vous cherchiez avant de finir de charger.

— C'est lequel, votre cargo ?

— Celui qui est au-dessus de vous.

Yan se retourna. Il s'était posé à côté du seul transporteur géant, au blindage carré, auprès duquel les autres vaisseaux avaient l'air de nains. Le *Faucon* était garé sous la baie de poupe.

— Comment vous avez pu faire entrer cette chose dans le Quartier ?

— Mais je ne l'ai pas fait, dit le grand blond d'un ton sans réplique.

Mais Yan n'avait pas envie de le questionner plus avant. Jarril avait raison : l'Organisation des Contrebandiers avait bien changé, le Quartier n'était plus ce qu'il était. Autrefois, jamais aucun contrebandier ne se serait avisé de s'emparer du vaisseau d'un autre. Aujourd'hui, on s'en vantait.

Il se félicita d'avoir laissé Chewie à bord du *Faucon*.

— Alors, vous me laissez passer ou pas ?

L'autre haussa les épaules.

— Je n'ai jamais essayé de vous en empêcher.

— En tout cas, c'était bien imité, grommela Yan en reprenant son chemin.

Il commençait à se rouiller. Il était tellement habitué à Coruscant qu'il n'avait pas douté un seul instant que l'autre était un garde. Mais les contrebandiers n'utilisaient que leur garde du corps personnel. Il devait retrouver les bonnes vieilles habitudes, sous peine de se faire descendre dans le Quartier.

Le couloir fit un tournant et devint presque obscur. Le revêtement réfrigérant absorbait aussi le rayonnement de l'aventurine et les parois étaient maintenant sèches, hostiles au contact. Yan regrettait les ruissellements d'eau, allant presque jusqu'à éprouver de la nostalgie pour la senteur fétide de Skip 1.

Presque.

Il porta la main à son blaster, les paumes moites. Peu à peu, son regard s'habituait à l'obscurité. Il distingua des traces de pas qui se croisaient sur le sable de la pente. Plus bas, il perçut un bruit de machinerie lourde et des voix aiguës qui s'exprimaient dans un langage qu'il n'avait plus entendu depuis longtemps. Des relents montèrent à ses narines : l'huile de vidange, les solvants, et pire encore : la puanteur d'un puits gondar.

Des Jawas.

Mais c'était impossible. Les Jawas ne quittaient jamais Tatooine. Les seuls dont il ait entendu parler étaient ceux que Luke avait trouvés sur *L'Œil de Palpatine*, et ils n'y étaient pas venus de leur plein gré.

Ce qui était peut-être également le cas avec ceux-là.

Il s'avançait lentement vers le bas du couloir. Une clarté nouvelle se répandait sur les parois et la chaleur augmentait avec la puanteur.

Dans cette région de l'astéroïde, l'aventurine était à nu.

Il passa la langue sur ses lèvres déjà parcheminées. Il se promit de ne jeter qu'un bref regard avant de retourner au *Faucon*. Il n'avait jamais trop aimé les Jawas. Même dans des temps meilleurs.

Lorsqu'il aborda une courbe, l'éclat de l'aventurine l'éblouit et la chaleur l'enveloppa dans son étreinte. Il s'immobilisa jusqu'à ce que ses yeux réagissent. Puis il reprit sa marche avec prudence.

Le couloir débouchait dans une gigantesque caverne. La voûte devait être haute de sept étages, suffisamment pour que l'éclat de l'aventurine soit comme celui du soleil. A partir du second étage, les parois étaient couvertes d'enduit réfrigérant. On aurait dit un coin de Tatooine, ici, au cœur de Skip 5.

Au centre, il y avait un sandcrawler dont les portières en coin étaient béantes. Des Jawas entraient et sortaient en file, leurs yeux rouges brillant sous leurs cagoules. Le bas de leurs robes était usé et en lambeaux. Ils bavardaient en chargeant des uniformes de commandos impériaux à bord de la maison-forteresse. Ceux qui étaient à l'intérieur les nettoyaient, tandis que d'autres réparaient des droïds. Yan découvrit des fragments de cuirasses et des blasters éparpillés dans le sable et, plus loin, les pièces éparses d'une navette impériale.

Yan oublia son sentiment de malaise. Il se pencha et découvrit d'autres cavernes et des traces de sandcrawler qui partaient vers l'extérieur. Un Jawa leva la main et tous les autres entreprirent d'empiler les uniformes à bord de la forteresse sur chenilles. Apparemment, ils n'avaient pas vu les éléments de la navette.

Le sandcrawler démarra et Yan se plaqua contre la paroi pour ne pas être vu.

Comme si les Jawas pouvaient s'inquiéter de ce qui se passait dehors...

Il reprit sa progression, courbé en deux, dans le sable chaud. Il en prit une poignée et recueillit par la même occasion un boulon au creux de la main. Il l'examina. Fabrication impériale vieille de trente années, modèle courant sur les vieux cargos.

Il se mit à creuser plus profond et mit à jour d'autres éléments avant d'atteindre le revêtement de climatisation.

Cette couche de sable avait été installée ici à dessein.

De même que les pièces de matériel impérial.

Ce qui était absurde.

Il réfléchit un instant, sans bouger. Il était venu ici guidé par un indice, mais il n'y en avait pas d'autre ici. Le premier indice, pourtant, était de taille.

Il ressentait la chaleur intense sur son dos. Il sursauta au bruit d'un second sandcrawler en approche. Et dans la caverne voisine, on claquait les portes d'une autre forteresse mobile.

Si Skip 5 avait les dimensions de Skip 1, les Jawas pouvaient parcourir les cavernes de l'astéroïde durant des jours sans jamais se rencontrer. Ils pouvaient parfaitement imaginer qu'ils se trouvaient dans une région isolée de Tatooine. Et aussi longtemps qu'ils disposaient de leur matériel de détection et de réparation, ils étaient heureux.

Du moment qu'ils pouvaient négocier leurs trouvailles.

Ou se faire payer.

Les Jawas aimaient le troc mais n'appréciaient pas trop les crédits qui, pour eux, ne représentaient pas grand-chose. L'essentiel de leur vie c'était de fouiller, de trouver et de revendre. C'était tellement agréable et facile de nettoyer leurs trouvailles et de les réparer à peu de frais. Il fallait un esprit brillant pour avoir monté un coup pareil.

Yan suffoqua soudain du fait de l'odeur de poisson avarié. Il se redressa. Entre les suintements de Skip 1 et les Jawas, il payait un lourd tribut olfactif. Mais qui aurait pu dire ce qui était enfoui dans le sable ? Lui-même n'était pas certain de vouloir l'apprendre.

Il s'essuya les mains sur son pantalon avant de se retourner. Chewbacca était là, derrière lui, son arbalète braquée sur l'entrée du couloir.

— Je croyais t'avoir dit de rester sur le *Faucon*.

Le Wookie leva la main pour lui intimer le silence. Yan serra son blaster. Seluss n'était pas en vue. Il espéra que Chewie n'avait pas laissé ce sale petit rat seul à bord du *Faucon*. Sinon, il allait le regretter. Le Wookie baissa la main. Et se mit à débiter un discours d'une voix douce, alternant les plaintes et les grognements étouffés sans cesser de gesticuler, les yeux rivés sur le couloir. Il l'écouta et son expression s'assombrit.

Pour la plupart, les vaisseaux à l'amarrage sur Skip étaient là pour *décharger* leur cargaison. Personne ne chargeait jamais sur le Quartier. C'était une vieille loi communément admise. Et qui était fondée sur la prudence.

— Chewie, où est passé Seluss ? demanda Yan.

Le Wookie leva son menton hirsute vers le couloir.

— Il est là-bas ? Tu lui as donné un blaster ?

Chewie ronronna.

— D'accord, c'est bien. Tu sais, si tu l'avais laissé sur le *Faucon*, je n'aurais pas du tout apprécié.

Chewie fit mine de se frotter la truffe.

— Ecoute-moi bien, gros poilu, tu as intérêt à ne pas trop te plaindre de cette odeur. Parce qu'avec la chaleur et les Jawas, tu sais...

— La chaleur et les Jawas, général Solo ? lança une voix dans son dos.

Yan fit volte-face, le blaster braqué. Six Glottalphibs avaient surgi derrière lui, leurs gros pieds enfouis dans le sable. Tous étaient plus grands que Chewie. Cinq menaçaient Yan de leurs paralyseurs de marécages dont les canons courts étaient couverts de boue et d'algues. Yan avait été touché une fois par ce genre d'arme et il en gardait un souvenir intensément douloureux.

— Général Solo, dit leur supérieur, le seul à ne pas être armé, voudriez-vous abaisser votre blaster ?

De la buée se formait devant son groin à chaque parole. Il était encore plus grand que ses sbires, mais ses écailles jaune-vert viraient au gris-noir. Ses petites mains vertes étaient croisées sur son torse élancé.

— Sinon, n'importe qui pourrait penser que vous nous

menaciez. Mais vous ne le feriez pas, général Solo, ou est-ce que je me trompe ?

Yan n'eut pas besoin de se retourner pour savoir que Chewie avait tendu son arbalète. Jamais encore Yan n'avait affronté six Glottalphibs de front, et même avec un Wookie, il n'avait guère de chance de l'emporter.

— Je suis en infériorité, dit-il. Car vous semblez savoir qui je suis alors que j'ignore tout de vous.

— Absurde, général Solo. Combien de Glottalphibs avez-vous rencontrés dans votre carrière ?

— Suffisamment pour savoir que vous êtes tous différents, mon vieux. Et je sais que je ne vous ai jamais rencontré, vous. Le seul Glottalphib que je connaissais assez bien s'appelait Nandreeson. Il faisait commerce sur Skip 6.

— Je ne fais jamais d'erreur grave, général Solo. (Le Glottalphib sourit et une mince langue de flammes darda de ses narines.) Je m'appelle Iisner. Je travaille pour Nandreeson. Il a entendu dire que le concubin de la grande Princesse Leia se trouvait dans le Quartier et il aimerait vous rencontrer.

Le doigt de Yan effleura la détente de son blaster. Cette invitation était censée provoquer sa colère. Cela avait failli réussir et il s'en voulut d'autant.

— Je ne suis pas le concubin de la Princesse.

Chewie le prévint d'un bref grognement.

— Mais son époux.

— Ah, oui... Les coutumes des humains sont tellement perverses. Je n'ai jamais vraiment compris les motivations essentielles de votre race. Il vaut mieux pour le pool génétique d'abandonner des œufs là où n'importe quel mâle peut les trouver et les fertiliser.

— Vous n'avez pas dégainé ces paralyseurs uniquement pour discuter de nos habitudes de reproduction, non ?

Du coin de l'œil, il vit que la baie de chargement du crawler jawa était bouclée. Il allait s'avancer sur eux d'un instant à l'autre.

— Non. Je suis venu vous inviter sur Skip 6.

— Une invitation armée n'en est pas vraiment une. C'est un ordre.

Le sourire du Glottalphib s'élargit. Et une autre flammèche pointa de sa narine droite.

— Je me suis dit que vous verriez la chose ainsi. Nos coutumes diffèrent tellement. Mais nous vous invitons avec courtoisie et avec un intérêt poli. Nous avons tellement peu d'informations sur la Nouvelle République. Ce serait bien d'en apprendre plus de la bouche même de *l'époux* de l'un de ses grands leaders.

Chewie grommela à nouveau mais, cette fois, Yan retint sa réplique. Leia était effectivement un grand leader.

— Alors, rangez ces paralyseurs, dites à vos gorilles de se calmer et je vous suivrai peut-être.

— Ah, général Solo, je ne puis autoriser de telles exceptions sur la seule foi d'un « peut-être ».

La forteresse des Jawas approchait du seuil de la caverne et le sol s'était mis à vibrer. Les Glottalphibs ne semblaient pas en avoir conscience.

— D'accord. Rengainez vos paralyseurs, rappelez vos gorilles et Chewie et moi vous suivrons sur Skip 6.

— Nous ne disposons pas de piste d'atterrissage pour les vaisseaux de type conventionnel, général Solo.

— Dans ce cas, Nandreeson devra venir à moi. J'ai mes appartements sur Skip 1. (Yan reculait lentement.) Et maintenant, si vous voulez bien m'excuser, il me reste un travail à finir.

— Pas si vite, général Solo. Il est plus urgent de nous accompagner.

La forteresse entra dans la caverne. Le Glottalphib se retourna soudain, comme surpris.

Yan poussa Chewie.

— Cours !

Ils s'élancèrent sur la pente. Les rayons bleus des paralyseurs frappèrent la muraille d'aventurine dans un éclat torride. Chewie grondait et Yan pressa de toutes ses forces contre son dos velu. Brusquement, ils se retrouvèrent dans l'obscurité. Puis des flammes jaillirent à l'endroit où ils s'étaient trouvés l'instant d'avant.

Yan riposta de plusieurs tirs de blaster. Chewie dérapait sur le sable. Et les Glottalphibs se rapprochaient dangereusement. Un jet de paralyseur effleura Yan, grillant le revêtement de climatisation. La température monta de quelques degrés.

— Par ici !

Yan leva les yeux et vit le grand blond qu'il avait rencontré en entrant.

— Vite ! On n'a que quelques secondes !

Chewie protesta en rugissant.

D'autres flammes crépitèrent. Le revêtement tenait bon, mais il avait viré au rouge et la chaleur augmenta encore. Jamais ils ne parviendraient à atteindre le couloir. Yan ne savait pas qui était ce type mais il ne tenait pas à être la fricassée du jour pour les Glottals.

— Chewie, vas-y !

Yan poussa le grand velu vers le grand blond et suivit, accroché à la toison odorante du Wookie. Ils étaient dans une étroite crevasse d'aventurine. La lumière était vive. L'homme aida Yan à escalader les derniers centimètres à l'abri du revêtement.

— On se tire de là avant d'être grillés vifs ! dit-il.

— Je n'ai rien contre, personnellement.

A deux, ils redressèrent Chewie. Le Wookie était obligé de rester courbé. Ils suivirent le grand blond.

Jusqu'à ce que Chewie rugisse, coincé.

Le revêtement réfrigérant était rouge. Un autre tir devait l'avoir touché et la chaleur grimpa encore de quelques degrés. Yan avait la gorge desséchée et la chemise gluante de sueur. Mais le revêtement résistait.

Il tendit la main vers le bras de Chewie.

— Laissez-le. Il faut qu'on sorte de là, dit le grand blond.

— Non, on va sortir tous les trois. Baisse-toi, Chewie.

Le Wookie lança une plainte rauque.

— Dites-lui de la fermer.

Chewie s'était accroupi, mais il se cogna les genoux contre la paroi.

— Okay, fit Yan. Je te tiens. Essaie de te glisser comme tu le peux.

Chewie proféra quelques jurons wookies particulièrement choisis mais s'exécuta.

— Votre copain est un râleur, remarqua le grand blond.
— C'est un Wookie, et à votre place je ne me risquerais pas à le mettre en colère.
— Je sais comment m'y prendre avec ces poilus.
Yan sourit.
— On dit ça quand on n'a jamais rencontré un Wookie.
— Vous acceptez mon aide, oui ou non ?...
— Je ne sais pas. Vous comptez en tirer quoi ?
— De la satisfaction, général. Allez, venez.

Il disparut par une étroite issue avant de descendre vers un large escalier sans laisser à Yan le temps de répondre. A l'évidence, il savait qui il était.

Depuis la première minute.

Ce qui éveillait un certain malaise chez Yan.

Il risqua un regard dans l'escalier. L'aventurine y brillait de tout son éclat.

Et la chaleur était la même.

— Chewie, tu penses que tu vas y arriver ?

Le Wookie acquiesça.

— Et tu penses aussi qu'on peut lui faire confiance ?

Chewie secoua la tête en meuglant doucement.

— Tu as raison. Il faudra des siècles avant que ces parois refroidissent. Et nous, on va rester dans cette chaleur. Rien de pire, n'est-ce pas ? Tu vas y aller le premier, mon poilu. Comme ça, si tu te retrouves coincé, je pourrai te dégager.

Chewie réussit à passer sans laisser trop de poils et Yan le suivit. L'escalier était haut de plafond et Chewie put enfin se redresser.

La chaleur diminuait. Yan se passa la main sur le visage. Le grand blond n'était plus en vue mais ses traces de pas leur montraient le chemin.

De toute façon, ils n'avaient pas le choix : aucune autre issue n'était visible.

Ils dévalèrent les marches, l'arme au poing. Un air plus frais se déversait d'un passage annexe et l'homme les y attendait, assis sur une pile de revêtement inutilisé, son blaster sur les genoux.

— Je me disais que vous n'y arriveriez jamais.

— Souvent, l'ennemi qu'on connaît est moins dangereux que celui qu'on ignore, proféra Yan.

— Donc, vous croyez me connaître, fit le grand blond avec un sourire.

Yan secoua la tête.

— Nous avons failli rester là-bas en attendant que le revêtement refroidisse.

— Vous avez eu affaire aux gars de Nandreeson ?

— Je ne sais pas qui vous êtes ni ce que vous voulez.

L'autre tendit la main.

— Je m'appelle Davis.

— Ce nom ne me dit rien. Je ne vous connais pas du tout.

— Moi non plus, général. Pas vraiment. Mais j'ai entendu parler de vous.

— Ce qui vous donne un avantage certain.

— Vous ne faites pas confiance aux gens, hein ? J'essaie seulement de vous aider.

— Ça reste à voir. On va où ?...

— Ces passages vont nous conduire jusqu'à une issue dérobée du terrain sur lequel vous avez posé votre vaisseau.

— Et les hommes de Nandreeson nous y attendent. Ils savent qu'il faut que je regagne le *Faucon*.

— Vous suggérez de l'abandonner sur place ?

— Je ne veux pas être trop prévisible. (Yan abaissa son blaster.) Dites-moi ce que les Jawas fabriquent dans le coin.

— Maintenant, comme ça ?

— Comme ça.

Davis soupira et rengaina son arme.

— C'est une bande de contrebandiers qui les a amenés pour nettoyer et réparer le matériel.

— Gratuitement ?

— Non, les Jawas ne travaillent jamais pour rien. Mais ils n'en sont pas moins bon marché. C'est plus commode pour les types de l'Organisation d'utiliser leurs services.

— C'est pour ça qu'ils ont laissé traîner le matériel dans le sable en attendant que les Jawas le récupèrent et le rachètent ?

— Oui, et ça marche.

— Tout dépend de ce que vous entendez par là. Les Jawas n'ont jamais été très doués pour les réparations.

— Oui, mais ils arrivent quand même à faire le tri entre ce qui est inutilisable et ce qui est récupérable, et ça fait l'affaire pour les contrebandiers.

— Mais qui achète cette quincaillerie ?

— Je ne sais pas. Et on n'a pas intérêt à poser trop de questions à ce sujet. Je pense qu'on ne devrait pas s'attarder dans le coin, d'ailleurs. Ils ont sans doute descendu votre copain sullustéen et ils vous cherchent dans tous les couloirs.

— Seluss est capable de s'en sortir seul. Moi, je crois qu'ils nous attendent près du vaisseau.

— Ils sont nombreux. Ils ont pu se disperser.

— Comment le savez-vous ?

— Je les ai vus débarquer, Solo. Je savais qu'ils cherchaient quelqu'un.

— Mais ils n'ont pas emprunté le corridor.

— Non.

— C'est donc qu'ils connaissent bien les tunnels.

Chewie grommela son approbation.

Yan se fit la réflexion qu'il détestait vraiment Skip 5. La chaleur était insupportable.

— Ils ne sont que six. Et nous sommes trois. Je pense qu'on peut réussir à les contourner pour rejoindre le *Faucon*.

— Non... Ils sont aux ordres de Nandreeson. Si vous ouvrez le feu sur eux, les contrebandiers vont essayer de vous dégommer.

Chewie feula et Yan lui demanda :

— Tu as une meilleure idée, gros velu ?

Le Chewie gesticula en grognant.

— Oui, ça pourrait marcher. Possible...

— Quoi donc ? demanda Davis qui, à l'évidence, ne comprenait rien au langage wookie, ce qui soulagea Yan.

— Ces tunnels débouchent dans le sable, non ?

L'autre acquiesça, intrigué.

— Parfait. (Yan sourit.) Ça fait bien longtemps que je n'ai pas été en affaires avec un Jawa.

20

Tout d'abord, Luke ne remarqua pas le droïd qui venait vers lui. Sa silhouette dorée se confondait avec tout l'or de la salle, les mains accrochées, les doigts sans attaches, les bras en batterie. Il entendit le claquement de ses pieds métalliques sur le sol avant de le voir.

Ses yeux luisaient dans sa face pointue. Il avait l'attitude d'un chef, un chef doré surgi d'une mer d'or en fusion, mais il était aussi normal que n'importe quel autre droïd.

— Jedi Skywalker ?

Il connaissait la réponse et sa voix avait la même modulation que celle de C3 PO. Il lui manquait cependant cette touche de nervosité agitée qui était la caractéristique principale du droïd de protocole. Et il était d'un modèle différent. Luke l'avait deviné au premier coup d'œil. Son visage était plus étroit, avec un nez prononcé et un menton en pointe.

— Oui, je suis Luke Skywalker.

— Vous devez me suivre.

Luke obtempéra, les mains croisées dans le dos. Pendant un instant très bref, il décela une autre présence, familière et étrangère à la fois. Comme si un ami était devenu quelqu'un d'autre. Il subsistait quelque chose de l'amitié perdue, mais cette personne était différente. S'il avait été sur Yavin 4, il aurait eu le temps de faire le tri dans ses sentiments et de retrouver la trace de l'autre. Mais pas ici. Ici, il ne pouvait se fier qu'à son subconscient.

Brakiss était tout près de lui.

Et il avait peur.

Le droïd le précéda entre les bandes de chargement et les membres dispersés de tous côtés.

— Quel est cet endroit ? demanda Luke.

— Nous sommes dans l'unité de contrôle bras et jambes des droïds de protocole. Nous travaillons sur de nouveaux modèles de mains aux doigts hypersensibles avec une souplesse de poignet optimisée. Durant cette dernière année, nous avons apporté des innovations surprenantes dans la technologie des droïds. Elles devraient améliorer toutes les fonctions.

Le droïd s'exprimait comme un vendeur faisant l'article à un acheteur potentiel.

— Vous êtes responsable des ventes, d'ordinaire ?

— Oh, non, Jedi Skywalker, je ne suis qu'une unité de protocole. Il m'arrive d'escorter nos clients et j'ai été programmé pour répondre à certaines questions, c'est tout.

— Brakiss est ici depuis longtemps ?

Le droïd tourna vers lui sa tête dorée.

— Je l'ignore, monsieur. Ma mémoire a été réinitialisée bien des fois.

Luke réprima un frisson. Effacer la mémoire était une coutume qui lui avait toujours paru barbare. Si jamais D2 et C3 PO étaient réinitialisés, il perdrait deux vrais amis. Il se dit que le droïd devait avoir eu autrefois une certaine personnalité.

Ce qui confirmait au moins que Brakiss était là.

Ils pénétrèrent dans une autre salle : des jambes dorées dépourvues de pieds étaient suspendues au plafond. Les pieds étaient alignés sur le sol comme des chaussures abandonnées, avec des tiges plantées dans les chevilles.

— Là, nous sommes dans l'unité de contrôle pieds et jambes.

— Je m'en serais douté, dit Luke. Epargnez-moi le discours d'usage. Et répondez plutôt à certaines questions.

— Comme vous voudrez, Jedi Skywalker.

— Quelle surface occupe cette unité ?

— L'unité de traitement des droïds de protocole occupe tout le bâtiment.

— Non, je veux parler de la fabrique.

— Elle s'étend sur toute la surface de cette lune, Jedi Skywalker. Nous fabriquons ici tous les modèles de droïds. Y en a-t-il certains que vous aimeriez voir plus particulièrement ?

— Ce secteur me paraît plutôt vide, non ?

— Nous avons reçu une importante commande de DM-

10. Et tout le monde se concentre sur les unités de fabrication des droïds médicaux.

— Des DM-10 ? Mais je n'ai rencontré que des 5 jusque-là.

— Ils datent, ils sont moins performants. Les DM-6 ont été employés par l'Empire pendant une brève période. Ensuite, les 7, 8 et 9 n'ont été que des prototypes que l'on n'a guère vus que sur des sites réduits. A son apparition, le DM-10 a révolutionné le domaine de la médecine droïd. C'est exclusivement ce modèle que nous fabriquons désormais.

Il était retombé dans son discours de vendeur. Ils passèrent dans une autre salle. Celle des têtes. Avec leurs orbites creuses et leurs bouches ouvertes sur un cri muet.

Luke vit des nuques béantes : des sacs de puces, des cerveaux et des contacts étaient accrochés au plafond.

— Ce genre d'endroit ne vous flanque pas la trouille ? demanda Luke.

— Jedi Skywalker, au nombre des innovations apportées à nos droïds, aucune ne saurait ressembler à l'émotion humaine. Vous savez aussi bien que moi que cela les rendrait tragiquement inutiles.

Luke se rappela les cris très expressifs de D2 et les bavardages fébriles de C3 PO avec un sentiment de privation.

— De plus, poursuivit le droïd, nous devons tous accepter notre origine.

Ça au moins c'était vrai, se dit Luke. Surtout pour lui, qui avait eu Dark Vador comme père.

Il préféra ne plus y penser.

— Vous me conduisez où ?

— A la salle d'assemblage. C'est un honneur d'y être admis. C'est rarement le cas pour nos invités.

Luke ne savait pas s'il devait se sentir honoré. Ce qu'il sentait, c'était Brakiss. Il était plus proche, et il maîtrisait à présent sa peur. Luke n'aurait su dire si c'était lui qu'il craignait ou quelqu'un d'autre. Il se rappelait que, par le passé, jamais Brakiss ne l'avait craint.

— Elle est loin, cette salle ?

— Non, Jedi Skywalker, mais nous allons maintenant

quitter le secteur public et vous ne devrez plus toucher à rien.

Luke acquiesça. Ce ne serait pas difficile. Il avait déjà la pénible impression de visiter un cimetière de droïds et de retrouver les squelettes de quantité d'amis disparus.

Le droïd poussa une porte dérobée que Luke n'avait même pas remarquée. Elle s'inscrivait parfaitement dans la paroi métallique et quelques têtes de droïds empilées près de la poignée achevaient l'effet de la masquer à la vue.

Ils entrèrent dans un couloir où l'air paraissait plus confiné, avec une odeur de fluide hydraulique. Les murs étaient inachevés. Sur des étagères qui s'élevaient du sol, Luke découvrit des éléments réduits de droïds, tous dorés selon la classe protocole. Des index, des poignets, ainsi que toutes les puces correspondant aux divers types. Il passa devant une ligne d'yeux qui clignèrent. La clarté, ici, semblait dorée elle aussi.

— Ces éléments sont destinés aux plus récents modèles de droïds de protocole. Ils font également fonction de détecteurs de mouvement et de dégagement thermique organique.

Il avait peut-être été réinitialisé, songea Luke, mais il n'en avait pas moins conservé une certaine fierté.

— Et comment ça se passe avec certaines races froides, comme les Glottalphibs ou les Verpines ?

— Ils en auront toujours l'emploi pour détecter les étrangers.

Luke se tourna vers les batteries d'yeux qui semblèrent répondre à son regard.

— Ils sont fabriqués sur place ?

Il remarqua que les yeux réagissaient à chacun de ses mots, lançant un petit filament vibrant à partir de la rétine. Ils captaient tout, en fait. Etrange amélioration dont il ne saisissait pas encore l'utilité. Pourquoi ces yeux devaient-ils entendre aussi ? Les droïds de protocole avaient toujours été dotés d'un équipement auditif...

— Bien sûr, répondit le droïd. Tous les éléments sont montés ici. (Il remarqua l'intérêt de Luke.) Venez, Jedi Skywalker. Il ne faut pas être en retard.

Luke n'avait pas pris conscience jusqu'alors qu'ils obéissaient à un timing strict.

Les parois s'écartèrent et ils se retrouvèrent dans une salle tout en longueur, avec des rangées d'ordinateurs surmontées de rayonnages. Ici, pas le moindre siège et les plaques à effleurement étaient installées à la hauteur de la taille moyenne d'un humain. Apparemment conçues pour être utilisées debout. Par des droïds.

Pour l'instant, Luke n'avait détecté qu'une unique présence humaine : celle de Brakiss.

Il était tout proche à présent. Et il se maîtrisait totalement.

Le droïd avançait à petits pas précieux et Luke n'avait aucune peine à le suivre. Il ne risqua plus aucune question et le droïd se cantonna dans le silence. A l'autre extrémité de la salle, il ouvrit une dernière porte.

— Je ne suis pas admis en salle d'assemblage. Seuls les droïds hautement spécialisés peuvent s'approcher des éléments. Maître Brakiss vous attend. Je reste à votre disposition pour vous reconduire à votre vaisseau.

Luke le remercia et le droïd, stupéfait, fit une petite révérence.

La salle d'assemblage se trouvait sous un dôme opaque de trois étages. Des panneaux luminescents ceinturaient la base et la lumière vive aurait pu être celle du jour. Des courroies de transport convergeaient vers un tube situé au centre de la salle. Il était transparent et assez large pour loger un droïd sonde.

Le tube se perdait dans les profondeurs du bâtiment. A travers le sol transparent, Luke découvrit des droïds immobiles, complètement assemblés, qui attendaient sans doute les derniers tests de contrôle avant d'être expédiés vers leurs clients.

Les courroies étaient arrêtées et la salle silencieuse.

Luke n'entendait que son propre souffle. Et celui de Brakiss.

Brakiss était à deux courroies de distance. Dans cet espace, il paraissait petit. Il portait un uniforme argenté avec des bottes assorties, de même que le sabrolaser accroché à sa hanche.

Luke avait oublié sa prestance flamboyante, le regard perçant de ses yeux bleus. Il avait le nez droit, la peau lisse, les lèvres minces. Leia avait dit une fois que c'était un des hommes les plus beaux qu'elle ait connus.

Elle n'avait pas tort.

— *Maître* Skywalker.

Il n'y avait pas la moindre trace de respect dans sa voix. Il gardait ses distances.

— Brakiss, fit Luke en se laissant pénétrer par le flux apaisant de la Force, vous n'avez pas achevé votre formation.

— Vous n'êtes pas venu jusque-là pour discuter de ça.

— Vraiment ? (Luke apprécia le poids de son sabre.) Alors, pour quel motif serais-je venu ?

— Ne jouez pas au professeur et à l'élève avec moi, Skywalker. Dites-moi seulement ce que vous voulez.

— Votre mère m'a dit que vous attendiez ma visite.

— Vous ne lui avez fait aucun mal, n'est-ce pas ?

L'attitude défensive de Brakiss déconcerta Luke. Il ne l'avait jamais vu ainsi.

— Certes non. Votre mère est une gentille femme. Elle s'inquiète pour vous.

— Elle ne s'est jamais souciée de moi.

Luke sentit l'ancienne douleur dans sa voix, celle qui avait empêché Brakiss de l'affronter sur Yavin 4. Il en voulait à sa mère de l'usage que l'Empire avait fait de lui quand il n'était qu'un enfant. Il n'en voulait pas à l'Empire, mais à elle.

— Vous m'attendiez, Brakiss ?

— D'un moment à l'autre, Skywalker. Je sais que vous ne laissez pas facilement partir vos élèves.

— Des années ont passé. Les étudiants font tous leur choix. Vous n'êtes pas le seul que j'aie perdu.

— J'ai été le seul adepte de l'Empire à vous défier, rétorqua Brakiss en se dressant de toute sa hauteur.

Luke promena les yeux autour de lui. La salle était plus

ouverte que toutes les unités de fabrication de droïds qu'il avait visitées jusqu'alors.

— Ainsi, c'est une usine impériale, non ?...

— Oui. Elle m'appartient.

— Vous n'êtes plus avec l'Empire, dit Luke en souriant. Vous voyez ? Votre séjour sur Yavin 4 vous a fait du bien.

— Je ne suis plus avec l'Empire parce qu'il n'existe plus.

— Mais il possède toujours quelques enclaves.

Brakiss eut un geste irrité.

— Des groupes impuissants et incapables d'oublier le passé. Mais moi, j'ai trouvé ici une vie nouvelle, Skywalker. Je n'ai pas besoin de vous.

— Je n'ai jamais dit que vous aviez besoin de moi. Mais vous avez un réel talent pour la Force, Brakiss, qui a besoin d'être entretenu, parce qu'il est différent de la haine que suscite le Côté Sombre.

— Je ne me sers plus de la Force, Skywalker.

— Alors pourquoi ce sabrolaser ?

Brakiss porta la main à la poignée de son arme, instinctivement, avant de la laisser retomber.

— Que voulez-vous, Skywalker ?

Luke fit un pas en avant. Il était pris entre les courroies et ne pouvait qu'avancer ou tourner le dos à Brakiss.

— Récemment, deux tragédies se sont produites. Dans la première, des millions d'êtres sont morts. La seconde a été un attentat sur Coruscant qui a coûté la vie à de nombreux sénateurs. Dans l'un comme dans l'autre cas, j'ai senti votre présence. Vous êtes en rapport avec ces deux actes, Brakiss, et je dois savoir.

Brakiss secoua la tête.

— C'est ici que je vis désormais. J'ai un travail valable et cette fabrique me rapporte de l'argent. Je ne dépends plus de l'Empire.

— Mais je n'ai pas dit non plus que l'Empire était concerné par ces événements. Je ne suis même pas sûr de ce qui s'est passé. Et je pensais que vous pourriez m'aider.

Les yeux de Brakiss se rétrécirent.

— Pourquoi le ferais-je ?

— Parce qu'une étincelle de bien subsiste en vous, Brakiss, sous tout ce que l'Empire vous a appris. Au terme de sa vie, Dark Vador est revenu vers la lumière. Vous le pourriez aussi.

Brakiss, le menton tremblant, entrouvrit les lèvres et fit un pas en arrière. Un bref instant, Luke retrouva le jeune Brakiss, l'enfant, celui qui avait été étouffé par des années de Côté Sombre, celui-là même qu'il avait failli atteindre sur Yavin 4.

Puis, la vision s'effaça. Le visage de Brakiss était redevenu un masque. C'était comme si des portes s'étaient refermées en lui, l'isolant de lui-même et de Luke.

Avec une grimace haineuse, il dégaina son sabrolaser. Une flamme rouge jaillit en vrombissant de la lame, il la pointa sur Luke et se fendit.

Aussitôt, Luke empoigna son sabre et para le coup, rejetant la lame de Brakiss sur une courroie dans un jet d'étincelles. Brakiss dégagea et frappa à nouveau. Luke contra.

Les lames s'affrontaient en bourdonnant d'énergie. Luke ripostait coup pour coup. Brakiss avait acquis de la puissance.

Il porta à Luke une série rapide de coups pour appeler ses parades, puis lança son sabre en un grand geste circulaire. Luke ne fut pas assez rapide et la lame lui brûla la chemise, manquant sa peau de quelques millimètres.

Peu à peu, la salle se remplit d'étincelles et les courroies de transport se mirent à briller sous l'effet de la chaleur. Luke se concentrait sur sa défense, sans risquer une attaque.

Brakiss cherchait une ouverture. Les coups se firent plus violents, mais les mouvements plus lents. Brakiss n'était pas un adversaire à la hauteur de Luke, mais il se comportait en excellent escrimeur et tous les deux seraient sans doute épuisés au terme de ce duel.

C'est alors que Luke ressentit l'aiguillon d'une peur nouvelle. Il leva les yeux, surpris. La peur émanait de Brakiss, et non de lui.

Brakiss n'attaquait plus. Il leva son arme à la façon de Ben Kenobi au cœur de l'Etoile Noire.

A la différence de Vador, Luke, lui, éteignit son sabre. Le

bourdonnement cessa et il n'entendit plus que leurs souffles haletants.

— Tuez-moi, lança Brakiss.

— Je n'en ai nullement le désir. Je préférerais vous ramener avec moi sur Yavin 4.

— Tuez-moi, Maître Skywalker. (Il n'y avait plus le moindre sarcasme dans la voix de Brakiss.) Maintenant.

— Nous devons tous nous affronter un jour nous-mêmes. Revenez sur Yavin 4. Je vous aiderai.

Brakiss semblait s'extraire d'une transe profonde.

— Il est trop tard pour moi.

— Il n'est jamais trop tard.

Brakiss eut un sourire triste.

— Pour moi si. Je n'ai pas ma place sur Yavin 4. Mais ici, j'en ai une. Je me sens mieux à l'écart, seul.

— Venez avec moi. Vous ne pouvez être heureux ici.

— Heureux ? Non. Mais au moins, je suis satisfait. Je peux être créatif. Ça me suffit. (Brakiss rengaina son sabre.) On m'a payé afin de vous délivrer un message. C'est pour ça que vous m'avez suivi à la trace. Vous devez vous rendre sur Almania. C'est là-bas que se trouvent les réponses que vous cherchez.

— Qui veut que j'aille sur Almania ?

Brakiss eut un frisson presque imperceptible. Non, ça n'était pas Luke qu'il craignait. Mais la personne qui lui avait demandé de délivrer ce message.

— A votre place, Maître Skywalker, dit Brakiss, je retournerais sur Yavin 4. J'oublierais tout. Faites comme Obi-wan Kenobi et retirez-vous. Laissez le combat à ceux qui sont impitoyables, ils gagneront de toute façon.

Il sortit.

Luke rangea son sabre et attendit un moment. Brakiss ne revint pas. Il eut l'idée de le suivre, mais y renonça. Il ne pouvait l'aider. Une fois encore, Brakiss avait refusé de retourner sur Yavin 4. Mais il s'était un peu rapproché de lui. Avec le temps, il se pouvait qu'il devienne un allié.

Jamais Luke n'avait vu un homme aussi accablé. Ou bien il venait de lui transmettre un message caché.

Almania. Un monde dont Luke n'avait jamais entendu parler.

Il devait se rendre là-bas. Quitte à y laisser la vie.

Brakiss sentit la porte se refermer sur lui. Il prit appui contre la paroi, tremblant : jamais plus il ne s'interposerait entre Skywalker et Kueller.

Jamais plus.

Si Kueller le libérait, il renoncerait à la Force. Il continuerait à fabriquer des droïds et retrouverait l'existence que sa mère avait souhaitée pour lui, une vie paisible et en retrait.

C'était le mieux qu'il pouvait espérer dans cet univers où vivaient Kueller et Skywalker. Il ne pouvait les égaler.

Kueller lui avait demandé d'agir en finesse pour que Skywalker se rende sur Almania. Mais au lieu de ça, il l'avait mis en garde. Ses sentiments vis-à-vis de Skywalker étaient troubles. Comme si le Jedi pouvait agir sur lui avec quelques mots, un regard, une idée.

Au terme de sa vie, Dark Vador est revenu vers la lumière. Vous le pourriez aussi.

Mais quelque chose avait attiré Dark Vador hors du Côté Sombre. Et selon la rumeur, Skywalker était ce quelque chose.

Si tel était le cas, alors Skywalker avait un pouvoir supérieur à celui de Kueller.

Et il le contrôlait encore. Et lui, Brakiss, lui avait dit de prendre garde et de se tenir à l'écart d'Almania.

Si Skywalker n'allait pas là-bas, comment réagirait Kueller ?

Brakiss n'était pas sûr de vouloir connaître la réponse.

21

Cole Fardreamer lâcha sa clé qui rebondit en claquant sur l'aile-X. Il se tourna vers les gardes. Il n'en reconnaissait aucun.

— Je m'appelle Fardreamer. Je travaille ici.

D2 s'était rapproché avec une plainte sourde.

— Seuls les Kloperiens ont le droit de s'occuper des nouvelles ailes-X, lâcha le garde kloperien en braquant sur lui trois blasters à la fois.

— Ça n'est pas tout à fait exact. Un certain nombre d'ingénieurs travaillent dessus. On m'a demandé de vérifier le système d'ordinateur de celle-ci.

— Qui vous a donné cet ordre ?

— Luke Skywalker. Le frère de la Présidente Organa Solo.

Le Kloperien gloussa. L'un des gardes humains abaissa son blaster.

— Qu'on ne le perde pas de vue, dit le Mon Calamari. Nous n'avons aucune preuve de ce qu'il avance.

— Et puis, pourquoi un héros de la Rébellion se mêlerait-il de l'entretien des appareils ? ajouta le Kloperien.

— Il est en droit de donner des ordres quand il soupçonne qu'on sabote le matériel, dit Cole.

Il savait qu'il se mettait dans une position dangereuse, mais il ne devait pas s'arrêter. Il fallait qu'il sache. Ils n'avaient pas l'air franchement bien intentionnés avec leurs blasters pointés sur lui. C'était comme s'il se retrouvait sur Tatooine du temps de Jabba le Hutt. Ces types-là n'avaient pas du tout le style Coruscant.

— Personne n'a saboté quoi que ce soit, dit le Kloperien.

— Si, insista Cole. Regardez.

Il montra l'aile-X et le Kloperien monta pour jeter un regard dans le cockpit.

— Je ne vois rien.

— Regardez mieux. Il y a un dispositif explosif avec l'insigne de l'Empire sur l'ordinateur de navigation.

Le Mon Calamari rejoignit son collègue et darda ses yeux énormes.

— L'Empire n'a jamais révélé sa présence de cette façon, dit-il. Un tel dispositif n'a pas besoin d'insigne, à moins que quelqu'un ne cherche à brouiller les pistes.

— On raconte que les nouveaux sénateurs, les ex-Impériaux, seraient responsables de l'attentat, remarqua un autre garde. Mais si ça n'était pas vrai ? Si quelqu'un essayait de nous égarer ?

Le Kloperien effleura Cole du canon d'un de ses blasters.

— Qui t'a payé pour ce sabotage, humain ?

— Personne.

— Skywalker ?

— Skywalker est un héros de la Nouvelle République.

— Il est au-dessus de tout soupçon, renchérit le Mon Calamari. Mais c'est une excellente couverture pour ce garçon.

— Je n'ai pas besoin de couverture !

— Tais-toi. Plus tu en diras, plus tu t'enfonceras. Nous t'avons pris en flagrant délit de sabotage sur cette unité.

— Je n'ai rien fait.

Du coin de l'œil, il vit D2 s'éloigner lentement. Il devait continuer à parler pour qu'ils ne remarquent pas le petit astromécano.

— Je venais de rencontrer ce même problème dans une autre aile-X améliorée. J'ai donc vérifié le prototype. Si j'avais vraiment voulu saboter un vaisseau, vous ne croyez pas que j'en aurais choisi un prêt à décoller ?

— Mon garçon, dit le Mon Calamari, je ne sais rien de tes intentions.

— Là, il marque un point, déclara une fille élancée qui se tenait près du Kloperien et qui avait gardé le silence jusqu'alors. Nous ne pouvons pas savoir s'il testait ou sabotait.

D2 s'était glissé sous une autre aile-X. Cole évitait de regarder dans sa direction.

— Ça, ça n'est pas à nous à le prouver, dit le Mon Calamari. Il faut en référer à un supérieur.

— Contactez le général Antilles, dit Cole. Il faut qu'il sache ce qui se passe.
— Tu connais le général Antilles ?
— Non, mais c'est pour lui que je travaille.
— On va en parler au contremaître. Je suis persuadé qu'il nous confirmera que tu n'étais pas autorisé à exécuter ces modifications.

D2 avait enfin atteint le mur du hangar. Il tendit son petit bras et se brancha sur l'ordinateur.

— Luke Skywalker m'a dit que si on me posait des questions, je devais répondre de contacter le général Antilles, insista Cole, en espérant que ce demi-mensonge passerait.

Le Mon Calamari soupira.
— Oui, nous devons tenir compte de ce qu'il dit.
— Pas question ! fit le Kloperien. A l'évidence il ment !
— Hé ! s'exclama soudain un autre garde. Qu'est-ce qu'il fiche là-bas, ce droïd ?

Cole n'eut même pas à trouver une explication. Le Kloperien ouvrit le feu de ses trois blasters, à pleine puissance. D2 hurla, pris dans un cercle ardent. Le panneau de l'ordinateur éclata et grilla et le droïd bascula en arrière. Quand l'éclat diminua, il bascula sur le flanc droit et des bouffées de fumée flottèrent au-dessus de sa tête en forme de dôme.

— D2 ! cria Cole. D2 !

Le droïd ne réagit pas.

Cole se retourna vers les gardes avec un sentiment de perte et de crainte : jamais plus Skywalker ne lui ferait confiance.

— Vous avez commis une faute terrible ! Vous venez de détruire le droïd favori de Luke Skywalker !

Contre une poignée de crédits, les Jawas leur donnèrent trois blasters et un motospeeder usagé. C'est Davis qui avait marchandé pour eux. La discussion avait été animée, mais il était évident que les Jawas connaissaient Davis.

Ce qui n'était pas le cas de Yan : il ignorait toujours s'il devait faire confiance au grand blond. Mais il n'avait pas le choix.

Le motospeeder se comportait correctement mais paresseusement. Et il passait à peine dans le couloir qui conduisait vers le *Faucon*. Chewie, une patte sous l'engin, le guidait : ils n'avaient pas l'intention d'y monter jusqu'à ce qu'ils aient rejoint l'alvéole où Yan avait rencontré Davis.

Yan se servit alors du speeder pour créer une diversion tandis que Chewie se frayait un chemin jusqu'au *Faucon* à coups de blaster. Yan doutait que Davis puisse les aider encore lorsqu'ils auraient rallié la baie de chargement.

Il lui confia donc le blaster le plus abîmé. En tout, il leur restait deux balsters chacun, plus celui de Chewie ainsi que son arbalète. Leur puissance de feu était maintenant supérieure à celle des Glottalphibs et ils bénéficiaient de l'effet de surprise du motospeeder.

Du moins Yan l'espérait.

Il se porta en avant. Les tirs des Glottalphibs avaient laissé des cicatrices sur les parois et des écailles desséchées jonchaient le sol. Elles étaient coupantes et dures comme de la corne : il se félicita de porter des bottes.

Quant à Chewie, il était protégé par ses semelles naturelles.

La température était torride et l'air empestait le soufre et le poisson pourri. Yan guettait l'assaut des Glottalphibs. Chewie lui aussi était sur la défensive. A tout instant, ils s'attendaient à ce qu'un Glottalphib surgisse et fasse feu. Et c'en serait fini.

Yan n'avait pas trouvé la moindre trace de Seluss. Il avait dû réussir à éviter les Glottalphibs.

— Ils se sont certainement repliés, chuchota Davis.

— J'en doute.

Les Glottals étaient réputés pour leur ténacité et leur passion pour tout ce qui brillait. Ils n'étaient pas venus jusqu'ici pour creuser le sable, mais pour capturer Yan.

Et il voulait savoir pourquoi.

Ils rejoignirent enfin le couloir principal, plongé dans l'obscurité. La porte de la baie de chargement était fermée.

L'air empestait un peu plus encore.

Chewie mugit.

Il souffrait dans cet air délétère et, cette fois, Yan ne pouvait rien répondre. Son inquiétude était justifiée : un Glottalphib pouvait être en embuscade et ils risquaient de ne pas le voir.

Soudain, un rayon de lumière jaillit : Davis brandissait un bâton-brilleur. Ils étaient de retour dans l'entrée, au milieu des parois calcinées. La table de pierre était fracassée mais ils étaient seuls.

Les Glottalphibs devaient les attendre dehors.

Yan interrogea Chewie du regard. Le Wookie pensait la même chose que lui.

Chewie poussa le speeder dans le couloir. Yan se mit en selle et le moteur démarra. Les contrôles répondaient mal. Les Jawas étaient peut-être experts en rafistolage mais certainement pas en réglage. Il espérait seulement aller assez vite, sinon ils seraient morts d'ici quelques secondes.

— Chewie, donne-moi un petit peu de temps pour les disperser. Ensuite, tu sors en mitraillant.

Le Wookie acquiesça. Davis resta silencieux. Chewie posa la patte sur la porte et Yan abaissa le régime du moteur, cramponné au guidon.

— On y va !

Chewie poussa la porte à toute volée et Yan accéléra brutalement. Il franchit la porte dans le grondement du moteur, deux fois plus vite qu'il ne l'avait escompté.

Il évita d'abord un élévateur, braqua vers le haut et frôla un vieux cargo. Un bâtiment plus important se dressait tout à coup devant lui, et il réalisa que c'était celui de Davis. Il monta au maximum en virant.

Il entendit des cris par-dessus le bruit du moteur. Les Glottalphibs avaient cerné le *Faucon*. Il plongea droit sur eux en ouvrant le feu.

Il dut feinter : un Glottal venait de cracher une gerbe de feu dans sa direction. Il roula dans le ciel, braqua en plongeant et revint sur les Glottals. Un premier se coucha, un autre riposta et Yan l'atteignit en pleine figure. Il s'effondra sur le *Faucon*.

Yan s'enfila entre les cargos et les bras rigides des robots-dockers. Il percuta une caisse et se retrouva pris dans un nuage de traces de blasters impériaux.

Quand il réussit à équilibrer le speeder, il était à mi-chemin de la baie de chargement, hors de vue de Chewie, et le *Faucon* avait disparu.

Il fit demi-tour sous les coques des cargos et les énormes piles de caisses. Il entrevit des blasters, des casques de commandos de l'Empire. Toutes sortes d'équipements.

A présent, les contrebandiers lui tiraient dessus tout en le huant. A leurs yeux, il était devenu fou. Le moteur du speeder se mit à crachoter et Yan se fit la réflexion qu'il ne tiendrait plus très longtemps.

Il fonça encore une fois sur les Glottalphibs qui formaient un rempart autour du *Faucon*. Ils tiraient tous à la fois en crachant du feu par leurs naseaux. Yan vira bord sur bord pour échapper aux traits de blaster tout en ripostant. Le cuir épais des Glottals brillait dans les détonations et il se dit qu'il avait intérêt à ajuster son tir : descendre le premier avait été un coup de chance.

Et puis, un Glottal tomba en avant, un carreau d'arbalète planté dans le dos. Et un autre. Chewie intervenait avec son arme. Davis venait de se glisser près de la porte du *Faucon*. Il tapa sur l'épaule du Glottalphib de garde et, quand ce dernier se retourna, le foudroya d'un tir en pleine bouche.

A la même seconde, le speeder fut atteint et se mit en vrille. Yan essaya de reprendre le contrôle : il ne tenait pas à s'écraser sur le fuselage du *Faucon*. Il lâcha son blaster pour piloter des deux mains, redressa et fonça droit sur les cavernes.

Le speeder toussota et Yan jura :

— Allez, vieux tas de fumée !

Le speeder plongea entre les portes en évitant de peu les murailles de pierre.

En se retournant, Yan constata que Davis venait d'abattre un cinquième Glottal.

Mais les contrebandiers n'avaient pas cessé le feu. Chewie hurlait en montrant le *Faucon* : il fallait qu'ils embarquent de toute urgence. Le moteur du speeder crachota une ultime fois et mourut.

Yan se laissa tomber, les jambes repliées, les bras déployés.

Une main le prit sous une aisselle et le redressa. Il avait du mal à réagir.

— Ça va, vieux ? lui demanda Davis.

Yan hocha la tête.

Le speeder flottait au-dessus d'eux, comme s'il les narguait. Un trait de blaster frappa le moteur de plein fouet et il explosa dans une volée de flammèches. Yan et Davis plongèrent sous le *Faucon*.

Chewie venait de descendre la rampe et leur faisait signe de monter. Yan suivit Davis, le pantalon englué de sang.

— Et votre vaisseau ?

— Techniquement, si je puis dire, il n'est pas encore à moi, répliqua Davis.

— Formidable, fit Yan en boitillant vers le cockpit tandis que Chewie remontait précipitamment la coupée. Et Seluss ?

Chewie grommela.

— Je m'en fiche, rétorqua Yan. Il faut le retrouver avant de dégager.

— On n'a pas le temps.

— Je ne veux pas le laisser ici, s'entêta Yan.

— Bravo, à force de noblesse d'esprit, vous allez vous faire descendre.

— Ça n'est pas encore fait. Chewie, essaie de le repérer.

Chewie ne répondit pas.

— Davis, essayez de le trouver.

Rien. Yan avait les mains crispées sur les commandes, les coudes en feu et, à travers le transparacier du cockpit, il vit les contrebandiers qui donnaient l'assaut au *Faucon*.

— Les gars, j'aime pas ça du tout ! Les gars ?...

Il se retourna. Il n'y avait plus personne derrière lui. Il se dressa et plongea dans la coursive. Le Glottalphib aux écailles grises tenait en joue Davis et Chewie. La toison du Wookie fumait.

Seluss était prostré au sol, les mains et les pieds ligotés, la bouche maladroitement bâillonnée. Il pépiait furieusement et, en dépit du bâillon, certaines paroles étaient audibles. Dont : « Ce n'est pas de ma faute ! »

22

Leia se hâtait vers la salle de bal. Elle s'était coiffée à la va-vite, en rejetant ses cheveux en arrière, et avait revêtu une tenue de cérémonie. On l'avait appelée pendant son exercice de sabre : le Conseil Intérieur devait siéger d'urgence.

Mais elle serait quand même en retard. Et Leia Organa Solo n'était jamais en retard.

C'était Meido qui avait décidé de cette session extraordinaire. Il avait été admis dans le Conseil quelques jours auparavant avec une écrasante majorité. De même que deux autres ex-Impériaux qui avaient occupé les postes vacants à la suite de l'attentat.

Meido était pleinement dans son droit : tout membre du Conseil Intérieur était à même de demander qu'une session se tienne. Mais les plus jeunes conseillers prenaient rarement cette responsabilité. La tradition devrait céder devant l'ordre nouveau de la République, à moins que Leia ne transforme la tradition en règle et la fasse inscrire dans la procédure.

Encore autre chose qu'elle n'avait pas le temps de faire.

Les portes de la salle de bal étaient fermées. Elle était vraiment en retard et dut prendre son souffle. Meido l'avait prévenue au tout dernier instant de façon à l'empêcher d'être à l'heure. Du coup, et telle était son intention, il l'avait désarçonnée. Mais elle était bien décidée à ne pas montrer son émotion et à ne pas laisser Meido gagner avec ses sordides petites manœuvres politiques.

Elle réajusta sa tunique et entra.

La salle bien trop vaste pour une réunion du Conseil Intérieur, aurait mieux convenu au Sénat. Le Conseil était rassemblé sur le podium destiné à l'orchestre, d'ordinaire. On y avait dressé une table sans attendre ses ordres.

Meido était installé dans un fauteuil, en bout de table.

Les sièges d'apparat n'avaient pas été prévus ici et jamais Meido n'aurait pu faire ça dans l'ancienne Chambre. Mais il pouvait plaider l'ignorance et, en s'asseyant dans un autre siège, Leia accepterait tacitement son pouvoir.

Non, même si elle n'aimait pas ce genre de jeu, elle devait y jouer.

Les conversations s'étaient interrompues à son entrée. Gno se tenait comme d'habitude debout à côté de son siège, de même que C-Gosf. Tous deux semblaient gênés. Leia inclina brièvement la tête à leur adresse avant d'affronter le regard de Meido. Ses yeux étincelaient dans son visage cramoisi. Et ses rides semblaient encore plus marquées.

— Je n'ignore pas, sénateur Meido, que les coutumes de votre peuple diffèrent des nôtres. Mais nous présidons le Sénat, le Conseil Intérieur et le gouvernement de la Nouvelle République selon les préceptes de l'Ancienne République. Vous feriez bien de les apprendre.

— Je crains de ne pas comprendre, madame la Présidente, fit Meido d'un ton lisse, l'air innocent.

Leia monta sur le podium, posa la main sur le dos de son fauteuil et le dévisagea en souriant.

— Je me suis dit que c'est sans doute par ignorance que vous n'avez pas prévenu en premier le chef de l'Etat de cette réunion. A vrai dire, la coutume veut que toute session lui soit au préalable proposée et c'est à elle de convoquer les conseillers. Je suis persuadée que si vos collègues sont présents, c'est parce qu'ils comprennent comme moi que vous n'êtes pas encore au fait de la tradition.

— Mais je me suis contenté de suivre les règlements.

Leia hocha la tête.

— Je comprends. Désormais, vous le saurez pour les prochaines réunions. (Elle se tourna vers les autres.) Mes amis, je vous prie de me pardonner mon retard. J'ai été mise au courant de cette session il y a seulement quelques instants.

Elle attendit, sans ôter sa main du fauteuil. Gno se pencha alors vers Meido.

— Sénateur, il est plus aisé de présider à une réunion en bout de table.

Les rides de Meido blêmirent encore. Il se glissa hors du

fauteuil et choisit une autre place. Wwebyls et R'yet Coome, les deux autres nouveaux venus, l'observaient d'un air sombre.

Il croisa ses mains à deux doigts, avec une expression si contrite, si humiliée, que Leia en eut le ventre noué. Il continuait sa comédie.

— Nous avons reçu les premiers résultats de nos investigations indépendantes, déclara-t-il.

— Si vite ? s'étonna C-Gosf. Mais nos gens sont encore en train de trier les décombres. Ils disent que cette enquête est complexe et ne tiennent pas à porter des jugements avant d'avoir suffisamment d'éléments.

— Ils ont raison de se montrer prudents. Mais il leur manque une information essentielle. (Meido fixa Leia de son regard étroit.) Présidente, où se trouve votre époux ?

Le malaise de Leia s'accrut. Elle avait les mains glacées.

— Il est avec Chewbacca. Ils suivent une piste ayant un rapport avec l'attentat.

— Mais où sont-ils précisément ?

Impossible d'esquiver la question.

— Dans le Quartier des Contrebandiers.

— Le Quartier des Contrebandiers... (Les commissures des lèvres de Meido se plissèrent presque imperceptiblement.) Mais votre époux a fait commerce dans le Quartier des Contrebandiers, n'est-ce pas ?

— Nous ne sommes pas ici pour parler de Yan.

— Je crains que si, Présidente. Veuillez me répondre. Votre époux a fait commerce dans le Quartier des Contrebandiers ?

Elle n'aimait pas du tout le tour que prenait le débat. Meido n'entendait pas lâcher son avantage.

— Bien sûr que oui, sénateur. Au temps où vous travailliez pour l'Empire.

Ses paroles restèrent en suspens. Elles étaient peut-être mesquines, mais la Nouvelle République n'avait jamais porté de jugement sur les activités de contrebande de Yan, tout comme elle n'avait jamais pris en compte les rapports familiaux de Luke et de Leia avec Dark Vador. Meido, plus que quiconque, avait intérêt à éviter toute référence au passé.

— J'ai simplement vécu sous la férule de l'Empire. Je n'ai jamais eu un rôle important. Ni le renom dont jouit votre époux. Un contrebandier prospère qui, apparemment, n'a jamais vraiment quitté la profession.

Leia savait où il voulait en venir.

— Vous feriez bien d'étayer vos propos, intervint C-Gosf. Le général Solo est un héros de la République.

— Mon argument est simple. Le général Solo est à l'origine de l'attentat du Sénat.

Leia se redressa en claquant la table de ses paumes.

— J'étais moi-même dans la salle. Vous insinuez donc que mon époux a tenté de me tuer ?

Gno tendit la main pour l'apaiser, mais elle se dégagea. Un silence pesant était tombé sur le podium.

— Présidente, vous n'avez pas été gravement blessée.

— Non plus que vous, Meido. Est-ce donc un crime ?

— La charge principale a frappé les sièges et non le sol. S'il savait que vous seriez là...

— Je ne tiens pas à rentrer dans ce débat, dit Gno. Le général Solo est un homme respecté. Dont l'affection pour sa famille est bien connue. Il a risqué sa vie pour la Nouvelle République plus souvent que nous tous, si l'on excepte la Présidente Leia Organa Solo et son frère. De tels jeux politiques étaient sans doute de mise sous l'Empire mais ils ne sont guère appréciés ici. Le Conseil repose sur le respect mutuel. Le *respect*, Meido, ne s'accommode pas de récriminations.

Le visage de Meido avait presque perdu toute couleur. Et ses rides se confondaient.

— Je n'accuse pas au hasard. J'en suis navré.

La douceur de son ton les surprit tous. Leia vit que tous ses partisans venaient de se rencogner dans leurs sièges.

— Vous avez déclaré qu'il s'agit d'un rapport préliminaire, dit Gno. Vous ne pouvez donc pas avoir de preuves.

— Mais si. (Meido fixa Leia de ses yeux pâles.) Je suis désolé, Présidente, mais j'ai de vraies preuves.

Le problème, c'est qu'elle le croyait, songea-t-elle. Elle

croyait qu'il était désolé. Elle le sentait peut-être grâce à la Force, ou bien alors il se servait de son langage corporel. Elle se rassit lentement.

Meido distribua plusieurs exemplaires d'un feuillet.

— Ce sont les miens qui ont intercepté ce message. Je l'ai soumis à vos propres ordinateurs. Vous pourrez donc en vérifier l'authenticité.

Leia lut, les mains tremblantes.

CARGAISON LIVRÉE. FEU D'ARTIFICE SPECTACULAIRE.
SOLO SAIT. NOUS POUVONS COMPTER SUR SA PARTICIPATION.

Lando. Il les avait à nouveau trahis. Au fil des années, elle avait appris à lui faire confiance, mais toujours avec une arrière-pensée, une espèce d'amertume.

Pourtant, Lando ne pouvait pas trahir Yan. C'est lui qui l'avait dit : jamais il n'y arriverait. Jamais.

L'information avait dû tomber entre les mains de Meido par un autre biais.

— Rien ici n'indique que Yan pourrait être impliqué dans l'attentat.

— Ce message a été émis à partir d'un vaisseau appelé le *Spicy Lady* au moment où il quittait notre espace local le jour même de l'attentat, dit Meido. Il appartient à un contrebandier du nom de Jarril, qu'on a vu en compagnie de Solo au moment de l'attentat. Peu après le départ de Jarril, Solo s'est lancé à sa recherche...

Ça ne sentait pas bon. Leia l'avait deviné dès que Lando lui avait montré le message. Elle aurait dû intervenir alors, se dit-elle, mais Lando lui avait assuré qu'il avait les choses en main.

— Ça ne constitue pas une preuve, dit Gno.

— Mais il y a soupçon, le coupa R'yet Coome. Je suggérerais pour ma part que nous lancions un ordre d'arrestation à l'encontre de Solo.

— Nous ne le pouvons pas, protesta C-Gosf. C'est un héros.

— Un traître, dit Meido.

— C'est également mon époux, déclara Leia. Jamais il ne ferait quelque chose contre moi. Quelqu'un essaie de le prendre au piège. Que dit votre rapport par ailleurs ?

— Les résultats sont seulement préliminaires.

Meido conservait une attitude humble, embarrassée : il venait d'accuser Yan de comploter sa mort, de détruire tout ce pour quoi elle avait travaillé, et il paraissait éperdu d'excuses.

— Alors, sénateur, insista-t-elle, quels sont ces résultats ?

— Il semble qu'il y aurait eu plus d'une détonation.

— Nous le savons déjà. Tous les rapports corroborent. Y a-t-il quelque indication d'un lien avec mon époux en dehors de ce message ?

— Il a été vu en compagnie de...

— Vous l'avez vu vous-même ?

Gno posa la main sur la sienne, mais elle se retira.

— Avez-vous une preuve quelconque qu'il ait pu poser cette bombe ? Que Jarril soit mêlé à cet attentat ? Savez-vous seulement si c'est Jarril lui-même qui a envoyé ce message ou quelqu'un d'autre ? Pouvez-vous nous prouver que tout cela n'est pas un plan destiné à isoler mon époux pour nous diviser ?

— Leia ! souffla Gno.

— La conclusion me paraît évidente, dit Meido.

— Pas du tout. Il ne s'agit que d'une vulgaire spéculation. Je pourrais moi-même rédiger un message ce soir et le lancer sur des vecteurs de telle façon qu'on pourrait supposer que vous êtes, vous, à l'origine de cet attentat. C'est tellement facile. Mon époux et moi sommes souvent la cible de complots étranges. Je ne pense pas que nous puissions prendre quelque décision que ce soit avant de connaître la vérité.

— Leia, répéta Gno.

Elle tourna la tête si vivement que ses cheveux se dénouèrent.

— Quoi donc ?

— Vous ne pouvez pas être absolument objective dans cette affaire.

— Objective ? Mais cet homme, cet ex-*Impérial*, vient d'accuser mon époux de trahison, et vous croyez que je peux être *objective* ?

— Oui. Vous dirigez le gouvernement. Il est absolument nécessaire pour nous que vous gardiez votre calme.

— Mon calme ? *Mon calme* ? Mais il ne s'agit pas de garder mon calme, Gno. Nous nous retrouvons très exactement dans la situation que nous redoutions quand nous avons fait entrer les Impériaux au sein de ce Conseil. Ils nous divisent. Vous ne comprenez pas ce qu'ils visent ?

— Leia...

Meido était maintenant totalement blême. Quelques ridules écarlates marquaient ses yeux et sa bouche.

— Je m'excuse, madame la Présidente.

— Je n'accepte pas vos excuses. Comment avez-vous osé...

— Il a osé parce qu'il est dans son droit, fit C-Gosf en passant un bras autour des épaules de Leia. Mieux vaut débattre de ça, ici, dans le Conseil Intérieur, plutôt qu'entre tous les sénateurs. Le mieux est encore de mettre fin aux rumeurs qui circulent sur tout Coruscant. Sinon, le général Solo restera suspect, même si nous prouvons son innocence.

Tous ses amis s'étaient ralliés à l'opinion de Meido.

— Veuillez m'excuser, madame la Présidente, répéta-t-il.

— Yan n'a rien à voir avec cette histoire !

— Leia, fit Gno, apaisant. Je pense qu'il faut vous retirer de cette discussion. Nul ne peut être objectif vis-à-vis des êtres qu'il aime.

— Vous croyez ce que dit Meido.

— Je pense que nous devons enquêter à ce sujet, Leia, répliqua Gno en détournant les yeux. Je suis désolé, mais cette accusation est trop grave pour que nous n'en tenions pas compte.

Elle promena les yeux autour d'elle, sur les visages familiers de ses alliés, et sur trois autres qui ne l'étaient pas : Meido, R'yet et Wwebyls, qui la guettaient. Ses amis gardaient leur habituelle expression de sympathie, mais ses adversaires eux-mêmes la dévisageaient avec une certaine compassion.

— Et c'est suffisant ? Une simple accusation et un honnête homme se trouve impliqué dans un crime qu'il n'a pas commis ? Vous connaissez tous Yan. Vous savez qu'il est incapable de cela.

— Veuillez me pardonner, madame la Présidente, insista Meido. Mais celui qui a posé cette bombe devait avoir accès à la Chambre du Sénat. Rares sont ceux qui ont ce privilège. Donc, nous avons affaire à une personne en qui nous avons confiance. Compte tenu des circonstances, j'en suis convaincu. Et je pense que vous le serez aussi quand vous aurez recouvré votre calme.

Leia se leva lentement et le toisa avec toute la majesté qu'on lui avait inculquée.

— J'avais dix-huit ans quand je me suis retrouvée au côté du Grand Moff Tarkin et qu'il a donné l'ordre d'anéantir Alderaan, ma planète natale, d'un seul tir de l'Etoile Noire. Jusqu'alors, j'avais cru que la destruction instantanée d'un monde était impossible. Meido, ne venez donc pas me dire ce qui doit être vrai ou ce qui ne l'est pas. Je suis sensible à la Force. Si mon époux devait trahir la République ou me trahir personnellement, je le saurais. De même que mon frère, le Maître Jedi. Nous ignorons toujours ce qui s'est passé au Sénat ce jour-là. En attendant, nous ne pouvons être certains qu'un ami nous a trahis ou que quelqu'un a essayé sur nous une arme d'un type nouveau. A votre place, je cesserais de lancer des accusations non fondées. Elles ne pourront que nous diviser. Et aujourd'hui plus que jamais nous devons rester unis.

Elle les regarda tous, droit dans les yeux, tour à tour. Borsk Fey'lya était renversé en arrière, le regard brillant... Bel Iblis se détourna. ChoFï examinait attentivement ses mains. Les moustaches de C-Gosf tremblaient et elle non plus n'osa pas répondre au regard de Leia. Gno fut le seul de ses amis à lui adresser un sourire rassurant.

Ils ne feraient rien de plus dans son sens. Ils prêteraient l'oreille aux preuves, c'est tout.

Elle hocha la tête.

— La séance est ajournée jusqu'à demain matin. J'attendrai alors des réponses. Pas des accusations mais des informations concrètes. Suis-je claire ?

Elle ne leur laissa pas le temps de répondre et quitta la

salle d'une démarche aussi roide que possible. Mais, dès qu'elle se retrouva seule dans le couloir, elle se mit à trembler.

Ça ne faisait que commencer. Cette unité à laquelle elle s'était tellement attachée se fissurait.

Ainsi qu'elle l'avait toujours craint.

Dès que le *Lady Luck* se posa sur Skip 1, Lando effectua un scan des baies d'atterrissage. Le *Faucon Millenium* n'était pas là.

Au diable, Solo. C'était tout à fait dans son genre de ficher le camp justement le jour où lui, Lando, avait décidé d'accomplir un acte héroïque.

Il ne pouvait qu'espérer que rien ne lui était arrivé, en tout cas.

Il posa le *Lady Luck* avec difficulté, sans circuit auxiliaire et avec un système de rayons tracteurs désuet.

Dès qu'il eut touché le sol, il ouvrit le sas du cargo.

Ana Blue la Sinueuse l'attendait, une main sur la hanche. Elle était encore belle avec son short et son chemisier ajusté. Encore belle mais pas plus maligne. Il sourit : il n'avait jamais pu résister à Ana Blue.

— C'est le plus honteux manifeste de cargaison que j'aie jamais vu, dit-elle. Il est évident que tu n'es pas arrivé à grand-chose depuis que tu as disparu.

— Blue, je n'ai vraiment pas le temps de bavarder. Il faut que je répare ce machin et que je reparte de cette boule de gadoue avant que Nandreeson s'aperçoive que je suis ici.

— C'est sans doute trop tard. Nandreeson surveille tout le trafic du Quartier. Il ne te reste qu'à espérer qu'il a plus urgent à faire.

— Eh bien, on dirait que je n'ai pas le choix. Une grande partie du circuit est naze et j'ai besoin d'une révision.

Blue secoua la tête.

— On ne peut pas t'accepter avec ta cargaison. Tu n'as rien de négociable. Tu peux nous proposer quoi ?

— Rien. Tu sais, je ne suis plus dans les affaires depuis pas mal de temps.

Elle sourit.

— Ça va. Tu t'es rangé comme Solo. Allons, Lando, essaie d'être franc. Tu es venu retrouver ton vieux copain ?

— Je suis ici parce que le *Lady* me laisse tomber. (Il avait intérêt à la jouer en finesse.) Pourquoi tu me parles de Yan ?

— Parce que lui et son machin hirsute sont passés il y a quelques jours. Je me suis dit que tu ne tarderais pas à te montrer.

— Et comme Solo l'a envoyé balader, elle aimerait bien te crever, fit Kid DXo'ln en pointant son crâne chauve dans l'entrebâillement. Comment tu vas, Calrissian ?

— Comme ci comme ça.

— Ouais, j'ai entendu parler de tes problèmes avec Bespin. Mais quand on se range du côté de la loi, c'est comme ça, non ?...

— J'ai dû céder cette petite propriété à l'Empire.

Lando se glissa jusqu'au seuil et s'arrêta net : une vingtaine de contrebandiers l'attendaient, le blaster au poing. Il haussa les sourcils.

— Ça, on peut dire que vous savez accueillir les vieux copains.

— Tu n'es pas un vieux copain, riposta Zeen Afit qui se tenait au bas de la coupée. Tu es venu nous espionner.

— Et pour le compte de qui ?

— Pour celui qui te paie le mieux, dit Kid.

— Ne l'accusez pas sans preuve, protesta Blue.

— Je suis seulement venu pour faire réparer le *Lady*, rétorqua Lando, mais son alibi ne le convainquait même plus.

— Ah oui ? ricana Zeen. Mais tu sais comment ça se passe ici. Avec ta cargaison, tu n'aurais pas de quoi t'acheter une crotte de bantha. Et si tu comptes les réparations...

— Je sais. Mais j'ai pas mal de crédits sur moi.

— Pourquoi tu ne l'as pas dit tout de suite ? cria quelqu'un.

— Parce que, de mon temps, proposer de l'argent dans le Quartier c'était la preuve qu'on n'était pas du coin.

Blue le prit bras dessus, bras dessous.

— Tu sais, Lando, c'est encore comme ça. Ne te laisse pas impressionner.

— Pas du tout. Mais je voudrais bien savoir si on va s'occuper du *Lady*.

— Ça va te coûter dans les dix mille crédits, fit Zeen.

— Dix mille ? (Il serra Blue contre lui.) Mais vous ne savez même pas où est la panne !

— Pas besoin. Je crois que tu veux seulement que les types de Nandreeson ne mettent pas la patte dessus. Dix mille, c'est juste pour te protéger.

— Comme si vous pouviez me protéger de lui. Il a mis combien de drones sur moi ?

— Aucun, répliqua Kid. Nandreeson, il est sur Skip 6. Nous, il est pas question qu'on le laisse approcher de Skip 1.

— D'accord. Et vous travaillez tous pour rien, c'est ça ?

— Lando, les choses ont pas mal changé.

— Pas vraiment. N'essaie pas d'insulter mon intelligence uniquement parce que je suis parti, et moi je respecterai la tienne, okay ? J'ai un vrai problème avec mon vaisseau, sinon je ne serais pas dans le coin. Trouvez-moi les meilleurs mécanos possibles et je me chargerai de protéger le *Lady* tout seul.

— Tu veux mettre combien ?

— Le meilleur prix pour que ça aille très vite. (Puis, il se tourna vers Blue en plissant le front. Elle paraissait convaincue, contrairement aux autres.) Tu disais quoi, à propos de Solo ?...

— Tu sais qu'il est ici, Lando.

— Mais je n'ai pas vu le *Faucon*.

— Je ne savais pas que tu le cherchais.

— Comment serait-il venu ici ?

— Lando, ne joue pas à l'idiot.

— Je ne joue à rien. Vous voulez vérifier mon vaisseau vous-mêmes ? Je n'ai pas parlé à Yan depuis un certain temps. J'ai essayé de monter une compagnie minière légale sur Kessel. (Il s'éloigna de Blue en réajustant sa cape.) Mais si Yan est là, ça me plairait de le rencontrer. Chewie connaît aussi bien le *Lady* que le *Faucon* et il pourrait me donner un coup de patte, comme ça je ne dérangerais personne.

Blue le dévisagea longuement avec un sourire séducteur.

— Lando, tu as toujours été une énigme pour moi. C'est ça qui me séduit chez un homme.

— Toi, tout te plaît chez les mecs ! lança Zeen. Surtout ne crois pas ce qu'il raconte au sujet de Yan. Il est venu rien que pour sa pomme. Il se passe quelque chose.

Lando secoua la tête.

— Zeen, je sais que je peux pas te convaincre, mais Blue, elle au moins, me croit. Conduisez-moi à Yan et je ne vous poserai plus de problème.

Zeen n'abaissa pas son arme.

— Tu ne bouges pas, Calrissian. Nandreeson te recherche et il y a vingt ans que tu ne t'es pas pointé dans le Quartier. Ça fait de toi un étranger et on n'aime pas trop les étrangers.

— Et moi je n'aime pas qu'on me menace, Zeen. Range ce truc, tu veux bien ?

— Pas question.

— Fais ce qu'il dit, Zee, dit Blue. Il est sous ma responsabilité.

— Parfait. Alors, tu vas rester avec lui sur son joli cargo. Et on attendra tous ensemble que Solo revienne. Ensuite, seulement, Calrissian pourra repartir.

— Pourquoi tu as tellement peur de moi, Zeen ? demanda Lando.

— On ne veut pas des gens de Nandreeson.

— Trop tard.

Lando reconnut la voix. Il n'avait pas réussi à repérer à qui elle appartenait précédemment mais, cette fois, un Rek sortit du groupe. Son corps mince comme un fouet se confondait avec la foule, mais ses yeux orangés brillaient comme les phares d'un cargo. Lui aussi braquait un blaster sur Lando.

— Calrissian, tu vas nous suivre. Nandreeson sera tellement heureux de te revoir.

D'autres Reks le rejoignirent. Ils étaient une trentaine et ils cernaient le groupe des contrebandiers.

— Vraiment heureux, renchérit l'un d'eux. Tu dois valoir dans les deux millions de crédits.

— Waouh ! fit Blue. Si j'avais su, je t'aurais livré moi-même, Lando.

Lui aussi était surpris par l'énormité de la prime.

— Mais je ne valais que cinquante mille quand je suis parti.

— Tu nous suis gentiment et on ne touche pas à ton vaisseau, lui promit le premier Rek.

— Où est l'intérêt ? De toute façon, je ne pourrai pas m'en servir si je suis mort.

Il voulut porter la main à son blaster, mais un appendice caoutchouteux s'enroula autour de son poignet. Il baissa les yeux : un autre Rek lui tordait le bras avec ce qui devait être un sourire. Un Rek femelle, aux yeux mauves.

— Si j'étais toi, mon grand, je ne tenterais rien. Même mort, tu vaux encore un million de crédits.

— D'accord. (Lando se tourna vers Blue, qui était maintenant son unique espoir.) On ne joue plus. Il faut que je retrouve Yan. Il a de sérieux ennuis.

— Il va nous retrouver sur Skip 6, dit la femelle Rek. Je suis certaine que vos retrouvailles seront agréables.

Blue s'était écartée, les mains levées.

— Désolée, Lando. Je ne me suis jamais mêlée des affaires de Nandreeson.

— Tu te poses là, comme amie...

— Je ne t'ai jamais dit que j'étais une amie. Tu ne m'intéresses que comme partenaire. Tu n'aurais jamais dû revenir dans le secteur, Lando.

— Ça, je le sais.

23

Quatre nouveaux langages en un jour. C3 PO était installé devant l'ordinateur, dans les appartements de Solo. Depuis le départ des enfants, il profitait de son temps libre pour assimiler les nouveaux langages de la galaxie. Deux provenaient de planètes récemment découvertes, et deux autres de nouveaux moyens d'expression droïds. Ce qui portait à dix-huit le nombre des langages droïds enregistrés durant la dernière semaine, soit près de trois par jour.

L'alcôve de l'ordinateur se trouvait à proximité des appartements des enfants. C3 PO était assis dans le fauteuil uniquement parce que Jaina avait insisté. Anakin avait collé des photos des héros de l'Ancienne République sur les murs. C3 PO, bien sûr, lui avait demandé de les enlever, mais Anakin avait « oublié », une excuse qui revenait régulièrement.

Une minuscule icône clignota dans un coin de l'écran. Elle représentait un D2. C3 PO tapa sur une touche et l'icône se déploya sur tout l'écran avant de délivrer son message :

ALERTE
ALERTE
ALERTE

Le T portait un tag codé. C3 PO ouvrit le code et un message binaire se déroula. Il émanait de D2. Il se trouvait dans la baie de chargement en compagnie d'un certain Cole Fardreamer et on venait de les accuser de sabotage. Le message se répétait.

C3 PO tapa sur deux autres touches. D2 était encore en ligne. Il commençait à taper une réponse quand l'écran s'éteignit.

Il avait perdu le contact.

Kueller était installé à son bureau, sur Almania. Il était surpris de constater à quelle vitesse les crédits s'évanouissaient. Les rideaux étaient ouverts sur les lumières de la ville. Les tours des Je'har ressemblaient à des taches d'encre opaque sur le ciel nocturne. Vides. Ravagées. La preuve de l'écrasante puissance de Kueller.

Mais c'était la richesse qui soutenait la puissance. Il devrait dépouiller Pydyr de ses trésors pour les revendre sur le marché. Ses agents remontaient déjà discrètement les filières des grands collectionneurs de la galaxie. S'il parvenait à revendre aussi les demeures pydyriennes, puis les joyaux et enfin les garde-robes, il disposerait d'une masse de crédits suffisamment importante pour passer à la Phase 3.

La Phase 1 était achevée et la 2 en cours.

Il se laissa aller dans son fauteuil. Il avait posé ses gants sur la table, à côté des cinq petits moniteurs. Dans la lumière artificielle, ses mains lui parurent blêmes. C'étaient les mains d'un homme jeune, pas celles de l'homme le plus puissant de tous les mondes.

Pas encore.

Mais ça ne tarderait plus guère.

Une douce sonnerie résonna sur sa ligne privée. Il effleura l'écran et découvrit le visage de Brakiss. Ses cheveux blonds étaient en désordre et il avait un regard terrifié. Donc, se dit Kueller, il avait affronté Skywalker.

Il n'attendit pas que Brakiss parle.

— Ainsi, il a éveillé des questions dans votre cœur tourmenté.

Brakiss cilla. Si Skywalker pouvait tenter Brakiss, un homme qui avait aimé l'Empire de tout son cœur torturé, il pouvait tenter n'importe qui. Kueller avait fait le bon choix : il devait détruire Skywalker et tous ceux qui croyaient en lui. Autrement, jamais il ne pourrait réussir.

— Et il est votre maître à présent, Brakiss ?

— Non !

Brakiss recula et son image rétrécit sur l'écran. Mais lui-même semblait rétréci.

— En ce cas, qui est votre maître ?

— Personne, cracha Brakiss, ses lèvres réduites à une simple ligne, les yeux fous de chagrin. Je veux que vous me retiriez, Kueller. Je suis épuisé.

Même dans sa fureur, Kueller ne put s'empêcher de sourire avec son masque de mort.

— Mais que vous a donc fait Skywalker ?

— Rien.

— Pourquoi perdre soudain la foi, alors ?

— Ça n'est pas soudain, Kueller. Vous ne voulez pas me laisser le tuer.

— Et pourtant vous avez essayé.

Brakiss accusa de nouveau le coup.

Kueller se pencha vers l'écran.

— Vous avez essayé et vous avez échoué. Et avec sa bonté de Jedi, Skywalker vous a laissé vivre. Vous en éprouvez de la reconnaissance et vous vous demandez comment quiconque pourrait le vaincre, et même *pourquoi* il faut chercher à le vaincre, n'ai-je pas raison, Brakiss ?

— Je hais Skywalker.

— Non, vous ne le haïssez pas. Ce que vous haïssez, c'est ce qu'il éveille en vous. C'est vous-même que vous haïssez, Brakiss. Ce que vous êtes devenu.

Brakiss redressa le menton.

— Il dit que je devrais retourner à l'Académie. Abandonner le Côté Sombre. Il prétend que c'est ce que Vador a fait.

— Oui, il l'a fait. (Kueller conservait un ton paisible, même s'il avait envie de réduire Brakiss en pièces pour avoir seulement écouté Skywalker.) Vador était mourant. Skywalker était avec lui. L'Empereur avait disparu et il ne restait plus rien à Vador. Ni puissance ni espoir. Il a pris ce que lui offrait Skywalker. Il n'avait pas le choix.

— Skywalker prétend que si.

— Skywalker a tenté de vous soumettre. Aurait-il donc réussi, Brakiss ?

Brakiss croisa les bras.

— Vous ne pouvez pas le savoir par vous-même ?

— Ce que je crois, c'est que Skywalker aurait pu vous récupérer s'il l'avait vraiment désiré. Mais il ne l'a pas fait parce que vous ne l'intéressez pas. Vous n'êtes rien pour lui. Vous ne valez même pas la peine qu'il vous tue.

Brakiss était déconcerté. Il avait abaissé sa garde afin de faciliter la tâche à Skywalker. Mais le vertueux Jedi avait épargné sa vie.

— C'est moi que veut Skywalker, reprit Kueller. Il sait que pour conserver son pouvoir, il doit me vaincre.

— Il ne sait même pas que vous existez.

Il y avait de la méfiance dans sa voix. Juste assez de méfiance pour qu'il soit encore utile.

— Oh, mais si, il connaît mon existence. C'est vous qui me l'avez envoyé, non ?

— Je l'ai mis en garde.

Alors qu'il disait ces mots, Brakiss tressaillit : il n'avait pas voulu avouer cela à Kueller.

— Bien. Vous avez fait mon travail mieux que je l'espérais.

— Alors... alors je peux rester ici ? bredouilla Brakiss, comme un enfant pris en faute.

Il aimait la fabrique de droïds et ça lui conférait une paix que Kueller trouvait très pratique.

— Est-ce bien ce que vous souhaitez ?

Brakiss acquiesça doucement.

— Eh bien, dans ce cas, restez, Brakiss. Vous m'avez bien servi.

— Vous ne mettrez personne d'autre à ma place ?

Kueller sourit.

— Personne n'en éprouve l'envie. Telti est à vous, Brakiss. Je continuerai de vous financer et vous continuerez de travailler pour moi, comme vous l'avez toujours fait. Et jamais plus nous ne reviendrons sur Skywalker, son Académie ou Yavin 4. C'est ce que vous désirez ?

— Je veux rester à distance de Skywalker.

— Vous serez toujours seul ici. Vos talents dans la Force seront pur gaspillage, mais c'est votre problème, Brakiss. Vous n'êtes plus utile.

— Et Skywalker ?

Brakiss ne semblait pas prêt à abandonner le sujet. Skywalker avait dû lui faire une nette impression. Ce qui importunait plutôt Kueller.

— Skywalker est à moi maintenant. Bientôt, il ne dérangera plus personne.

24

Le Glottalphib sourit à Yan. La fumée filtrait entre ses longues dents jaunes.
— Eh bien, général Solo. Nous nous retrouvons.
Yan mit une seconde à se rappeler son nom.
— Iisner, nous sommes plus nombreux.
Chewie grondait toujours. Sa fourrure ne fumait plus, mais elle portait encore les traces des flammes du Glottalphib. Il avait levé les pattes, imitant Davis. Quant à Seluss, il s'était collé à la paroi métallique.
— Je ne le pense pas, dit Iisner. Un seul jet de flammes et vos amis ne pourront plus rien pour vous. Quand j'y pense : un héros de la Rébellion qui a oublié son blaster !
Yan jura d'un ton sourd. Son blaster était resté dans le cockpit.
— Quel langage, général ! s'exclama le Glottal. Et moi qui suis venu vous rendre une visite de pure courtoisie.
Yan ne le quittait pas du regard. Il devait gagner du temps. Le *Faucon* était *son* vaisseau. Il pouvait tous les sortir de là s'il bénéficiait seulement d'un instant pour échafauder un plan.
— On dirait que c'est moi qui suis constamment obligé de vous apprendre les bonnes manières, remarqua Yan. Ça n'est pas très poli de menacer mes amis.
— Je ne le fais que dans le but de me protéger. Mon patron ne comprendrait pas que vous refusiez son invitation.
Lentement, Chewbacca sortait ses griffes. Déjà, elles effleuraient le plafond bas. Yan s'efforça de rester impassible.
— Qu'est-ce que me veut Nandreeson ?
— Pour être exact, ça n'est pas vous qu'il veut. C'est surtout votre position qui l'intéresse. Il pense qu'il peut aider la Nouvelle République.

— Vraiment ?

Iisner acquiesça.

— Il détient certaines informations qui pourraient vous être précieuses.

Chewie venait de glisser une griffe dans la paroi pour atteindre une écoutille dissimulée.

— Et quel genre d'information ?

— Si je le savais, général Solo, je vous le dirais. Mais je ne suis qu'un assistant, un subalterne sans réel pouvoir. On m'a seulement donné pour instruction de vous conduire jusqu'à Skip 6...

— Et je vous avais dit que je souhaitais le rencontrer sur Skip 1.

Chewie avait enfoncé une deuxième griffe dans le plafond. Tout se déroulait avec une terrible lenteur. Seluss s'était discrètement rapproché des jambes du Wookie. Et Davis était hypnotisé par le blaster d'Iisner. Si Chewie n'agissait pas très vite, Davis passerait à l'action. Et le résultat serait désastreux.

— Je vous dois la vérité, général Solo, fit Iisner dans une bouffée de vapeur. Nandreeson n'aime pas se rendre sur les autres Skips. Le confort y est... comment dire ? Minimal ?

— Je ne lui ai pas demandé de passer la nuit ici. Nous pourrions nous voir à bord du *Faucon* s'il le veut bien. Mais je n'ai pas l'intention d'aller jusqu'à Skip 6. J'ai appris depuis longtemps à ne jamais me risquer sur son terrain. Sans vouloir vous offenser, Iisner.

— Il n'y a pas de mal. Votre ami Calrissian aurait dû avoir les mêmes réserves.

Chewie avait quatre griffes maintenant plantées dans l'écoutille.

— Nandreeson éprouve encore de la rancune envers Lando ?

— Ça n'est peut-être pas le terme approprié. Disons plutôt qu'il s'agit d'une ardoise à régler. Il faut qu'ils fassent leurs comptes.

— J'en suis convaincu. Mais allez dire à votre patron que ça ne me concerne pas.

Yan hocha la tête à l'intention de Chewie, qui tira de

toutes ses forces. Iisner leva soudain la tête. Et reçut la plaque de l'écoutille en pleine face. Il cracha du feu. Chewie feinta à gauche, Davis à droite, et Seluss se recroquevilla. Les flammes lui frôlèrent le crâne avant de griller la paroi. Davis heurta Yan et ils roulèrent tous deux dans la coursive.

Yan ressentit la caresse cuisante du feu sur sa peau déjà à vif.

Avec force jurons, il saisit les échelons pour se dégager. Davis courait vers le cockpit. Chewie écrasait Iisner sous le panneau de l'écoutille. Et Seluss pépiait douloureusement en cognant sa tête enfumée contre la coque.

Chewie tendit la main, l'attrapa et étouffa ses brûlures dans sa fourrure. Le sol porté au rouge grillait le Glottalphib.

Puis, les flammes moururent et Yan progressa d'échelon en échelon. Parvenu au niveau du Glottal, il se pencha et arracha le blaster de sa main paralysée.

— Solo ? marmonna le Glottal. Demandez à votre copain de me libérer.

— Chewie, laisse-le. (Il braquait son blaster sur Iisner.) Allez, accompagne Seluss jusqu'au coffre de secours et essaie de trouver la trousse médicale. Il faut qu'on fasse quelque chose pour ces brûlures.

Chewie poussa un grognement de protestation.

— Vas-y !

Le Wookie se décida enfin à empoigner Seluss et s'éloigna en se servant des échelons, comme l'avait fait Yan.

Iisner se libéra en rampant du piège de la plaque d'écoutille. Des cicatrices en forme de croisillon marquaient ses bras et son torse. Ses écailles grises tombaient de son dos, et il semblait affaibli et déséquilibré.

— Dites-moi maintenant ce que me veut Nandreeson. Je veux la vérité, fit Yan.

Epuisé, Iisner prit appui contre la paroi.

— Il voulait se servir de vous pour capturer Calrissian.

— Lando ?

— Il s'était dit qu'il ne devait pas vous suivre de loin.

— Nandreeson vit un peu trop dans le passé, quelquefois. Lando et moi, nous sommes rarement dans le même secteur au même moment.

Iisner perdait encore d'autres écailles et il dit :

— J'ai besoin d'un bain.

— Une autre question encore, et vous pourrez rejoindre les vôtres. Qui se trouve derrière tout cet argent qui s'est déversé dans le Quartier ?

— Certainement pas Nandreeson. Il n'aime pas du tout ça.

— Alors pourquoi n'y met-il pas un terme ?

— C'est une trop grosse affaire. (Iisner leva une main.) Solo, j'ai besoin de secours.

— D'accord. Sortez de là.

Iisner gagna la porte à pas prudents. Quand il atteignit le seuil, Yan pointa son blaster dans son dos.

— Vous avez oublié de me dire quelle était la source.

— Vous ne le croirez jamais, Solo.

— Essayez quand même.

Iisner tourna vers lui sa grosse tête et ouvrit sa large bouche. Des flammes dardèrent entre ses dents. Et un trait de blaster l'atteignit en pleine gorge. Il tomba en arrière, foudroyé, les yeux grands ouverts.

Yan fit volte-face.

Davis portait des bottes de mineur et son blaster était encore pointé dans leur direction.

— Mais qu'est-ce que vous avez fait, nom de Dieu ?

— Il allait vous tuer.

— Non, il allait me parler.

Davis secoua la tête.

— Solo, il est difficile de tuer un Glottalphib. Il allait vous griller sur place, poser des questions après et s'emparer du *Faucon* pour l'emmener jusqu'à Skip 6 afin que Calrissian croie que vous y étiez.

— Et vous savez tout ça comment ?

— Je les ai déjà vus faire. Ils font croire à leur proie qu'ils sont mourants, et c'est à ce moment qu'ils frappent. Si je n'étais pas intervenu, on aurait maintenant un prince consort bien frit.

— Ou mieux renseigné, riposta Yan. C'était tellement

pratique pour vous d'abattre Iisner à cet instant. Vous travaillez pour qui, Davis ?
— Pour mon compte, Solo.
— Pour vous et vous seulement ?
Yan braquait à présent son arme sur Davis.
L'autre le remarqua et rangea son blaster. Très lentement. Puis il se redressa, la main ouverte.
— Je ne travaille pour personne.
— Bien. Alors qu'est-ce que vous faites ici ?
Davis se raidit.
— Un de mes copains a été tué sur Skip 5. Je veux savoir pourquoi.
— Plutôt bien joué. (Yan fit un pas en avant. Le sol s'était refroidi.) Et même très bien joué. Vous vous êtes dit que ça me paraîtrait sympathique. Mais c'est un peu gros. Trouvez autre chose.
— Je ne mens pas, Solo. Mon copain est mort dans une explosion, dans une baie de chargement, quelques jours avant votre arrivée.
— Et comme vous êtes un chic type, vous essayez de résoudre ce pénible mystère au risque de votre vie.
— Exactement comme vous, Solo.
— Vous semblez savoir pas mal de choses sur mon compte, Davis.
— Comme le fait que vous alliez venir ici, oui. Mais les types de Nandreeson le savaient aussi. Tout le monde guettait vos mouvements, Solo. Ils s'attendaient à ce que vous trahissiez l'Organisation des Contrebandiers, en fait.
— Il n'est pas question de moi. Mais de vous. De ce que vous faites dans le coin.
— Eh bien... A vrai dire, je ne suis venu que pour vous rencontrer.
— Sur Skip 5 ?
— Exactement.
— Je croyais que votre copain s'était fait tuer ici ?
— Oui. Mais j'ai déjà vérifié. Ça ressemblait à un accident, mais il semble qu'il y ait eu beaucoup d'accidents par ici. Beaucoup trop, selon moi. Et quand j'ai entendu dire

que vous veniez enquêter sur la mort de votre copain, je me suis dit que peut-être...

— Je n'enquête sur la mort de personne. Je ne suis venu que parce que Jarril me l'a demandé.

— Et où est-il ?

Seluss se remit à pépier et Yan se retourna. La tête ronde du Sullustéen était enveloppée dans des bandages et Chewie se tenait auprès de lui : quelques taches de baume graissaient son pelage.

— Vous voyez ? remarqua Davis. Même votre ami sullustéen dit que Jarril est mort. Il doit le savoir mieux que personne.

— Il ne sait rien. Il ne fait que supputer, comme chacun de nous. Mais à ce propos, Seluss, comment as-tu fait pour entrer dans le *Faucon* ? Et Iisner ?...

Seluss émit un crépitement inquiet tout en levant les pattes dans une position de défense, craignant que Yan ne le frappe. Chewie lui bloquait la retraite.

— Tu as désobéi en te servant des codes du vaisseau de Jarril, hein ?

Ce qui signifiait que Jarril était encore en possession du *Spicy Lady*. Yan pouvait tenter de le repérer.

Seluss protestait à nouveau, arguant que ça n'était pas de sa faute.

— Bien sûr, dit Yan. Un Glottal s'est juste contenté de te suivre. (Il soupira.) Tu sais, notre association se passe plutôt mal, Seluss.

Il reçut une rafale de piaulements en réponse.

— Bien. Quand nous retournerons sur Skip 1, je t'enverrai à l'infirmerie avant de ficher le camp.

— J'aurai quand même besoin de votre aide avant, dit Davis.

— Ah oui, c'est vrai. Une affaire de meurtre à résoudre.

— Il me faut un vaisseau. Je voudrais vous louer le vôtre.

Yan sourit.

— Mon garçon, je n'ai pas loué le *Faucon* depuis des années. Et je ne vais pas commencer maintenant. En plus vous devriez choisir un vaisseau moins voyant.

— Non, c'est le *Faucon* qu'il me faut. J'ai besoin du soutien de la Nouvelle République. Si jamais je dois vous conduire jusqu'à notre financier.

Yan l'observa un instant. Davis n'était pas aussi jeune que cela. Il connaissait pas mal de choses. Et il mentait. Yan en avait la certitude.

— Non. Emmenez ce Glottal et dégagez de mon vaisseau, dit-il enfin.

— Le Glottal n'est pas à moi.

— Si, à partir de maintenant. On solde. Fichez le camp, Davis...

— Ecoutez, Solo, vous avez besoin de moi. Je connais bien le Quartier.

— Je l'ai pas mal fréquenté moi-même. Avec Chewie, je m'en sortirai. D'ailleurs, il peut vous reconduire, si vous voulez...

Davis fit un pas en avant et Chewie rugit.

— C'est bon. Je m'en vais. Mais si jamais vous changez d'avis...

— Ça ne risque pas. (Yan ouvrit le sas.) N'oubliez surtout pas votre vieil ami.

Davis lui lança un regard furieux et saisit Iisner par un bras dénué de vie. Il traîna le Glottal au-dehors. Yan referma sur eux.

Yan croisa le regard incrédule de Seluss. C'était comme s'il venait de dépenser tous les crédits qu'il aurait jamais dans sa vie.

— Je sais ce que je fais, l'assura-t-il.

Seluss eut un vague pépiement avant de passer dans le cockpit, suivi de Chewie. En rengainant son blaster, Yan se dit que Nandreeson ne tarderait pas à lui tomber dessus parce qu'il avait tué Iisner et les autres. Et il ne savait toujours pas qui était derrière tous ces crédits jetés dans le Quartier.

Mais il ne pouvait prendre le risque de se fier à Davis. C'était trop facile.

Non, il se tramait quelque chose. Et avec Nandreeson sur le dos, il ne lui restait même plus une seconde.

— Okay. On retourne sur Skip 1.

Là-bas, peut-être, il obtiendrait des réponses.

D'abord, ce fut la puanteur qui le prit à la gorge. Aigre et lourde, elle était comme une émanation d'eau fétide, d'herbe putride et d'œufs pourris. Lando s'avançait encadré par sept Reks qui le maintenaient avec leurs bras-fouets. Leur peau était caoutchouteuse et tiède, mais il sentait la pulsation de la vie. Jamais il ne s'était approché d'un Rek. Ils l'avaient conduit ici dans leur vaisseau-bulle à une vitesse telle qu'il avait eu l'impression de se retrouver sur une autoroute de Coruscant. La grotte où ils l'avaient débarqué évoquait un cauchemar tropical. L'air humide collait à sa peau et rendait ses vêtements visqueux. Sur les murailles, l'eau ruisselait. Et partout, des insectes rôdaient, volaient. Des moucherons s'agglomèraient en nuages noirs. Les Reks le conduisirent jusqu'à une saillie rocheuse qui surplombait une mare stagnante. Sous la surface, il devina des marches taillées dans le roc et des meubles couverts de mousse. Cette partie de la caverne était étonnamment vide, mais il savait que Nandreeson l'attendait quelque part plus loin.

Alors, les Reks toucheraient leurs primes et Lando se retrouverait aux mains du plus puissant des seigneurs du crime de l'Organisation. Un seigneur du crime qui lui vouait une intacte haine depuis presque vingt ans. La roche glissait. Et les bottes de Lando avaient été prévues pour le sol métallique des vaisseaux. Les Reks l'aidaient à conserver l'équilibre, mais s'ils le lâchaient, il plongerait dans l'eau verte.

Ils franchirent un angle et se retrouvèrent dans une salle close. Des sièges avaient été taillés dans la muraille. Lando vit des moucherons de la taille de son pouce collés sur la mousse noueuse. D'autres voletaient un peu partout et des punaises d'eau glissaient sur une mare. L'odeur de soufre était encore plus étouffante ici, mêlée à une trace piquante d'ozone.

Nandreeson était assis de l'autre côté de la mare. Il était entouré d'algues et de grands nénuphars recouvraient son corps écailleux. Lando vit des traces de brûlures sur le rocher, derrière lui.

Nandreeson n'avait pas changé. Son long groin vert était hérissé d'écailles grandes comme des ongles humains et ses yeux étaient tellement rapprochés qu'il paraissait loucher. Les protubérances de son front lui donnaient un air inquisiteur et ses mains minuscules flottaient entre les nénuphars. Sur son torse, ses écailles humides étaient dorées. Lando devina qu'il était installé sur un siège immergé.

— Calrissian, chuinta-t-il en souriant dans un souffle vaporeux. Vous paraissez en forme.

— Plutôt entortillé dans des vignes de caoutchouc, à mon avis.

Il fallait se montrer audacieux : inutile que Nandreeson devine qu'il avait le cœur battant.

— Ah oui, mes fidèles Reks...

Nandreeson hocha la tête et Lando sentit que les autres relâchaient leur pression et reculaient. Apparemment, ils redoutaient les flammes qui pouvaient jaillir à tout instant de la bouche de Nandreeson.

— Jetez-moi donc Calrissian dans le bain et retournez à votre vaisseau. Les crédits vous y attendent.

— Non !

Mais Lando volait déjà à travers la caverne, à travers les moucherons qu'il avala dans son cri sitôt étouffé. Il les recracha en se débattant dans la mare.

L'eau était chaude et gluante et sentait la levure. Il se laissa tomber très vite, s'arrima aux rochers du fond. La chaleur augmenta encore. Une bulle passa devant ses yeux et il prit conscience que la mare était alimentée par une source thermale. Vers laquelle il plongeait tout droit.

Il déploya les bras et se prit dans sa cape. Ne panique pas, se dit-il, sinon tu es mort. Il avait la poitrine douloureuse, il voulait respirer, mais il savait qu'il pouvait tenir un moment. Il dégrafa sa cape et l'enfonça dans le trou qu'il distinguait vaguement et d'où la bulle était montée. Il était libre de ses mouvements. Il leva la tête et discerna la lumière, vers la surface. Il s'élança vers le haut, les poumons en feu, et émergea en rejetant des gorgées d'eau fétide. Il inspira de longues bouffées.

Il avait dérivé et Nandreeson était maintenant derrière

lui. De ce côté-ci de la caverne, six Glottalphibs lui faisaient face, leurs grands pieds plongés dans l'eau, la bouche fendue en un large sourire.

— Et vous regardez quoi ? demanda Lando, trop épuisé pour trouver une insulte.

— Mais c'est vous qu'ils regardent, espèce d'humain, lança Nandreeson. Jamais je n'avais réalisé jusqu'alors à quel point vous n'appréciez pas l'eau.

— Menteur, fit Lando en se mettant à nager lentement pour lui faire face. Et puis, ça n'est pas de l'eau. Rien qu'une espèce de bave un peu liquide.

Les petits yeux de Nandreeson guettaient chacun de ses mouvements.

— Ceci est le résultat de nombreuses années de recherche. Je ne puis qu'espérer que la chimie de votre organisme n'aura pas détérioré l'équilibre délicat de ma piscine.

— Vous auriez dû y penser avant de demander à vos types en caoutchouc de m'y jeter.

Il regarda autour de lui : les rochers du bord étaient très hauts et couverts de mousse visqueuse. L'unique issue était l'escalier, derrière les gardes. Peu importait. Il fallait qu'il préserve ses forces, et il ne voulait pas continuer à brasser l'eau.

Il se retourna et se lança dans le crawl impeccable qu'il avait appris durant son enfance. Une torche de feu grésilla sur l'eau, devant son nez. La vapeur brûlante l'effleura et il s'arrêta net.

— Ah, Calrissian ! Vous voyez ce qu'il en coûte de me désobéir.

— Vous ne m'aviez pas dit que je devais rester dans cette gadoue, fit Lando en se dégageant de l'eau bouillante pour se rapprocher de Nandreeson.

Le Glottal pointa sa truffe, ouvrit la bouche et goba un essaim de moucherons qu'il avala avec un grognement ravi.

— Mais je n'ai jamais dit non plus que vous pouviez repartir. Vous m'appartenez, Calrissian. Vous feriez bien de vous faire à cette idée.

— D'accord. Sortez-moi de cet étang et nous discuterons du prix de ma liberté.

Des languettes de feu dardèrent des narines de Nandreeson. Lando avait appris depuis longtemps que c'était là un signe certain de mauvaise humeur.

— Le prix de votre liberté, Calrissian, c'est la mort.

Lando avait les bras endoloris. Il s'immobilisa pour se laisser flotter en battant des jambes. Et puis, l'eau sirupeuse le portait. Mais il se dit que si son séjour dans la mare se prolongeait, il lui faudrait se débarrasser de ses vêtements qui étaient de plus en plus lourds.

— Vous dramatisez quelque peu, Nandreeson. Je n'étais qu'un jeune contrebandier qui cherchait à faire ses preuves. Je ne savais même pas qui je volais. J'ai bien essayé de vous rembourser durant toutes ces années, mais vos babouins n'ont même pas voulu écouter mes messages. Et me voilà. Parlons comme des gens raisonnables. Je peux vous payer ce que je vous ai pris, plus les intérêts. A dix pour cent sur vingt ans, ça vous fait un bonus appréciable.

— Le profit ne m'intéresse pas, rétorqua Nandreeson en lançant des flammèches un peu plus longues.

— Allons, allons. Vous avez toujours pensé au profit.

Nandreeson extirpa son grand corps écailleux de la mare.

— C'est bon, Calrissian : je vais être honnête avec vous, puisque vous ne sortirez pas d'ici vivant. Oui, le profit m'intéresse, et je vais tirer *profit* de vous. Quand vous serez mort, tout ce que vous possédez m'appartiendra. Vous n'avez pas d'héritier, pas de compagne ni de famille. On ne contestera pas mes revendications. Personne n'osera d'ailleurs.

— Je ne crois pas que la Nouvelle République appréciera.

— A mon avis, elle n'interviendra pas. Elle sera bien trop occupée à combattre une nouvelle rébellion.

— Une nouvelle rébellion ?

— Bien sûr. (Nandreeson cueillit une mouche qu'il croqua d'un air pensif.) Tout gouvernement doit affronter la rébellion armée à un certain moment de son histoire. Pour vos amis de Coruscant, ça viendra bientôt.

— Nous sommes en lutte contre les Impériaux depuis la fin de l'Empire. Ils abandonneront bientôt toute résistance.

— J'en suis persuadé, fit Nandreeson qui venait de retrouver son sourire. Mais je parle de rébellion, Calrissian.

D'une révolte interne. Rappelez-vous ce qu'a fait votre amie Leia Organa Solo quand elle appartenait encore au Sénat Impérial. Une *rébellion*, solidement armée, décidée, avec l'idéalisme de son côté.

Lando ralentit ses mouvements.

— Ce serait sans raison. La République est un gouvernement juste qui respecte les peuples.

— Vraiment ? Pourtant les gens du Quartier sont terrifiés par la Nouvelle République, ils redoutent qu'elle n'interfère avec le libre commerce.

— Les Contrebandiers ont toujours détesté le gouvernement, que ce soit l'Empire ou l'Ancienne République. Ils ont horreur des lois.

— Et puis, il y a des mondes comme Almania, une planète qui a envoyé à votre Nouvelle République un signal de détresse quand les Je'har ont entamé le massacre systématique de tous les opposants au régime. La République n'a jamais répondu.

— La République a pour règle de se mêler le moins possible des affaires locales.

— Même lorsque le gouvernement en place se rend coupable d'un génocide ? Vraiment, Calrissian, je dois dire que vos héros de la Nouvelle République sont plutôt lamentables.

— C'est vous qui me dites ça ? Vous n'êtes rien de plus qu'un...

Il se retrouva au milieu des flammes, de la vapeur et de la fumée. Il toussa avant de se passer la main sur le visage. Il n'allait plus tarder à mourir noyé s'il ne lui venait pas une idée pour se sortir de là.

— Vous devriez réfléchir avant de parler, Calrissian. Votre vie dépend de moi.

— Ecoutez, Nandreeson, vous avez dit ce que vous aviez à dire. Maintenant, vous me sortez de là et on fait un marché.

— Apparemment, vous ne m'avez pas bien entendu. Je ne compte pas faire de marché avec vous.

Le Glottalphib se laissa glisser dans l'eau et nagea hors

de portée de Lando, mais toutefois assez près pour pouvoir lui griller le visage d'un jet de flammes.

— Quand Jabba le Hutt est mort, j'aurais dû devenir le chef de l'organisation criminelle la plus influente de la galaxie, mais ça ne s'est pas fait à cause de vous, Calrissian.

— Je ne vous ai plus approché depuis des années.

— Exact. Nandreeson est le plus grand seigneur du crime du Quartier. Nandreeson est connu dans tous les mondes. Mais Nandreeson n'est pas omnipotent. On peut le battre. Par exemple, un individu aussi inepte que Lando Calrissian n'était qu'un jeune garçon quand il a dérobé une fortune à Nandreeson. Ce qui s'est passé une fois peut se répéter.

Les flammèches effleuraient les narines du Glottal et Lando recula, très lentement.

— Me tuer ne changera rien, dit-il.

— Oh, mais si. Mes collègues ici vont répandre la nouvelle, détailler les souffrances que vous avez endurées, et raconter comment, au moment ultime, vous avez imploré ma pitié. Nous pourrons même souiller votre cadavre — les humains trouvent cela désagréable, non ? — et l'exposer à la vue de tous sur Skip 1. Et, bien entendu, je confisquerai alors tout ce que vous possédez sans que nul ne puisse s'y opposer. On ne dira plus que Nandreeson a pu être vaincu, mais qu'il a attendu l'heure de sa vengeance et que ç'a été tellement, mais tellement meilleur.

Lando avala de l'eau et la recracha, manquant le Glottal de peu.

— Pour faire oublier ces vingt années, il faudrait me tuer cent fois.

Mais cela n'éteignit pas les flammes qui dardaient entre les dents de Nandreeson.

— Parce que vous croyez que je vais vous accorder un traitement de faveur, Calrissian ? Par respect pour votre intelligence, votre courage, vos capacités et votre audace d'avoir osé me défier ? Vous pensez vous en sortir, hein ? Mais ces vingt années, je les ai passées dans la *haine*.

La première flamme obligea Lando à plonger sous l'eau. Pour la première fois, une douleur lancinante lui traversa les poumons. Nandreeson n'avait pas bougé et il ne crachait plus de flammes. Lando était sur le point de refaire surface quand une idée s'imposa à son esprit. Ses poumons n'auraient pas dû le faire souffrir ainsi. Il était fatigué par la nage, d'accord, mais il respirait normalement depuis un certain temps.

Mais l'oxygène devait être raréfié. Ou alors pollué par un quelconque agent chimique. A moins que les Glottalphibs ne le consument. La fatigue et cet air ténu lui laissaient moins de temps qu'il l'avait espéré.

Il explora le fond et ne vit que des algues, des particules vertes et les gros pieds du Glottal. Aucune issue à l'exception du trou d'où montaient les bulles. Et il ne savait pas s'il pourrait supporter la chaleur.

Il remonta en recrachant l'eau.

— Ça ne vous servira à rien de plonger, fit Nandreeson. Je peux vous rattraper encore plus vite.

— Si vous devez me tuer, faites-le tout de suite.

Au premier geste du Glottal, il devinerait peut-être par où s'échapper.

— Ça vous plairait, n'est-ce pas ? Mais vous allez mourir lentement, Calrissian, et je vais savourer chaque instant.

— Eh bien... si vous avez préparé quelque chose, commençons.

Lando n'avait qu'une idée en tête : sortir de l'eau.

— Oui, je vais « commencer », comme vous le dites si bizarrement, fit Nandreeson avec un sourire. Nous allons bien voir combien de temps vous pouvez survivre dans mon monde. Les Glottalphibs, vous le savez, vivent dans l'eau. Ils mangent dans l'eau. Ils y dorment. Ils s'y accouplent. Les humains, à ce que je crois savoir, ne tolèrent pas vraiment l'eau.

— En ce qui me concerne, ça va.

— Mais vous en mourrez si vous n'y prenez pas garde. Combien de temps pouvez-vous nager ? Sans manger, sans vous reposer, sans la moindre assistance ? Combien de temps ?

Une terreur nouvelle déferlait dans l'esprit de Lando. Non, il ne pourrait tenir éternellement. Il allait finir noyé.

— Je peux survivre pas mal de temps.

Ce qui était exact. Il survivrait assez longtemps pour éliminer Nandreeson. Du moins, il essaierait.

25

Les gardes du hangar avaient autorisé Cole Fardreamer à descendre du prototype d'aile-X. Et il les avait persuadés de contacter le général Antilles. Même s'il ne savait pas encore ce qu'il pourrait lui dire quand il arriverait. Le droïd astromécano de Skywalker était inerte près du terminal d'ordinateur et des filaments de fumée montaient de sa tête en dôme. Les tirs de blaster avaient dû endommager sa mémoire qui, selon Skywalker, était pour lui l'élément le plus précieux de ce D2.

— On a assez attendu, dit le Kloperien. Bouclons-le comme n'importe quel saboteur.

— Non ! lança une voix du fond du hangar.

Les gardes se retournèrent en même temps que Cole. Le général Antilles, ses cheveux noirs parfaitement peignés, portait un uniforme impeccable. Il inspectait les lieux du regard, encadré par deux de ses hommes. Ses yeux se posèrent sur Cole, l'évaluèrent minutieusement. A l'évidence il ne le reconnaissait pas. Mais en se tournant vers le droïd, il demanda :

— N'est-ce pas D2 R2 ?

Le Mon Calamari haussa les épaules.

— Eh bien ? insista le général Antilles.

Les gardes se tournèrent vers Cole.

Il les dévisagea avant de décider qu'il valait mieux répondre.

— Oui, général. Luke Skywalker me l'a laissé afin de superviser les réparations sur son aile-X.

Le général Antilles posa la main sur le dôme du droïd avant de la retirer lentement, comme s'il avait du chagrin.

Il désigna le Kloperien.

— Vous, là : réparez-moi ce droïd.

— Je vous demande pardon, général, intervint Cole, mais D2 a eu de mauvaises expériences avec les Kloperiens. Il...

il m'a dit qu'ils avaient tenté de le kidnapper il y a quelques jours.

Les yeux du général rétrécirent.

— Et qui a fait cela ?

— Moi, avoua le Kloperien. Il essayait de s'enfuir.

— De s'enfuir ?

— Nous avons surpris deux droïds en flagrant délit de sabotage sur un prototype d'aile-X, dit la femme. Ils avaient placé un détonateur sur l'ordinateur de bord.

— D2 aurait fait ça ? J'ai du mal à le croire. Mais qui êtes-vous, mon garçon, et pourquoi m'avez-vous fait appeler ?

Cole déglutit avec peine.

— Je m'appelle Fardreamer, général. D'ordinaire, je travaille sur les ailes-X. Luke Skywalker m'a parlé de vous avec respect et j'ai pensé, quand les autres me sont tombés dessus, que vous au moins sauriez m'écouter.

Le Mon Calamari s'avança vers l'aile-X et montra l'ordinateur.

— Général, si vous examinez cela, vous constaterez ce que manigançaient ce jeune homme et le droïd. Il y a un insigne impérial à l'arrière de cet ordinateur. C'est un dispositif explosif.

Le général Antilles se pencha. Cole ne pouvait voir ses mains et il attendit, le cœur battant.

— Faites attention, général. Un simple mouvement pourrait le déclencher.

— Merci, fit le général.

Mais il ne bougeait pas. Le silence s'était installé dans la salle.

— Ce dispositif impérial est fixé à l'intérieur de l'ordinateur.

Antilles se redressa. Il était élancé et fort, avec le regard dur d'un homme qui avait vu bien des combats et connu trop de jours difficiles. Une fois encore, il fixa Cole.

— Où avez-vous assemblé cet ordinateur ?

— Ce n'est pas moi qui l'ai fait, général. Ils arrivent déjà montés et nous n'avons qu'à les installer sur les ailes.

C'est alors que la porte s'ouvrit en sifflant et qu'un droïd de protocole doré apparut en gesticulant.

— Oh, seigneur, seigneur ! Ils ont détruit D2 !

— Mais non, ça ne peut pas être grave à ce point.

La femme qui entra à la suite du droïd doré était petite et mince, avec de longs cheveux souples. Elle portait un pantalon de combat et une chemise trop large. Il fallut un moment à Cole pour reconnaître la Présidente Leia Organa Solo. Elle semblait jeune, vulnérable, et si jolie : c'était certainement une princesse, mais pas un leader politique au pouvoir immense. Encore moins un vétéran d'une dizaine de batailles contre l'Empire.

— Leia ! s'exclama le général Antilles.

Elle lui lança un sourire qui ne fit qu'accentuer son expression de lassitude.

— Wedge, qu'est-ce que vous fabriquez ici ?

— On dirait que nous avons un petit problème.

— Oui, c'est ce que je vois.

Apparemment, elle n'avait pas encore remarqué Cole. Elle s'avança jusqu'à D2. Le droïd de protocole gémissait, accusant son compagnon de s'être mêlé d'une sale affaire tout en craignant qu'il ne puisse s'en remettre. Leia Organa Solo s'accroupit auprès du petit astromécano et brossa doucement les pellicules noircies de sa tête.

— D2 ?...

— Il n'est plus de ce monde, Maîtresse Leia. Les Kloperiens l'ont détruit.

— C3 PO, j'admets qu'il est abîmé, mais j'estime que nous pouvons le réparer.

Elle plongea la main derrière les panneaux d'accès du droïd et appuya sur un contacteur de redémarrage. D2 hurla. Leia recula et le droïd doré bascula. Puis, D2 se balança d'avant en arrière sur ses roues.

Leia lui tapota le dôme.

— Ça va aller, D2. Ça va aller.

Mais il continuait à crier. Ses plaintes suraiguës vrillaient les tympans des gardes et le général Antilles lui-même porta les mains à ses oreilles. Cole, quant à lui, avait l'impression qu'on lui arrachait les entrailles à vif. Parce que c'était lui qui était responsable de tout ce qu'endurait le petit astromécano. Il n'aurait jamais dû l'accepter dans un sale coup pareil.

Le droïd doré s'assit.

— D2, si tu ne cesses pas ces hurlements inutiles, Maîtresse Leia devra te déconnecter.

D2 s'apaisa en tournant la tête. Mais il aperçut le Kloperien et lança une folle rafale de bips. Qui s'accéléra pour ressembler de nouveau à un cri.

— Stop, stop, stop ! protesta le droïd doré. Je vais traduire. Il dit qu'il a été agressé par un Kloperien, que c'est la deuxième fois, et qu'il décline toute responsabilité si jamais un autre Kloperien s'approche de lui.

— Vous êtes démis de vos fonctions, déclara le général Antilles au garde kloperien.

— Mais, général, vous pouvez avoir besoin de moi. Cet homme a commis un acte de sabotage...

— Vous êtes congédié. Et je vous conseille de disparaître avant que je ne relève votre nom et votre matricule.

Le Kloperien retroussa ses lèvres de poisson en acquiesçant.

— Comme vous voudrez, général.

Il se dirigea vers la sortie, en se dandinant, ses tentacules drapés autour de lui dans une attitude d'indignation absolue.

— Pourquoi diable s'en est-il pris à D2 ? demanda Leia en regardant le général.

— Je me le demandais. Apparemment, les gardes ont surpris ce jeune homme et D2 en train de bricoler sur une aile-X. Ils prétendent qu'ils étaient en train de la saboter.

— D2 est incapable de faire une chose pareille !

— Il n'en reste pas moins qu'il y a un détonateur monté dans l'ordinateur.

— Un détonateur ? souffla Leia.

Elle monta sur l'aile-X avec l'assurance d'un pilote. Puis elle se tourna vers Cole. Le regard plus impérieux que le général. Et Cole comprit pourquoi personne ne se risquait à provoquer la colère de Leia Organa Solo.

— C'est vous qui avez fait ça ? demanda-t-elle d'un ton glacé.

Il secoua la tête, la bouche sèche.

— Non, madame. D2 et moi, nous avons découvert ce sabotage.

— D2 ? Comment se fait-il qu'il soit avec vous ?

D2 bipa et trilla brusquement.

— Il dit que Maître Luke l'a laissé ici afin qu'il travaille avec Maître Fardreamer, traduisit C3 PO.

— Vous êtes Fardreamer ? demanda Leia.

— Oui, madame.

— Et quels rapports entretenez-vous avec mon frère ?

— J'étais chargé de réparer son aile-X.

— Mais ce n'est pas ce vaisseau-là.

— Non, madame.

— Quels sont les problèmes avec l'aile-X de Luke ? demanda le général.

La gorge nouée, Cole les dévisagea tour à tour.

— Aucun, général. On était en train de la reconvertir selon vos instructions quand le Maître Jedi Skywalker est venu se plaindre. Il a dit que son vaisseau était spécial, qu'il ne voulait pas qu'on l'optimise et que je devais lui redonner son état initial. Il m'a laissé D2 afin de m'assister. C'est en enlevant l'ordinateur que j'ai trouvé ce dispositif. Etant donné que les ordinateurs nous arrivent déjà montés, d'une seule pièce, je me suis dit qu'on ne voulait pas seulement saboter l'aile du Maître Jedi, mais toutes les autres. J'ai donc vérifié l'ordinateur d'un autre appareil et j'y ai trouvé le même dispositif. Je me suis demandé alors si tous les nouveaux vaisseaux avaient été trafiqués de la même façon. Le seul nouveau modèle d'aile-X auquel je pouvais avoir accès était ce prototype, et c'est pour cela que j'ai vérifié.

— D2, demanda Leia sans se retourner, est-ce exact ?

D2 oscilla brièvement sur ses roues en essayant de venir vers eux, mais ses circuits grincèrent et il ne put que biper doucement.

— Tu ferais mieux de répondre à Maîtresse Leia. Tu t'occuperas plus tard de ta santé, fit C3 PO d'un ton sévère.

D2 bipa, gazouilla et tangua comme pour appuyer ses dires.

— D2 confirme les explications de ce jeune homme, dit C3 PO. Il craint que ces nouveaux ordinateurs ne fassent partie d'un complot pour annihiler les meilleurs pilotes de la Flotte. Il suggère que nous cherchions qui a ordonné le réarmement de tous...

— C'est moi qui l'ai fait, l'interrompit Antilles.

— Oh, seigneur, marmonna C3 PO.

L'expression s'imposait. Leia venait de se tourner vers lui, le visage en feu.

— Vous avez fait *quoi*, Wedge ?

Il haussa les épaules.

— Eh bien, je ne suis pas seul responsable. Nous avons tenu une réunion d'état-major. Nous avions eu certains problèmes avec les ailes-X. Des pépins mécaniques, parce que ces modèles ne vieillissent pas très bien. Et comme le marché des composants électroniques s'est effondré, nous nous sommes dit que nous avions intérêt à reconstruire certaines ailes-X et à acheter celles dont nous aurions besoin en plus.

— On ne m'en a pas informée.

— Leia, nous nous sommes contentés de faire circuler un mémo. Ça n'était pas réellement un changement de politique.

— Peut-être pas, mais cela a dû coûter cher. Et la Nouvelle République n'est pas riche.

— C'est ce que j'ai essayé de vous faire comprendre. Le coût de ce projet était exceptionnellement bas. C'est pour cela que je l'ai adopté dans un premier temps. J'ai pensé que c'était tout à notre bénéfice. Et ça évitait tous les accidents mécaniques que pouvaient courir les pilotes.

Leia avait les lèvres serrées et le regard dur. Il était évident qu'elle ne souhaitait pas d'altercation en présence des gardes. Elle se tourna vers Cole.

— Vous croyez que ce détonateur a été placé sur toutes les ailes-X ?

— Oui, madame, le détonateur se trouve dans tous les

nouveaux ordinateurs. C'est le seul élément que nous ayons remplacé sur toutes les ailes-X.

— Mais si vous avez manipulé ces ordinateurs tous les jours, pourquoi ne l'avoir pas découvert plus tôt ?

— Parce que je n'avais pas eu l'occasion de démanteler un ordinateur jusque-là.

— Wedge. Il faut que vous soyez franc avec moi. Cette idée de remplacer les ordinateurs émane de qui ?

— De moi.

— Wedge. (Il y avait maintenant un accent de mise en garde dans la voix de la Princesse Leia.) Nous n'avons pas le temps de jouer à ces petits jeux. Je dois savoir.

Il posa la main sur son bras.

— Leia, c'était *mon* idée. C'est moi qui ai mis le doigt sur les problèmes des ailes-X. C'est moi qui ai pensé à les reconvertir. Et c'est même moi qui ai donné les ordres pour les bons d'achat. Moi seul, Leia.

— Mais vous n'avez pas ordonné ces sabotages.

— Non.

Ses mots se perdirent dans le silence. Les gardes détournaient le regard. Seul le droïd doré les observait.

Cole se mordit la lèvre. Mais il devait absolument parler.

— Excusez-moi, madame, mais le général aurait pu donner ces ordres tout en ignorant qu'il y avait sabotage.

— Je sais, les ordinateurs vous parviennent déjà assemblés.

— Oui, madame, et de telle façon qu'il faut vraiment chercher pour trouver. Jamais je ne serais tombé sur ce dispositif si Luke Skywalker n'avait pas protesté contre le remplacement de l'ordinateur. Et en fait, c'est D2 qui est tombé dessus.

— Maîtresse Leia, intervint C3 PO, les Kloperiens s'opposent à la présence de droïds astromécaniciens dans les hangars d'entretien.

D2 sifflota pour confirmer.

Leia ferma brièvement les yeux avant de demander :

— Et ça dure depuis longtemps ?

— Assez longtemps. Il faudrait que je vérifie, répondit le général.

Elle secoua la tête.

— C'est pendant cette période que l'aile-X de Luke a été amenée ici. Il est depuis suffisamment longtemps sur Coruscant pour que nous puissions supposer que les modifications ont été faites depuis la dernière réunion. Cela remonte à pas mal de temps, monsieur Fardreamer, et à votre avis, combien d'ailes-X pourraient avoir le nouveau système d'ordinateur ?

— La plupart, madame. J'ai été surpris de voir qu'un appareil aussi ancien que celui du Maître Jedi n'avait pas encore été remis en état.

— La plupart, répéta Leia dans un souffle, les poings crispés. Et ces nouvelles ailes-X ? Il y en a combien en exercice ?

— Un tout petit nombre, Leia, dit Antilles.

— Je veux qu'on les vérifie toutes. Toutes. Et aussi les nouvelles unités.

— Vous ne pensez quand même pas qu'elles sont toutes piégées ?

— C'est précisément ce que je crois, fit Leia. Et je veux que tous ces dispositifs soient désamorcés.

— Mais notre flotte d'ailes-X va être clouée au sol pendant un certain temps.

— Il vaut mieux qu'elle soit immobilisée plutôt que détruite. Vous pouvez vous occuper de ça, monsieur Fardreamer ?

— Oui, madame. Mais je pense que nous avons ici un problème plus grave.

Le visage de Leia se raidit et elle leva sur lui ses grands yeux.

— Toutes les ailes-X ne sont pas ici avec la Flotte. La plupart sont à l'extérieur.

— Vous pensez qu'un détonateur à distance est nécessaire pour déclencher ces dispositifs ?

Il comprenait où elle voulait en venir. S'il fallait un détonateur à distance, les ailes-X qui étaient au large étaient probablement sauvées.

— Non, madame. Ce détonateur a été conçu pour se

déclencher quand on compose une certaine combinaison de commandes.

— Et vous la connaissez ?

Il secoua la tête.

— Donc, tous les pilotes de ces ailes sont en danger ?

— Je vais leur donner immédiatement l'ordre de regagner la base, dit le général.

— Il faut avant tout prévenir le Maître Jedi Skywalker, risqua Cole.

— Luke ? fit la Princesse Leia avec une note de panique.

— Oui, madame. L'aile-X qu'il a prise est la réplique exacte de ce prototype, y compris l'ordinateur.

— Oh, Luke... (Elle se tourna vers Antilles.) J'ignore où il peut être.

Le général la serra dans ses bras.

— Nous allons le retrouver. Nous n'avons pas le choix.

Almania se déployait au-delà de la baie, blanc et bleu, enveloppée de nuages. Ses trois lunes étaient de couleurs différentes, dont deux franchement vertes avec des touches de bleu.

Les cartes stellaires apprirent à Luke qu'il y avait de la vie sur ces trois lunes et des sociétés de longue date. Pydyr était la plus connue pour sa prospérité. Il n'avait jamais entendu parler des deux autres ni d'Almania jusqu'à son affrontement avec Brakiss.

Curieusement, il se fiait à ce que Brakiss lui avait dit. Il lui restait une trace de bien, qui subsistait en dépit de ses efforts pour la chasser.

Mais Brakiss était reparti dans son passé et Luke ne se souvenait que de ce qu'il lui avait dit. D'abord : *Vous devez vous rendre sur Almania. C'est là-bas que se trouvent les réponses que vous cherchez.* Puis : *Laissez le combat à ceux qui sont impitoyables, ils gagneront de toute façon.*

Celui qui attendait Luke sur Almania, quel qu'il soit, était très certainement impitoyable. Au point de terrifier Brakiss. Ce dont Luke lui-même n'était pas capable. Et puis, Brakiss avait une certaine estime pour lui, sinon il ne l'aurait pas ainsi mis en garde.

Mais il n'avait d'autre sentiment que la peur pour celui qui avait attiré Luke. Ce qui l'avait fait venir ici autant que l'avertissement de Brakiss.

Pendant tout le voyage, il avait cherché à se documenter sur Almania sans trouver grand-chose. Almania était sur l'autre bord de la galaxie. L'Empire, pas plus que la Nouvelle République, ne s'y était guère intéressé. L'Empire avait contacté une fois Pydyr pour renforcer ses campagnes de financement, et Pydyr avait très diplomatiquement répondu qu'elle ne souhaitait pas s'engager. Normalement, l'Empereur aurait dû réagir violemment, mais ce n'avait pas été le cas. Pydyr, en dépit de ses richesses, était beaucoup trop lointaine.

A la différence de Pydyr, Almania s'était considérée comme plus ou moins liée à la Rébellion et, plus tard, à la Nouvelle République. Les Je'har, qui avaient dirigé la planète tout au long des guerres contre l'Empire, avaient fourni de l'argent et des armes aux bases rebelles, y compris celle de Hoth. Mais le gouvernement avait été renversé peu après la victoire de la Nouvelle République face au Grand Amiral Thrawn et les communications avec Almania avaient été interrompues. Certains rapports avaient fait état de sévices atroces de la part du nouveau régime. Et même de massacres à l'échelle planétaire. Mais aucun appel au secours n'avait été lancé par Almania jusqu'à une date récente, et la Nouvelle République était alors sous la menace de Yevetha. Et Almania fut oubliée.

Mais le déroulement de tous ces événements intriguait Luke. Avant de construire son refuge dans les Montagnes de Manari, mais après Callista, il avait enseigné la Force à de nombreux étudiants prometteurs, dont Brakiss. C'est à cette même époque que Brakiss l'avait quitté. Luke avait songé qu'il pouvait y avoir un lien avec Almania, mais sans trouver aucun indice. Et rien, dans le récit de la mère de Brakiss, ne confirmait cette idée. Qui plus est l'Empire ne s'était pas manifesté sur Almania, donc Brakiss ne pouvait s'y être rendu alors qu'il avait rallié l'Empire.

Ou alors ?...

Après tout, Brakiss était un espion.

Avait-il joué un rôle dans la chute du gouvernement Je'har ? Il avait prévenu Luke qu'il allait tomber dans un piège et il faisait lui-même partie de ce piège. Sa mise en garde également ? Luke ne le croyait pas capable d'un tel raffinement dans la trahison.

Il n'obéissait qu'à la peur.

Laissez le combat à ceux qui sont impitoyables, ils gagneront de toute façon.

— Non, ils ne gagneront pas, murmura Luke, en regrettant de ne pas avoir dit cela dans la fabrique de droïds. Je peux le garantir.

Il ne savait pas encore qui il affrontait. Il ne se souvenait que du choc de souffrance et de peur qui avait déferlé sur Coruscant comme dans toute la Nouvelle République.

En s'approchant d'Almania, il sentit le froid le gagner. Il vérifia la température de l'habitacle. Elle était normale. Non, cette sensation de glace montait de son ventre et lui serrait le cœur. Ça n'avait rien à voir avec ce qu'il avait ressenti quand toutes ces vies avaient été effacées.

Pourtant, ça y ressemblait.

Il était au large de Pydyr. Il ouvrit une fréquence, s'attendant à être interpellé à si courte distance d'une planète.

Mais il ne détecta rien.

Aucun signal local.

Aucun brouillage.

Rien.

Il sonda le sol. Les bâtiments étaient toujours debout mais il ne releva qu'une dizaine de fréquences vitales.

Dix êtres vivants sur tout Pydyr.

Sur une population de quelques millions de personnes.

L'étreinte glacée se referma sur son cœur. L'énorme plainte était venue d'ici. De Pydyr.

Il devait enquêter. Almania pouvait attendre encore un jour.

C'est alors qu'il sentit la présence. Elle semblait familière, mais trop éloignée pour être distincte. Comme filtrée par l'atmosphère dense. Il l'avait déjà sentie sur Telti.

Avant de retrouver Brakiss. Mais ce n'était pas lui.

La présence était plus puissante que Brakiss pour qu'il la perçoive à une telle distance.

Il devinait une malveillance qu'il n'avait connue que chez l'Empereur Palpatine.

Mais l'Empereur Palpatine n'était plus. Cette autre personne, cependant, Luke l'avait connue...

Il tapa les coordonnées de Pydyr sur le clavier de navigation et l'aile-X bascula pour descendre vers Pydyr. Les réponses attendaient Luke.

La présence s'imposa plus fortement. Ici, tout près d'Almania, le Côté Sombre était présent. Luke avait la bouche sèche. Peut-être ferait-il mieux de retourner sur Coruscant demander de l'aide à Leia ou Yan. Seul, il risquait d'être anéanti.

Mais il devait d'abord savoir ce qui s'était passé sur Pydyr. Il déciderait ensuite.

L'aile-X plongea dans le ciel, sur la face diurne. Luke découvrit des immeubles dans la lumière, séparés par de larges avenues. Il pouvait se poser ici.

Toutes ces avenues étaient désertes.

Avec un frisson bizarre, il s'installa aux commandes pour la procédure d'atterrissage : le système automatique ne lui serait guère utile ici.

Un éclair frappa la baie. Il plissa le front en regrettant sa bonne vieille aile-X et se lança dans une manœuvre d'approche de précision.

Il tira sur le stick — et sentit le vaisseau vibrer.

Les immeubles paraissaient dangereusement proches de part et d'autre. L'aile-X fut à nouveau secouée et l'ordinateur se verrouilla. Les écrans s'éteignirent et Luke chercha le bouton d'éjection. Qui n'était pas là.

Puisqu'il n'y avait aucun droïd à éjecter.

Il était coincé.

Il essaya de trouver la poignée de l'écoutille. Il ne pouvait plus que l'ouvrir à la main.

Le sol tournoya.

Et l'aile-X explosa.

26

Cette fois, c'était Leia elle-même qui avait convoqué d'urgence le Conseil Intérieur. Elle avait choisi la salle de banquet diplomatique. Il fallait régler en priorité le problème des ailes-X et elle avait choisi le lieu le plus proche des pistes.

Les couloirs reluisaient et les plantes, autour des colonnes, étaient resplendissantes. La salle était fréquemment utilisée pour recevoir les chefs d'Etat.

Leia détestait l'atmosphère compassée de cet endroit, même si elle avait participé à sa conception.

Elle et Wedge avaient atteint le grand escalier qui accédait à la salle quand elle éprouva une impression de froid. Sa vision devint floue, elle trébucha et dut se retenir à la rampe d'acajou.

Un visage se dessina dans l'air. Le même visage blanc qu'elle avait vu avant l'explosion. Souriant, avec des yeux noirs profondément enfoncés.

Leia, dit une voix qui ne lui était pas inconnue. *Leia*.

Elle s'effondra à genoux sur le marbre. Le bord de l'escalier déchira le tissu de son pantalon militaire.

— Leia! s'exclama Wedge en la saisissant par les épaules. Vous n'avez rien?

Elle claquait des dents.

— Faites évacuer le bâtiment.

— Quoi?

— Faites évacuer le bâtiment.

— Pour quel motif?

Elle s'assit.

— Ce visage. Je l'ai déjà vu avant l'attentat.

Mais ç'avait été différent alors. Elle avait entendu toutes ces voix qui hurlaient, elle avait été submergée par le froid. Par cette vague de destruction qui avait ramené Luke sur Coruscant juste avant l'explosion.

— D'accord, dit Wedge, je vais...
— Non, attendez.

Elle passa la main sur son visage. Celui qui portait ce masque de mort voulait qu'elle panique. Elle devait réfléchir, faire fi de ses émotions.

— Cette réunion n'était pas prévue. Personne ne peut savoir que nous sommes ici.

— Nous devrions cependant trouver une autre salle.

Elle secoua la tête. Le trouble était moins intense. Elle se releva.

— Non. Cette fois, c'était différent. Ce visage. Il me prévenait de quelque chose.

Elle était sur le point de savoir. Ça viendrait, elle en était certaine.

— Commençons la réunion.
— D'accord.

Wedge semblait désorienté mais il ne poserait aucune question.

— Au moins, laissez-moi poster quelques gardes.

— Non. Nous avons fait cela avant l'attentat. A mon avis, cette vision est due au stress. Comme avant la session du Sénat.

— Et comme c'est le cas à présent.

Elle lui sourit.

— Je n'aime pas cette histoire de détonateurs, Wedge. Ceux qui les ont mis en place ont trouvé un autre moyen de s'attaquer aux miens. Coruscant n'est plus sûre.

— Elle ne l'a jamais été vraiment, Leia.

— Je sais. Mais jusqu'à une date récente, je pouvais vaquer à mes affaires sans avoir le sentiment que ma vie était menacée. Et maintenant, je m'inquiète de tout. Les chambres des enfants, tous les couloirs, Yan et le *Faucon*. Si l'on a saboté les ailes-X, qu'a-t-on pu saboter d'autre ? Qu'allons-nous encore découvrir, Wedge ?

— Je crois qu'il faut avant tout savoir qui est derrière tout ça.

— Je suppose. Mais je crois déjà le savoir.

Wedge ne dit rien. Il s'était fait son opinion dans le hangar d'entretien. Il était d'accord avec ce qu'un des gardes avait dit : l'Empire annonçait rarement sa présence avec une telle évidence.

Ils continuèrent plus lentement vers la salle de banquet. Les autres membres du Conseil étaient déjà arrivés mais ils ne s'étaient pas assis. Leia garda le silence en gagnant sa place. Dès qu'elle fut installée, ils l'imitèrent.

Wedge demeura debout derrière elle, autant pour la soutenir moralement que pour vérifier les documents.

Elle annonça le début de la séance.

— C'est une infraction au règlement d'avoir ici un membre étranger au Conseil, déclara d'emblée R'yet Coome.

— Le général Antilles est présent à ma requête. Nous avons découvert ensemble, cet après-midi, un fait particulièrement inquiétant.

Wedge ouvrit une trousse et posa les détonateurs sur la table. C-Gosf tendit une main délicate.

— De quoi s'agit-il ?

— Nous les avons trouvés dans une de nos ailes-X. Ils ont vraisemblablement été montés sur toutes les unités de l'escadrille, expliqua Leia.

Et Wedge acheva :

— Ce sont des détonateurs.

— Ils portent l'insigne de l'Empire, fit Gno, visiblement stupéfait.

Mais le visage de Meido garda son teint cramoisi habituel tandis qu'il examinait les détonateurs, puis souriait à Leia.

— Bien joué, madame la Présidente.

Elle crut retrouver la même sensation de glace.

— Bien joué ?

— Oui. Nous accusons le général Solo et vous mettez la main sur un dispositif qui désigne l'Empire comme coupable. Très pratique.

— Qu'est-ce que ces détonateurs auraient à voir avec l'attentat du Sénat ? demanda Wwebyls.

Meido lui décocha un regard meurtrier.

— Tout, Wwebyls. La Présidente essaie de nous prouver que son époux n'a rien à voir avec les ailes-X, et donc, implicitement, qu'il ne saurait être lié à l'attentat du Sénat.

Leia serrait les poings sous la table. Meido était décidé à la contrer sur tous les plans.

— Le général Antilles a demandé le retour de toutes les ailes-X, mais il en est certaines que nous ne pouvons pas contacter. Je désire lancer un signal de détresse général destiné à toutes les planètes de la Nouvelle République pour que nous récupérions tous les vaisseaux en danger.

— Et comment déclenche-t-on ces détonateurs ? demanda Gno.

— Nous ne le savons pas. Nous travaillons là-dessus.

— Et il y en a sur toutes les ailes-X ?

— C'est ce que nous pensons.

— Grands dieux, fit Fey'lya, s'il y en a sur toutes les ailes-X, il pourrait y en avoir ailleurs ?

— Bonne question, fit Meido. Pourquoi ne pas la poser à notre Présidente ?

— Mais Leia ne peut le savoir, protesta C-Gosf.

— Sauf si elle les a fait mettre en place.

— Vous allez trop loin, dit Bel Iblis. Vous devez présenter vos excuses.

Mais Leia leva la main.

— A vrai dire, j'aimerais que le sénateur Meido nous dise pourquoi tout à coup je trahirais la République.

— A cause de votre époux, madame la Présidente, et de l'attentat qu'il a perpétré contre le Sénat. Vous avez déclaré vous-même qu'il ne pouvait rien faire sans votre approbation.

— Mais de quoi accusent-ils donc Yan ? chuchota Wedge.

— De trahison, souffla ChoFi en réponse.

— *Yan Solo ?* s'exclama Wedge à haute voix. C'est la chose la plus stupide que j'aie jamais entendue. Yan Solo risquait sa vie pour la Rébellion alors que ces lâches s'étaient mis à l'abri sous l'aile de l'Empire. Meido, vous n'avez pas le droit de...

— Wedge, dit doucement Leia, vous êtes un invité. Vous n'avez pas la permission de vous exprimer.

— Je ne crois pas que vous puissiez tolérer cette idiotie.

— Tous n'estimant pas que ce n'est qu'une idiotie, dit

Meido. Qui est le mieux à même de trahir la Nouvelle République que l'un de ses membres les plus fiables. Vous oubliez que Palpatine était sénateur quand il a renversé l'Ancienne République.

— Nul d'entre nous ne l'a oublié, fit Gno. Mais là, c'est différent.

— Vraiment ?

— Je crois que vous faites de l'excès de zèle, déclara Fey'lya. Je sais que vous essayez de prouver que vous êtes digne de votre siège de conseiller. Mais ce n'est pas en attaquant la Présidente Organa Solo que vous y parviendrez. Dans le passé, elle et moi avons eu nos différends. (Il sourit à Leia.) Mais jamais je ne porterai atteinte à son honneur.

— Mais ce ne sera pas nécessaire, répliqua Meido. Madame la Présidente, je me réjouis que ce soit vous qui ayez décidé de cette session, car j'étais près de le faire moi-même. Il faut que vous sachiez qu'un mouvement de non-confiance se développe dans le Sénat. Et qu'il y aura un vote sous peu.

— Qu'est-ce qu'un mouvement de non-confiance ? demanda Wedge.

C-Gosf expliqua :

— Ça signifie que le gouvernement va déclarer qu'il ne se fie plus aux qualités de chef de Leia. Si la motion de non-confiance est adoptée, Leia devra se retirer. Les leaders l'y obligeront.

— Ils ne le peuvent pas, protesta Wedge. C'est Leia que Mon Mothma a désignée pour lui succéder.

— Ils le peuvent, fit Gno. Qu'elle ait été ou non désignée, elle a été élue par un vote.

Tout allait trop vite pour Leia. Elle était capable de faire face aux menaces les plus dangereuses, les plus évidentes, mais toutes ces traîtrises dissimulées, tous ces grains de sable qui s'étaient glissés dans les machines étaient trop pour elle. Elle luttait pour conserver une apparence de calme, les ongles cruellement plantés dans ses paumes. Il fallait qu'elle reprenne le contrôle de la situation et ce dans les minutes qui suivaient, dans cette Chambre.

Elle se tourna vers Meido.

— Ce vote de non-confiance est fondé sur quoi ?
— Sur les résultats préliminaires de l'enquête ayant trait à l'attentat.
— Vraiment ? Et comment l'ensemble du Sénat en aurait-il connaissance étant donné qu'ils ont été présentés lors d'une session privée du Conseil Intérieur ?

Le silence était brusquement tombé.

— Je... je l'ignore, madame.

Le visage de Meido venait de perdre sa teinte cramoisie et Leia se dit que ce nouveau facteur lui plaisait : ainsi, ses émotions étaient plus lisibles.

— Vous l'ignorez ? Et néanmoins, le Sénat va voter sur des faits connus du seul Conseil Intérieur ? Et sur la base d'un vote dont *moi-même* j'ignorais tout. Comment l'avez-vous donc appris ?

— Madame la Présidente, avança discrètement R'yet, Meido, Wwebyls et moi-même sommes nouveaux dans le Conseil Intérieur. Nous ne connaissons pas tous les règlements.

— Vous avez déjà présenté cet argument lors de la dernière réunion, R'yet. Je ne l'accepterai pas cette fois-ci. Vous connaissez les règlements. Vous avez seulement décidé de changer de tactique. Eh bien, ça ne marchera pas. Nous ne sommes plus dans l'Empire. Ici, nous jouons franc jeu.

— Si l'on excepte le sabotage, marmonna Meido.

— La Présidente n'a rien fait de mal, dit Gno.

— Pas plus que Yan, ajouta Leia.

— Nos preuves vont dans le sens contraire.

— Vos preuves peuvent avoir été trafiquées. Si l'on tient compte de votre mépris tenace pour les règlements du Sénat, vous pourriez bien avoir agi de même pour les lois en vigueur sur Coruscant.

— *Princesse*, vous n'avez pas le droit de porter une pareille accusation, fit Meido.

— Ni vous de révéler des documents privés issus de cette réunion, *sénateur*.

Meido n'avait employé son titre que pour rappeler aux

autres l'arrogance dont avait souvent fait preuve l'aristocratie, même si ça n'avait jamais été le cas pour Alderaan.

— Cette dispute ne nous conduira nulle part, dit Fey'lya. Nous avons plusieurs ordres du jour : le sabotage des ailes-X, l'attentat, le vote de non-confiance et les révélations indiscrètes de certains membres du Conseil Intérieur. (Il se tourna vers les nouveaux conseillers.) Je propose qu'en cas de nouvelles fuites, les nouveaux membres de ce Conseil soient expulsés.

— J'approuve, dit Gno.

— Bien, fit Leia. Que tous ceux qui sont en faveur de cette proposition disent oui.

Seuls les trois nouveaux se distinguèrent dans le chœur de « oui » qui s'éleva de la majorité.

— Au tour des opposants, enchaîna Leia d'un ton courtois.

Meido, R'yet Coome et Wwebyls prononcèrent un « non » très étouffé.

— La motion est approuvée. Ceux qui seront responsables de fuites seront expulsés de ce corps d'Etat. Est-ce bien entendu ?

— Oui, nous avons parfaitement compris, dit Meido. Vous nous rendez responsables de tout, *Princesse*, parce que nous avons vécu sous le gouvernement de vos ex-ennemis. Comme ça, si la moindre information filtre à l'extérieur, nous n'appartiendrons plus au corps de l'Etat. Ça vous arrange bien. Tout comme ces détonateurs avec leur insigne de l'Empire. Combien d'autres solutions pratiques comptez-vous trouver pour saper les changements du Sénat.

— Vous êtes de mauvaise foi, contra C-Gosf.

— Moi ? (Les rides blanches du visage de Meido se creusèrent.) Je crois que c'est sans importance, car la prochaine fois que cet auguste corps d'Etat se réunira, la Princesse n'en fera plus partie. Elle aura été démise de son pouvoir. C'est un prix bien faible à payer, *Princesse*, pour avoir tué vos collègues.

— Je n'ai rien fait, dit-elle, tremblante, les mains dissimulées sous la table. Je ne peux croire que vous m'accusiez de ce crime.

— Et moi, je ne peux croire que vous ayez pu être simpliste au point de vous être laissée aller à la haine que vous ressentez pour vos anciens ennemis. Combien de soldats de l'Empire avez-vous abattus sur Endor, *Princesse* ? Combien de petits bureaucrates ont-ils trouvé la mort dans la destruction de l'Etoile Noire ?

— Ces gens n'étaient pas innocents, dit Bel Iblis.

— Vous le croyez ? Mais la plupart n'étaient là que pour faire leur travail.

— Si leur travail consistait à faire fonctionner une machine de mort, alors ils méritaient la mort, risqua C-Gosf.

— J'espère que vous n'êtes pas sincère, dit Fey'lya. Parce que, en ce cas, tous nos pilotes pourraient mourir aussi. Les ailes-X sont des chasseurs interstellaires. Elles ont été conçues pour ça, tout comme l'Etoile Noire avait été construite afin d'anéantir des planètes. Qu'il s'agisse par ailleurs de moyens de transport est un simple hasard.

Leia retenait son souffle. Elle secoua la tête. Elle avait le sentiment d'être personnellement à l'origine de cette discorde.

— Le sénateur Meido a raison sur un point : les choses ne sont jamais aussi simples qu'elles le paraissent. Même quand il s'agit d'accuser un autre membre du Conseil Intérieur de sabotage. Votez donc votre motion de non-confiance. Libre à vous de tout rabaisser au niveau politique. Mais j'ai fait mes preuves. Depuis la Bataille d'Endor, j'ai servi la République, et depuis l'âge de dix-huit ans, je me suis rangée aux côtés de la Rébellion contre l'Empereur. Et avec honneur. Peu m'importent vos manipulations. Et le fait que vous puissiez détruire l'unité de cet Etat. Vous y gagnerez certainement en pouvoir personnel au détriment de la Nouvelle République. J'espère seulement que vous comprenez ce que vous faites.

— Je sais ce que je fais, répliqua Meido. Je ne veux pas porter tort à la Nouvelle République mais au contraire la soutenir.

— Vos méthodes laissent à désirer.

— De même que les vôtres, *Princesse*.

La nuit était tombée sur Coruscant. Les luminaires ne diffusaient qu'une pâle clarté sur les gravats accumulés devant le Sénat. C3 PO hésitait à franchir le périmètre d'interdiction, mais D2 continua sans ralentir, braquant sa lampe dans l'obscurité.

— Non, je n'irai pas plus loin, protesta C3 PO. Ce coup de blaster a endommagé tes circuits. Je vais faire un rapport à Maîtresse Leia.

D2 lui répondit par un son grossier.

— D2, vraiment, tout ceci est absurde. Maître Cole est certainement un technicien efficace mais ce n'est pas un réparateur de droïds. Il est incapable de savoir si tes puces de mémoire ont été touchées. Il faut te faire examiner par un vrai professionnel. Tu ne te comportes pas normalement.

D2 continua sa route sans l'écouter.

— D2 !

L'astromécano fit « boup » et C3 PO faillit s'étrangler d'indignation.

— Espèce de petit voyou déglingué ! Tu n'as pas le droit de m'insulter comme ça : je me dévoue de tout mon cœur dans ton seul intérêt !

D2 bipa trois fois.

— Non, tu n'as pas à cœur de défendre la République. Tu n'as pas de cœur, d'ailleurs !

D2 disparut dans l'immeuble ravagé.

— Tu ne peux pas entrer ! hurla C3 PO. Les lieux ne sont pas sûrs ! Le toit va s'écrouler !

D2 siffla au fond de l'obscurité, éveillant des échos.

— Tu as trouvé quelque chose ? (C3 PO était subitement intrigué : comment D2 avait-il pu trouver un indice là où les enquêteurs avaient échoué ? Il s'avança dans les gravats.) J'arrive, D2 !

Le petit droïd ne répondit pas. C3 PO dut rétablir son équilibre à tâtons.

— D2, attends-moi !

D2 siffla une fois encore, avant de biper.

— Mais je fais aussi vite que je peux ! (Et C3 PO ajouta à voix basse :) Esclavagiste !

Il se retrouva devant un énorme tas de débris : des fragments de plafond, du permabéton et des blocs de maçonnerie qui avaient été fracassés par l'explosion. Tout était maculé de sang.

Un mince trait de lumière filtrait dans le couloir poussiéreux, révélant des membres épars de droïds de protocole. Des mains coincées dans les éboulis, des têtes calcinées au regard aveugle.

D2 trilla un avertissement.

— Mais oui, je fais attention aux câbles. Quoique je pense qu'ils ne sont plus guère vivants. Si tu pouvais m'éclairer un peu.

D2 bipa à nouveau.

— Non, je n'ai pas perdu l'esprit.

D2 répéta son bip.

— Non, je ne te suivrai pas. Je garde un œil sur toi. Il faut bien que quelqu'un le fasse. Tu as été gravement atteint et je me demande toujours si ton circuit a été bien recâblé.

D2 lui renvoya un bruit grossier.

— Et puis, peu m'importe de quoi tu peux me traiter. La plupart des droïds ont besoin de trois jours d'entretien rien que pour effacer les traces de carbone de leurs plaques. Et toi tu te démènes en radotant comme si tu venais de découvrir la cause de cet attentat. Parce que c'est peut-être un coup de blaster qui t'a inspiré ?

C3 PO franchit un angle. Et vit D2 immobile devant l'amas de décombres le plus proche de la salle du Sénat. Les gravats avaient été débarrassés, et il ne restait qu'une pile de circuits électroniques, d'éléments métalliques détruits et les dispositifs de communication. Plus les meubles cassés : les bureaux conçus pour les sénateurs multipodes, les perchoirs dessinés pour les représentants d'espèces volatiles, les postes de traduction simultanée.

D2 avait escaladé le monticule et brandissait son scanner, la lampe levée.

— Les enquêteurs ont déjà certainement trié tout ça, dit C3 PO. Comme d'habitude, tu en fais trop. Parfois, tu sais, je me demande pourquoi Maître Luke te tolère encore. Tu es vraiment devenu trop excentrique.

D2 bipa.

— Non, certes, je ne voudrais pas qu'il te remplace par un autre droïd. Les nouveaux modèles sont stupides.

C3 PO s'arrêta près de la pile de décombres.

D2 émettait une plainte en sourdine.

— Comment ça, tu avais raison ? A propos de quoi ?

D2 leva son scanner : il tenait un détonateur du même type que celui qui avait été retrouvé sur l'aile-X.

— Il porte l'insigne de l'Empire ! dit C3 PO. Oh, ciel, ça ne va pas plaire à Maîtresse Leia.

D2 bipa encore une fois.

— Oui, moi non plus ça ne me plaît guère. Pourquoi ces monstres de l'Empire ne nous laissent-ils pas un répit ?

D2, sans répondre, posa le détonateur sur le sol et se remit à fouiller.

— Mais, je croyais que tu avais trouvé ce que tu cherchais ! Il faut que nous repartions pour rapporter ce que tu as trouvé. (C3 PO se dirigea vers la sortie. Il se retourna et constata que D2 continuait de creuser dans les gravats.) D2, tu as fait tout ce qui était en ton pouvoir. Il faut aller raconter ça à Maîtresse Leia.

D2 lança un interminable bip qui s'acheva en un gazouillis furibond.

— Comment ça, je ne comprends pas ? Mais je comprends parfaitement, au contraire. (Une averse de plâtras s'abattit sur lui.) L'endroit n'est pas sûr. Tu as ce que tu voulais, après tout.

Un nouveau bip sec.

— Il devrait y avoir *quoi* ? Le détonateur est tout ce que tu... oh, je vois. Il fonctionnait avec l'ordinateur. Et tu dois savoir lequel. Laisse-moi une petite place : nous allons regarder ensemble. Et... j'espère que nous n'allons pas sauter.

27

Luke avait été projeté dans les airs, les bras repliés sur la tête, dans un torrent de shrapnels ardents. Il avait à peine entrouvert l'écoutille de l'aile-X quand le vaisseau avait explosé. S'il s'était trouvé à l'intérieur, il se serait sans doute fracassé le crâne contre le transparacier du cockpit.

Il avait l'impression que sa chute ne cesserait jamais. Sa peau était en feu et il ne contrôlait pas ses mouvements. Il se prépara à retomber en faisant appel à la Force, mais sentit une interférence. Comme s'il était prisonnier d'une trame cotonneuse.

Et il atterrit. Les jambes en avant. Il se recroquevilla et roula sur le côté. Le trottoir lui mordit les épaules. Il percuta un immeuble et resta inerte un moment, incapable de retrouver son souffle.

La section principale de l'aile-X était retombée à proximité. D'autres débris pleuvaient dans des jets d'étincelles. Derrière lui, dans le bâtiment, des rideaux avaient pris feu. La fumée roulait entre les murs de brique, dégageant une odeur âcre. Tous les membres de Luke étaient douloureux et la sueur collait à son visage. Il se remit à respirer avec peine. Son regard se perdit dans les brandons qui voletaient et il jura soudain : le dos de sa tenue de combinaison de vol brûlait !

Il roula sur le dos pour étouffer les flammes tout en détachant son harnachement, les mains tremblantes. Il n'allait pas assez vite. La chaleur devenait intolérable. Il réussit enfin à se dégager et tapa sur les dernières flammes de sa main artificielle.

Dans les craquements des brasiers alentour, il entendit une détonation, bien plus loin : une partie de l'aile-X venait de s'écraser.

Personne n'était accouru. Personne n'était venu à son secours.

Ce que confirmaient les premiers scans : Pydyr était un monde quasi désert.

Il évalua les dommages. Sa cheville gauche cassée avait doublé de volume. Sa jambe gauche était restée fragile depuis son épreuve sur *L'Œil de Palpatine*. Et il était couvert d'écorchures. Il se refusait à imaginer des lésions internes. Sa main gauche — sa *vraie* main — portait des traces de brûlures. Et avant tout, il avait terriblement soif, ce qui était mauvais signe.

Mais si la population de Pydyr s'était évanouie, les immeubles demeuraient et il pourrait sans doute trouver de l'eau quelque part.

Ainsi qu'un onguent pour ses brûlures, afin de calmer la douleur.

Toujours personne ne s'était manifesté. Les flammes dansaient dans la lumière insolite et les étincelles vagabondaient comme des insectes. Il devait absolument s'éloigner d'ici. Le feu avait maintenant gagné l'immeuble.

Il porta la main à la poignée de son sabrolaser.

La peau artificielle de sa main droite, calcinée, révélait les articulations mécaniques. Il crispa les doigts, serra le poing : seule la force de son bras pouvait le retenir pour un moment. Ensuite, il lui faudrait une béquille. En attendant, il devrait se contenter de boiter.

Il s'éloigna du feu. Sa soif augmentait et il tenta de l'ignorer.

Les rues vides l'éprouvaient autant que le choc qu'il avait subi. Cette cité était sinistre car elle avait connu une vie intense. Tous ces bâtiments avaient abrité des familles heureuses, ces appartements avaient retenti de rires et de bavardages. Autrefois, dans ces rues, il y avait eu des vendeurs, des passants pressés, des restaurants dont il aurait dû humer encore les senteurs exotiques mêlées à la puanteur des immondices.

Mais il n'y avait plus que le relent âcre de l'aile-X en feu, le crépitement des flammes, et son souffle inégal.

Il plongea dans un passage et s'adossa à une colonne de brique et de mosaïque. Des traits de feu dansaient devant ses yeux. Il ne savait pas comment apaiser ses brûlures.

D'ordinaire, D2 était toujours là avec sa trousse de premiers soins.

Ici, il n'avait rien.

Il était seul.

Il se dit que, même sur *L'Œil de Palpatine*, Callista avait été à son côté.

Il la chassa de ses pensées. Ça n'était guère le moment de se souvenir d'elle.

Il reprit son souffle et entra dans l'immeuble. La fumée n'y avait pas encore pénétré.

L'entrée était tapissée de mosaïque brune en relief. Des fresques représentaient des humanoïdes au visage ovale et aux yeux en amande, avec de longs bras souples et des bouches rétrécies et sévères. Pourtant, toutes les attitudes évoquaient l'allégresse. Des fauteuils de bois étaient recouverts de poussière.

Dans une niche près de la porte, il découvrit des cannes et des bâtons. Il en prit un et s'appuya dessus.

Il avait de plus en plus soif. Et il était pris d'étourdissements. La douleur fusa dans ses reins. Il emprunta un couloir moquetté de rouge et s'avança avec prudence. La poussière seule jurait en ces lieux. Cette maison avait encore l'air presque habitée et soignée.

Qu'était-il donc arrivé à ses habitants ?

Il enfila deux couloirs en arcade et traversa deux pièces élégamment décorées avant de découvrir enfin la cuisine. Tout à fait semblable à celles des meilleures maisons bourgeoises de Coruscant avec ses appareils modernes, ses fours, ses boutons de contrôle et ses claviers de cuisson. Les poêles et les casseroles n'étaient là que pour la décoration. Mais il y avait néanmoins un recycleur hydraulique près de la table de cuisson. Il s'y traîna en prenant au passage une chope de porcelaine.

L'instant d'après, il avalait à grandes goulées une eau claire et fraîche. Il en reprit une chope, puis une troisième. Jamais l'eau ne lui avait paru un tel régal. Ses pensées redevenaient nettes et claires. Il examina le clavier de la cuisine. S'il était semblable à ceux de Coruscant, il pouvait lui apprendre où étaient les provisions, l'histoire de la famille et même celle de la planète. Tout ce qu'il désirait savoir.

Il bloqua sa hanche contre le comptoir et se servit de sa main droite. Son index métallique était à nu entre les rares lambeaux de peau artificielle carbonisée. Il ne pouvait qu'espérer que le clavier n'était pas activé par empreinte ou scan rétinien.

Le moniteur s'alluma.

ÉTRANGER : VOUS NE FIGUREZ PAS DANS NOS DONNÉES.

Il tapa : JE SUIS UN NOUVEAU VENU. VOS PROPRIÉTAIRES ONT DISPARU.

NOUS LE SAVONS. LE SILENCE A RÉGNÉ. MAIS NOUS AVONS REÇU COMME INSTRUCTION DE NE DONNER AUCUNE INFORMATION À DES ÉTRANGERS SAUF EN CAS D'URGENCE.

C'EST UN CAS D'URGENCE, répondit Luke. JE SUIS BLESSÉ. PEUT-ÊTRE MOURANT. J'AI BESOIN D'ASSISTANCE MÉDICALE. AVEZ-VOUS UN KIT MÉDICAL ?

NOUS AVONS UN DROÏD MÉDICAL.

Luke s'interrompit. Il n'avait aperçu aucun droïd.

IL SEMBLE QUE LES DROÏDS AIENT DISPARU EUX AUSSI. AVEZ-VOUS DES DONNÉES MÉDICALES ?

CERTAINEMENT, ÉTRANGER. ET NOUS DISPOSONS D'UN NÉCESSAIRE MÉDICAL AU-DESSUS DU CLAVIER QUE VOUS UTILISEZ.

Luke trouva rapidement la trousse et s'enduisit de pommade avant de panser ses plaies. La compagnie d'un droïd lui manquait. Quand il leva les yeux, il vit un message sur le moniteur :

S'IL VOUS PLAÎT, ÉTRANGER, DITES-NOUS OÙ NOS MAÎTRES SONT PARTIS.

Il secoua la tête avant de taper : LA PLANÈTE EST DÉSERTE.

L'écran s'éteignit dans un soupir léger. Un bref instant, Luke eut le sentiment d'avoir retrouvé D2. Le petit droïd aurait eu la même réaction. Il se sentirait perdu si Luke venait à mourir.

Comme c'était curieux. Le changement avait été si subit que cette famille n'avait même pas eu le temps d'en informer l'ordinateur domestique. Il se rappela toutes ces voix et cette impression glacée qu'il avait eue. L'Etoile de la

Mort avait détruit une planète entière. Mais cette arme nouvelle détruisait la vie en laissant intacte la planète.

Ou, du moins, elle détruisait toute forme de vie humanoïde.

A nouveau, il eut le même flash, la sensation de cette présence qu'il avait éprouvée en pénétrant dans le système d'Almania. On l'épiait.

— Montre-toi, dit-il.

Mais il n'obtint pas de réponse.

Yan posa le *Faucon* sur Skip 1, en bout de piste. Chewbacca emporta Seluss vers l'infirmerie. Yan espérait que le Wookie en profiterait pour se faire soigner : ce pelage brûlé l'inquiétait.

Il était suspendu en équilibre sous le noyau du générateur du *Faucon*. Le métal noirci ne portait aucune trace évidente de sabotage, mais il voulait néanmoins s'assurer que Seluss, le Glottalphib ou même Davis n'avait pas bricolé des éléments.

Ce séjour dans les astéroïdes du Quartier était insupportable. Cela ne faisait qu'accentuer sa paranoïa.

Il avait absolument besoin d'en apprendre plus sur les activités de Davis et des Jawas dans le secteur mais, pour cela, il lui fallait attendre le retour de Chewie. Il ne tenait pas à abandonner le *Faucon*. Il devait sans doute se préparer à une retraite rapide : Nandreeson n'était pas du genre à se laisser décourager aussi facilement.

Le sas siffla. Yan dégaina son blaster et se colla au générateur, avant d'entendre l'appel de Chewie.

— Par ici !

Le Wookie gronda en réponse et Yan soupira. Si seulement une fois, rien qu'une fois, on le laissait faire ce qu'il voulait quand il le voulait.

— Je sortirai quand j'aurai fini ici, dit-il.

Chewie grommela d'un air impatient.

— Gros tas velu surexcité ! J'arrive.

Il franchit l'angle de la coursive pour s'apercevoir que le

Wookie était déjà reparti. L'écoutille était ouverte et Yan se risqua au-dehors.

Chewie était en bas de la coupée.

— Tu aurais quand même pu attendre.

Chewie tendit le doigt et Yan vit alors que, de l'autre côté de la baie de chargement, des contrebandiers étaient au travail. Comme ceux de Skip 5. Soudain sur le qui-vive, il se faufila entre les vaisseaux proches et se posta sous un cargo Gizer modifié à la coque rouillée et bosselée.

Zeen Afit transportait des éléments d'ordinateurs. Blue le suivait avec des moniteurs. Wynni, quelques mètres en arrière, portait des fauteuils qui avaient encore leurs boulons. Deux Sullustéens avaient chargé les coussins sur leur tête.

Ils étaient en train de dépouiller tout un vaisseau. Du temps de Yan, jamais les contrebandiers n'auraient accompli ce genre de forfait, sauf en cas de trahison ou de brusque décès du propriétaire.

Chewie lui aussi avait été intrigué. Yan se glissa sous une aile pour se rapprocher du vaisseau pillé.

Il lui parut familier. C'était un yacht spatial qui avait connu des jours meilleurs. Ses flancs étaient cabossés et sa tourelle abîmée, sans doute à la suite d'un atterrissage difficile. Le nom avait été gratté mais il parvint cependant à le déchiffrer :

Le *Lady Luck*.

Lando était donc ici, dans les astéroïdes de l'Organisation.

Et s'il était venu, c'était uniquement pour Yan.

Yan seul était en liberté.

Lando ne trahirait jamais ses camarades de contrebande, du moins pas intentionnellement. Quant aux contrebandiers, ils se prétendaient ses amis, pour autant que ce fût possible. Ce qui ne laissait qu'une option :

Lando était venu seul — et Nandreeson l'attendait.

28

Kueller songeait que Femon aurait ri de lui et de ses fantasmes. Parfois, elle lui manquait. Elle avait vécu si longtemps auprès de lui. Il croyait presque entendre ses reproches.

Si elle lui manquait, il ne la regrettait pas vraiment. Certaines choses étaient parfois nécessaires.

Il était dans le centre de contrôle d'Almania, à l'endroit précis où elle était morte. Il avait raccroché les masques mortuaires qu'elle aimait et en avait ajouté certains qui lui appartenaient. Derrière lui, ses gardes l'observaient en silence. Ils se fiaient à lui, mais il n'avait besoin que d'une poignée de fanatiques. Il ne tenait pas à être constamment sur la défensive. Ses gardes suffisaient à le protéger. Et ils avaient peur de lui.

Ce qui n'était pas le cas de Luke Skywalker.

Il tira son fauteuil à lui et s'installa en déployant ses longues jambes sous la console. Sur le moniteur, il vit les débris de l'aile-X de Skywalker qui s'était écrasée près des demeures qui n'avaient pas encore été pillées. Il avait craint un instant de perdre tous ces biens, mais c'était peu cher payer pour Skywalker.

Le Jedi était ici, sur Pydyr. Et il était blessé.

Parfait.

Il tapa sur une touche pour appeler une secrétaire.

— Je veux une liaison interstellaire avec Coruscant. Mettez-vous en contact avec la Présidente Leia Organa Solo. Dites-lui ce qui est arrivé à son frère et restez en ligne.

— Oui, monsieur.

Son regard revint sur l'écran. Sur cet immeuble où Skywalker s'était réfugié. Femon se serait moquée : *De quoi avez-vous donc peur, Kueller ?* Sans réaliser que cet homme qui boitait, le dos brûlé, avait survécu au crash de son vaisseau.

Ce qu'un simple mortel n'aurait pas réussi.

Kueller savait que Skywalker viendrait tôt ou tard sur Almania. Mais il avait été déconcerté par son arrivée sur Pydyr, de même que par l'explosion.

Il avait ressenti ça jusqu'au plus profond de lui-même.

Du moins, il savait maintenant que les détonateurs fonctionnaient. Mais il ne s'était pas attendu à ce que Skywalker déclenche la destruction de son vaisseau par hasard.

Kueller avait bloqué les répercussions sur la Force du mieux possible. Il voulait que Leia Organa Solo sente que quelque chose se passait mal sans savoir de quoi il s'agissait exactement. Avec Skywalker, ce n'aurait pas été possible, mais Leia Organa Solo avait négligé son éducation de Jedi. Elle avait d'importantes lacunes que Kueller comptait bien utiliser à son avantage.

Ensuite, il s'occuperait de Skywalker. Même si le Chevalier Jedi était blessé, même s'il avait tout perdu, il restait un adversaire redoutable.

Pourtant, il était diminué, et Kueller pouvait bien réussir là où l'Empereur avait échoué.

Il avait une chance de ramener Skywalker vers le Côté Sombre.

Et ils régneraient ensemble : Kueller serait le nouvel Empereur et Luke son Dark Vador.

Quelle perspective enchanteresse !

Leia avait l'impression de se retrouver sur Hoth, au temps de la bataille et de la base rebelle. Elle et Wedge Antilles étaient assis côte à côte et les ordinateurs bourdonnaient. L'amiral Ackbar était installé devant un autre terminal, et les membres de son état-major s'activaient plus loin. Ils essayaient de repérer les dernières ailes-X, celles qui avaient quitté Coruscant après leur optimisation. L'amiral Ackbar avait suggéré de confier cette tâche à des sous-officiers, mais Leia avait été inflexible. Elle savait qu'elle ne pouvait se fier qu'aux membres haut placés de l'état-major.

Trop de vies étaient en jeu.

Et puis, elle avait ainsi l'occasion d'oublier un moment

sa rancœur à l'égard de Meido. Le vote de non-confiance aurait lieu le lendemain et le sénateur Gno voulait qu'elle fasse campagne. Elle comptait bien prononcer un discours avant le scrutin. Elle se rappelait ce genre de vote, du temps de l'Ancienne République. Souvent fondé sur des réactions instinctives. Si elle parvenait à faire en sorte que les sénateurs restants abondent dans son sens, elle avait encore une chance de gagner.

Pour l'heure, elle devait s'activer, même si elle ne parvenait pas vraiment à oublier ce masque de squelette qu'elle avait vu dans le couloir. Elle éprouvait toujours une peur voilée et elle avait appelé Winter sur Anoth : les enfants allaient bien. Et si quelque chose de grave était arrivé à Yan, elle l'aurait su immédiatement.

Un lieutenant se pencha sur sa console. Il était très jeune et lui dit d'un ton vibrant :

— Madame la Présidente, il y a un message pour vous. Souhaitez-vous le recevoir en privé ?

Elle regarda autour d'elle et ne vit que des amis pour qui elle ne pouvait avoir aucun secret.

— Non, je vais le prendre ici.

— Je vais demander le relais de codage holo.

Wedge s'était tourné vers Leia, l'air sombre.

— Un codage holographique. Je n'ai pas vu ça depuis l'Empire.

Leia acquiesça tout en repoussant son fauteuil : l'image holographique allait certainement se matérialiser entre les terminaux.

Des rides colorées se dessinèrent au ras du sol, puis formèrent un écran translucide.

— Le signal vient de loin, commenta Ackbar.

Leia était fascinée et son malaise grandissait.

Les vagues fusionnèrent pour former un visage et elle étouffa un cri. C'était le masque de mort de ses visions, avec les mêmes orbites caves, la bouche réduite à un simple trait noir. Les pommettes saillaient au-dessus des joues creuses et le front brillait comme un os à nu.

— Leia Organa Solo, dit le masque.

Il ne ressemblait en rien à celui de Vador. Il était comme réel.

— Je suis la Présidente Organa Solo, dit Leia en se redressant.

— Mon nom est Kueller. Je suis certain que vous n'avez jamais entendu parler de moi, mais vous avez senti ma présence.

Elle frissonna : comment pouvait-il savoir ?

— Vous l'avez sentie quand j'ai décimé la population de Pydyr en un instant, sans me servir de moyens aussi grossiers que l'Etoile Noire ou un Superdestroyer impérial. Je préfère les armes simples et élégantes, pas vous ?

Elle leva le menton. Elle devait absolument conserver une attitude altière et sereine devant ce fou.

— Que désirez-vous ?

Elle avait retrouvé la même voix glacée qu'avec Meido.

Le masque fit une brève pause, avant de sourire.

— Seulement votre attention, madame.

— Vous l'avez pour l'instant.

— Bien.

Le masque de Kueller s'évanouit, remplacé par une ride colorée.

— La communication a été coupée ? s'inquiéta Wedge.

Ackbar secoua la tête.

— Non. Il fait quelque chose d'autre. L'effet est seulement dû à la distance. Tout comme ces interruptions entre deux réponses. La transmission est longue.

— Mais notre réseau de transmission est instantané dans toute la galaxie ! protesta le lieutenant responsable des communications.

— Pas dans *toute* la galaxie, rectifia doucement Wedge.

Une nouvelle image se formait en palpitant. Une silhouette recroquevillée sur le sol non loin d'un bâtiment en flammes. Plus loin, une carcasse métallique calcinée.

Leia s'accroupit devant l'image. Cette silhouette, c'était Luke. Sa combinaison était en lambeaux et il semblait carbonisé, inerte.

Une onde de douleur et de colère la traversa. Elle bascula

en arrière avec un sentiment de terreur. Et elle appela : *Luke !*

Leeïi...

Le cri mental de Luke fut interrompu par un rire grave et rauque qui lui était inconnu.

L'image vacilla, disparut. Le mur translucide revint, ainsi que le masque de mort dont le sourire effleurait encore les lèvres sombres.

— On ne joue pas à ces petits jeux mentaux, madame la Présidente Organa Solo. Votre frère est encore en vie. Pour le moment.

— Que lui avez-vous fait ?

Le sourire persista.

— Mais rien. Comme prévu, son vaisseau s'est autodétruit.

— L'aile-X, souffla Wedge, mais Ackbar leva un doigt.

— J'aurais préféré qu'il se pose un peu plus près de chez vous, continua Kueller, mais tel n'est pas le cas. Il est désormais ma propriété. A moins que vous n'acceptiez deux choses. D'abord, de dissoudre votre gouvernement inefficace, et ensuite, de me remettre le pouvoir.

— Pourquoi ferions-nous ça ?

— Parce qu'autrement, je tuerai votre frère.

La glace la paralysait.

— Vous croyez que j'échangerais des millions de vies contre une seule, même si elle m'est essentielle ?

— Je connais votre cœur, Princesse. Pour vous, votre frère est aussi important que votre époux. Ou que vos enfants. Je pourrais d'ailleurs les tuer maintenant, si vous voulez. Cela vous aiderait peut-être à vous décider ?

Leia se dit qu'elle devait se méfier des fausses menaces. Mais elles pouvaient ne pas être fausses.

— Vous êtes bien loin d'ici pour proférer de pareilles menaces, Kueller.

Le sourire s'élargit.

— Vous essayez de m'éprouver, madame la Présidente. Je vous préviens cependant : je ne bluffe pas.

— Vous voulez quoi, réellement ?

— Je crois que votre gouvernement est moins efficace

qu'il y a quelques années. Je souhaiterais que la galaxie soit dirigée de façon plus active.

— Et vous êtes l'homme de la situation ?

Cette fois, le sourire disparut.

— Tout à fait. Je l'ai prouvé sur ma planète natale. Cette expérience, je peux la répéter n'importe où.

— J'ignore tout de vous. Comment êtes-vous certain de posséder une pareille sagesse ?

— Nul n'avait entendu parler du jeune Luke Skywalker jusqu'à ce qu'il vous sauve de l'Etoile Noire. Ou du fougueux Yan Solo avant qu'il ne se joigne à Skywalker et Obiwan Kenobi. Il existe même des mondes qui ignoraient tout de vous avant la Rébellion, madame la Présidente. Certaines réputations mettent du temps à se faire.

— Et que ferez-vous si je ne vous livre pas la Nouvelle République ?

Kueller souriait à nouveau.

— Je tuerai votre frère. Ainsi que votre époux. Et vos enfants.

Elle mit les mains sous sa nuque selon une méthode de relaxation Jedi et domina ses émotions. Plus tard, elle accepterait la terreur et la fureur. Pour l'instant, elle demeurait un chef de gouvernement. Et elle devait poser la question adéquate :

— Et si je refuse quand même ?

Le masque de mort s'inclina et une partie de son front disparut de l'hologramme. Leia avait surpris Kueller.

— Vous refuseriez ?

— Je n'ai pas encore pris ma décision. Je veux seulement savoir de quelles options je dispose.

— Dans le dernier cas, Princesse, je détruirai vos sujets.

— Pourquoi donc feriez-vous ça ? En supposant que vous réussissiez, il ne resterait personne pour gouverner.

— Il y a toujours d'autres mondes. Avec la richesse que me conférera la Nouvelle République, je peux les découvrir.

— Mais vous ne pouvez pas supprimer toutes les populations de la République, intervint Wedge. L'Empereur avait tenté de les intimider avec sa puissance, et ça lui a pris des années.

— Moi, je peux les effacer dans l'instant.

— Ça représente des centaines de mondes, dit Ackbar. Vous ne pouvez pas supprimer tous ces êtres vivants en même temps.

— Oh si, je le peux.

Le masque de mort se tourna soudain vers l'amiral Ackbar.

Et Kueller lança un ordre dans un langage que Leia ne connaissait pas.

Déconcertée, elle regarda Wedge. Il haussa les épaules et, dans la même fraction de seconde, la terreur déferla sur elle. Avec le froid et toutes ces voix qui hurlaient. Elle sentit la trahison jusqu'au tréfonds de son esprit comme un mascaret ravageur. *Non, pas encore !* Sous le choc, elle vacilla. *Stop !* Elle avait dû crier. Elle ne pouvait savoir avec cette glace qui la pénétrait.

La clameur des voix s'éteignit.

Leia se retrouva sur le sol, les joues ruisselantes de larmes. Tous les regards convergeaient sur elle et Wedge s'était précipité pour l'aider.

— Qu'est-il arrivé ?

Elle vit le regard triomphant de Kueller. Le noir était devenu plus profond derrière ses yeux. Il semblait aussi plus puissant.

Il savait se servir de la Force.

Du Côté Sombre.

Il lui sourit.

— Princesse, j'ai plus de talent dans la Force que vous n'en aurez jamais. Plus que vous pouvez en rêver.

— Qu'est-ce que vous lui avez fait ? cria Wedge.

— Je vais bien, fit Leia.

Elle se releva en repoussant le bras de Wedge.

— Je n'ai rien fait contre la Princesse Organa Solo. Je vous ai seulement fait une démonstration de mes pouvoirs. La surpopulation est un tel problème, non ?... Je viens de débarrasser la galaxie d'un million d'âmes. Ce qui nous laissera un peu plus d'espace.

— Un million de vies ? murmura Ackbar.

— C'était ma seconde démonstration. Madame la Présidente, vous vous souvenez de ce que vous avez ressenti la première fois ?

— Comment avez-vous pu faire ça ? Tous ces gens étaient vivants. Ils respiraient.

— A vrai dire, la plupart ne respiraient pas comme nous, fit Kueller. Mais ils n'ont plus à se préoccuper de leurs poumons, de leurs branchies, de leurs orifices... Vous mesurez tout le bien que je peux faire à cette galaxie ?

— Non, dit Leia.

— Madame la Présidente, je ne tiens pas à discuter avec vous. Vous avez entendu mes exigences. Ou vous les acceptez, ou je tue votre frère dans trois jours.

— Vous ne pouvez pas tuer Luke Skywalker, intervint Wedge.

— Ah oui ?... Parce qu'il est un Maître Jedi ? Ou parce qu'il est votre ami ?

Wedge ne répondit pas.

Kueller fixa Leia.

— Vous avez trois jours, Princesse. Je vous accorde ce délai à cause du respect que j'ai pour vous. En attendant de vos nouvelles...

Il hocha la tête et l'image disparut.

Leia se laissa tomber sur le sol.

Un million de vies s'étaient éteintes. Uniquement pour une seconde démonstration de la puissance de Kueller.

Tout comme le Grand Moff Tarkin lui avait démontré la force de frappe de l'Etoile Noire.

Tarkin avait annihilé son père. Et Kueller menaçait sa nouvelle famille.

Elle ne comptait pas le laisser gagner. Yan, Luke et ses enfants lui reviendraient sains et saufs. Et elle conserverait la haute main sur la Nouvelle République. Mais elle ignorait encore comment.

29

Luke avait calmé sa faim avec quelques conserves découvertes dans la maison. Il essayait de se reposer pour retrouver un semblant de forces. Momentanément, il ne se sentait plus épié, mais il savait que ça recommencerait.

Et que ç'avait un lien direct avec Almania.

Quand il se sentirait mieux, il se remettrait à interroger l'ordinateur domestique. Il espérait que l'ordinateur savait où trouver une cuve bacta ou son équivalent pydyrien. N'importe quoi qui pût le rétablir rapidement. Il ignorait combien de temps il lui restait, il ne savait même pas qui il cherchait et ça ne faisait qu'accroître son malaise.

Tout cela était malsain.

Luke ?

Leia. Elle tentait d'entrer en contact avec lui, et son esprit était chargé d'inquiétude.

Leia ?

Mais la connexion fut coupée, brisée avec une violence inhabituelle. Il se sentait plus Leia. Il projeta un faisceau de son esprit et ne la trouva pas. Comme si quelqu'un venait de dresser une muraille autour de lui.

Leia ?

Elle ne pouvait être morte. Il avait senti son inquiétude, mais c'était à lui qu'elle pensait : elle n'était pas en danger.

Leia ?

Il se lança à la recherche des enfants et les trouva sur Anoth, bavardant joyeusement. Il effleura même les pensées de ses étudiants, sur Yavin 4. Mais il n'y avait plus la moindre trace de Leia. Ni même de ceux qui étaient proches d'elle. Quelque chose était venu s'interposer entre elle et lui.

Il soupira. Il devait aussi chercher dans cette direction. Trouver cette chose qui minait son énergie. Il se frotta les yeux et se concentra. Il se pencha en avant dans le siège qui avait été conçu pour des êtres plus petits que lui à l'instant où le tir frappait. Il bascula en arrière et poussa un cri de douleur en touchant le sol. Mais la douleur n'avait rien de comparable à la glace qui le submergeait tout à coup. A la terreur, la souffrance, le choc de la trahison confondus en des milliers de voix qui venaient de se taire dans son esprit. Irrévocablement.

Le froid se répandait. Et il se souvint alors d'Anakin : *On a fait de la chaleur.*

De la chaleur.

Il projeta alors de la chaleur dans le froid, dans son dos torturé, les bras refermés sur sa tête pour se protéger de la gelée rose, de l'aiguillon glacé de la mort.

La mort.

La mort.

Le froid se retira, ne laissant qu'une trace aigre dans sa bouche. Il leva la tête, sans avoir la moindre idée du temps passé à terre.

La chose s'était répétée. Une autre planète avait été détruite.

Il chercha une fois encore Leia, sans résultat. Il était bloqué, et le mur était dur, infranchissable.

Il se redressa, tremblant. Il devait absolument trouver un ordinateur connecté aux réseaux. Même si, il en avait la conviction, il ne s'était rien passé sur Coruscant.

L'onde avait été plus profonde encore, plus froide et forte que la première. Et sa source était plus proche.

Bien plus proche.

Il connaissait maintenant la source.

Almania. Et cette présence qui l'attendait.

— C'était qui ? demanda l'amiral Ackbar.
— Je ne sais pas.

Leia épousseta sa tenue de combat et rejeta ses cheveux en arrière. Elle était une fois de plus devant son ordinateur : Yan ne répondit pas, au contraire des enfants. Winter lui dit qu'ils avaient comme elle ressenti la commotion mais que, cette fois, elle avait pu les aider à supporter le choc.

Luke les avait aidés durant son voyage vers Coruscant et ils n'étaient pas aussi terrorisés que la première fois.

Leia n'échangea que quelques mots avec eux, pour les rassurer.

— Ce masque mortuaire m'a semblé familier, dit Wedge.

— Nous en avions toute une collection sur Alderaan, au Musée National. Cela vient des confins de la galaxie.

— Mais comment savoir qu'il s'agit bien d'un masque ? demanda le lieutenant. Sa bouche était mobile.

— Nous n'en savons rien, répliqua Leia. Mais est-ce que vous connaissez des êtres qui ont cet aspect ? Ou même qui se servent de ce genre de masque pour cacher leur visage ?

— Je n'en ai pas la moindre idée, fit Ackbar. Mais nous devrions faire des recherches.

— Nous avons toutes sortes de recherches à faire. Il faut également savoir d'où provenait cette transmission en holo. Et où tous ces gens sont morts.

— Je n'ai rien senti, dit Wedge.

— Je le sais. Ce Kueller, qui que ce soit, a le don de Force. Il savait que je sentirais disparaître toutes ces vies. C'était la démonstration qu'il comptait faire.

— Comment être certain, justement, qu'il n'émet pas une sorte de message pour vous le faire croire ? remarqua Ackbar.

— Impossible de le savoir. Mais je n'arrive pas à imaginer que quiconque puisse avoir ce talent.

Elle frissonna : la glace cernait toujours son cœur.

— Aucun rapport n'a fait état de planètes détruites par explosion, fit le lieutenant. Pas plus cette fois qu'avant l'attentat du Sénat.

— Kueller a dit qu'il avait utilisé une arme élégante, fit Wedge en se carrant dans son fauteuil. Nous avons affaire à quelque chose de trop gros pour nous. Il faut que nous sachions quels peuvent être les mondes qui ne répondent plus depuis une date récente ou quels événements inhabituels ont pu être rapportés récemment.

— De nombreuses collisions en vol au large d'Auyemesh, dit Ackbar.

— Et aucune nouvelle de leur unité de contrôle spatial, ajouta Wedge, une note d'excitation dans la voix.

— Toutes nos tentatives de contact ont échoué, compléta le lieutenant.

— Où se trouve Auyemesh ? demanda Leia.

— C'est une petite planète d'un système éloigné, dit Ackbar. Le système d'Almania orienté vers Coruscant.

— Le système d'Almania ?

Leia détestait être prise en défaut quand il s'agissait de la galaxie : elle croyait connaître chaque système. S'agissait-il de l'Almania mentionnée par Lando ?

— Moi non plus, je n'en ai jamais entendu parler, dit Wedge. Je croyais pourtant avoir traîné mes bottes un peu partout.

— Ça se situe plus loin que les Mondes de la Bordure. L'Ancienne République voulait s'en faire un allié, mais plusieurs sénateurs s'y sont opposés en prétendant que ce système était beaucoup trop éloigné.

— Beaucoup trop éloigné, souffla Leia. Amiral, vous avez bien dit que cette transmission venait de très loin, n'est-ce pas ?

Ackbar acquiesça.

— Oui, le système d'Almania est suffisamment éloigné pour susciter ce genre d'effet. En fait, le codage holographique est préférable sur de telles distances. Justement parce qu'il couvre les défauts inhérents aux communications longue distance.

— Le codage holographique est souvent plus lent que les faisceaux usuels, confirma Wedge.

— Exactement. Seul un expert peut mesurer la différence entre des effets dus au codage et ceux provoqués par la distance.

— Très bien, fit Leia. Voilà déjà une piste.

— Madame la Présidente, annonça le lieutenant, je viens de faire une recherche sur le nom de Kueller sans rien trouver.

— Essayez encore.

— Ouvrez tous les fichiers, pas seulement les archives courantes, fit Ackbar.

— Leia, dit Wedge très doucement, l'ordinateur vient d'identifier les immeubles qui entourent Luke. Ils sont pydyriens.

— Pydyriens ?

— Cette planète appartient au système d'Almania.

— Et, dit Ackbar, nous venons d'en avoir la confirmation : cette transmission venait bien d'Almania.

— Almania... Mais que peut nous vouloir quelqu'un d'aussi éloigné ?

— La réponse est évidente. Mais ce qu'il faut savoir c'est comment ce Kueller peut vous connaître.

— Peut-être le connaissez-vous, suggéra Ackbar. Ce qui expliquerait qu'il cache son visage sous ce masque.

— S'il s'agit bien d'un masque, fit-elle sans conviction.

Elle avait le don de reconnaître les voix, et celle de Kueller lui était inconnue. Le codage holographique accentuait généralement les détails.

— Nous avons quelque chose sur Kueller, annonça le lieutenant. Vous n'allez pas beaucoup apprécier.

— Dites toujours.

— Kueller était un général d'armée almanien il y a des centaines d'années. Il s'est emparé de la planète et de tout le secteur stellaire. Dans les dernières années de sa vie, c'était un chef apprécié pour son caractère décidé et humain. Pourtant, au début de sa carrière, à l'époque de la conquête, il était considéré comme l'un des leaders les plus cruels de la galaxie. Prêt à tout pour renforcer son pouvoir.

— Donc, ce Kueller est quelqu'un d'autre, qui emprunte le nom d'un personnage historique, conclut Wedge.

— Cela correspondrait à ses intentions, dit Ackbar. Si son but est de s'emparer de la Nouvelle République, il veut que nous sachions qu'il se montrera aussi cruel que possible. Et, du moins le croit-il, il se montrera ensuite décidé mais humain.

— Décidé et cruel, cela peut aller de pair, dit Leia. Mais pas humain et cruel. A-t-il des liens avec l'Empire ?

— Pas que nous sachions, répondit le lieutenant. Mais Almania est loin. L'Empereur avait décidé de l'ignorer.

— Pourtant, ce serait un bon refuge pour les Impériaux, dit Ackbar. Je vais vérifier.

— On a rapporté la présence de commandos de l'Empire dans cette région, confirma le lieutenant.

— Des commandos ? Mais ils ne disparaîtront donc jamais ? s'exclama Leia.

— Leia, nous recevons de nouveaux rapports sur Auyemesh, dit Ackbar. Les vaisseaux qui sont parvenus à s'y poser ont découvert des cadavres partout. Nous étions en train de recevoir des informations plus détaillées quand toutes les communications avec la planète ont été interrompues.

— Un autre massacre ?

Ackbar secoua sa tête volumineuse.

— Non. Il semble que quelqu'un voulait que nous sachions simplement ça avant de couper le faisceau.

— Nous devrions envisager l'idée que tout cela n'est qu'un stratagème, argua Wedge.

— En ce cas, il serait plutôt raffiné, n'est-ce pas, Wedge ? demanda Leia. Non, je crois que ce Kueller existe réellement. J'ai déjà vu ce visage. Il me hante depuis quelque temps. Il existe bel et bien, et il est sérieux. Il faut absolument que nous en apprenions autant que possible sur lui.

Elle se pencha sur son écran : toujours pas de réponse de Yan. Mais il lui avait dit qu'elle ne pourrait le joindre aussi longtemps qu'il serait chez les contrebandiers.

Et le Quartier était très loin de l'espace d'Almania. Elle espérait qu'il ne courait aucun danger.

— Amiral Ackbar, voulez-vous contacter Mon Mothma pour moi et lui dire que je désire la voir dans mes appartements ? (Elle tremblait trop, tout à coup. Il fallait qu'elle se retire sur-le-champ.) Je vous rappellerai plus tard.

— Vous vous sentez bien, Leia ?

Elle eut un sourire sans joie.

— Je ne crois pas qu'aucun de nous se sentira bien avant que nous ayons fait quelque chose contre ce fou.

— Nous y arriverons, l'assura-t-il d'un ton sincère.

Elle aurait aimé être aussi convaincue que lui. Ce Kueller était plus doué dans la Force que tous ceux qu'elle avait rencontrés. A l'exception d'Exar Kun, qui n'était qu'un esprit. Kueller, lui, était bien vivant. Il se repaissait de toutes ces morts pour satisfaire sa haine. Le Côté Sombre dévorait de l'intérieur, mais conférait un pouvoir trop grand à ceux qui le possédaient.

Un pouvoir supérieur au sien. Et à celui de Luke.

Luke. L'écho de son message mental résonnait encore en elle. Il était sur Pydyr et elle devait absolument l'aider.

30

Une pile de puces mémorielles, de câbles tordus et de débris métalliques couvrait C3 PO. Ce poids avait activé ses capteurs pectoraux qui le prévinrent qu'il devait s'en débarrasser d'urgence sous peine de graves dommages.
— D2 ?
La voix de C3 PO semblait étouffée.
Pas le plus léger bip en réponse. L'astromécano ne s'était même pas aperçu que son camarade était pris là-dessous. Il gazouillait tranquillement de l'autre côté du couloir, occupé à fouiller un amas de décombres avec toutes ses extensions.
— D2 ! D2, je t'appelle !
D2 sifflota.
— Non, je ne veux pas attendre ! C'est urgent. Tu ne vois donc pas que je suis pris au piège ?
D2 s'approcha en trillant, circulant prudemment entre les débris.
Une porte coulissa et D2 tourna la tête.
— Mais dépêche-toi !
Un Kloperien venait d'entrer, en uniforme de garde.
D2 émit une série de bips respectueux, mais le Kloperien observait le tas de décombres d'un air méfiant.
— D2 !
D2 gémit.
Le Kloperien, avec un grognement, dégagea avec brutalité C3 PO qui se redressa.
— Il était temps, je...
Il venait de découvrir le garde.
— Qu'est-ce que vous fichez là, vous autres ? C'est un secteur interdit.
— Je... j'étais bloqué là-dessous.
— Ça, j'ai cru m'en apercevoir. Mais vous êtes entrés comment ?
— Eh bien, je l'ai suivi.

D2 se mit à jacasser, furibond.

— Oui, il avait l'air de s'intéresser à quelque chose. Il m'a dit qu'il avait vu je ne sais quoi, alors j'ai pensé qu'il valait mieux jeter un coup d'œil. Mais nous n'avons rien fait de répréhensible.

Le Kloperien croisa quatre tentacules sur son torse gris. Il grimaça et de nouvelles rides creusèrent sa peau plissée.

— Ce secteur est considéré comme dangereux. Je ne devrais pas m'y trouver. Un être vivant y risque un accident. Mais vous êtes des droïds, et je suppose que ça n'est pas grave. A moins que *moi* je ne sois tué. Alors, fichez-moi le camp.

— Mais avec joie, monsieur, dit C3 PO. Avec joie.

Il se dégagea des derniers gravats et enfila le couloir.

— Viens, D2.

D2 siffla.

— Quoi que ce soit, ça peut attendre. Ce gentil Kloperien nous a dit de déguerpir et il faut obéir. Assez de cette bravoure absurde. Laisse-donc ça à Maître Luke ou Maîtresse Leia.

D2 décocha une longue salve de bips vengeurs.

— Oui, oui, je l'admets : les droïds eux aussi peuvent être des héros, mais pas quand ils désobéissent aux Kloperiens.

D2 sifflota et jacassa.

— Je te suggère d'user de ce genre de langage quand nous serons seuls. Tu aurais donc oublié notre dernière rencontre avec un Kloperien ?

— Tout va bien ? demanda le garde qui leur avait emboîté le pas.

— Très bien, monsieur, tout va très, très bien. J'essaie seulement de persuader cette unité astromécanicienne de me suivre. Il est convaincu qu'il existe un danger.

— Oui, cet immeuble menace de s'effondrer à tout instant. Cette partie du moins. Je le dis à tous les enquêteurs, mais ils ne veulent pas m'écouter.

— Des enquêteurs ? demanda C3 PO. Ils ont fouillé les lieux de l'attentat ?

— Où voulez-vous qu'ils cherchent ? Mais ils travaillent

dans la salle, et là, tout est instable. Il y a des brèches dans toute la toiture.

Je m'attends toujours à ce que ça leur tombe dessus un de ces soirs.

— Vous voulez dire qu'ils n'ont jamais fouillé dans le couloir ?

— Au train où ils vont, ils ne passeront jamais la porte. Pas avant que je meure. Et même vous.

Le Kloperien partit d'un rire visqueux, répugnant.

Il les avait suivis. Dès qu'ils furent sortis, il referma ce qui restait de la porte.

— Vous avez intérêt à aller retrouver vos maîtres avant que je ne fasse un rapport. C'est le règlement en ce qui concerne les droïds pris en flagrant délit de vagabondage.

— Sur Kloper, peut-être, déclara C3 PO, mais pas sur Coruscant.

— Dites-moi, droïd de protocole, on n'a pas réoptimisé vos fichiers depuis longtemps ? Il y a couvre-feu pendant la nuit, et pour tout le monde, y compris vous autres. Tout a changé depuis l'attentat, croyez-moi. Avant, on pouvait se fier aux gens, du moins à ceux qui n'avaient pas frayé avec l'Empire. Mais plus maintenant. S'attaquer comme ça au gouvernement. Je suis content que ça se soit passé durant la journée, parce que si ç'avait été pendant ma ronde...

— Personne n'aurait été tué, acheva C3 PO.

D2 lança quelques bips réjouis.

Le Kloperien cligna ses gros yeux de poisson et décroisa deux tentacules.

— Là, vous marquez un point, hein, droïd ? Je n'avais pas vu les choses comme ça. Je suppose que c'est parce que vous avez des circuits logiques et moi pas. Je pense toujours d'abord à moi. C'est ce dont m'accusent souvent mes femmes.

— Je veux bien vous croire, dit C3 PO. Merci encore de nous avoir secourus. Mon collègue n'avait même pas remarqué que j'étais en danger.

— Parce qu'il était trop occupé à récupérer des pièces de matériel. Ne croyez pas que je ne m'en sois pas rendu compte. Il se peut que je n'aie pas de circuits logiques, mais je sais repérer les droïds qui travaillent pour les contrebandiers. La prochaine fois, je ne serai pas aussi indulgent, si vous voyez ce que je veux dire.

— Nous ne travaillons pas pour les contrebandiers, à vrai dire, commença C3 PO, mais D2 l'interrompit d'un bip impératif, et C3 PO lui décocha un regard furibond.

Auquel le petit astromécano répondit par un autre bip plus insistant.

— Vraiment, D2...

— Je me fiche de savoir pour qui vous travaillez, dit le Kloperien. Je voulais juste que vous vous mettiez bien ça dans le crâne. Ne revenez pas rôder dans le coin, en tout cas pas quand c'est ma ronde.

— Oh, ne vous faites pas de souci. Il n'y a aucun risque. Allez, D2, viens.

Ils regagnèrent l'avenue sous le regard vigilant du Kloperien.

— Je n'avais pas entendu parler de ce couvre-feu, et toi, D2 ?

D2 lui lança une salve de bips, de gazouillis et termina en blattant avec sévérité.

— Moi non plus ça ne me plaît pas, mais je pense qu'il est plus sage de rentrer.

D2 pivota la tête pour un « non » définitif, déploya son bras de service et exhiba quatre autres détonateurs.

— D2 ! glapit C3 PO. (Puis, s'efforçant de baisser d'un ton :) Si nous venions à être pris avec ça, toi et Maître Cole seriez accusés de sabotage, j'en suis sûr !

Bip.

— Peu m'importe qu'ils soient plus petits que ceux des ailes-X. Ils constituent des preuves, non ?

D2 susurrilla.

— Je reconnais que c'est la meilleure suggestion de la journée. Oui, allons voir Maîtresse Leia. Elle pourra nous aider. Et à l'avenir, ne m'interromps pas quand je m'apprête à prononcer son nom. Si nous l'avions fait la première fois avec les Kloperiens, nous ne nous serions pas retrouvés dans cette lamentable situation.

D2 souffla un bip grossier.

— Et je te prie de cesser ce langage avec moi ! Tu deviens vulgaire avec l'âge. Je dirai même que tu es encore plus insupportable que tu l'étais sur Tatooine.

D2 protesta en mode suraigu.

— Oui, certes, tu étais en mission. Mais ce n'est pas le cas présent, non ? Tu essaies de te rendre important parce que Maître Luke n'a plus besoin de toi comme navigateur sur son aile-X. Et puis, nous n'avons aucune certitude que les détonateurs soient tous montés sur des ailes-X. Je suis convaincu que Maître Luke acceptera l'optimisation de la sienne à son retour. Tout le monde prétend que les nouveaux chasseurs sont plus performants.

D2 geignit et C3 PO s'arrêta.

— Qu'est-ce que tu entends par « S'il revient » ?

D2 crépita une explication.

— Oh, je saisis. Je n'y avais pas pensé. Mais tu ne crois quand même pas que Maître Luke aurait pu prendre une aile-X piégée, non ? Ça n'est pas son genre.

D2 émit une plainte lugubre.

— Par tous les dieux de la galaxie, c'est vraiment une catastrophe !

Lando estimait qu'il avait passé une bonne partie de la journée à se démener dans l'étang de Nandreeson. Mais il avait perdu la notion du temps. Il ne mesurait plus la durée que par les repas de Nandreeson, les moucherons et les mouches qu'il gobait. En quantités nauséeuses. C'était un baromètre fiable qui permettait de rester éveillé.

Il le fallait. Nager était épuisant, mais ça n'occupait guère l'esprit.

Même si son esprit s'était fixé depuis longtemps comme objectif de survivre. Sa concentration allait de ses membres à son estomac vide et à son besoin désespéré de sommeil. Il ne se laissait pas souvent flotter, de peur de s'endormir. Pourtant, il avait terriblement besoin de se reposer. Quand il dérivait sur le dos, il comptait les chauves-souris watumbas sur la voûte. Elles étaient grises et s'agitaient sans cesse. Il devait y en avoir au moins trois cent cinquante, mais la population d'insectes de la grotte révélait que les watumbas se nourrissaient d'algues et de poussière de rocaille. Elles servaient en fait d'hôtes à toutes sortes de parasites, y compris les moucherons parfue qui tourbillonnaient au plafond. La grotte en aurait été saturée si Nandreeson n'avait pas passé son temps à les gober.

Lando avait l'impression que ses bras s'étaient allongés. Il avait les jambes endolories et les poumons brûlants. Et il avait faim. Mais l'eau, aussi écœurante fût-elle, était assez fraîche pour être buvable, et il n'y avait détecté aucun sel ou poison susceptible d'accroître sa soif. Il pourrait survivre en attendant d'imaginer un plan.

Il ne cessait de revenir aux watumbas. Aux Glottalphibs et aux mouches. Un détail ne lui revenait pas.

Un détail important.

Il le retrouverait.

Deux Glottalphibs montaient la garde auprès de l'étang depuis qu'il y avait été précipité par les Reks. Nandreeson était souvent présent mais il s'absentait cependant régulièrement pour vaquer à ses affaires. Lando trouvait que c'était un bon signe. Si le Glottal pensait vraiment que Lando allait mourir, il serait resté sur place. Mais il en doutait suffisamment pour passer dans une autre caverne. Ce doute redonnait confiance à Lando.

Car le plan de Nandreeson devait avoir des failles. Il devait exister une issue possible en dehors des escaliers creusés dans le roc. Ou alors, Nandreeson se disait que Lando allait trouver un moyen de tromper ses gardes. Au fil des années, il s'était peut-être persuadé que Lando était plus astucieux qu'en réalité.

Mais Lando ne voulait pas le décevoir. Il devait lui prouver qu'il était digne des craintes qu'il suscitait chez le Glottal, et aussi de sa haine.

Restait à concevoir un plan.

Il sombrait dans la torpeur. Il roula sur le ventre dans l'odeur de l'eau qui ne lui semblait plus aussi nauséabonde. L'épuisement le minait.

Il perdait parfois conscience, frôlait la noyade. Mais ce

n'était pas une mort très séduisante ni très excitante. Il ne ferait que satisfaire Nandreeson.

Il se remit à nager sur le dos. Les watumbas s'étaient regroupées. Il se dit qu'il devait se concentrer.

Il fallait qu'il trouve une solution rapidement.

Sinon, il mourrait.

31

Leia arpentait nerveusement sa chambre. Toujours aucune nouvelle de Yan. Elle vérifiait les messages à chaque instant, mais elle savait qu'elle ne pouvait rien espérer tant qu'il serait dans le Quartier des Contrebandiers. Ou alors, il n'avait pas reçu son message.

Auyemesh était bien trop éloignée des astéroïdes de l'Organisation pour qu'il ait pu s'y trouver au moment du désastre, quand Kueller avait anéanti toutes ces vies.

L'Ordinateur résonna et lui déclara avec des inflexions de voix empruntées à Yan et C3 PO par Anakin :

— Maîtresse Leia, Mon Mothma vient vous voir.
— Laisse-la entrer.

Elle consulta les derniers messages. Ils venaient tous d'Ackbar qui confirmait que les communications avec Auyemesh étaient totalement interrompues. On ne parvenait pas à entrer en contact avec Pydyr, et pourtant, le réseau n'était pas bloqué. Les tentatives de liaison avec Kueller sur Almania ne donnaient qu'une image de son masque de mort dans un silence total.

— Leia ?

Mon Mothma avait vieilli. On lisait encore sur son visage la souffrance qu'elle avait éprouvée quand l'ambassadeur Furgan l'avait empoisonnée.

— Je suis accourue aussi vite que possible.

Leia se contenta de hocher la tête, incapable de parler. De tous les amis qu'elle pouvait avoir sur Coruscant, seule Mon Mothma, elle le savait, pouvait comprendre son dilemme. Mais malgré son instinct, elle ne pouvait savoir à quel point Leia était affectée par la destruction d'Auyemesh, à quel point elle lui rappelait la fin d'Alderaan.

— Que puis-je faire, mon enfant ?

Leia s'efforça de sourire.

— Il faut que nous parlions. J'ai besoin de votre aide, oh oui.

— Nous retrouverons ce fou avant qu'il s'en prenne à votre famille.

Leia essuya ses mains moites sur sa combinaison.

— Ecoutez-moi. (Mon Mothma acquiesça.) Kueller m'a contactée. Pas le gouvernement mais moi, personnellement. Il retient mon frère prisonnier.

— Nous avons vérifié cela ?

— Luke a envoyé un message à Yavin 4 après avoir quitté une certaine planète Telti. Il disait qu'il mettait le cap sur Almania et appellerait dès son arrivée. Depuis, nous sommes sans nouvelles.

Mon Mothma s'installa sur la chaise de la coiffeuse en soupirant.

— J'espérais que ce Kueller bluffait.

— C'est encore possible. Luke est peut-être à proximité et le menace. Nous sommes trop loin de cette planète et nous n'y avons personne. Impossible de vérifier.

Mon Mothma approuva d'un signe de tête.

— Il me semble que Kueller en fait une affaire personnelle. S'il ne parvient pas à ses fins, il tuera les miens. Ce n'est qu'après réflexion qu'il a aussi menacé les populations de la Nouvelle République.

— Ackbar m'a montré une copie de l'holotransmission. J'ai eu le même sentiment.

— Je pense qu'il a reçu une formation de Jedi.

Mon Mothma la fixa, stupéfaite.

— Vous en avez la preuve ?

— Rien de concret, mais il m'avait déjà contactée auparavant. Dans le style que Luke inculque à ses étudiants. Et il a été capable d'interrompre la communication entre moi et Luke.

— Un ysalamir pourrait faire ça, dit Mon Mothma.

— Oui, mais un Jedi du Côté Sombre également. On n'a jamais rapporté la présence de Kueller sur Yavin 4. Mais Luke a perdu un certain nombre d'élèves — la formation d'un Jedi est difficile — et il ne serait pas inconcevable que certains passent du Côté Sombre.

— Pourquoi vous menacer ?

Leia se concentra.

— Luke et moi sommes les Jedi les plus en vue. Luke a rassemblé les nouveaux Chevaliers Jedi, et moi j'élève des enfants Jedi. Luke a souvent prouvé qu'il était capable de vaincre les ennemis du Côté Sombre.

— Mais si Kueller vous détruisait, il disperserait ainsi les Jedi et deviendrait le maître de la Force dans toute la galaxie.

— C'est ce qu'il croit.

— Ça semble plausible.

— Oui. (Leia eut un sourire songeur.) Mais je suis déconcertée. Ça pourrait être beaucoup plus simple que cela. Il se peut que Kueller se soit trompé quant à la façon dont la Nouvelle République fonctionne. Il peut se dire que je suis une autocrate et que ma parole fait loi. Et qu'en menaçant ma famille, il pourra me faire plier.

— Alors, il ne vous connaît pas bien, murmura Mon Mothma. Vous êtes toujours plus forte quand on menace les vôtres.

Leia frotta ses yeux brûlants de larmes : elle ne voulait pas qu'on la plaigne. Pas encore.

— Dans un cas comme dans l'autre, fit-elle en esquivant la réflexion de Mon Mothma, la solution est la même. Il faut que je me retire de mon poste de chef de l'Etat.

— Vous ne pouvez pas faire ça maintenant, Leia. J'ai reçu quelques informations de mes sources du Sénat. Si vous ne menez pas campagne, vous allez perdre cette élection de non-confiance. Il leur faut un responsable pour cet attentat, et ils ont décidé que c'était Yan, c'est-à-dire vous, en quelque sorte.

— J'y ai déjà réfléchi. Si je me retire, le vote devient nul, n'est-ce pas ?

— Techniquement, il ne peut l'être que si vous démissionnez officiellement, Leia. Un retrait temporaire ne fera qu'accélérer le vote.

Leia acquiesça. C'était exactement ce qu'elle avait redouté, mais peu importait. Le sort de Luke était en jeu. Et celui de ses enfants.

Et la vie de Yan.

Pour la première fois depuis qu'elle avait été élue à la tête du gouvernement, elle pourrait mieux servir sa famille en tant que citoyenne.

— Je vais donc présenter ma démission. Le vote sera rapporté et Kueller ne pourra plus utiliser la Nouvelle République comme prétexte pour s'en prendre à mes proches.

— Et s'il vise *vraiment* la Nouvelle République ? risqua Mon Mothma.

— Nous le saurons. Il va menacer quelqu'un d'autre. Mais je suis prête à parier qu'il n'en connaît pas autant sur les autres leaders de notre gouvernement. Je suis certaine que ma démission va le paniquer.

— Vous avez sans doute raison.

— Je voudrais que vous me remplaciez.

— Mais je ne suis plus une représentante officielle.

— Vous ne l'étiez pas non plus quand vous avez réinstitué le Conseil Provisoire. Dans une situation comme celle-ci, nous n'avons pas d'autre alternative que des élections. Mais nous sortons d'un vote d'urgence et nous ne pouvons nous en permettre un autre. Non, il faut que vous vous présentiez. Personne ne s'opposera à vous. On vous respecte trop.

— Il y a quelques jours encore, n'importe qui aurait dit cela de vous.

Leia secoua la tête.

— Non, l'opposition s'est formée dès que des Impériaux ont été élus au Sénat. Même si j'en souffre, ça n'est pas une surprise pour moi. A terme, vous le savez bien, on perd toujours son pouvoir.

— Ce nouveau Sénat ne tiendra pas avec un chef désigné de façon arbitraire.

— Probablement pas. Mais il faut les convaincre de cet état de crise. Fixez une date pour les élections et annoncez que vous êtes candidate. J'enregistrerai une passation de pouvoir dans les formes légales.

— Enregistrer ? Mais pourquoi ne pas décider d'une session légale dès demain ?

— Parce que je n'en aurai pas le temps.

— Qu'avez-vous donc en tête, mon enfant ?
Leia soutint son regard.
— Je pars à la recherche de mon frère.

Skip 6 ressemblait à une bouse géante qui dérivait au centre de la ceinture d'astéroïdes, laissant derrière elle une traînée d'écume et de particules. Yan avait estimé qu'il était impossible d'y poser le *Faucon* et il avait fait appel à la conscience d'Ana Blue (ou ce qu'il en restait) pour lui emprunter son skipper personnel.

Le skipper était le véhicule idéal pour les contrebandiers qui circulaient dans la ceinture d'astéroïdes. Petits, profilés, ils n'avaient qu'une capacité de transport limitée mais ils étaient rapides et furtifs. Ils pouvaient se poser n'importe où, dans la boue et les pires conditions, y compris les ouragans de rocs qui tourbillonnaient autour de Skip 52.

Blue avait fait personnaliser son petit vaisseau. Il avait une soute plus importante que les autres et un habitacle plus grand. Pourtant, comparé au *Faucon*, ça n'était guère plus qu'un landspeeder. Chewie avait dû se recroqueviller sérieusement pour y entrer.

Ils y étaient maintenant tous entassés. Yan avait amené Zeen, Kid, et Wynni. Blue ne les accompagnait que parce que, disait-elle, elle se faisait horreur à l'idée d'avoir donné Lando aux Reks. Yan avait dû menacer Zeen et Kid en leur rappelant tout ce qu'ils devaient à Lando. Wynni la Wookie n'était venue que pour accompagner Chewbacca, qui s'en était plaint par ailleurs. Mais Yan l'avait tancé : la première urgence était de voler au secours de Lando.

Mais en cette seconde, écrasé contre la paroi métallique du skipper de Blue, il se demandait s'il avait pris la bonne décision. Il avait du mal à respirer entre les deux Wookies et Wynni lui cachait la vue. Les quartiers d'équipage, à peine plus grands que le nez du *Faucon*, sentaient la sueur des humains et le relent laineux des Wookies. La chaleur était intolérable.

Blue avait adroitement posé son skipper dans le marécage. Mais Yan se dit qu'un choc n'aurait pas été très grave, serrés comme ils l'étaient. Et, pour améliorer encore la situation, la porte mit un temps infini à s'ouvrir.

Zeen et Kid sortirent en titubant, mais Wynni se cramponnait à Chewie qui la secouait pour tenter de s'en débarrasser.

— Wynni, fit Yan d'un ton sec, tu devrais peut-être attendre que vous soyez en privé, non ?

Elle se hérissa instantanément : en fait, elle rougissait. Elle lâcha Chewie et ce dernier s'échappa à grandes enjambées.

Wynni grogna à l'adresse de Yan qui se contenta de hausser les épaules :

— Mais non, je ne veux pas briser votre idylle, Wyn. Mais Chewie doit s'occuper de son collègue.

Elle gronda d'un air dubitatif. Elle n'avait jamais beaucoup aimé Lando, il le savait, mais c'était une véritable artiste de l'arbalète et ce genre d'arme avait un effet merveilleux sur les Glottalphibs.

Yan s'était déjà retrouvé ici, et il avait affronté Nandreeson dans des circonstances qu'il préférait oublier. C'était avant la Rébellion et il ne connaissait pas encore Chewie. Apparemment, Skip 6 n'avait pas changé : lui et Blue avaient étudié en détail une carte récente de l'astéroïde.

Les tunnels qui accédaient au repaire de Nandreeson devaient être gardés et les seules voies d'accès étaient sur des pentes fangeuses. Chewie avait manifesté son mécontentement : le pelage des Wookies, souillé de boue, se collait en séchant, ce qui limitait leurs mouvements. Wynni avait apporté des tenues spéciales, mais elle n'en donnerait une à Chewie qu'à condition qu'il l'aide à passer la sienne. Devant la grimace désespérée du Wookie, Yan avait souri avant d'acquiescer à la demande de Wynni.

Il rejoignit les autres sur le seuil et observa l'entrée du boyau. Des bulles éclataient dans la boue tiède, entre les nuages de vapeur.

— Tu veux vraiment qu'on s'enfile là-dedans ? demanda Zeen.

— Tu préfères une bagarre avec les Reks ?

— J'aimerais mieux t'attendre ici.

— Et on n'est même pas certains que Calrissian soit encore en vie, ajouta Kid.

— Il y a des années que Nandreeson le hait. Impossible qu'il lui ait accordé une mort rapide, encore moins douce.

— Yan a raison, dit Blue. On va le retrouver en vie. Il n'a pas disparu depuis si longtemps. D'accord, il y aura probablement laissé quelques membres, mais il sera vivant.

— Mais si on fait ça, on ne pourra plus revoir Nandreeson, protesta Zeen.

— C'est un problème ? grinça Yan.

— Je n'ai pas du tout envie que ce gros boucher plein d'écailles me tombe dessus !

— S'il tombe sur quelqu'un, fit Kid d'un ton doucereux, ça sera certainement sur notre très chère Ana Blue. Après tout, c'est bien elle qui a posé son vaisseau dans ce trou de gadoue.

— Merci beaucoup, fit Blue. Ça signifie que je vais y aller seule avec Yan. Mais vous feriez aussi bien de nous accompagner, les gars. Sans moi, la vie ne vaudrait plus grand-chose.

— Elle serait certainement moins intéressante, reconnut Zeen.

— Mais probablement plus sûre, ajouta Kid.

Dans la baie du cargo, Chewie poussa un grondement indigné. Deux grandes pattes velues le soulevèrent. Il ressemblait à un bébé géant, mais sa combinaison n'était pas argentée et sans la moindre décoration de dentelle. Wynni lui avait peigné les poils en arrière avant de lui fourrer la tête dans la cagoule. Il était totalement étranglé des chevilles au cou, et Yan ne put s'empêcher de rire.

— Tu sais que si je mettais de l'hélium là-dedans, tu aurais l'air d'un gros dirigeable wookie ?

Chewie retroussa les babines, furieux : il ne supportait plus Wynni et Yan se dit que ses plaisanteries ne risquaient pas d'améliorer son humeur.

— Tu sais que tu es ravissant, dit Blue. Mais ça ne serait pas une taille trop large ?

Chewie ronflait en se débattant avec la cagoule.

— Non, dit Yan. Je me fiche de ta dignité. Tu vas garder ça.

Chewie secoua sa grosse tête.

— Remets cette cagoule. Tu veux quand même voir quelque chose, non ?

Chewie devenait furieux.

— D'accord, d'accord. On ne va pas se fâcher pour ça. C'est ta fourrure, et tu en fais ce que tu veux après tout.

— L'arbalète a été emballée selon tes ordres, dit Zeen en lui tendant l'arme. Wynni est là, elle aussi. Où est-ce qu'elle est passée ?

Un grondement s'éleva à leurs pieds et Yan réprima un rire.

— Qu'est-ce que tu lui as fait, Chewie ?

Chewie prit son arme avec un haussement d'épaules.

Blue jeta un coup d'œil dans la baie de chargement.

— Ah, non, Chewbacca, ça n'est pas drôle ! Détache-la !

Le Wookie regarda Yan d'un air pitoyable.

— Désolé, vieux, mais nous avons besoin d'elle.

Chewie appuya sur le bouton de commande et la plate-forme remonta, révélant un colis rose hirsute, les bras noués dans le dos par la combinaison, les jambes repliées.

Wynni crachait des injures à chaque souffle. Yan en reconnut certaines que Chewie n'utilisait quasiment jamais.

Blue s'était précipitée pour libérer la Wookie.

— Attends ! lança Yan.

Il souleva la cagoule de Wynni et affronta ses yeux bleus haineux. Elle l'injuria, lui, son épouse, ses ancêtres et même son vaisseau.

— Attention. Personne ne parle jamais du *Faucon* sur ce ton. Pas en ma présence. Jamais.

Wynni rugit, mais Blue la souleva et lui dit :

— Si tu veux te sortir de ce coup, tu ferais bien de la fermer.

— Promets-nous de laisser Chewie tranquille et on te libère, ajouta Yan.

Wynni garda un silence obstiné.

— Promets ! siffla Blue.

Wynni hocha brièvement la tête.

— Et toi, Chewie, tu ne lui fais plus rien, dit Yan.
Le Wookie hurla.
— Toi aussi, tu dois promettre.
Chewie marmonna vaguement en croisant les bras.
— C'est bien. Blue, tu peux la détacher.
Immédiatement, Wynni bondit sur Chewbacca. Il recula et elle dérapa. Yan et Blue réussirent à la rattraper avant qu'elle ne s'affale dans la boue.
Elle pesait lourd et se débattait en protestant.
— Excuse-toi, Chewie, dit Yan.
Le Wookie secoua la tête.
— Excuse-toi, bon sang, sinon elle va me massacrer !
L'excuse de Chewie ressemblait plutôt à une lamentation.
Wynni se redressa en s'accrochant à Yan et Blue. Zeen lui libéra les chevilles.
— Moi, je pense qu'on devrait laisser les Wookies ici, proposa Kid.
Chewie glapit douloureusement.
— Non, ce n'est pas une bonne idée. (Wynni, en fait, était sans doute plus forte encore que Chewbacca.) Ecoutez, vous deux, vous attendrez d'être de retour sur Skip 1 pour régler vos petits différends. Jusque-là, c'est la trêve, vu ?
Chewie opina et Wynni répondit par un regard furibond sous ses poils hirsutes.
— C'est clair, Wynni ? insista Yan. Bon, espérons que ce petit contretemps n'aura pas permis aux Reks de rappliquer.
— Tu crois que Nandreeson sait qu'on est là ? s'inquiéta Zeen.
— Et toi, tu crois qu'il peut ignorer quoi que ce soit qui se passe dans le coin ?
— Bien vu. (Zeen tendit son arbalète à Wynni.) Alors, on y va.
— Il faut que quelqu'un prenne la tête de ce commando, dit Yan.
— Général, vous êtes le seul parmi nous à avoir une expérience militaire, railla Blue. Ça vous revient d'office.
Yan se sentit soulagé. Avec Chewie et Wynni, leur mission avait commencé comme un cauchemar. Il ne tenait pas

à ce qu'ils continuent leur querelle dans les profondeurs de l'astéroïde.

— Parfait. Alors, on plonge dans la gadoue.

— Tu sais que tu as le chic pour nous emmener dans des endroits excitants, fit Blue en se pinçant le nez.

Elle se jeta dans l'orifice du tunnel et se laissa glisser.

— Extra, dit Zeen avant de la suivre. D'abord on va être tout merdeux, et ensuite on va se coltiner Nandreeson. Tout ça pour Calrissian, un type que *j'adore*. Dis, Solo, la prochaine fois tu amènes tes copains du gouvernement, hein ?

Il perdit l'équilibre et tomba en arrière.

Kid se prépara à sauter à son tour, mais Wynni le repoussa et se laissa tomber dans le trou avec un grognement. La boue retomba sur le skipper. Et sur le visage de Yan. Elle était plus chaude qu'il ne s'y était attendu et dégageait une odeur d'œuf pourri assez nette.

— Tu veux y aller, Chewie ?

Le Wookie éructa de dégoût.

— J'y vais, dit Kid.

Il se laissa aller dans le tunnel comme s'il s'était agi d'un toboggan.

— Chewie, j'y vais le dernier, dit Yan. C'est mieux. Comme ça, je vais pouvoir vérifier si on a un problème en surface. Si je ne vous retrouve pas, débrouille-toi avec les autres pour récupérer Lando.

Chewie porta les doigts à ses narines dans un geste un peu moins élégant que celui de Blue et tomba sur le ventre. Il vacilla en essayant de se redresser, et glissa irrésistiblement.

Yan essuya le dernier jet de boue, régla la commande automatique de la porte selon les instructions de Blue, et sauta à son tour.

La boue l'avala. Elle était chaude et collante. L'air qu'il respirait était moite et fétide, mais c'était quand même de l'air et il s'efforça de se protéger les narines et la bouche. Il descendait en tourbillonnant dans les ténèbres méphitiques, de plus en plus vite.

Il s'était peut-être trompé : ces tubes étaient peut-être

plus longs qu'il ne l'avait cru. Et peut-être allaient-ils en se rétrécissant. Peut-être que tous ses camarades étaient coincés au milieu, empilés les uns sur les autres, condamnés à mourir par suffocation.

Il jaillit soudain dans un air plus frais, une pluie de fange, et tomba tête la première dans la mare d'eau la plus sale qu'il ait connue. Il coula dans la seconde, les yeux grands ouverts, entre des nuages de sédiments et d'algues. Et rencontra de longs cheveux noirs.

Blue était sous lui, le pied coincé dans un trou. Elle le regardait, les joues gonflées, mais elle ne paniquait pas. Pas encore. Elle tirait sur les herbes enroulées autour de sa cheville.

Yan prit la vibrolame glissée dans sa botte et plongea auprès d'elle en lui touchant le bras pour la rassurer. Il dégagea rapidement son pied et elle lâcha quelques bulles en se propulsant avec frénésie vers la surface.

Yan la suivit, les poumons en feu. Il aspira une bouffée d'air frais, pur et humide. Mais ténu.

— Charmant petit coin, Solo, dit Zeen.

Il nageait avec Kid, dont le crâne chauve était décoré d'algues vertes.

— Oui, ça, tu aurais pu au moins nous dire qu'on allait se retrouver dans une piscine.

Les deux Wookies dérivaient à proximité, portés par leurs combinaisons. Yan se dit qu'ils semblaient moins gros à l'état humide.

— Où est passée Blue ?

— Ici, espèce de fils d'ordure ! (Elle nageait rageusement.) J'ai bien failli y rester, là-dessous.

— Oh, Blue, tu t'en es sortie...

— Je me demande pourquoi.

Elle cracha de l'eau, ses longs cheveux répandus autour d'elle, le visage nettoyé de tout maquillage. Ainsi elle paraissait plus jeune et seule sa dent bleue rappelait à Yan que c'était bien Ana Blue la Sinueuse qui vitupérait.

— Parce que ça n'est pas ta petite expédition qui va m'enrichir. Je suis sûre que les gars de Nandreeson sont déjà en train de démanteler mon skipper. Et on n'a aucun moyen de sortir de cet aquarium. Tu le sais ?

Il regarda autour de lui. La mare était en fait un lac qui s'étendait dans toute la caverne. Aucun signe des Glottalphibs. Il ne vit que des algues, des nénuphars et des moucherons.

— Si, il doit y en avoir un.

Yan fit quelques brasses, contourna une paroi incurvée et se retrouva dans une caverne plus vaste. Six Glottalphibs étaient assis sur une terrasse rocheuse qui surplombait l'étang, et un autre — Nandreeson — était dans l'eau jusqu'aux hanches.

Quant à Lando, il flottait au milieu, la tête à peine en surface, les traits gris, les yeux creusés par l'épuisement. Ses gestes étaient lents, mais il avait gardé son rictus.

— Ça, pour une expédition de secours..., fit-il.

— C'est pas bien de critiquer des gens qui vous rendent service.

Chewie arrivait, suivi de Wynni. Le remugle de fourrure trempée remplit la grotte.

— Solo, fit Nandreeson, j'étais sur le point de renoncer à vous coincer. J'avais Calrissian et ça me suffisait. Mais, étant donné que vous venez de votre propre chef...

Il leva sa main de nabot et les six Glottalphibs ouvrirent le feu.

Yan plongea aussitôt et vit les algues griller en surface. Il n'avait pas pris suffisamment de réserve d'air. Chewie, lui, avait choisi de rester émergé et éteignait les flammes à grands coups de patte.

Yan remonta.

— Dis, la prochaine fois, préviens, fit Lando. Comme ça, on te préparera une petite fête d'accueil.

— Arrête ton char, camarade. C'est vraiment un pur coup de chance si je suis tombé sur toi.

— Ah oui ? Un coup de chance pour qui ?

— Pour moi, bien sûr, jeta Nandreeson. Voilà que je me retrouve avec cette vieille Némésis de Calrissian et son copain Solo. Quand je vous tuerai, Solo, ça me donnera un certain cachet : le prince consort...

— L'époux de la princesse, marmonna Yan.
— ... Quel coup exquis.
— Et à quoi vous étiez en train de jouer, au juste ? demanda Yan. Au water-polo ? Et c'était toi le ballon ?
— Bien vu. Il attendait que je coule.
— Très chouette. Ça manque d'une petite touche dramatique, mais il y a de la créativité.
— Pas exactement. C'est un Glottal. C'est la première idée qui lui est venue parce qu'ils passent leur vie sous l'eau.
— Je n'ai pas besoin de ça, dit Nandreeson.
— Et puis, il y a aussi le charme de la prison dont on ne peut s'enfuir.
— Ce genre de prison n'existe pas, fit Yan. On peut sortir de n'importe où. Par exemple en prenant cet escalier, juste derrière Nandreeson.
— Oui, c'est juste, si on parvient à l'atteindre. Mais ces gentils cracheurs de flammes n'avaient pas l'air d'accord.
— C'est simplement que tu n'as pas assez réfléchi.
— Et vous si ? fit Nandreeson en se penchant en avant. Il n'y a que quelques minutes que vous êtes là, Solo. Vous croyez vraiment m'avoir ?
— C'est plutôt du genre facile, Nandreeson. Vous êtes avide et avare et pas très brillant. Si vous aviez la moitié de la cervelle d'un Jabba, vous seriez le maître du Quartier à l'heure qu'il est.
— Mais c'est le cas.
Yan secoua la tête.
— Non, non, non... Si vous étiez le maître du coin, comment aurais-je pu recruter une équipe ?
— Tu n'as rien recruté du tout, fit Zeen en lui agrippant le bras.
Yan se retourna et vit le canon du blaster pointé sur son front. Kid menaçait Chewie. Quant à Wynni, elle avait armé son arbalète.
— Ça, comme expédition de secours, fit Lando. Bravo. La meilleure que j'aie vue.
— Je t'avais dit d'arrêter ton char.
Yan se tourna vers Chewie, qui semblait aussi abasourdi que lui.

— Vous aviez raison, Solo, fit Nandreeson. Ce projet de noyade manquait d'originalité. C'est fatigant d'attendre qu'un homme meure lentement. On va accélérer un peu, non ?

Yan leva les mains.

— Oh, vous savez, Nandreeson, quand je disais ça...

Il plongea dans la fraction de seconde où les flammes jaillirent.

32

Luke trouva mieux qu'une cuve bacta : un bâton-guérisseur pydyrien. Il avait oublié qu'on l'avait inventé sur cette planète. Il avait été en usage dans toute la galaxie avant que la cuve bacta n'apparaisse, et certains en étaient encore de fervents partisans.

C'était un objet long, blanc et fin qui laissait un résidu de poudre quand on le frottait. L'ordinateur lui avait confirmé que c'était ce résidu qui avait des propriétés thérapeutiques. En tout cas, il put constater, en passant le bâton sur son dos, que l'effet apaisant était certain. La douleur refluait rapidement.

Si seulement il pouvait réparer sa main avec ce bâton pydyrien... La peau artificielle avait en grande partie été arrachée, mais les pièces métalliques qu'il entrevoyait lui rappelaient douloureusement le prix qu'il avait dû payer pour devenir un Jedi.

Il sentit soudain une onde de trouble dans la Force. Une présence familière et proche. La même qu'il avait détectée sur Telti, celle qu'il avait ressentie dans l'espace almanien et qui avait su l'attirer loin de Coruscant, jusqu'à ces régions désolées de l'univers.

Un de ses élèves. Il en était sûr à présent. Il se faisait un devoir de se souvenir de chacun d'eux, mais celui-ci lui échappait. A vrai dire, il se souvenait parfaitement de tous les étudiants, qui avaient achevé leur formation, quant à ceux qui avaient abandonné, ils étaient devenus des visages, des souvenirs, et un jour, l'avait averti Leia, ne seraient plus que des statistiques.

Il remit sa chemise en prenant appui sur le bâton-guérisseur. Son sabrolaser n'avait pas quitté sa hanche. Il risqua un regard dans le miroir. Sous l'effet de la poudre du bâton, son dos écumait. L'ordinateur l'avait prévenu : pour que l'effet guérisseur soit efficace, il fallait se reposer. Il se dit qu'il devait quand même courir le risque.

Il redescendit péniblement les marches, les muscles raides et douloureux. Les faiseurs de brume avaient affaibli son organisme, et la chute et ses brûlures n'avaient fait qu'entamer un peu plus son énergie. Il ne devait plus en avoir qu'un dixième.

Peu importe la taille, lui avait dit Yoda.

Il ne pouvait qu'espérer que cela s'appliquait aussi à la simple force humaine.

La présence était plus nette. Elle venait du Côté Sombre. Il percevait les ondulations de l'énergie aussi intensément que lorsqu'il avait rencontré l'Empereur. Jamais il n'avait eu d'élève aussi doué, il en avait la certitude. Quel qu'il fût, celui qui venait vers lui avait acquis un grand talent après l'Académie.

Un talent tel qu'un homme comme Brakiss, qui avait été enlevé par l'Empire alors qu'il n'était qu'un enfant, était terrifié par lui.

Leia lui avait demandé une fois ce qu'il ressentait quand un Jedi du Côté Sombre l'approchait. Il n'avait pas été suffisamment éduqué dans sa jeunesse pour comprendre ce sentiment. Mais plus tard, il avait compris sans pouvoir expliquer.

Il le pouvait maintenant.

C'était comme si une tornade l'avait emporté au milieu d'une belle journée. Comme si un torrent d'air glacial s'était engouffré dans la pièce. Comme si quelqu'un qu'il aimait venait juste de mourir.

Il remonta le cours de sa perception. Droit vers sa source. Il serra son bâton-guérisseur en sortant dans le soleil de Pydyr. Et s'arrêta sous le porche.

Il vit une silhouette solitaire. L'homme était plus grand que lui. Il portait une longue cape noire, des bottes militaires vernies ainsi qu'un pectoral semblable à celui des commandos de l'Empire. Pourtant, son visage était différent. C'était un masque mortuaire hendanyn. Luke n'en avait vu que dans des musées. Celui-là était modelé sur sa peau. Les Hendanyn portaient leur masque dès qu'ils avaient atteint un âge avancé, en partie pour cacher les effets du temps, mais aussi pour stocker des souvenirs avant l'heure de leur mort. Après leur décès, les informations étaient récupérables. Mais les masques hendanyn que Luke avait vus jusqu'alors n'avaient pas servi.

Celui-ci s'était formé sur le visage de l'homme. Avec des pommettes accentuées, des yeux noirs et vides, des lèvres fines au pli dur. De minuscules joyaux avaient été sertis aux coins des paupières, et Luke savait qu'ils abritaient les puces qui absorbaient la personnalité.

— Vous ne me reconnaissez toujours pas, *Maître* Skywalker ?

Cette voix avait une profondeur et des résonances étrangères. Pourtant, l'inflexion était familière. Une voix d'adulte. Et Luke avait le souvenir d'une voix d'adolescent.

— Dolph ? fit-il avec toute l'assurance dont il était capable en cet instant.

Le masque referma la bouche et il devina sa surprise. Dolph ne s'était pas vraiment attendu à ce qu'il le reconnaisse.

— Vous êtes encore meilleur que ce que je me rappelais, dit-il. (Sa voix résonna dans toute la rue tandis qu'une bourrasque de vent sec soulevait sa cape.) Maintenant, je m'appelle Kueller.

Tout allait désormais dépendre du comportement de Luke. Dolph avait été un étudiant particulièrement doué avec une ombre permanente en lui. Ce n'était pas inhabituel chez les élèves de Yavin 4. Pour la plupart, ils apprenaient à rejeter cette partie indigne, à gagner leur combat contre le Côté Sombre. Mais Dolph n'était pas resté suffisamment longtemps parmi eux pour développer ses talents ou repousser les ténèbres. Une nuit, il avait reçu des nouvelles de chez lui et avait disparu.

— Vous êtes parti sans me donner le temps de vous présenter mes condoléances pour ces vies perdues.

Dolph sourit. Le masque réagissait comme un vrai visage.

— Je vous en remercie, *Maître*.

Puis, le sourire s'effaça tout aussi brusquement qu'il s'était dessiné et Luke faillit reculer, tant la terreur qu'il répandait était intense, primitive. Tout autre qu'un Jedi aurait succombé.

— Mais, reprit Dolph, votre sympathie est tout aussi hypocrite que tardive. Les Je'har ont sauvagement massacré ma famille. Les miens ont eu une mort lente. Ils ont été empalés sur le pont qui conduit au palais je'har et on les a laissés pourrir sous le soleil. Leur agonie a duré une semaine. Les Je'har avaient laissé leurs dépouilles pour que je les voie. Vous ne pouvez pas savoir ce que ça fait de trouver ceux qui vous ont élevé rabougris et desséchés sur des pieux. Je suppose qu'aucun homme ne peut le savoir.

Le souvenir de sa tante Beru et de l'oncle Owen affleura dans la mémoire de Luke. L'image de leurs corps calcinés encore fumants. Côte à côte, ce qui était peut-être une ultime consolation.

— Non, je pense que je ne sais pas ce que peut éprouver un homme.

Mais il savait ce qu'il avait éprouvé. Car il avait grandi en un bref instant, il avait été obligé de combattre le mal qui avait détruit sa famille.

Il n'en était pas pour autant devenu un monstre.

— Quand je suis revenu chez moi, reprit Dolph comme si Luke n'avait rien dit, je les ai enterrés et j'ai juré de me venger des Je'har. Je l'ai fait sans votre aide. Je suis plus fort désormais, Skywalker. Plus fort que vous.

— Est-ce donc si important ?

Il prenait exagérément appui sur sa canne de fortune : il voulait que Dolph pense qu'il était plus faible qu'en réalité.

— Mais bien sûr. Votre gouvernement a soutenu les actes des Je'har. Votre sœur a fait commerce avec eux et les a traités comme un pouvoir légitime et non comme les terroristes qu'ils étaient. C'est d'abord moi, et ensuite les miens qui ont mis au jour la vraie nature des Je'har.

— Laquelle ?

— Ce sont des monstres, siffla Dolph. Des monstres, Skywalker. Mais vous ne pouvez comprendre ça.

— Non, je ne comprends pas.

Luke s'avança. La cape de Dolph claqua dans le vent, révélant le sabre à sa ceinture.

— Dites-moi donc, Dolph, quelle est la différence entre les Je'har et vous ?

Le masque mortuaire parut se figer.

— Les devinettes vous amusent, Skywalker ? Ou bien cherchez-vous à gagner du temps ?

— Seule la curiosité me pousse. Vous avez détruit tous les êtres vivants de ce monde. Je vous soupçonne même d'en avoir assassiné d'autres depuis mon arrivée. Les Je'har tuaient ceux qui n'étaient pas d'accord avec leur politique sur Almania. Mais un meurtre reste un meurtre, quels qu'en soient les motifs, vous n'êtes pas d'accord, Dolph ?

Cette fois, le masque se plissa, comme s'il était sur le point de se détacher du visage.

— Mon nom est Kueller.

— Dolph. Vous vous appelez Dolph. Et c'est à Dolph que je m'adresserai désormais. Celui que j'ai connu, un garçon sympathique qui avait un riche avenir devant lui. C'est à celui-là que je veux parler.

— Ce Dolph-là est mort. Les Je'har l'ont tué en même temps que les siens.

— Et Kueller seul a survécu ?

— Oui.

— Mais vous n'avez pas besoin de Kueller. Il vous a aidé à survivre, Dolph, mais il est maintenant inutile. Je suis là. Venez me rejoindre et retournons sur Yavin 4. Nous arriverons à guérir ces blessures que les Je'har ont laissées dans votre cœur.

Les yeux de Kueller brillaient sous le masque. Luke devina ses pensées une brève seconde.

— Guérir les blessures ? Vous pouvez aussi ressusciter ma famille, Skywalker ? Même les Jedi avec leurs tours ne peuvent ramener les morts dans le monde des vivants.

— Nous connaissons tous le chagrin. C'est le prix de notre survie. Tout dépend de la manière dont nous l'assumons.

— Je l'ai assumé à ma façon. Et je continuerai. Je veux être certain qu'aucun Je'har ne reparaîtra jamais plus dans cette galaxie.

— Et que comptez-vous faire ?

Dolph leva sa main gantée en un geste définitif.

— Tous les Je'har seront effacés de l'univers avec ceux qui les servent. Comme votre sœur et son gouvernement.

— Mais Leia n'a rien eu à voir dans l'assassinat de votre famille.

— Précisément. Elle était l'une des quelques personnes qui auraient pu empêcher cela.

Luke s'arrêta à quelques mètres de lui.

— Brakiss m'a dit que vous vouliez que je vienne vous voir.

Dolph acquiesça en baissant le bras.

— Je veux vous donner un choix, Maître Skywalker. J'ai besoin de votre puissance. Soyez avec moi et ensemble nous débarrasserons l'univers des êtres mauvais comme les Je'har. Nous le rendrons plus vivable.

— Je me joindrai à vous si vous renoncez au Côté Sombre.

Le rire de Dolph fut comme un écho profond et glacé.

— Skywalker, vous devriez le savoir depuis longtemps : il n'y a pas de Côté Sombre. Les règles que vous prêtez à la Force ont été définies par un vieil homme faible et apeuré afin que jamais vous ne puissiez atteindre votre potentiel. Venez avec moi, Skywalker, et vous deviendrez ce que vous auriez dû être depuis toujours : l'homme le plus puissant de la galaxie. La Force sera avec vous et vous guidera. Elle vous donnera tout ce que vous voulez.

— Mais c'est déjà fait.

— Vraiment ? (La voix de Dolph s'était considérablement radoucie.) Vraiment, Maître Skywalker ? Votre sœur a trois enfants et un époux qui l'aime. Vous n'avez aucune compagne. Aucune famille. Vous enseignez des tours que vous avez appris il y a très longtemps et vous parcourez la galaxie en quête de défis. Vous n'avez pas réellement de foyer. C'est donc là tout ce que vous souhaitez, Skywalker ?

— On peut décrire la vie de n'importe qui sous un angle néfaste, Dolph. J'aime la mienne, je l'apprécie et je n'ai pas l'intention d'en changer.

— Même pour l'améliorer ?

— Pas à votre manière.

— Qu'il en soit ainsi.

Le masque se durcit et devint partie intégrante de Dolph.. Devant cette transformation physique, Luke comprit qu'il avait désormais devant lui Kueller, ce que Dolph était devenu. Il n'avait plus rien de l'adolescent qu'il avait connu et tenté de raisonner.

Lentement, Kueller dégaina son sabrolaser. La lame d'un bleu ardent siffla.

— Je ne veux pas vous combattre, Dolph, dit Luke.

— Mais ce n'est pas Dolph que vous allez affronter.

Kueller se fendit et attaqua. D'un geste vif, Luke prit son arme et para le coup. Le claquement électrique des deux lames vibra dans l'air et des étincelles retombèrent en crépitant. Chaque mouvement semblait déchirer le dos de Luke. Il se concentrait sur son sabre : il parait, bloquait et se dérobait sans jamais attaquer. Il attendait l'instant où Kueller abattrait sa défense.

Kueller porta deux coups à droite et à gauche avant de viser le cœur et Luke s'effaça en reculant vers l'immeuble. Sa jambe affaiblie se déroba sous lui et il tomba. La souffrance le submergea. Kueller abattit son sabre vers son épaule, mais Luke roula sur lui-même, les gravats mordant cruellement ses plaies.

Il se redressa et porta une attaque qui laissa une trace calcinée dans la cape de Kueller. Le bourdonnement des sabres saturait l'air et Luke avait le visage en feu. Il était à bout, mais essayait de focaliser toute son attention sur les gestes de Kueller. Une fois encore, sa cheville le trahit, mais il ne trébucha pas. Kueller se rapprocha, frappa, et le sabre de Luke vola dans les airs.

Kueller pointa sa lame bleue sur la gorge de Luke. L'odeur aigre de l'électricité était aussi pénétrante que la chaleur.

— Je devrais vous tuer maintenant.

Luke n'éprouvait aucune peur. Il pouvait rappeler son sabre avec la Force et reprendre le duel, mais il sentait confusément que Kueller ne voulait pas le tuer. Il affronta le regard de ses yeux de mort.

— Ce n'est pas en me tuant que vous gagnerez dans la Force.

Le masque sourit.

— Oh, mais si, Maître Skywalker.

— Non. Un Jedi accueille la mort. Il ne la redoute pas.

— C'est à moi que vous dites cela, Skywalker, ou bien à vous ?

— Je le dis à vous, Dolph.

— Je ne suis pas Dolph !

— Comme vous voudrez.

La jambe de Luke était maintenant insensible.

— Ce que j'attends de vous, c'est que vous attiriez votre sœur ici.

— Vous ne tenez quand même pas à affronter deux Jedi, Dolph.

Kueller claqua des doigts et une dizaine de commandos de l'Empire surgirent des immeubles, leurs cuirasses scintillant sous le soleil.

— Emmenez-le sur Almania.

— Ça fait beaucoup de soldats pour un seul homme, dit Luke avec ironie.

— Je vous connais, Skywalker, dit Kueller sans lever son sabre. Jamais je ne vous sous-estimerai.

Les commandos entouraient Luke. Il se prépara à bondir quand il sentit une douleur ténue dans sa nuque. Un commando se relevait en brandissant une aiguille.

— Bonne nuit, Skywalker, dit Kueller à la seconde où Luke s'effondrait.

Leia achevait de préparer l'*Alderaan*. Le yacht était un vaisseau multifonctions, prévu pour les croisières aussi bien que les situations d'urgence, par exemple lorsque Hethrir avait enlevé ses enfants[1]. L'*Alderaan* ne portait aucun insigne sur sa coque et son nom n'était connu que de quelques rares personnes. Le yacht s'identifiait par son code et la propriétaire était une certaine Lelila. Un surnom que

---

1. Voir *L'Etoile de cristal*. (N.d.T.)

Leia avait hérité de son enfance, une seconde identité qui lui avait permis de partir à la recherche des enfants.

Cette fois, elle allait voler au secours de son frère.

Luke ? appela-t-elle une fois encore, sans obtenir de réponse.

Luke lui avait paru sévèrement blessé dans l'hologramme. Il était peut-être mort maintenant.

Peut-être, peut-être... Elle ne pouvait vivre avec tous ces peut-être. On avait tenu son frère pour mort tant de fois. Elle avait appris avec le temps qu'il pouvait survivre dans les circonstances les plus improbables. Depuis qu'elle et Lando l'avaient retrouvé suspendu la tête à l'envers sous une turbine de climatisation de la Cité des Nuages de Bespin.

Elle lança un message codé sur toutes les fréquences d'ordinateur pour tenter de joindre D2. Il était sans doute encore en réparation. Ces Kloperiens avaient bien failli le détruire à deux reprises, et elle avait laissé un ordre — l'un de ses derniers actes officiels — afin qu'ils soient tous relevés de leurs fonctions dans les docks. Elle avait des soupçons à leur égard à cause de leur comportement avec les droïds. Si D2 ne revenait pas très rapidement, elle partirait seule. Le temps était désormais un facteur décisif. Si Luke était vivant mais gravement blessé, il ne pourrait se défendre. Parfois, ses pouvoirs semblaient magiques aux yeux des autres, mais elle savait que Luke était comme tous les êtres humains.

Vulnérable.

La mort avait emporté les plus grands des Chevaliers Jedi. Elle avait ainsi vu mourir Obi-wan sous le sabre de Vador.

Elle gardait en elle cette image depuis des années. Luke avait toujours vu dans le geste de Ben un signe de son pouvoir, mais Leia ne le considérait que comme un exemple des limites de la Force.

Jamais de son vivant elle n'avait parlé à Obi-wan Kenobi. Seulement plus tard, alors qu'il n'était qu'une apparition spectrale, tout comme son père et Yoda. Obi-wan s'était révélé un guide, un professeur, et un peu plus encore.

On frappait à l'écoutille. Elle pivota. Nul ne savait qu'elle était ici, sauf Mon Mothma, qui ne se serait pas risquée à venir la rejoindre. Et D2, s'il avait bien reçu son message, n'aurait pas frappé.

Elle consulta le moniteur extérieur. Et vit Wedge, en uniforme de général, les cheveux peignés en arrière, le chapeau sous le bras, l'air cérémonieux.

Elle avait la bouche sèche, tout à coup. C'était stupide de craindre un ami. Elle ne voulait pas qu'il lui dise de rester, mais elle ne souhaitait pas non plus qu'il mette quiconque au courant de son départ — pas aussi tôt.

Impossible de lui refuser sa porte. Elle ouvrit donc et il entra dans le cockpit en courbant le dos.

— Leia ? C'est Mon Mothma qui m'envoie.

— Wedge, je n'attendrai pas plus longtemps. Quoi que vous pensiez. Luke a des problèmes, je n'ai pas réussi à joindre Yan, et Luke risque de mourir avant que le Sénat vote un avis de recherche.

Wedge posa son chapeau sur le siège du copilote.

— Je sais, Leia. Vous n'avez pas à vous justifier avec moi. Mon Mothma ne m'a pas demandé de vous retenir mais de vous accompagner.

Elle secoua la tête.

— Ce ne sera pas nécessaire. Il vaut mieux que j'y aille seule. Mais si vous mettiez la main sur D2, ça me ferait plaisir.

— Vous ne comprenez pas. Mon Mothma veut que je vous accompagne avec une flotte.

Leia sentit ses jambes se dérober sous elle. Elle dut s'appuyer sur la console.

— Une flotte ? Mais elle ne peut pas. Il faut l'aval du Sénat.

— Techniquement oui, mais vous savez qu'il existe des moyens de contourner ce genre de règle.

— Mais c'est impossible. Les ex-Impériaux vont la crucifier.

— Ils ne le sauront pas avant un certain temps. La flotte sera loin bien avant qu'ils ne soulèvent des objections.

— Alors, ils la déposeront. Wedge, c'est exactement ce que je voulais éviter en la nommant à mon poste.

— Leia, faites confiance à Mon Mothma. Elle a réussi

l'unité de groupes de rebelles très variés pour en faire un gouvernement réel. Elle est vraiment rusée.

Leia fronça les sourcils, décontenancée.

— Quel est son plan ?

— Nous laisser partir. Les vaisseaux sont déjà parés. Elle considère que nous devons éliminer Kueller aussi vite que possible. Avec vous, nous y parviendrons.

— Et où est la ruse ?

— Si vous réussissez, le crédit vous en reviendra. Le vote de non-confiance sera suspendu. Ce qui vous permettra de rester chef de l'Etat.

— Et si nous échouons ?

— Elle nous dénoncera. Nous ne serons que des bandits qui auront agi illégalement pour tenter de sauver la Nouvelle République, et qui ont perdu. Et si nous perdons, Leia, notre réputation importera peu.

— Sauf pour mes enfants.

— Ils seront protégés. Mon Mothma sait à quel point ils sont précieux. Une chance qu'ils ne soient plus sur Coruscant. Comme ça, Mon Mothma peut manipuler l'information à son gré.

Lentement, le plan prit forme dans l'esprit de Leia. Avec une flotte, elle aurait une chance de l'emporter. Kueller devait attendre qu'elle se rende ou alors il lui enverrait un autre message. S'il la connaissait aussi bien qu'il le prétendait, il imaginerait même qu'elle allait prendre le risque de venir au secours de Luke. Mais pas avec toute une flotte de la Nouvelle République.

— Et les ailes-X ?

— Elles sont pour la plupart inutilisables, mais nous en avons reconstruit un certain nombre. La flotte va être composée de chasseurs de têtes Z-95, d'ailes-A, B et Y.

— C'est une flotte importante.

— Luke est important.

Elle eut un sourire songeur.

— Et puis, Mon Mothma s'est repassé l'enregistrement du message holo et a conclu que Kueller était une réelle menace. Wedge, vous semblez oublier le nombre de fois où je me suis battue à ses côtés. Elle n'a jamais admis l'immobilisme. Elle ne croit qu'au combat. A l'avantage de la surprise.

— En ce cas, nous devrions y aller. Voulez-vous commander le vaisseau amiral ?

— Non, je n'ai jamais eu de commandement militaire, Wedge. Vous êtes responsable de cette mission. Je prends l'*Alderaan*. Je dois me concentrer sur Luke. Pour votre part, rappelez à Kueller que nous avons vaincu l'Empire. Un minable démagogue sur sa planète perdue ne saurait nous menacer.

— Vous ne le croyez pas aussi négligeable, n'est-ce pas ?

— Non, fit-elle avec un sourire grave. Je pense qu'il représente l'une des pires menaces que nous ayons jamais affrontées.

33

L'eau bouillonnait sous les tirs de blaster. A la seconde où Yan plongeait, Chewie s'empara de l'arbalète de Wynni. Yan ne s'attarda pas pour savoir comment il avait pu réussir son coup : il nagea vers le fond, agrippa les jambes de Zeen et l'attira sous l'eau.

L'autre se défendit à coups de pied mais Yan ne lâcha pas prise pour autant. Zeen laissa tomber son blaster entre eux. En se servant de ses bras comme de fléaux, il tenta d'écarter Yan qui résista, les poumons en feu. Zeen, lui, avait été surpris la bouche ouverte et il suffoquerait très vite.

Il lança un coup de poing que l'eau amortit. Yan lui appuya sur les épaules et l'enfonça plus profond. Zeen se débattait, mais le siphon l'attirait irrésistiblement vers le fond.

Yan nagea vers la surface. Lando avait bloqué Kid et ils se battaient furieusement. Les lasers faisaient grésiller l'eau alentour et Chewbacca avait tourné l'arbalète de Wynni contre les Glottalphibs. L'un gisait mort sur le bord et un autre dérivait sur l'étang dans un nuage de sang noirâtre. Les autres Glottals continuaient à tirer dans une chaleur insoutenable.

Nandreeson ripostait. Quant à Wynni, inconsciente, elle flottait en surface, le groin dressé.

Yan saisit le blaster de Kid tout en le frappant avant de l'envoyer rejoindre Zeen. Puis, il aida Lando à se relever.

— On respire un coup, vieux.

Lando hocha la tête et Yan lui remit son blaster en main avant de prendre le sien. Il ouvrit le feu sur les Glottalphibs en visant la bouche.

Du coin de l'œil, il vit Lando tirer en direction de la voûte. Il était sur le point de lui dire de ne pas gaspiller son énergie, quand un million de chauves-souris watumbas fondirent sur l'étang. Chewbacca gronda en se protégeant le crâne. Les watumbas plongèrent entre la fumée et les flammes.

Les Glottalphibs agitèrent leurs moignons en couinant. Les flammes s'éteignirent. Nandreeson plongea et Yan allait se lancer à sa poursuite, quand Lando le prit par le bras.

— Ne fais pas ça. Il veut nous attirer au fond pour nous tuer plus facilement.

Les chauves-souris dévoraient le feu en battant des ailes autour des Glottals survivants. Les premières fondirent sur une proie et s'enfoncèrent dans sa bouche béante. Il se mit à glapir de douleur tandis que les watumbas le recouvraient. Puis il se tut. Les autres battirent en retraite en abandonnant leur collègue déjà gris, desséché. Ils n'étaient plus que trois.

Yan donna quelques claques rassurantes dans le dos de Chewie.

— Ce sont des watumbas, gros trouillard. Elles mangent les algues, les insectes, le feu, mais pas les Wookies.

Chewie miaula piteusement.

— Allez ! fit Lando. (Il s'élança, et s'arrêta brusquement de nager, comme s'il était pris dans des algues.) Je n'aime pas ça...

Il disparut sous l'eau.

— Nandreeson ! cria Yan.

Il plongea à son tour. Nandreeson, cramponné au pied de Lando, le regardait se débattre. Yan essaya de le dégager mais en vain. Il lui fit alors signe de ne plus bouger et remonta précipitamment à la surface.

— Donne-moi l'arbalète ! lança-t-il à Chewie.

Le Wookie protesta.

— On n'a pas le temps de discuter. Nandreeson va le tuer.

Chewie geignit, arma l'arbalète et plongea. Yan retourna sous l'eau et attaqua le groin de Nandreeson à grands coups de pied.

Lando était au seuil de l'asphyxie. Il montra son cou en crispant les doigts. Yan avait déjà compris, mais ne s'acharnait pas moins sur Nandreeson. Le Glottalphib ouvrit la bouche à l'instant où le carreau d'énergie pure de l'arbalète se plantait dans sa nuque.

Il cracha un jet de feu puis de bulles et lâcha Lando qui jaillit aussitôt vers la surface. Nandreeson, ses petits doigts crispés sur ses lèvres, s'enfonça un peu plus dans la vase.

Yan n'attendit pas. Il attrapa Chewie et l'aida à remonter. Lando était déjà sur les premières marches de l'escalier. Il se laissa tomber en fermant les yeux :

— Je ne pensais pas que je pourrais m'asseoir un jour.

— On n'en a pas encore terminé, dit Yan en prenant appui sur la paroi humide.

— Certainement pas ! (Blue se dressait derrière eux.) Vous savez comment on va pouvoir retourner à mon skipper ?

Chewie grommela et elle haussa les épaules.

— Comme ça, tu joues dans les deux camps ? fit Yan, résumant la remarque du Wookie, de façon moins inconvenante.

Blue eut un sourire charmeur.

— Je me suis dit qu'il était dans mon intérêt de voir qui allait gagner dans cette petite escarmouche. Tu n'es pas d'accord, Yan ?

— Si on avait pu te faire confiance, tu te serais battue de notre côté, Blue.

— Il ne faut pas trop lui demander, remarqua Lando, épuisé. Au moins, elle ne nous a pas tiré dessus.

— Tu vois, Yan ? Un homme qui me comprend.

— Il changera d'avis quand il verra les pièces du *Lady Luck* que tu as embarquées sur ton skipper.

Lando ouvrit des yeux effarés en se redressant.

— Vous avez pillé mon vaisseau ? Yan, passe-moi ce blaster. Elle mérite la mort.

Blue ouvrit les mains. Elle tenait son arme entre le pouce et l'index.

— J'ai cru que tu étais mort, Calrissian. Nandreeson n'avait aucune raison de t'épargner.

— Blue, tu n'as aucune morale.

— Tu as fait la même chose avec lui.

— Là, elle marque un point, dit Yan.

— Avant la Cité des Nuages, sans doute. Mais je suis un bon gars maintenant.

— Un bon gars qui dit n'importe quoi, répliqua Yan en s'asseyant à côté de lui. Pourquoi es-tu venu ici ?

— Pour te récupérer, vieux. J'avais entendu dire que tu avais des ennuis. Et je pensais pouvoir te donner un coup de main.

— On pourrait discuter de votre vie privée plus tard, lança Blue. Tout ce que je voudrais savoir, c'est comment vous comptez nous tirer d'ici ?

— Comment es-tu montée là-haut ? demanda Yan.

— En grimpant. Tu n'as pas vu les poignées près de l'entrée de la caverne ?

Chewie grogna et escalada les marches avec ses grosses pattes trempées.

— D'accord, d'accord, on y va.

— Tu as un plan pour nous sortir de là ? s'inquiéta Lando.

Yan soupira intérieurement : pourquoi pensaient-ils donc tous qu'il avait toujours un plan ?

— Je me disais qu'il y avait peut-être une chance que tu saches où se trouve le skipper préféré de Nandreeson...

— C'est avec ça qu'ils m'ont amené, mais il a laissé des Reks en faction.

— Ils doivent être partis, maintenant, fit Blue. Ils détestent les watumbas autant que les Glottals.

— Pour être plus précis, Blue, les Glottalphibs adorent les watumbas. Elles sont pleines de petites choses délicieuses pour eux. Ce qu'ils n'aiment pas, c'est que les watumbas les remarquent.

— Bien vu ! fit Blue en riant.

Chewie grimpait déjà vers l'entrée de la caverne. Il s'arrêta sur la corniche et se débarrassa de son encombrante combinaison qu'il jeta dans l'étang avec un juron wookie particulièrement vulgaire.

Blue jeta un regard à Wynni.

— Elle va s'en sortir ?

— On va la hisser là-haut, dit Yan. Au moins, elle sera à

même de se défendre quand les sbires de Nandreeson reviendront.

Chewbacca souleva la Wookie dans un grondement sourd.

— Gentil de ta part, Chewie. Je n'ai pas eu à te forcer.
— Tu sais que tu m'as dit un jour de ne jamais mettre un Wookie en colère, souffla Lando.
— Exact.
— Mais tu sembles l'oublier assez souvent.
— Il me doit la vie. Ce serait déshonorant pour lui de me tuer.
— Je le suppose, mais il pourrait quand même te casser les bras, non ?
— Ça n'est pas encore arrivé, et il est inutile de lui donner des idées.

Blue enjamba Wynni avec désinvolture. En dépit de son séjour dans l'eau trouble, elle paraissait toujours aussi vive et séduisante. Même ses cheveux trempés avaient l'air impeccablement peignés.

— Et où est le skipper ? demanda-t-elle.
— Deux tunnels plus haut, dit Lando. Je monte le premier.

Il avait l'air incapable de bouger un muscle et jamais Yan ne lui avait vu le teint aussi gris. Mais Lando grimpa avec agilité, visiblement stimulé par l'idée de se retrouver libre.

— Et les autres Glottals ?
— Je ne pense pas qu'on doive se faire du souci à leur sujet, répondit Lando.

Yan le rejoignit sur le seuil. Des dizaines de Glottalphibs gisaient sur la berge et entre les rochers, la bouche béante, la gorge nettoyée à vif.

— Les watumbas ? s'exclama Yan. Mais pourquoi les Glottals vivent-ils avec ?
— Quelquefois, il faut prendre des risques si on aime les bons repas.

La puanteur de la fumée, des cadavres et des algues pourrissantes était suffocante.

Chewie se remit à grogner.

— Oui, je *sais* que ça pue, fit Yan.

— C'est peu de le dire, fit Blue. Je préfère ne pas m'attarder.

Ils passèrent entre les corps. Ils en trouvèrent d'autres dans la caverne voisine, ainsi que cinq skippers sans le moindre garde en vue.

Blue sourit.

— Ces Reks. Adorables. Ils ne pensent qu'à eux.

— Un peu comme toi, hein, Blue ? fit Yan.

Elle lui tapota l'épaule.

— Solo, je fais ma bonne action de temps en temps. Je n'étais pas forcée de t'amener jusqu'ici.

Il s'écarta.

— Tu aurais pu mettre plus de cœur à me sauver, Blue. Moi, je t'ai déjà sauvé la vie une fois.

— Un service contre un autre. Je me suis dit qu'on était à égalité.

Lando et Chewie inspectaient les skippers.

— Celui-ci est paré à décoller, annonça Lando. Si tu sais comment bricoler les moteurs.

— Il y a toujours un code d'accès. Avec Nandreeson, il ne devrait pas être difficile à déchiffrer, fit Blue en se penchant sur le vieux moniteur vocal.

— Tu crois qu'il identifie la voix ? demanda Yan.

Blue se remit à rire.

— Tous les Glottalphibs ont la même tonalité de voix. Lando, est-ce que tu sais ce que préférait Nandreeson ?

— Pourquoi cette question ? Je ne l'avais pas revu depuis des années.

— Je veux dire, ses obsessions.

— Je n'en connais qu'une.

— D'accord.

Elle se pencha et dit : « Tuez Calrissian », en imitant remarquablement bien le ton nasal du Glottalphib.

La porte coulissa.

— Voilà, messieurs. Maintenant, on retourne sur Skip 1 pour voir s'ils n'ont pas dépecé le *Faucon* en notre absence.

C'est à leur retour dans les appartements de Yan que D2 et C3 PO avaient découvert la disparition de Leia. L'ordinateur les informa de sa démission de son poste de chef de l'Etat et des instructions qu'elle avait données de condamner les appartements jusqu'au retour d'un membre de la famille. Puis il congédia les deux droïds sans ménagement.

Mon Mothma avait remplacé Maîtresse Leia et les deux droïds attendaient à présent dans l'antichambre avec divers assistants sénateurs, des courtisans et quelques demandeurs d'emploi. La salle était comble. Ils étaient les seuls droïds de l'assistance si l'on exceptait la réceptionniste d'un modèle récent qui refusa de reconnaître l'identité de C3 PO. Elle avait donné la priorité aux êtres vivants, qui allaient du garde kloperien que Leia avait renvoyé (et que D2 avait évité en se cachant derrière un gros Ychthytonien) à un Agee ailé.

Quand le Kloperien fut admis dans l'appartement de Mon Mothma, D2 se remit à se dandiner. Plutôt nerveusement.

— Calme-toi, dit C3 PO. Je suis persuadé que Mon Mothma va nous accorder un entretien. Elle sait à quel point nous sommes importants.

D2 sifflota et toutes les conversations se turent. Toutes les têtes se tournèrent vers eux. C3 PO leva les mains comme si rien ne s'était passé et le brouhaha revint. Seule la réceptionniste gardait les yeux rivés sur eux, et plus particulièrement sur C3 PO, comme s'il avait commis un grave manquement à l'étiquette.

— Et voilà, dit-il. Encore une fois, nous allons être expulsés à cause de ta grossièreté.

D2 stridula en oscillant plus vite encore sur les dalles de l'antichambre.

— Un peu mélodramatique, même pour toi. Personne ne va mourir simplement parce que nous faisons la queue.

D2 blatéra et l'Ychthytonien se pencha.

— Le p'tit ami que vous avez a l'air bien agité.

C3 PO approuva.

— Il croit que nous avons trouvé...

D2 lança quelques notes perçantes et la grosse créature

porta ses quatre mains à la tête. La plupart des humains grimaçaient et l'Agee vola hors de la salle aussi vite qu'il y était entré.

La réceptionniste se dressa d'un bond.

— Vous, les droïds, sortez !

— Tu vois le résultat ? siffla C3 PO. Maintenant, il va falloir la convaincre que nous devons rester. Ça ne sera pas facile, après tes insultes. La plupart des droïds, quelle que soit leur fonction, n'apprécient guère le terme de « traître », tu sais. Elle fait son travail, et plutôt bien, si tu veux mon avis.

Il s'avança vers le guichet. La réceptionniste croisa ses bras de bronze.

— Vous n'avez rien à faire ici. La Présidente travaille sur des problèmes importants.

— Mais ceci est important.

— Pour vous, j'en suis persuadée. Mais ça peut attendre.

— Je crains que non. (C3 PO prit un ton confidentiel.) Voyez-vous, mon collègue et moi avons découvert la cause de l'attentat du Sénat. Nous allions faire notre rapport à la Présidente Leia Organa Solo, mais elle s'est absentée. Nous sommes donc venus voir sa remplaçante.

— Pur délire. On aurait certainement dû vous mettre à la retraite il y a une génération. J'ai entendu dire que votre modèle était enclin à l'hyperbole. Mais je ne l'avais pas vraiment cru jusqu'à maintenant.

— Il ne s'agit pas d'hyperbole ! Mais de faits réels. Vous devriez connaître la différence.

— Si vous ne quittez pas ce guichet, je vous fais évacuer.

— Certainement pas. Je suis le droïd personnel de la Présidente Leia Organa Solo et mon collègue appartient à son frère, le Maître Jedi Luke Skywalker. Nous sommes bien au-dessus de vos mesquines manœuvres bureaucratiques. Toute tentative de subornation sera considérée comme une atteinte contre des personnalités majeures de Coruscant.

— Votre collègue ? répéta la réceptionniste. Vous voulez parler de cette espèce d'astromécano mal élevé qui couinait ici même ?

— Exactement. Il est certes excentrique, mais c'est le héros de plusieurs batailles et il est célèbre.

— Alors, vous ne devriez avoir aucun mal à le retrouver.

— Le retrouver ?

— Il est parti dès que vous vous êtes approché de mon bureau.

C3 PO se retourna brusquement.

— D2 ? D2 ?

Le tumulte s'était apaisé : les solliciteurs écoutaient la querelle entre la réceptionniste et C3 PO. Près de la sculpture où D2 avait attendu, il y avait une fente dans la paroi. Et le gros Ychthytonien tendit son bras supérieur gauche en direction de la porte.

— Oui, elle a raison. Votre petit copain a filé pendant que vous vous disputiez. Il est parti vers le turbolift des pilotes.

— Le turbolift des pilotes ? répéta C3 PO. Oh, ciel ! (Il fit trois pas, puis se retourna vers la réceptionniste.) Je compte sur vous pour informer Mon Mothma de notre passage. Sinon, je veillerai personnellement à ce que vous soyez affectée comme traductrice dans le service des compacteurs mécaniques d'immondices.

Puis il se précipita à la poursuite de D2. Il dut écarter quelques jeunes solliciteurs humains, un Gosfambling et un Llewebum avant d'atteindre le turbolift des pilotes.

On l'appelait ainsi car il permettait d'accéder directement aux hangars des vaisseaux. Les pilotes de l'Empereur avaient été en état d'alerte constante. A la moindre menace, ils empruntaient le turbolift pour franchir les kilomètres qui les séparaient des baies d'envol avant de s'élancer à la défense de Coruscant. La Nouvelle République avait maintenu l'ascenseur en état.

La cabine venait juste de remonter en surface.

— D2, marmonna C3 PO, dès que je t'aurai remis la main dessus, je proposerai qu'on te verrouille.

Les portes du turbolift coulissèrent, il appuya sur la touche *express* et serra les coudes. Dès qu'il eut atteint le fond, il explora les environs du regard.

Les portes du secteur des pilotes étaient béantes et le panneau de l'ordinateur posé sur le sol du hangar. D2 avait dû faire très vite : d'habitude, il n'était pas aussi négligent et remettait les choses en place. Les machines ronronnaient tout au fond.

C3 PO s'engagea dans le couloir désert et se glissa dans la baie. Des dizaines d'ailes-X s'y trouvaient, à divers stades de réparation. Celle de Maître Luke semblait attendre près des portes donnant sur le vide. Aucune trace de D2.

— Ciel, ciel, ciel ! Je n'aime pas du tout ça !

C3 PO enjamba des lacis de câbles d'alimentation et des agglomérats d'éléments d'ordinateurs. Et surprit un mouvement furtif dans la salle voisine. D2 était devant un cargo léger qui avait été apparemment réassemblé récemment. On avait nettoyé les balafres calcinées et la crasse spatiale.

— Qu'est-ce que tu mijotes, D2 ?

Le petit droïd sifflota.

— Mais non, je ne peux pas piloter un cargo. Tu sais bien que les droïds ne sont pas faits pour ça. Nous avons besoin d'aide, D2.

D2 trilla.

— Non, personne ne te méprise, D2 ! Il faut que tu voies un responsable !

D2 bipa rageusement.

— Tu sais, ce n'est pas parce que tu n'as pas pu t'entretenir avec Mon Mothma qu'il faut t'exciter comme ça. Si tu avais seulement attendu quelques minutes de plus, nous aurions été reçus en audience. On a toujours un peu de temps.

D2 ulula d'un ton désespéré.

— Mais non, ça n'est pas aussi grave que ça ! Je vais aller parler à Mon Mothma. Je suis convaincu qu'elle enverra quelqu'un pour...

D2 égrena une injure prolongée.

— Non, vraiment, qu'est-ce que tu comptes faire ? Tu attends que le propriétaire revienne ? Tu ne sais même pas quel genre d'humain peut piloter ce machin-là... D'accord, je ne sais rien de ton plan. Mais j'estime qu'en procédant par la voie officielle...

Des pas résonnèrent dans le hangar et D2 gazouilla presque joyeusement. C3 PO se retourna.

Cole Fardreamer venait d'apparaître. Il s'essuyait les mains sur sa combinaison en loques.

— Je suppose que le message crypté que Luke Skywalker m'a laissé sur l'ordinateur venait en fait de toi, D2, puisque Maître Skywalker n'est pas ici pour m'accueillir.

D2 twitta et C3 PO le tança doucement :

— Tu sais, tu n'es pas censé bricoler le matériel. Ni surtout te servir des codes de Maître Luke !

— C'est pas vraiment le moment de lui passer un savon, coupa Cole. Le message m'a paru urgent.

D2 pivota sa tête en dôme et bipa.

— Il veut savoir qui est le propriétaire de ce cargo, traduisit C3 PO. Quoique je ne comprenne pas pour quelle raison. Franchement, Maître Fardreamer, il se comporte bizarrement depuis qu'il a été touché par ce tir de blaster.

— On peut se fier à son instinct, dit Cole en s'avançant. Le cargo a été volé et il est sous embargo. C'est moi qui l'ai réparé. Il n'a plus de propriétaire, légalement parlant. Je pense qu'on va essayer de le vendre.

D2 gloussa en se dandinant.

— Vous voyez, Maître Fardreamer, il n'est plus tout à fait lui-même.

Cole sourit.

— Tu devrais me traduire ce qu'il a dit.

— Oh, ça va, fit C3 PO tandis que le petit astromécano geignait. D2 croit savoir qui est responsable de l'attentat du Sénat. Il prétend que si nous n'allons pas immédiatement sur place, il y aura une autre explosion.

— Dans la salle du Sénat ?

— Non, dans l'endroit d'où viennent ces détonateurs.

D2 trilla d'un ton pressant.

— Il désire savoir si vous pouvez nous aider.

Cole contempla le cargo d'un air sombre.

— Je ne sais pas. Mais je vais essayer, en tout cas.

34

Leia avait six soldats d'escorte sur son petit yacht. Wedge avait prétendu qu'ils étaient là en cas d'attaque, mais elle pensait qu'ils devaient avant tout faire fonction de gardes du corps. Wedge et Mon Mothma n'étaient pas certains de ses intentions et voulaient l'empêcher de se lancer dans une folle entreprise.

Mais jamais elle ne s'était laissé arrêter par personne et elle n'allait pas commencer maintenant.

Le jeune lieutenant Tchiery avait insisté pour piloter, mais elle l'avait repoussé. Elle devait garder le contrôle de cette mission, même si Wedge assumait le commandement de la flotte. Elle devait connaître constamment le cap, le plan d'attaque. Et ne pas s'en laisser dévier.

Quand ils seraient en vue d'Almania, elle saurait quoi faire.

Les nouveaux membres d'équipage dînaient dans la coquerie et le cockpit était à présent silencieux, ce qui lui permettait de réfléchir un peu. Tchiery avait déjà laissé son empreinte dans le siège de copilote. C'était un Farnym. Les Farnyms, ronds comme des boules, couverts d'une toison rase, avec de petits museaux et des yeux orange, étaient renommés pour leur force incroyable. Tchiery en était un exemple parfait. Il émanait de lui une odeur particulière de gingembre et de bois de santal.

Les trente unités de la flotte de Wedge encadraient l'*Alderaan*. Les trois grosses unités de commandement étaient escortées d'ailes-A et B.

L'amiral Ackbar avait préféré rester sur Coruscant pour couvrir du mieux possible leurs traces. Mais il était certain que Meido et sa bande ne tarderaient guère à s'apercevoir que trente vaisseaux avaient quitté Coruscant simultanément. Mais ils ne risquaient pas de repérer le modeste et anonyme *Alderaan*. Du moins Leia comptait-elle là-dessus.

Elle se laissa aller dans son siège.

Elle n'avait pas la moindre idée du type d'arme que Kueller utilisait. Les mondes restaient intacts mais les gens disparaissaient. Il ne s'agissait donc pas d'une Etoile Noire ou d'un Ecraseur de Soleil. Pas question d'une arme unique qu'ils pourraient annihiler d'un tir de canon blaster. Pas question non plus de bombarder Almania. La Nouvelle République se trouverait ramenée au niveau de l'Empire.

Leia n'était pas certaine que Wedge eût envisagé tous ces détails. Dès qu'ils auraient atteint l'espace almanien, elle lui renverrait son détachement militaire sur le *Yavin* avec un message. Pas de bombardement lourd jusqu'à ce que la cible ait été détectée. Evidemment, si cette cible était immédiatement repérable, elle annulerait le message. Sinon, elle plongerait dans l'atmosphère d'Almania pour se charger de retrouver Kueller. Seule.

Parce qu'elle ne savait pas encore si c'était la Nouvelle République qu'il visait ou bien elle, personnellement, et sa famille. Il semblait un ennemi redoutable, doué de dons puissants dans la Force. Pour la millième fois, elle regretta de n'avoir pas écouté Luke et achevé son éducation de Jedi.

Elle dénoua ses cheveux qui retombèrent en cascade de boucles sur ses épaules. Dans cette région, les étoiles paraissaient différentes. Même en hyperdrive, Almania semblait incroyablement lointaine. Etonnant que Kueller ait pu considérer que cette planète faisait partie de la Nouvelle République. Les mondes éloignés tenaient à leur indépendance, et ç'avait été le cas d'Almania sous l'Empire. La situation aurait dû demeurer inchangée avec la République.

Encore un détail qui n'avait pas de sens.

Comme tout ce qui concernait Almania, sans doute parce que les informations sur la planète étaient imprécises. Leia soupçonnait les Je'har de s'être rangés sous la bannière de la Rébellion par pure forme, surtout dans le but de protéger leur gouvernement, et certainement pas par esprit d'allégeance, encore moins pour combattre l'Empire. Aucun Almanien n'avait pris part aux combats.

Mais quelqu'un avait rapporté que les Almaniens avaient envoyé un message de détresse à son gouvernement des années auparavant, sans recevoir de réponse. Ce qui motivait peut-être le ressentiment de Kueller.

Peut-être cela n'avait-il rien à voir avec sa famille.

Tout allait de travers. Les soucis se confondaient dans son esprit. Elle n'avait pas réussi à récupérer D2 avant son départ et elle regrettait le petit droïd. C3 PO lui aussi aurait été utile à bord de l'*Alderaan*. Ne serait-ce que pour la distraire.

Et nul n'avait la moindre nouvelle de Yan. Il n'avait répondu à aucun de ses messages. Dans le dernier, elle lui avait annoncé qu'elle ne serait pas joignable pendant un certain temps. La règle du silence s'imposait dans le cas présent, mais elle était difficile à supporter. La mission de Yan dans le Quartier des Contrebandiers avait duré bien trop longtemps et, depuis ce message crypté qui semblait l'impliquer dans l'attentat, elle se demandait si ce long délai ne cachait pas de terribles nouvelles.

Et elle n'avait pu joindre Lando. Lando qui était parti au secours de Yan.

Quant à Luke, elle n'avait cessé de l'appeler sans succès depuis l'hologramme de Kueller. Depuis son douloureux appel dans la Force, le silence était retombé.

Et puis, elle souffrait de choses bizarres. Elle s'était tordu la cheville gauche en finissant son inspection du cockpit et la douleur avait fusé dans toute sa jambe. Mais en y regardant de plus près, elle n'avait rien constaté. Peu après le décollage, alors qu'elle se détendait dans son siège, il lui avait semblé que des milliers d'aiguilles se plantaient dans son dos. Une fois encore, la douleur ne persista pas et elle ne décela aucune trace. Mais elle avait eu le sentiment de la proximité de Luke.

Il était encore vivant. Mais il était blessé, et isolé.

Il fallait qu'elle le rejoigne d'urgence. Même poussés au maximum, les moteurs de l'*Alderaan* n'étaient pas assez puissants.

Luke s'éveilla dans une pièce à peine éclairée. Il était sur le ventre et souffrait atrocement du dos. La douleur pulsait dans son crâne et il avait un goût nauséeux dans la bouche. Il avait succombé à l'injection à cause de son état de faiblesse. Il n'avait pas eu l'énergie nécessaire pour affronter Dolph/ Kueller tout en repoussant l'agent chimique.

Et il était maintenant prisonnier.

Il ne savait où.

Il cligna des yeux. Ses paupières étaient irritées parce qu'il était encore déshydraté. Mais ce repos lui avait redonné un peu d'énergie. Il pouvait surmonter sa faiblesse et se défendre.

La banquette n'était qu'à quelques centimètres du sol crasseux. En bois, ce qui était inhabituel.

La lumière gris-brun filtrait par des grilles qui devaient ouvrir sur une pièce normalement éclairée.

Il se força à s'asseoir lentement, douloureusement, et se souvint de ce qui était à l'origine de cette douleur : son aile-X avait explosé au-dessus de Pydyr, inexplicablement.

Mais dans son sommeil, il en avait trouvé la raison.

Quelqu'un avait dû la saboter sur Telti. Certainement pas Brakiss, qui avait été constamment avec lui. Mais un des droïds avait pu être chargé de faire ce travail par Brakiss.

Et si l'aile-X avait explosé sur Almania, comme prévu, Brakiss aurait ainsi éliminé les deux hommes qu'il redoutait par-dessus tout : Luke Skywalker et Kueller.

Il passa la main sur son visage et rencontra quelque chose de piquant. Un brin de paille. Il baissa les yeux. La banquette était recouverte de paille.

Très étrange.

Et il n'avait pas les mains liées.

Pas plus que les chevilles.

Mais il n'avait plus son sabrolaser.

Bien. Kueller pensait qu'on ne pouvait s'évader de cet endroit, mais estimait en même temps que Luke aurait pu se servir de son sabre.

Ce qui signifiait qu'il ne resterait pas longtemps seul.

Il se leva, chaque mouvement éveillant une douleur qui le faisait presque défaillir. Il s'avança péniblement.

Il se trouvait en fait dans une série de chambres au plafond suffisamment élevé pour qu'il ne puisse l'atteindre en sautant avec sa cheville blessée, aux murs lisses. Un air frais y circulait, chargé d'une odeur de viande crue.

Son estomac vide se contracta, mais il savait qu'il lui fallait de la nourriture, ne serait-ce que pour un apport d'eau dans son organisme desséché. Il remonta vers la source de l'odeur et découvrit que la paille était plus abondante de l'autre côté de la pièce où il s'était réveillé.

De longs poils blancs y étaient mêlés. Il perçut une trace de relent animal.

La pièce suivante était plongée dans le noir. Et l'odeur de viande crue y était très forte. Mêlée à un remugle animal puissant. Luke n'était pas certain d'apprécier ce qu'il allait découvrir. Il plissa les yeux.

Rien.

La pièce était aussi vide que la précédente, avec le même tas de paille, mais pas de banquette de couchage. L'odeur de viande crue semblait provenir d'un coin où étaient empilées de grandes cuvettes vides. A l'évidence, la viande avait été mangée et n'avait laissé que son odeur.

Il sentit un picotement dans sa nuque : il était seul, mais pas vraiment.

Cette sensation était déplaisante.

Il se traîna jusqu'à la banquette et s'assit. Il n'avait aucun moyen de savoir combien de temps il était demeuré inconscient. Et pas la moindre idée de l'endroit où il se trouvait. Son seul espoir était d'éliminer un gardien et de s'enfuir avec un des vaisseaux de Dolph/ Kueller.

Mais avant tout, il devait savoir quelle était la source des perturbations que Kueller générait dans la Force. Kueller ne devait pas être loin.

Il entendit un reniflement, et leva les yeux. Une créature blanche de taille imposante se dressait sur le pas de la porte, assez volumineuse pour la bloquer. Il se dit que si elle se dressait sur ses pattes arrière, elle pourrait atteindre les grilles du plafond. Mais à l'évidence, ce n'était pas ce qu'elle souhaitait.

Le reniflement persistait et Luke prit conscience que la créature le sentait, lui.

Il se pétrifia. Il comprenait maintenant pourquoi Kueller ne l'avait pas ligoté.

La chose s'avança sur ses quatre pattes. Elle avait le double de sa taille. Chewbacca aurait eu l'air d'un nain à côté d'elle. La tête était plutôt petite comparée au corps, les oreilles courtes, les yeux bleus en amande. Les épaules étaient larges, et le dos plat et puissant. A chaque mouvement, ses poils blancs tombaient. Elle avait une queue longue et mince qui devait être redoutable.

Luke se dit que s'il ne bougeait pas, la créature n'attaquerait pas. Il ne fallait surtout pas tenter de fuir, pas crier. Mieux valait attendre qu'elle s'éloigne.

La créature s'approcha. Elle bavait et laissait des flaques derrière elle. Elle ne cessait de renifler en suivant la trace de Luke.

Il maîtrisa son souffle. Il voulut se rendre invisible, mais il ignorait comment projeter cette non-vision devant la chose car il ignorait son intelligence.

Elle alla de la porte au tas de paille avant de revenir à la banquette pour s'arrêter, hésitante. Luke n'esquissa pas un mouvement, même lorsque la bave ruissela sur ses pieds, visqueuse et chaude.

La créature le dominait, le torse énorme mais la bouche minuscule en comparaison.

Elle se baissa et le découvrit enfin. Elle pointa son museau sur lui. Géant et froid, il le couvrait du front au ventre. Il résista à l'envie de le repousser et resta calme. La chose renifla dans son dos. Il ferma les yeux. La truffe froide glissa le long de ses jambes.

Puis la chose recula. Luke risqua un soupir. La créature n'avait pas fait la différence entre la paille et lui. S'il réussissait à rester encore immobile quelque temps, elle s'en irait.

La créature pencha la tête et Luke rencontra son regard.

Une faute impardonnable.

Brusquement, la créature le mordit.

35

Les jambes de Luke venaient de disparaître entre les mâchoires du Thernbee. Kueller se détourna de l'écran. Il était seul dans la chambre de contrôle de Femon avec son nouvel assistant. Sur le mur, les masques le regardaient en brillant. Il n'aimait pas cet endroit. Il y sentait encore la présence de Femon. Il se dit qu'il devrait trouver un autre poste de commandement.

— Je veux un garde en permanence auprès de lui.

Yanne, son nouvel assistant, était plus vieux que lui, le visage anguleux, les cheveux gris.

— Je ne pense pas que ce sera nécessaire, dit-il.

Kueller l'avait choisi à cause de sa sincérité rafraîchissante.

Du moins pour l'heure.

— A dire vrai, monsieur, seul un miracle pourrait sauver cet homme. Le Thernbee va jouer avec lui, il va le briser os par os en lui donnant l'illusion qu'il peut lui échapper sans jamais le lâcher.

— Je sais parfaitement de quelle façon les Thernbees tuent. (Kueller avait grandi près d'eux, dans les montagnes d'Almania.) Mais j'exige ce garde.

— C'est du gaspillage de main-d'œuvre.

Kueller hocha la tête comme s'il l'avait écouté.

— Vous avez raison. Nous devons mettre quatre gardes en place sur les cages de Thernbees.

— Quatre ! Monsieur, vous n'êtes pas sérieux. Même si cet homme échappait aux Thernbees, il serait trop faible, trop diminué pour nous attaquer. Nous ferions mieux de mettre la plupart des hommes en position de bataille. Des rapports font état de...

— J'ai entendu ces rapports, le coupa Kueller. Je suis prêt. Mais c'est Luke Skywalker qui se trouve là en bas. Je ne l'ai mis avec le Thernbee que parce que j'ai besoin qu'il soit encore vivant lorsque sa sœur arrivera. Mais aussi longtemps qu'il est vivant, il y a un risque pour qu'il vienne à bout de son adversaire. Nous devons nous y préparer.

— Quand nous l'avons amené ici, il était blessé. Encore quelques morsures et il mourra.

— Ça n'est pas aussi simple.

— Mais aucun homme ne possède une telle puissance.

Kueller se tourna vers lui et le fixa. Le visage de Yanne prit un teint cendreux.

— A part vous, monseigneur, ajouta-t-il.

Kueller sourit. D'un sourire redoutable.

— Vous feriez bien de vous en souvenir, Yanne.

— Oui, monsieur.

— Quatre gardes, Yanne. En permanence.

— Oui, monsieur. Je m'en occupe immédiatement.

Il s'inclina brièvement avant de sortir.

Kueller revint à son écran. Les mâchoires du Thernbee étaient encore serrées. Il s'assit pour attendre de voir ressurgir Skywalker.

Il avait fallu à Cole un certain temps pour convaincre D2 d'attendre. Le petit droïd était tenace : il voulait immédiatement quitter Coruscant. Son plan ne plaisait guère à C3 PO : D2 voulait qu'ils embarquent à bord du cargo léger.

Le problème était que Cole n'avait pas l'autorisation de l'utiliser. Et il ne pensait pas qu'il pourrait décoller de Coruscant sans autorisation.

Il avait promis à D2 qu'il obtiendrait cette autorisation et de l'aide. Les deux droïds n'avaient pas réussi à contacter Mon Mothma. Cole pourrait échouer lui aussi mais il savait par où commencer.

Il appela le général Antilles sur l'ordinateur du hangar de réparation où se trouvait le cargo. Il fut promené entre six systèmes différents avant d'avoir une réponse.

— Désolé, Fardreamer, lui déclara une voix un peu mécanique. Le général Antilles ne prend actuellement aucun appel.

Cole n'avait jamais entendu ça.

— Mais il m'a demandé de le contacter en cas d'urgence. Et il y a urgence. Je vous en prie, dites-lui que...

— Je ne peux pas, Fardreamer. Urgent ou non, il refuse tout message.

L'opérateur coupa la communication.

— Oh, ciel, ciel, ciel ! geignit C3 PO.

D2 couina en se balançant sur ses chenillettes.

— Il dit qu'il ne nous reste que peu de temps, traduisit C3 PO.

— Je fais ce que je peux. Vous ne tenez quand même pas à ce que nous décollions pour nous faire arrêter par le Contrôle Spatial et être accusés d'avoir volé ce cargo, non ?

— Là, il a raison, fit C3 PO à l'adresse du petit astro-mécano.

Cole décida de les ignorer. Il envoya un message à la Présidente Leia. On lui répondit instantanément que la Présidente Leia Organa Solo avait démissionné de ses fonctions et que tous les messages devaient être adressés à Mon Mothma. Et quand il tenta de joindre Mon Mothma, il se heurta au même mur que les deux droïds. Mon Mothma était déjà submergée sous les appels et requêtes.

— Vous ne m'aviez pas dit que la Présidente avait démissionné, reprocha-t-il aux droïds.

— Nous l'ignorions jusqu'au moment où nous avons essayé de la joindre. Depuis cette affaire de détonateurs, tout a changé. (C3 PO secoua sa tête dorée.) Parfois, je regrette d'avoir accompagné D2.

— Pour trouver les détonateurs ?

— Non, je veux dire dans cette capsule de sauvetage [1].

Cole ne comprenait pas à quoi il faisait référence et préféra ne poser aucune question. Il tenta de contacter l'amiral Ackbar. Là encore, il obtint une réponse bizarre de son adjoint : l'amiral était en réunion et on ignorait s'il pouvait écouter une quelconque requête.

Cole garda la tête penchée en espérant que C3 PO pense-

---

1. Voir le premier volume, *La Guerre des Etoiles*. *(N.d.T.)*

rait qu'il étudiait le clavier de communication. Il devait se concentrer.

La Présidente Leia avait démissionné.

L'amiral Ackbar était injoignable.

De même que le général Antilles.

Et Mon Mothma.

Il se passait quelque chose de grave.

La dernière fois qu'il était resté sourd aux avertissements de D2, ils avaient bien failli être tués. Sans parler de tous les pilotes dispersés entre les systèmes avec leurs ailes-X susceptibles d'exploser à tout instant.

D2 gémit.

— Il dit que nous ne pouvons plus attendre, fit C3 PO. Il vous rappelle que vous avez promis de nous aider. Pour ma part, Maître Fardreamer, je ne vous en tiendrai pas rigueur : vous avez fait ce qui était en votre pouvoir. D2 est quelque peu excentrique, voyez-vous...

— Mais ses mises en garde se sont toujours révélées justifiées, l'interrompit Cole. (Il posa la main sur le dôme de D2.) Jusque-là, j'ai suivi les voies officielles. Je pense qu'il est temps d'en sortir.

D2 couina joyeusement et se précipita vers le cargo.

— C3 PO, demanda Cole, est-ce que tu connais les codes de la Présidente ?

— Maître Cole, ils sont privés et susceptibles de changer quotidiennement. Mais pourquoi...

— Est-ce que tu les connais ?

— Bien entendu. De même que ceux de son époux et de ses enfants.

— Je n'ai besoin que des siens. Sans ces codes, nous ne pourrons pas quitter Coruscant.

— Mais je ne peux vous accompagner. J'ai déjà suffisamment d'ennuis. Maîtresse Leia compte sur moi pour rester ici.

— La Présidente a démissionné, C3 PO, et sans te le dire. Je crois qu'elle te serait reconnaissante d'éviter un autre attentat. Elle a bien failli perdre la vie dans le premier.

C3 PO pencha la tête et le dévisagea comme s'il essayait de lire dans ses pensées.

— Là, vous marquez un point, Maître Fardreamer.
— Je le crois.
D2 glapit à l'intérieur du cargo.
— On y va, décida Cole.
C3 PO le précéda sur l'échelle de coupée et soupira en entrant :
— Je crois que je vais le regretter.

36

Chewbacca était le copilote de Blue. Après leur expérience sur Skip 6, Yan ne voulait plus prendre de risques. Il connaissait Blue depuis aussi longtemps que Kid, mais pas vraiment aussi bien.

La trahison faisait toujours mal, même quand on pouvait lui trouver une justification. Il était dans le salon de repos du skipper de Nandreeson. Le vaisseau était à la fois plus large et plus profilé que celui de Blue, avec un étang creusé dans le pont inférieur. Mais Yan et Lando ne souhaitaient pas renouer le contact avec l'eau vaseuse avant longtemps. Ils étaient assis dans un compartiment étroit meublé de canapés anciens et de tables basses couverts de moisissure.

Lando se détendait, les yeux fermés. Sa tenue d'ordinaire impeccable était humide et il avait sérieusement maigri.

Yan repassa dans son esprit les récents événements. Kid et Zeen étaient venues dans l'intention de le trahir. De faux amis. Ils le lui avaient fait comprendre dès son arrivée. Peut-être était-ce pour le prévenir.

Ce qui expliquait pourquoi les sbires de Nandreeson avaient su qu'ils le retrouveraient sur Skip 5.

— Tu n'aurais rien pu faire, dit Lando d'une voix rauque, fatiguée.

— A propos de quoi ?

— De *quoi* ?

Lando avait ouvert les yeux et s'était quelque peu redressé. Son visage était moins terne.

— A propos de Zeen et de Kid. Ils n'ont jamais été des amis.

— N'essaie pas de me consoler.

— Mais non, je veux seulement que tu voies la vérité. Ta place n'est pas ici, Yan. On le sait tous. Kid et Zeen ont essayé de te corrompre dès le début. Ils se sont dit que tu pouvais leur ressembler. Mais il y a des limites que tu ne franchiras jamais, et je pense que c'est ça qui les a rendus furieux.

— J'ai agi comme ils le voulaient.

— Mais non. Pour toi, le profit n'a jamais été le plus important. Tu as ce fond que tu essaies de cacher. C'est pour ça que tu es parti en croisade avec Skywalker. Il me l'a dit.

— C'était une exception.

— Non, c'est ta règle. Rappelle-toi ce Wookie esclave que tu as découvert ?

— Chewbacca n'a rien à voir là-dedans. Les circonstances étaient exceptionnelles.

— Oui, c'est ça, comme dans tous les autres cas. Ils te détestaient, Yan, parce que tu leur montrais à quel point leur vie était sale, moche, dominée par la haine.

Il y avait une soudaine passion dans le ton de Lando et Yan affronta son regard.

— Et toi, tu m'as détesté aussi ?

— Non. Mais tu m'as fait avoir honte de moi, ça je peux le jurer.

Il se redressa et fit le tour de la pièce. Soudain, avec un cri de douleur, il serra ses genoux, le visage décomposé. Yan l'aida à se rasseoir.

— Qui pourrait croire qu'on attrape des crampes en nageant ?

— Tous ceux qui s'y sont exercés. Tu aurais dû demander à Nandreeson de te laisser te réchauffer un peu avant de te balancer dans cet étang.

— Très drôle.

Yan lui massa la jambe.

— Ne force pas, vieux. Cette fois, tu as bien failli y rester.

— J'ai la peau dure.

— Et la tête aussi. Tu pensais à quoi, au juste, en venant dans le Quartier ?

— Il fallait que je te retrouve.

— C'était tellement important pour que tu risques ta vie ?

— Quelqu'un t'a monté un coup fourré, mon vieux. Ils voulaient qu'on croie que tu étais derrière l'attentat du Sénat.

— Alors que Leia s'y trouvait ? Mais personne ne croirait ça.

Lando eut un sourire vague.

— Je crois que Kid et Zeen n'auraient pas avalé ça. Mais la majorité des ex-Impériaux ne te connaissent pas. Ce genre de trafic était courant sous l'Empire.

— Il faudrait des preuves plus que sérieuses pour m'impliquer.

Lando secoua la tête.

— Pas nécessairement sérieuses, mais très pertinentes. Tu as de la chance que j'aie raconté tout cela à Leia en premier.

Il relata l'épisode du *Spicy Lady* et le message qu'il avait trouvé sur l'ordinateur.

Yan soupira :

— Et Jarril est mort, hein ?...

— Oui, et c'était pas joli à voir.

— Je pense qu'il avait peur de ça quand on s'est donné rendez-vous.

— Il était sûrement dans le coup.

— Non, il était trop effrayé. Il m'a demandé de l'aide comme n'importe quel contrebandier, en m'offrant de l'argent, mais je n'ai pas voulu. Alors, il a été plus direct.

— Parce qu'il le devait sans doute.

— Et qu'il avait probablement besoin d'aide. Il devait savoir qu'ils étaient sur sa trace. Il est évident qu'ils l'ont trouvé et assassiné sur Coruscant. Sans ça, jamais il n'aurait émis ces messages.

— Maintenant qu'il est mort, peu importe ses motifs. Ce qui compte, c'est qu'on ait cherché à te compromettre.

— Tu crois que les Impériaux auraient pu faire ça pour se débarrasser de Leia ?

— Et tuer leurs partisans dans l'attentat ? Ça me paraît peu probable, Yan.

— Mais ces ventes de matériel impérial pourraient coller, non ?

— Est-ce que tu as déjà entendu parler d'Almania ? demanda Lando en fermant les yeux.

— C'est toi qui m'as appris son existence.

— Bizarre, non ?
— Bizarre ?
— Quelqu'un s'est installé sur un monde dont nous n'avions jamais entendu parler. Quand on se donne tout ce mal pour se cacher, on attend que les autres vous cherchent.
— Exact. Alors, ça sera notre prochaine étape.
— A condition qu'il nous reste chacun un vaisseau.
— Ça, je te le promets, dit Yan.

Luke se glissa entre les dents de la créature en serrant les jambes. La gueule était large et le palais plat. Il y avait suffisamment d'espace à l'intérieur.

Sauf à proximité de la langue qui claquait sans arrêt et le soulevait comme un tremplin. Il retombait en glissant et mécaniquement la langue le renvoyait vers le haut. Il devina que la créature avalait ses proies sans les mâcher.

Tout était visqueux dans cet endroit. Rien à quoi se raccrocher. Dès que la langue le cogna à nouveau pour l'expédier vers le palais, Luke planta ses doigts dans la chair tendre.

La créature glapit et tenta de le recracher. Luke lâcha prise, les mâchoires s'ouvrirent et il fut projeté dans les airs. Il percuta la paroi métallique et retomba au sol, le souffle coupé.

La créature se dressait au-dessus de lui, une grimace douloureuse sur sa face énorme. Elle lança en avant ses pattes griffues, le bascula et le renifla, comme si elle ne pouvait croire qu'un être aussi minuscule pût lui faire aussi mal.

Luke leva les mains et se protégea le nez en tentant de se dégager. La créature le lécha comme pour le goûter. Luke portait encore sur le corps l'odeur de la gueule de la créature, un mélange de chair fraîche, de puanteur de salive et de crocs sales.

La créature recula et l'observa un instant, puis le frappa avec une telle violence qu'il glissa sur le plancher pour aller buter contre la paroi. Des échardes larges comme des couteaux se plantèrent dans ses bras et son dos. Il n'était pas encore parvenu à reprendre son souffle et il resta estourbi, tétanisé, baignant de sueur.

Mais il devait s'échapper. Impossible de se laisser battre à mort par cette chose. Ce serait une fin trop ignoble pour un Chevalier Jedi. Il avait déjà combattu seul des Rancors et des Pillards Tuskens. Il pouvait survivre à tout.

La créature revenait sur lui. Luke se dressa en arrachant une écharde de son bras. Et la planta sous le pied de la chose qui se mit à hurler en agitant sa patte. Des poils volèrent en touffes comme de la neige. Sur trois pattes, la créature blessée essayait d'arracher le poignard de bois avec ses crocs.

Luke n'avait pas l'intention d'attendre la suite.

Il courut aussi vite que le lui permettait sa cheville en direction de la banquette de paille. Il n'y avait aucun abri possible. Les grilles étaient trop hautes. Et la créature irait droit vers la banquette.

Il boitilla jusqu'à la pièce voisine et son regard s'adapta lentement à l'obscurité. Il discerna d'autres pièces qui se perdaient dans le lointain. La créature avait dû venir de là-bas. Il y en avait sans doute d'autres.

Une seule bête était déjà redoutable : plusieurs seraient un cauchemar.

La créature gémissait. Il la comprenait. Il profita du répit pour ôter les dernières échardes de sa peau et les rassembla comme autant de couteaux : les seules armes dont il disposait.

Avec son esprit.

La créature ne semblait pas vouloir l'attaquer à nouveau. Elle paraissait se demander à quoi elle avait affaire.

Si Luke trouvait un moyen de lui faire comprendre qu'il n'était pas de la nourriture, il aurait peut-être une chance de s'en sortir.

La créature cessa de gémir et vint vers lui en reniflant. Elle avait enfin réussi à arracher l'écharde. Luke attendit. Avec ses armes improvisées, il ne pouvait qu'espérer gagner un peu de temps.

Il n'avait pas l'intention de se faire massacrer par cette chose velue.

Kueller serait trop content.

37

Kueller, depuis son observatoire, surveillait le ciel. Il avait transformé le Grand Dôme des Je'har en Commandement Central. Durant sa guerre contre les Je'har, précisément. Il avait d'abord tué les leaders, puis supprimé systématiquement leurs successeurs en suivant tout sur les écrans. Qui lui découvraient à présent l'espace agrandi cent fois. Ceux de gauche montraient toute une flotte de vaisseaux qui venaient de surgir de l'hyperdrive au large d'Almania. Une dizaine de ses meilleurs assistants étaient présents autour de lui. Yanne déclara :

— Monseigneur, je pense que nous devrions riposter. Il s'agit de bâtiments de guerre de la Nouvelle République. Ils pourraient détruire Almania.

— Ils ne le feront pas.

— J'estime quand même que nous devrions prendre des précautions.

— En leur faisant savoir que nous les avons détectés ?

— Ils sont encore trop loin. Ils n'en sauront rien.

Kueller soupira. Ses assistants envisageaient toujours l'échec avant le succès. Il avait appris qu'il valait mieux se préparer à la fois à l'un et à l'autre.

— Bien. Envoyez trois superdestroyers avec des véhicules de soutien. Et... Yanne ?

— Monseigneur ?

— S'ils échouent, cela signifiera que vous aussi avez échoué.

La peau grisâtre de Yanne devint blême mais sa voix demeura égale.

— Oui, monseigneur.

Il se détourna et donna discrètement quelques ordres à l'un des gardes qui claqua des talons et disparut.

La flotte de la Nouvelle République n'était pas encore

visible dans le ciel. Elle ne le serait pas avant d'être réduite en débris à la dérive, en étoiles filantes.

Sur les écrans, un vaisseau de petit tonnage venait de surgir.

— Bravo, madame la Présidente, murmura Kueller. Bientôt, vous pourrez vous entretenir avec votre frère mutilé aussi longtemps que vous le souhaiterez.

— Monsieur ?

Kueller ignora Yanne. Il se concentrait sur ses émotions. Sur le Côté Sombre : il savait que la flotte n'avait aucune certitude quant à ce qu'elle allait rencontrer.

Il sourit.

Elle ne rencontrerait rien.

— Yanne.

— Monseigneur ?

— Mon dispositif est-il en place ?

— Bien sûr.

— Alors, exécutez mes plans.

Yanne s'éloigna précipitamment. Kueller palpa la télécommande dissimulée sous sa cape. Si Yanne échouait, il frapperait lui-même. Il n'avait pas menti à Leia Organa Solo en lui déclarant qu'il préférait les armes élégantes et raffinées.

Elle en aurait sous peu la confirmation.

On n'avait rien dérobé sur le *Faucon*, même si on avait essayé, comme l'attestaient les portes faussées et une trace calcinée sous la coque. Le *Lady Luck*, malgré son nom, n'avait pas eu cette chance. La majeure partie de l'intérieur avait été dépecée, y compris les instruments non fixes.

En observant Lando, Yan se dit que le terme « furieux » était très en dessous de la vérité.

Il demeura à bord du *Lady Luck* pour tenter de réparer les moteurs avec toutes les pièces qu'il parvint à trouver. Le cockpit était encore opérationnel mais il avait été dépouillé de ses gadgets fantaisie. Lando et Chewbacca exploraient Skip 1 pour retrouver le matériel manquant et les droïds de Lando. Yan avait été net : s'ils n'avaient pas suffisamment de pièces pour reconstruire le *Luck,* ils partiraient sur-le-champ. Il éprouvait un sentiment d'urgence qu'il ne s'expliquait pas.

Il avait refusé l'aide de Blue. Elle avait fait la preuve qu'elle était la plus loyale de ses anciens amis, mais ça ne signifiait plus grand-chose désormais. Lando avait probablement raison. Ils lui en voulaient tous.

Il venait à peine de remonter l'hyperdrive quand il sentit ses cheveux se hérisser sur sa nuque. Un long frisson lui parcourut l'échine. Il ressentit une onde d'inquiétude. Cela ressemblait beaucoup trop aux effets de la Force tels que Leia et Luke les lui avaient décrits. Ce qu'éprouvaient ses enfants.

Il s'était passé quelque chose, ou bien cela allait survenir. Il rampa dans le tube d'entretien du vaisseau et ressortit dans la coursive du *Lady Luck.*

C'est alors qu'une série d'explosions sourdes secoua le Skip. Le vaisseau roula et Yan dérapa vers l'autre bout de la coursive. D'autres détonations suivirent en une succession rapide. Il resta totalement immobile, les bras croisés sur la tête, mais le *Lady Luck* était intact.

C'était comme lors de l'attentat au Sénat. La panique alentour mais aucun blessé dans le casino.

Leia, pourtant, avait été blessée.

— Chewie ! cria-t-il. Lando ?

Pas de réponse bien sûr. Puisqu'il était resté seul à bord. Il empoigna son blaster et se précipita au-dehors...

Pour découvrir le désastre.

La baie de chargement était en ruine. Comme si elle avait été bombardée depuis l'espace. Mais la voûte de la caverne avait résisté. Ça s'était passé à l'intérieur.

Yan découvrit des incendies à proximité des vaisseaux. Un entassement de métal avait fondu sur la coque du *Faucon,* mais les flammes ne le menaçaient pas.

Des corps gisaient de toutes parts. Il vit des membres arrachés. Plusieurs vaisseaux avaient des trous béants dans leur coque, mais le souffle était à l'évidence venu de l'intérieur. Dans le crépitement des flammes, les plaintes des blessés montaient. Une fumée noirâtre, suffocante, avait envahi la baie.

Yan retourna jusqu'au *Luck* et trouva un masque respiratoire. Impossible de savoir ce qu'il allait découvrir dans l'astéroïde. Le Skip pouvait avoir été complètement détruit par les secousses.

Il quitta à nouveau le *Lady Luck* en appelant Chewbacca et Lando sans succès.

Il espérait qu'ils n'étaient pas descendus dans les profondeurs : la plupart des couloirs taillés dans la roche étaient fragiles.

Dès qu'il atteignit le sol, il dut échapper aux mains qui tentaient de le saisir par les chevilles. Des appels jaillissaient de toutes parts. Il s'arrêta plusieurs fois pour dégager des contrebandiers pris sous les décombres et les éloigner des incendies. La fumée se faisait de plus en plus dense.

Mais il ne pouvait abandonner Chewie et Lando à leur sort. Il les imagina brièvement, prisonniers de la roche : les chances de les retrouver étaient infimes.

Mais il devait tout tenter.

Il circulait entre des débris et des fragments de métal en fusion. Ce désastre rappelait celui de Coruscant. Mais ici, il avait entendu plusieurs explosions, et non une seule.

Les plaintes montaient de tous côtés. Il devait être l'un des rares survivants. Il devait absolument porter secours à tous ces blessés en espérant que Chewie et Lando recevraient de l'aide de leur côté.

Il sinua entre les foyers d'incendies pour regagner le *Faucon*. Il s'empara des extincteurs et se mit à pulvériser les foyers les plus menaçants, laissant derrière lui des scories et des corps calcinés.

Des mains, des doigts étranges et des tentacules se tendaient vers lui. Il se sentait déplacé dans cette scène de désastre, presque honteux. Il s'avançait de plus en plus vite entre les flammes et la fumée commençait enfin à se dissiper autour de lui. Il découvrit alors Blue qui faisait comme lui avec les extincteurs de son skipper.

Elle était couverte de suie et de cendres, mais elle était

aussi blessée et il vit du sang sur ses bras. Sa tunique était déchirée dans le dos et des larmes coulaient sur ses joues.

Jamais il ne l'avait vue aussi bouleversée.

Il s'éloigna. Des contrebandiers descendaient à présent des vaisseaux. Un bâtiment sullustéen cracha de la mousse et, un par un, les derniers foyers s'éteignirent.

Pour ne laisser que des corps fumants.

Et des blessés qui s'avançaient comme des morts-vivants.

Yan agrippa un Ssty qui fouillait dans un amas de gravats. Sa fourrure avait été à peine brûlée et il paraissait indemne, quoique choqué.

— Rassemble tous les droïds médics, lança Yan. On va installer un poste de secours sur le *Lady Luck*.

Le Ssty tourna vers lui sa tête minuscule. Ses yeux étaient cernés de rouge.

— Des droïds ? C'est une plaisanterie de mauvais goût.

Il se dégagea et se remit à creuser.

— Allons ! Il faut aider tous ces gens.

— Pas avec des droïds.

— Je ne comprends pas.

Le Ssty s'arrêta avec un soupir et s'essuya les griffes sur sa toison.

— Où étais-tu donc quand c'est arrivé ?

— Sur mon vaisseau.

Le Ssty hocha la tête, l'air grave. Un mucus bleuâtre perlait au coin de ses yeux.

— Ce sont des droïds qui ont fait ça.

Yan plissa le front, imaginant une attaque de droïds armés. Absurde. Impossible. Il avait déjà combattu avec des droïds, il savait qu'ils étaient de redoutables adversaires, mais aussi qu'ils ne se retournaient jamais contre leurs maîtres.

Jamais.

— Et tu cherches quoi ? demanda-t-il.

— Ma compagne.

Yan sentit son cœur s'arrêter de battre en se souvenant de l'attentat du Sénat et de Leia, de ce sentiment atroce qu'il avait éprouvé en la cherchant. Sans plus hésiter, il se mit à creuser avec le Ssty, dégageant en se brûlant les doigts des morceaux trop lourds pour l'autre.

— Les droïds nous ont attaqués ?

— Ils... ils ont explosé, fit le Ssty, dont la voix se brisa soudain.

Toutes ces explosions, ces éclatements... autant de droïds ?

— Tous ?

— Non, certains. Juste assez pour faire ça.

Yan souleva un bloc plus lourd que les autres. Juste en dessous, il découvrit un Ssty, les bras tendus, les griffes sorties.

Les yeux ouverts.

Avec un glapissement de douleur, le Ssty dégagea sa compagne. La partie inférieure de son corps était broyée.

— Je suis navré, dit Yan.

Le Ssty ne l'entendit même pas. Il gémit plus fort encore et le mucus bleu souilla sa fourrure. Il ne cessait de caresser fiévreusement le front hirsute de sa compagne, comme s'il espérait lui redonner la vie.

Yan recula. Les droïds avaient explosé. Et la caverne ressemblait à la salle du Sénat après l'attentat.

Parce qu'il y avait eu tous ces sénateurs avec leurs droïds de protocole, leurs droïds traducteurs, leurs assistants droïds. Plusieurs explosions simultanées avaient pu donner l'impression d'une seule et unique bombe.

Sans laisser de trace, puisque la source de l'explosion était détruite.

Il regagna le *Faucon* en se refusant à penser. Plus de droïds médics. Ils devraient donc faire appel à n'importe quel talent d'infirmier dans les astéroïdes du Quartier. Personne ne viendrait à leur secours. Personne ne pourrait se faufiler jusqu'à l'entrée sans une carte.

Un véritable désastre.

— Yan !

La voix était familière, rassurante. Lando se tenait en bas de la coupée avec Chewbacca. Il avait la chemise brûlée et le Wookie avait perdu presque tous ses poils, mais ils étaient vivants.

Jamais Yan n'avait été aussi soulagé.

— Je vous croyais morts.

— On s'est dit la même chose pour toi.

— Qu'est-ce qu'on va faire ?

Lando secoua la tête.

— Il y a encore quelques vieux FX-7 qui traînent dans le coin, mais ils sont déjà dépassés par les événements. Et la plupart des médecins ont péri dans l'explosion des nouveaux droïds médics.

Chewbacca grommela.

— Moi aussi, c'est ce que je pense, dit Yan. C'est exactement ce qui s'est passé sur Coruscant, mais je ne sais comment ils sont parvenus à circonscrire l'explosion à un immeuble. Et je ne vois pas pourquoi ils s'en sont pris aux contrebandiers.

— Ça n'était pas le but. La plupart des droïds qui étaient ici avaient été volés.

Yan sentit une main froide lui broyer le cœur.

— Tu veux dire que cette attaque visait une autre cible ?

— Probablement.

Yan préférait ne pas réfléchir à ça. Blue revenait vers le *Faucon*, en larmes.

— Ecoute, fit Yan, je pense qu'on devrait installer l'antenne médicale sur le *Lady Luck*. Il est presque vide. Ça nous permettrait d'évacuer les blessés graves.

— Mais qui peut venir au secours de contrebandiers ?

— On trouvera quelqu'un. Je m'en charge. Il faut récupérer tous les vaisseaux intacts. Le Quartier ne dispose pas des moyens de pallier ce genre de tragédie.

— Mais le *Luck*... commença Lando.

— De toute manière, il a besoin d'être rééquipé. Je suis sûr que tout ce matériel volé n'est plus très jeune.

Lando acquiesça. Visiblement, il était bien au-delà de l'épuisement.

— Je m'y mets.

— Merci, fit Yan avant de faire discrètement signe à Chewie de l'accompagner.

Puis il se retourna.

Blue avait disparu.

Il l'aperçut, assise les jambes croisées sur une pile de décombres, les bras serrés autour d'un corps calciné. Elle ne sanglotait plus, mais semblait pétrifiée.

Il la rejoignit. Il identifia des éléments de grues et de chariots élévateurs, des panneaux d'ordinateurs, des roues qui devaient avoir appartenu à des unités R5. Tous ces droïds s'étaient fait sauter pour éliminer leurs maîtres.

Mais comment et pourquoi ?

Il se pencha sur Blue. Le cadavre était quasiment méconnaissable, un bras arraché. Mais il reconnut le visage.

Davis.

Il avait les yeux ouverts sur une ultime expression d'épouvante. Yan lui ferma les paupières.

Blue le regarda.

— Ça ne devait pas se passer comme ça, fit-elle d'une voix blanche.

Yan se sentit glacé. Il n'était pas certain tout à coup de vouloir comprendre.

— Quoi donc ? demanda-t-il pourtant.

— Davis. Tu étais censé lui faire confiance. Il devait te faire sortir d'ici.

— Tu le connaissais à ce point ?

— Je l'aimais. Ce qu'a dit Kid, ça n'est pas vrai, tu sais. Je n'étais pas la contrebandière des cœurs. Parce que j'ai un cœur. J'en avais un. (Elle pencha la tête.) Ça ne devrait arriver à personne.

— Non, dit Yan très doucement. Jamais.

Il l'avait peut-être mal comprise.

— Que s'est-il passé, Blue ?

— Les crédits, Yan. Tu ne sais pas ce qu'ils peuvent faire.

Le froid le gagnait.

— Oui ?...

— Tu devais lui faire confiance. Mais j'aurais dû me douter que tu ne pouvais pas franchir le pas comme ça. Je m'étais trompée dans mes souvenirs. Pour moi, tu étais l'homme gentil, compétent, mais j'avais oublié que tu étais aussi un solitaire. Que tu aimais régler seul tes problèmes.

— Pourquoi étais-je censé lui faire confiance, Blue ?

— Tu devais enquêter sur le trafic de matériel et remonter à sa source.
— Quelle source ?
— Almania, souffla-t-elle.
— Est-ce que Jarril était impliqué ?
— Pas de son plein gré. Quand Seluss s'est aperçu qu'il avait quitté le Quartier, on a décidé de profiter de l'occasion. Comme ça, on pouvait te livrer plus facilement.
— A qui, Blue ?
Elle caressait la tête noircie de Davis. Même dans la mort, il paraissait vulnérable.
— A qui ?
— C'est à cause des crédits, Yan. Tu ne comprends pas.
— Oh, mais si, je comprends.
Les crédits pouvaient rendre les gens fous, leur faire oublier ce qui comptait. Les crédits arrachaient le cœur des êtres. Même si Blue protestait, il ne pouvait la croire. Elle n'avait plus de cœur. Et elle pouvait être impliquée dans tout cela.
— Kueller. Il s'appelle Kueller. C'est ta femme qu'il veut.
— Leia ?
— Oui. Et ton frère aussi.
— Mais pourquoi ?
— Parce qu'il hait la Nouvelle République. Il considère qu'elle a fait plus de mal que de bien.
— Et c'est lui qui a fait ça ?
Il ne pouvait plus étouffer sa colère.
Blue se figea et elle ferma les yeux.
— Blue ?
— C'était supposé être une arme propre, Yan. Qui ne devait pas causer de ravages.
— Tu savais que cela devait arriver, hein ?
Elle secoua la tête.
— Je ne suis pas stupide à ce point. Jamais je n'aurais permis qu'on fasse ça à mes amis. A Davis.
Yan serra les poings. Il aurait voulu faire du mal à n'importe qui. Mais il se maîtrisa.
— Qu'est-ce qu'il veut à Leia ?

— Il veut les éliminer, elle et Skywalker. Il veut être le maître de la Force dans cette galaxie. Et dominer tous les mondes.

— Comme l'Empereur.

— C'est un homme bon.

— On a dit la même chose de Palpatine.

Yan recula.

— Non, il n'est pas comme ça.

— Tu t'es trompée sur mon compte, Blue. Pourquoi tu ne ferais pas la même erreur avec ce Kueller ? Tu n'as pensé qu'à tout cet argent.

— Je t'ai sauvé la vie. Et Davis aussi.

— Parce que tu devais envoyer Leia à la mort.

— Yan, je t'en supplie...

Il était sur le point de s'éloigner mais une question lui vint :

— Si ça ne devait pas se passer comme ça, qu'est-ce qui a mal tourné ?

— J'avais oublié les droïds volés.

— Volés ? Mais ils venaient d'où ?

— D'un peu partout. Les contrebandiers ont toujours volé des droïds. Tu le sais.

— Mais ceux-là ? Ceux qui ont explosé ?

Elle le fixa comme s'il aurait déjà dû comprendre. Il avait peur de savoir mais il attendit sa réponse.

— De Coruscant, murmura-t-elle. Ils ont été volés sur Coruscant.

38

La flotte de la Nouvelle République s'avançait. Kueller observait les écrans sans un mot. La pièce était à peine éclairée par les consoles sous le ciel paisible de la nuit. Il avait du mal à croire que dans quelques instants il allait remporter une victoire spatiale.

Yanne avait transmis son ordre et Kueller avait regardé les chiffres défiler sur la télécommande.

Il s'était écoulé trop de temps.

Il se demanda tout d'abord si la flotte ne poursuivait pas sur sa lancée initiale. Mais il comprit, saisi d'un froid mortel, que rien ne s'était passé.

— Yanne, vous avez transmis l'ordre ?

— Oui, monseigneur.

La vague déferla, terriblement faible et froide, comme si elle venait de très loin. Et elle se prolongea étrangement : quelques morts, un peu plus encore, et encore. Il leva les bras et se laissa pénétrer par le flux, mais sans éprouver de satisfaction. Les droïds qu'il avait équipés spécialement pour la flotte de Coruscant étaient ailleurs.

Les vaisseaux se rapprochaient implacablement. Trop nombreux. S'il ne les arrêtait pas, ils détruiraient Almania.

— J'ai déployé nos unités, dit Yanne.

— Bien, fit Kueller en ignorant l'accent de triomphe de son assistant.

Le petit homme voulait qu'il soit vaincu, mais Kueller ne le permettrait pas.

— Je veux que la première défense qu'ils affrontent soit les bâtiments de guerre impériaux. Je veux qu'ils se trouvent à nouveau en face de l'Empire.

— Est-ce que ça n'est pas leur donner un avantage psychologique, monseigneur ?

— Un *désavantage*, Yanne. L'Empire va devenir pour eux

l'ennemi qui ne meurt jamais. Et ils se serviront de tactiques qu'ils n'auraient jamais utilisées contre nous.

— Et ça nous sera profitable ?

— Il est toujours profitable de garder cachée la véritable nature d'une attaque. (Kueller se pencha en avant.) Je vais diriger les opérations d'ici. Je veux que vous découvriez l'origine de la défaillance.

— Vous vous êtes beaucoup trop reposé sur une arme unique.

— Les droïds ont explosé, Yanne. Mais ailleurs. Je veux que vous découvriez où et je veux savoir aussi ce qui s'est passé pour cette flotte.

Yanne l'observa un moment et Kueller lui lança un regard furieux.

— Oui, monseigneur, dit enfin Yanne.

Son attitude laissait à désirer, songea Kueller. C'était un homme compétent qui avait le même destin que Femon. Mais parce qu'il avait bien servi Kueller, il méritait un avertissement.

Symbolique.

Kueller serra le poing et Yanne porta la main à sa gorge. Il suffoquait, les yeux exorbités.

Kueller relâcha son emprise.

Yanne était à genoux, haletant.

— Mon ami, il ne faut pas oublier que je suis plus fort que vous et que je le serai toujours.

— Je... ne l'ai... pas oublié... monseigneur.

— Votre attitude m'inclinerait à penser le contraire. J'apprécie votre opinion ainsi que vos idées. Prenez garde à ce que j'en profite encore.

— Oui... monseigneur.

Lentement, Yanne se releva. Son cou portait les traces noires des doigts invisibles de Kueller.

— Je... je veillerai à ce que vous en... profitiez...

— Parfait. Allez donner vos ordres.

Yanne le regarda brièvement avant de quitter la pièce. Kueller se tourna vers une des femmes de la garde.

— Oui, monseigneur ? fit-elle, visiblement effrayée.

— Allez me chercher Gant.

— Oui, monseigneur.

Elle claqua des talons et disparut.

Gant n'était pas aussi doué que Yanne et ne ressemblait en rien à Femon. Mais il ferait un bon conseiller. Mieux valait commencer son éducation dès maintenant. Kueller pressentait qu'il devrait se séparer de Yanne avant peu.

Cette fois, le froid était tel que Leia eut l'impression que quelqu'un la mitraillait avec des cubes de glace. D'une main tremblante, elle passa en pilotage automatique en s'étonnant d'y parvenir alors qu'elle était cernée par la mort. L'assaut n'était pas aussi violent que les autres, mais il dura plus longtemps, ce qui le rendait d'autant plus terrifiant.

Elle ne pouvait en localiser la source, mais les sensations étaient les mêmes : un sentiment violent de trahison, puis la peur et une vague glaçante.

Elle se prépara à affronter le visage de Kueller, mais à son étonnement, il ne se montra pas. A sa place, elle sentit la présence de Luke. Presque imperceptible, marquée par une intense douleur et un effort inouï. Mais il était vivant.

Elle tenta d'entrer en contact avec lui. *Luke ?*

Pas de réponse. Elle se sentait pourtant rassérénée. Au moins, cette fois, elle ne s'était pas heurtée à ce mur blanc.

Ils pénétraient dans le secteur almanien. La flotte serait bientôt détectable sur les écrans de Kueller. Leia devait faire vite.

Elle était encore seule dans le cockpit. Elle avait renvoyé les militaires en leur promettant de les rappeler dès que la bataille serait engagée. Elle aurait dû se sentir lasse, mais curieusement, elle était soulagée. Yan prétendait qu'elle avait en elle un noyau dur de puissance, mais c'était sans doute plus que cela. Elle ne comptait pas reculer. Elle gagnerait en prenant les mêmes risques que lui. Elle l'avait prouvé en lançant les flottes à l'assaut de Koornacht l'année précédente.

Elle devait recommencer.

Seulement, cette fois-ci, elle risquait aussi la vie de Luke.

Elle ne pouvait qu'espérer le joindre avant qu'ils atteignent Almania : elle devait savoir où le trouver.

Comme en réponse à sa pensée, un voyant lumineux lui annonça un message privé. Sur la fréquence de Luke, celle qu'ils utilisaient depuis qu'elle avait affrété l'*Alderaan*.

Elle coupa toutes les enceintes d'écoute et demanda une lecture sur moniteur.

CODE. CONFIDENTIEL.

Elle accusa réception. L'*Alderaan* avait intégré son identité et une vérification rétinienne était inutile. L'ordinateur contourna les préliminaires pour passer au message et afficha :

IL EST EN BINAIRE. VOULEZ-VOUS QUE JE TRADUISE ?

Luke ne lui avait jamais envoyé un message en binaire. Mais, vu les circonstances, il avait pu décider que c'était le meilleur moyen de la contacter.

La traduction se déroula :

ANDROÏDES NOUVEAUX MODÈLES DANGEREUX. PAR SÉCURITÉ, DÉSACTIVEZ TOUS LES DROÏDS. JE RÉPÈTE. ANDROÏDES NOUVEAUX MODÈLES DANGEREUX. PAR SÉCURITÉ, DÉSACTIVEZ TOUS LES DROÏDS.

Le message n'était pas signé. Il se déroulait en boucle.

Il n'avait pas de sens. Si Luke était en danger, ce qu'elle croyait, jamais il n'aurait transmis ce message. A moins qu'il ne s'agisse d'un autre code.

Ou ne s'agisse de la vérité.

Avec un frisson, elle appela le carré.

— Lieutenant Tchiery, veuillez regagner le cockpit, je vous prie.

L'instant d'après, il était sur le seuil : sa grosse tête ronde tenait à peine dans cet espace conçu pour les humains.

Leia lui montra le message en lui expliquant les circonstances de la réception.

— Ça pourrait être sérieux, madame la Présidente. Si nous tenons compte des détonateurs montés sur les ailes-X.

Elle acquiesça.

— Les droïds sont importants dans cette mission ? demanda-t-elle.

— Très importants. Mais nous pourrons nous passer d'eux. Nous n'avons que peu d'ailes-X et nous pouvons nous fier aux êtres vivants pour les tâches courantes.

— En conséquence, je veux que vous transmettiez ce message à la flotte.

— Je vais laisser quelques officiers ici.

— Non, répliqua Leia, au risque de réagir trop vite. Nous ne pouvons émettre aucun message. J'ai reçu celui-là sur le code que nous utilisons, mon frère et moi. Si ce message est important, et quoi qu'il arrive, nous risquons de le regretter.

— Madame, j'ai reçu l'ordre de veiller sur vous.

Leia sourit. Elle s'attendait à cette réponse.

— Lieutenant, je pense que je m'en sors très bien toute seule. Je modifie cet ordre. Nous n'avons pas le temps de discuter. Je vais m'arrimer provisoirement à un vaisseau à proximité.

— Bien, madame.

Il s'inclina, prit le message et quitta le cockpit.

Leia soupira en se laissant aller dans son siège. Dans un instant, ils auraient tous disparu. Pour les droïds, elle s'en remettait à Wedge. Il saurait prendre la décision qui convenait.

Quand elle aurait abordé Almania. Seule.

39

La souffrance étrange et prolongée avait vidé Luke de son énergie. Il avait tenté de lui opposer la chaleur, comme avant, mais elle lui avait pris une part de son énergie.

Il s'appuyait contre une cloison, les échardes de bois rassemblées autour de lui. La créature continuait à arpenter la salle en reniflant. C'était une menace mais, pour l'instant, elle ne l'agressait pas.

Comme si elle sentait sa douleur.

Qui avait quelque peu diminué, même s'il avait encore la tête vague et le dos sensible. Il ne sentait plus ses chevilles sauf quand, en position debout, la souffrance fusa soudain dans sa jambe. Il ne se maintenait qu'avec sa canne improvisée. Il avait terriblement soif. Les brûlures sapaient le peu d'énergie qui lui restait.

Kueller les voulait, lui et Leia.

Et il y parviendrait si Luke ne trouvait pas une solution.

Ce qui signifiait fuir de cet endroit.

La créature reniflait toujours. Il ne comprenait pas vraiment ce qu'elle faisait là. Il était évident qu'on l'avait nourrie avant de la mettre dans cette cage. Elle était censée l'empêcher de s'évader ? Ou bien devait-il lui servir de casse-croûte pour le lendemain ?

Elle pointa sa tête dans sa direction. Avec une sorte d'expression interrogative. Puis elle tendit une patte et de grosses gouttes de sang tombèrent sur le sol. Mais elle ne semblait pas en colère.

D'ailleurs, elle n'avait pas paru de mauvaise humeur quand elle avait essayé de l'avaler. Ça n'était peut-être qu'un gros estomac ambulant sympathique.

Elle miaula en lui montrant sa patte blessée. Luke brandit une écharde, mais la créature la balaya d'un geste et envoya Luke rouler au sol. Il laissa échapper un cri de douleur en retombant sur le dos.

Il tenta de se relever. La créature s'était précipitée et se penchait sur lui.

Il n'avait plus d'arme pour se défendre.

La créature ouvrit sa gueule et Luke plongea.

D2 et C3 PO conduisirent Cole jusqu'à une petite lune. Telti, selon l'ordinateur de navigation de Cole, avait été une fabrique de droïds et un atelier de réarmement qui datait de l'Ancienne République. Telti avait rallié l'Empire vers la fin, lorsque Palpatine avait menacé de la détruire. Mais, si l'on exceptait cette menace, la fabrique avait conservé la même politique de neutralité en fournissant des droïds à tous les clients dont le crédit était valable. Après la Trêve de Bakura, Telti avait déposé une pétition afin d'être membre de la Nouvelle République, ce qui avait été accepté. Depuis, la petite lune était demeurée stable et paisible.

Aussi Cole était-il mal à l'aise en débarquant avec ce que l'on pouvait considérer comme un cargo volé sur la seule intuition d'un droïd. D2, cependant, semblait plutôt calme. Il avait regagné la cabine et n'avait pas émis le moindre jacassement durant le vol. Mais il s'était connecté à l'ordinateur dès qu'ils avaient été assez loin de Coruscant. Et Cole le soupçonnait d'émettre encore des messages. Comme celui qu'il avait transmis à la Présidente Leia, en utilisant les codes de Luke Skywalker. Cole ignorait qui étaient les autres destinataires, mais il faisait confiance à D2.

Il obtiendrait peut-être un résultat. Cole ne tenait pas vraiment à exécuter seul cette mission.

Dès qu'ils furent en orbite, il demanda à se poser immédiatement. Sans réponse.

— Monsieur, ils se servent peut-être d'équipement mécanique, suggéra C3 PO. (Il s'était installé derrière le siège du pilote, et sa voix perçait directement les oreilles de Cole.) Ça ne serait pas extravagant. Après tout, la fabrique de Tala 9 ne comptait aucun être biologique. Ils utilisent exclusivement les langages droïds pour les procédures d'atterrissage afin de décourager les êtres biologiques. Bien sûr, quand deux vaisseaux sont entrés en collision sur orbite basse parce qu'ils n'étaient pas en mesure de lire les codes, ils y ont renoncé et...

Cole l'interrompit pour répéter son message.

— ... et, sur Casfield 6, ils ont découvert que l'utilisation des langages droïds pour les procédures d'atterrissage était à la source d'incidents sur six vaisseaux...

Cole répéta le message.

— ... tous explosés sur le terrain. Un sacré choc pour les Offens. Ils n'étaient venus que récemment aux voyages spatiaux...

— Veuillez donner la raison de votre visite, cargo.

La voix était mécanique, sans les inflexions humaines de C3 PO.

— Monsieur, c'est un droïd de navigation nouveau modèle. Je reconnais le diapason.

Il fallut un instant à Cole pour comprendre.

— Cargo, veuillez donner la raison de votre visite.

— Je... euh... Mon nom est Cole Fardreamer. Je souhaite rencontrer votre directeur.

— Affaire personnelle ou commerce ?

— Pardon ?

— S'agit-il d'une visite à titre personnel ou voulez-vous rencontrer un représentant du service des ventes ?

Déconcerté, Cole répondit :

— C'est personnel.

La voix mécanique lui indiqua ses coordonnées d'atterrissage et le cargo gronda sourdement en changeant de cap.

— Très intéressant, commenta C3 PO. Ils doivent gérer eux-mêmes leurs ventes. Certains droïds excellent en affaires, vous savez, mais la plupart manquent de finesse pour « dealer », comme disent les humains.

— « Dealer » ?

— Oui. Les droïds ne savent pas bien mentir, le profit ne les intéresse pas. Par exemple, il n'existe pas de droïds contrebandiers, du moins pas à ma connaissance.

Toute la surface de Telti était occupée par des immeubles profondément ancrés dans le sous-sol. Les coordonnées qu'on avait indiquées à Cole l'amenèrent près d'un autre terrain, plus réduit. Il était pris en charge comme un officiel.

— Quand je vivais sur Tatooine, dit Cole, plus pour occuper C3 PO que par réel intérêt, j'ai entendu dire que Jabba le Hutt se faisait assister par des droïds.

— Un droïd doit avant tout servir son maître. L'assister, c'est très différent. J'ai moi-même travaillé pour Jabba à un moment. Je lui ai servi d'interprète. Une tâche passablement ingrate, je dois dire. Les Hutts peuvent s'exprimer avec une telle...

Cole descendit vers le terrain, entre les immeubles massifs. Il y avait des droïds absolument partout.

Le cargo se posa et un dôme monta du sol et se referma sur le vaisseau. Des panneaux s'illuminèrent :

LES DROÏDS PERSONNELS DOIVENT RESTER À BORD DES VAISSEAUX.

VOUS ÊTES DANS UN ATELIER DE FABRICATION. NE VOUS ÉCARTEZ PAS DES TROTTOIRS MATÉRIALISÉS.

ATTENDEZ PRÈS DE VOTRE VÉHICULE. UN REPRÉSENTANT VA VOUS REJOINDRE.

LES VAISSEAUX SONT PASSÉS SOUS SCAN AVANT LE DÉCOLLAGE. LE VOL EST UN DÉLIT GALACTIQUE PUNISSABLE DE MORT.

Ce dernier avertissement portait le sceau de l'Empire. Apparemment, les responsables de l'usine de Telti n'avaient pas éprouvé le besoin de le supprimer.

Un voyant clignotait : une écoutille venait de s'ouvrir à l'arrière.

— D2 ! s'exclama C3 PO. Maître Cole, il faut que vous l'arrêtiez !

Cole secoua la tête.

— C'est lui qui nous a conduits jusqu'ici. Nous devons lui faire confiance, C3 PO.

— Mais vous avez lu les panneaux ? Ils vont le désactiver !

Le droïd de protocole avait sans doute raison. Cole ouvrit le sas et répondit :

— Pas si nous créons une diversion.

Il quitta le cockpit, suivi de C3 PO.

— Accompagne-le, chuchota Cole. Veille à ce que rien ne lui arrive.

— Mais, monsieur, ces panneaux m'interdisent strictement de quitter le vaisseau !

— C'est justement pour ça que je veux que tu ailles avec lui. Si tu te fais arrêter, essaie de les persuader que tu es du coin. Et si ça ne marche pas, dis-leur que je t'ai évacué de force et que tu crois que je vais t'abandonner ici.

— Mais vous n'en avez pas l'intention ? Je sais qu'ils ont sorti un nouveau modèle de droïd de protocole, mais Maîtresse Leia...

— Je ne vais pas t'abandonner, C3 PO. Allez, vas-y.

— Bien, monsieur.

Cole le regarda s'éloigner dans la direction indiquée tout en se demandant comment un droïd pouvait avoir l'air aussi offensé sans soupirer ni renifler comme les humains.

Il tapota la crosse de ses blasters tout en sondant les environs. Il découvrit des panneaux d'avertissement un peu partout. Le dôme était à ciel ouvert et il vit des passerelles et des portes aussi haut que portait son regard. On l'observait sans aucun doute et il devait être cerné par des circuits d'alarme. C3 PO avait intérêt à se montrer aussi astucieux qu'il prétendait l'être, car avant peu on allait l'interpeller.

Une petite porte s'ouvrit non loin du cargo. Un homme se dirigea vers Cole. Il portait une cape et il émanait de lui ce rayonnement indéfinissable qu'il avait perçu chez Skywalker. Mais en plus sombre. Il était de grande taille, élancé, les cheveux blonds. Et d'une beauté surprenante, presque choquante. Cole n'avait jamais vraiment fait attention à la séduction des autres, mâles ou femelles, mais durant la dernière semaine, il y avait eu d'abord la Princesse Leia, et puis cet inconnu.

Qui devait cacher bien des choses derrière son apparence.

— Salut ! fit-il d'un ton chaleureux. Je m'appelle Brakiss. Je dirige cette fabrique.

Il tendit la main.

Cole la serra, tout en réprimant un frisson.

— Cole Fardreamer.

Brakiss le fixa d'un regard vigilant.

— Nous ne sommes guère habitués à recevoir des négociants en droïds qui débarquent d'un cargo léger. Vous venez pour vendre ou pour acheter, Fardreamer ?

— Ni l'un ni l'autre.

Cole éprouvait une sensation bizarre, comme si son esprit était plus lent que d'habitude. Il avait envie d'aimer cet homme, il avait même le sentiment de l'avoir toujours connu, mais dans le même temps, il ressentait une aversion si forte qu'il en avait l'estomac soulevé.

— J'ai un problème et je me suis dit que vous pourriez m'aider à le résoudre.

— Un problème, Fardreamer ? Dois-je comprendre que vous possédez certains de nos droïds ?

— Pas exactement.

Cole regarda autour de lui. Le terrain d'atterrissage, vide jusqu'alors, était maintenant envahi par des dizaines de droïds. La plupart des modèles étaient de ceux qu'il associait à l'Empire : des droïds noirs assassins, des droïds sondeurs, des droïds de combat aux bras redoutables, incontrôlables. Il s'efforça de penser qu'il était dans une fabrique de droïds et que Brakiss voulait sans doute lui rappeler que tout manquement aux règles aurait des conséquences pénibles. Il tendait l'oreille dans l'espoir d'entendre la voix aiguë d'un C3 PO outragé, mais non.

— Je pensais que nous pourrions discuter en privé, fit-il.

— La plupart des gens ne s'inquiètent pas de la présence des droïds.

— Eh bien, vous comprendrez mon inquiétude personnelle dans un instant. Est-ce que nous pouvons discuter seul à seul, s'il vous plaît ?

Brakiss agita la main et, aussi silencieusement qu'ils étaient apparus, les droïds se retirèrent.

— Très bien.

— Je suppose que vous avez des holocams braquées sur ce site ? demanda Cole.

Brakiss eut un mince sourire.

— Nous avons des observateurs partout, monsieur Fardreamer. Où que je vous conduise, quelqu'un nous observera. Pour ma sécurité autant que pour la vôtre.

Cole aurait bien voulu tourner la tête pour tenter d'apercevoir C3 PO. Mais il s'appuya d'une main à la coque du vaisseau et se pencha vers Brakiss pour murmurer :

— Quelqu'un sabote nos droïds.

L'autre cilla et recula d'un pas.

— Comment cela ?

Cole hocha la tête. Il montra les mini-détonateurs qu'il serrait dans son autre main.

— Nous avons trouvé ça sur les droïds expédiés sur Coruscant. Et nous avons remonté la piste jusqu'ici.

— C'est quoi exactement ? demanda Brakiss, soudain apaisé.

Cole ne comprenait pas sa première réaction : était-il sincère ?

— Des détonateurs. Selon le code ou les instructions transmises, les droïds explosent.

— Ils explosent.

Brakiss porta la main à son visage. Cole devina qu'il était embarrassé, mais également furieux. Du moins, l'émotion qu'il captait ressemblait à de la colère.

Et il émanait toujours de lui cette même ombre qui n'avait pas de nom.

— Je le crains, oui, confirma Cole. Il se pourrait que l'un de vos ouvriers sabote...

— Mes ouvriers sont des droïds. Ils sont incapables d'agresser leurs maîtres ou eux-mêmes.

Cole avait soudain la bouche sèche. C3 PO et D2 ne se manifestaient plus. Ils avaient pu s'enfuir. Parce que le service de sécurité n'était pas aussi efficace qu'il le paraissait.

— Ces détonateurs étaient placés à l'intérieur des droïds.

— Oui... Notre clientèle est variable. La livraison a-t-elle été faite directement sur Coruscant ?

— Je l'ignore. (Cole se sentit vaguement soulagé : au moins, Brakiss le croyait.) Tout ce que je sais, c'est que les droïds venaient d'ici.

— Et c'est pour cela que vous êtes venu directement ici ?

— Dès que je l'ai pu, oui.

— Pourquoi est-ce qu'un de vos responsables ne nous a pas contactés ?

Bonne question. Et Cole aurait souhaité avoir la bonne réponse.

— Nous... Eh bien, je me suis dit...

— Que vous pourriez me faire chanter ? Mais c'est peu probable, Fardreamer. Vous avez fait une erreur. Je contrôle Telti. Il eût été préférable pour vous de me rencontrer ailleurs.

— Mais le chantage n'était pas du tout dans mes intentions.

— Certes non. (Brakiss gardait un ton doux. Il avait décidé d'user de son charme.) Vous êtes seulement venu ici tout seul, avec un cargo enregistré sous un autre nom, sans ordres ni instructions du gouvernement de la Nouvelle République. Tout ça me semble assez suspect.

— Le gouvernement m'a envoyé à vous dans l'espoir que vous pourriez m'aider. Nous... nous comptions rester discrets à propos de cette affaire. Il y a des droïds partout et les gens s'inquiéteraient s'ils pensaient qu'ils peuvent être dangereux.

— Mais ils peuvent l'être, monsieur Fardreamer. (Brakiss rejeta sa cape en arrière, révélant un sabre pareil à celui de Luke Skywalker.) Vous ne mentez pas de façon très convaincante. Mais sans doute voudrez-vous bien m'expliquer pour quelle raison vous êtes venu avec une unité D2 R2 et un droïd de protocole démodé...

— Ils voyagent avec moi.

— Oui, je comprends. Mais vous les avez laissés sortir seuls. Vous n'avez donc pas lu les avertissements.

— En fait, je les ai lus un peu tard. Mais il ne leur arrivera rien, n'est-ce pas ?

— Ça, je ne peux le garantir. Nous sommes dans une usine. Des quantités de droïds circulent ici pour être réparés, révisés, reconditionnés. Ils risquent d'avoir la mémoire effacée et même d'être démantelés.

— Mais je suis convaincu que vous pouvez empêcher ça.

— Oui, j'en suis persuadé. A condition que vous me disiez qui vous a envoyé ici et pour quelle raison.

— Mais je vous l'ai dit, fit Cole.

Une trace de cruauté effleura le sourire de Brakiss et le charme s'évanouit.

— Essayez encore.

Cole tourna la tête. Et vit des droïds. Des droïds assassins nouveau modèle. A la face d'obsidienne aveugle. Ils dardaient sur lui des blasters surgis de leur thorax.

— C'est quoi ça ?

— Mon armée privée, dit Brakiss. Je n'hésiterai pas à m'en servir si vous ne me dites pas pourquoi Skywalker vous a expédié ici.

— Skywalker ?

— Votre droïd de protocole appartient à sa sœur. Et l'astromécano est à lui. Si vous tenez à la vie, vous devez me dire quelles sont ses intentions.

— Mais aucune. Je suis venu seul. De moi-même.

Brakiss pencha la tête comme s'il écoutait tout ce que Cole ne lui avait pas dit.

— Traverser seul la galaxie, c'est dangereux, Fardreamer.

Cole eut un sourire forcé.

— C'est ce que je commence à comprendre.

40

Les droïds venaient souvent de pareils endroits.

Aussi la tête de D2 ne pivota-t-elle pas quand il débarqua du cargo. Il était évident que le spectacle ne le surprenait guère. Mais dès qu'il eut atteint le sol, il se mit en quête de quelque chose.

Il brandit son capteur vidéo et balaya les abords. Puis il tourna sa tête en dôme vers le secteur des astromécanos, à quatre-vingts mètres de distance sur sa gauche. Il roulait aisément sur le trottoir de béton qui avait été prévu pour les chenillettes des droïds comme lui.

Il se heurta alors à C9 PO, que Brakiss avait envoyé pour l'intercepter avant sa rencontre avec Cole.

— Dis-moi, tu ne fais pas partie des nôtres, n'est-ce pas ? demanda C9 PO.

D2 ne répondit pas.

— Je dois dire que tu ferais bien d'aller ailleurs pour ta révision. Je suis persuadé qu'ils feraient ça très bien sur Coruscant.

D2 se hâta. La porte du bâtiment des astromécanos était fermée. Il chercha d'autres issues.

Le bâtiment paraissait peu utilisé. Etant donné que les unités astromécaniques étaient désormais inutiles sur les ailes-X et autres vaisseaux optimisés, c'était logique. Mais les astromécanos avaient d'autres fonctions en dehors de la navigation. Les unités optimisées devaient bien être construites quelque part.

D2 vira sur la gauche en redescendant le trottoir et C9 PO se rua sur lui.

— La manufacture est interdite aux vieux droïds ! Arrête-toi immédiatement !

Mais D2 ne ralentit pas. Il alla même plus vite, emporté sur la pente. Et le droïd de protocole ne parvint pas à le suivre.

— Mon maître m'a dit que tu devais attendre ! lança-t-il d'un ton préoccupé.

Le trottoir bifurquait et D2 prit cette fois à droite. Il se retrouva devant une porte ouverte, franchit le seuil et freina tout à coup.

C9 PO continuait à glapir :

— Le secteur de révision est à l'étage. (Il répéta cette indication plusieurs fois, avant d'ajouter, comme pour lui seul :) Ces unités D2. Affreuses. Elles n'écoutent pas les conseils de leurs supérieurs.

D2 s'appuya contre la cloison. Il émit un mince faisceau lumineux et découvrit l'ordinateur. Qui n'était qu'un simple panneau pareil à une porte. Ceux qui avaient conçu cette lune avaient uniquement pensé aux droïds. Il lui était impossible de se connecter.

La voix précieuse du droïd de protocole le poursuivait :

— Je l'ai vu disparaître là-bas. Je pense que nous devons partir à sa recherche. Il ne se comporte pas du tout rationnellement.

D2 explora la salle et découvrit des pièces détachées, des matériaux empilés avec de vieux câbles corrodés. Et une autre porte. Il s'avança et la voix de C9 PO s'estompa.

Il s'aventurait maintenant dans le cœur de la fabrique de droïds de Telti, dans l'inconnu. Seul, sans aide.

Il n'avait pas fallu longtemps à Leia pour rallier la surface d'Almania. Elle s'était mise en orbite et avait reçu un autre message mental de Luke. Elle trouva une zone d'amarrage proche. La baie était parfaite pour l'*Alderaan*.

Elle guetta un instant les ténèbres, sur la défensive. Elle était si nerveuse qu'elle ne se fiait même plus à ses sens.

Tout ce qu'elle sentait, c'est qu'il se passait quelque chose d'inhabituel sur cette planète. Elle l'avait senti dès qu'elle avait plongé dans l'atmosphère, sans être suivie par des capteurs ou des sondeurs, libre et clandestine.

Ce qui l'avait inquiétée. Ils avaient lancé des vaisseaux contre la flotte de la Nouvelle République et ne surveillaient pas le ciel ? Cela ressemblait à un ancien stratagème de Vador, un piège à double détente.

Elle avait débarqué sur un terrain désert. Toute la planète semblait déserte. C'était précisément ce qui l'inquiétait.

Elle regarda autour d'elle. La baie de débarquement avait l'air inhabitée, quasiment en décrépitude. Elle remarqua des dalles arrachées et un tas de poussière que l'*Alderaan* avait soulevé en se posant. Pas de gardes ni d'observateurs.

Elle aurait pu tout aussi bien percuter un immeuble.

Pour une planète qui venait de déclarer la guerre à la Nouvelle République, c'était plutôt étrange.

Ou alors, Kueller utilisait les ruses dont les Rebelles s'étaient eux-mêmes servis pour combattre l'Empire. Déconcerter l'adversaire. Toujours le surprendre.

Ce qui pouvait signifier que leurs forces de combat étaient inférieures. Une petite force de frappe avait toujours recours à des stratégies de commando. Ce qui leur conférait l'avantage.

Elle avait terriblement besoin de contacter Wedge. Il modifierait son plan d'attaque s'il savait que les ressources de Kueller étaient limitées. Elle lui ordonnerait une offensive d'envergure. En revanche, si Wedge pensait que Kueller disposait d'une flotte importante, il frapperait en tacticien.

Leia régla les défenses internes du vaisseau avant de prendre son sabre et son blaster. Elle enclencha aussi le dispositif d'autodestruction : Luke et Wedge seuls étaient capables de pénétrer dans l'*Alderaan*.

Elle sortit enfin.

Pour inspirer un air fétide. A chaque pas, elle soulevait un nuage de poussière. Tous les appareils étaient rouillés et les panneaux de contrôle avaient été jetés à bas. Non, ce site n'avait pas été abandonné mais ravagé. Dans le but de le rendre à jamais inutilisable.

Les portes bâillaient. D'infimes traces révélaient que des créatures s'étaient aventurées ici. Leia sortit dans la clarté crépusculaire et découvrit des dizaines d'immeubles ravagés. Comme si personne n'habitait plus sur Almania depuis très longtemps.

Mais elle percevait encore la présence de Luke. Il était plus proche. Et elle captait d'autres présences, plus lointaines, qu'elle ne pouvait dénombrer.

Quelqu'un l'épiait.

Elle pivota avec le brusque sentiment d'avoir aperçu quelqu'un de l'autre côté de la rue. Mais il n'y avait personne. Autour d'elle, les ombres étaient denses mais immobiles. Elle ne détectait aucun souffle, aucun reflet. Elle était absolument seule.

Un système de surveillance ? Mais tout était brisé, défoncé. Les vitres aussi bien que les trottoirs. Un terrible désastre s'était abattu sur cet endroit. Mais elle savait qu'il avait épargné les appareils de surveillance.

La présence qu'elle sentait était peut-être celle de Kueller.

C'était lui qui l'avait attirée ici. C'était lui qui lui avait transmis ces images de Luke, et chaque message. Elle était arrivée beaucoup trop facilement sur Almania.

Mais elle n'avait plus le choix. Elle était lancée et, avec Luke, ils seraient plus forts que Kueller.

C'était quelque chose qu'elle ne devait pas oublier.

L'essentiel était de retrouver Luke.

Avant que Kueller ne le tue.

41

Wedge se tenait au poste de commandement du *Yavin*, les mains croisées dans le dos, les jambes écartées. Son siège était légèrement incliné, avec une barre de soutien : les croiseurs Mon Calamari étaient nettement plus fantaisistes que ceux qu'il avait connus à ses débuts au service de la Flotte. Ils avaient été conçus à partir d'esquisses diverses, à la différence des anciens modèles qui étaient des yachts de croisière reconvertis en unités de guerre. Le centre de commandement était une bulle transparente située au cœur du bâtiment, avec des passavants de fines tresses de diamants qui altéraient la vision des ponts inférieur et supérieur.

Même si ses services avaient conçu ces nouveaux modèles, l'amiral Ackbar ne les approuvait pas. Son argument était que n'importe quel attaquant accéderait facilement au centre névralgique de commandement. Mais Wedge appréciait les nouvelles unités.

La perspective sur l'espace y était plus ouverte, et il n'avait pas oublié que dans tout engagement spatial, l'attaque pouvait venir de tous les azimuts. Ce que tant de commandants avaient oublié après quelques années loin de leur siège de pilote.

Et puis, il y avait bien longtemps qu'il n'avait été responsable que de lui-même.

— Général, lui annonça le lieutenant qui se trouvait au niveau inférieur, une flotte de vaisseaux vient de quitter la surface de la planète.

— Qu'on me tienne informé.

Sela était son officier en second, une femme mince et nerveuse qui avait prouvé ses talents incontestables sur Coruscant, mais qui faisait son baptême du feu.

— Je pense que nous devrions réactiver les droïds, suggéra-t-elle.

— Nous pouvons combattre sans eux.

— Général, veuillez m'excuser, mais nos services de soutien sont gravement ralentis.

Il acquiesça.

— Mais la Présidente Solo a pris le risque de nous prévenir au sujet des droïds. Je crois que nous devons respecter son choix.

— Elle ne commande pas cette flotte, riposta Sela.

Wedge hésita à lui rappeler le respect de l'étiquette militaire. Il opta pour la souplesse.

— La Présidence Organa Solo a commandé plus d'armées au combat que vous n'en avez jamais vu, major. Au fil des années, j'ai appris à me fier à ses suggestions.

Sela soupira, sensible au reproche.

— Bien, amiral.

— Néanmoins, major, si vous parvenez à trouver un équivalent aux services des droïds sans les réactiver ni réquisitionner des postes essentiels, je vous en serai reconnaissant.

Sela sourit en acquiesçant et dévala la passerelle comme si elle n'avait attendu que cet ordre.

Ginbotham, le pilote, était un Hig mince et bleuté. Il annonça à Wedge :

— Ces vaisseaux se dirigent rapidement vers nous.

— Quelle est leur vitesse ?

— Supérieure à tout ce qu'on a jamais pu voir, amiral.

— Mais leur ligne me dit quelque chose, ajouta Ean, un Mon Calamari. Je dirais qu'ils appartiennent à l'Empire.

— Comment est-ce possible ?

— Leur design est bien reconnaissable, amiral. Des Superdestroyers de classe *Victory* modifiés.

— Comment ? fit Wedge, incrédule.

Il avait déjà affronté des *Victory*. Leurs points faibles étaient autant de difficultés à vaincre.

— A combien estimez-vous leur nombre ?

— Ils sont trois. Avec une escorte de chasseurs Tie au grand complet. Mais ces chasseurs ont quelque chose de bizarre.

— Essayez de trouver quoi. Dites à Sela que nous avons besoin des ailes-A de toute urgence.

Il reprit son souffle. Une flotte disparate d'unités.

Ou bien une flottille renforcée par des éléments locaux. Mais jamais il n'aurait attendu des Superdestroyers. Ce Kueller avait donc formé des équipages pour des vaisseaux qui étaient les plus redoutables de la galaxie ?... Comment avait-il pu y parvenir aussi rapidement ?

Et pourquoi cela lui semblait-il tellement dangereux ?

Il n'avait pas le temps de s'attarder sur les réponses possibles. Il donna ses instructions pour que le plan 2-B soit appliqué, puis faillit les annuler. Il se passait quelque chose d'anormal.

— Rappelez Sela. Et mettez-moi en liaison avec le général Ceousa.

— Nous sortons du silence radio, amiral ? demanda Ean.

Il confirma d'un signe de tête. Il devait savoir si les instruments de Ceousa montraient le même schéma d'attaque, au cas où Kueller aurait réussi à trafiquer leurs capteurs. Leia lui avait laissé entendre que Kueller avait piégé les droïds et il avait pu faire la même chose sur leur système de détection.

Néanmoins, Wedge Antilles se préparait à une bataille d'envergure.

Et, pour la première fois depuis longtemps, il était nerveux. Il avait horreur d'être surpris.

Toute sa capacité de riposte venait de se déployer dans l'espace. Des milliers d'hommes d'équipage et de personnels au sol que jamais il n'aurait songé à employer.

Mais il s'y était préparé. En dépit de ce qu'il avait dit à Yanne, il était prêt à toutes les éventualités. Il était seulement surpris que l'arme n'ait pas fonctionné. Elle avait frappé ailleurs et d'autres étaient morts. Les droïds n'avaient pas été livrés au bon endroit. Brakiss devrait payer.

Plus tard.

Pour l'heure, Kueller devait se concentrer totalement sur la bataille.

Même s'il était perturbé par la proximité de Leia Organa Solo. Il avait senti son vaisseau pénétrer dans l'atmosphère d'Almania, mais depuis elle lui avait échappé. Il n'aurait pourtant aucun mal à la retrouver : un Jedi était comme un phare.

Il se concentrerait sur elle dès qu'il aurait évincé sa flotte.

Il aurait presque souhaité être avec ses hommes au cœur du combat. Mais c'était la défaite de Skywalker et de sa sœur qui comptait avant tout. Quand ils ne seraient plus, la galaxie lui appartiendrait.

Si Brakiss ne l'avait pas encore une fois trahi.

— Monseigneur, fit Gant. Le commandeur Bur désire savoir si vous voulez commander cette opération au sol.

Il sourit : ses proches savaient ce qu'il s'apprêtait à faire.

— Dites au commandeur Bur que j'ai toute confiance en ses capacités. Je me contenterai d'observer.

— Bien, monsieur.

Ils étaient prévenus et savaient qu'il sanctionnait durement la moindre défaillance. Le commandeur risquait sa vie. Jamais Kueller ne prendrait le commandement d'une flotte au sens traditionnel. Il avait toujours estimé que les chefs qui dirigeaient eux-mêmes les combats finissaient par perdre la bataille.

Peu lui importait qui survivrait dès l'instant où aucun représentant de la Nouvelle République ne se posait sur Almania.

A l'exception de Leia Organa Solo, bien entendu.

42

Yan était dévoré par l'inquiétude en pensant à Leia. D'autres bombes existaient sur Coruscant. Elle pouvait être morte à l'heure qu'il était. Et la planète embrasée.

Il s'écarta définitivement de Blue, une ex-amie qui ne l'avait jamais été vraiment, pour la laisser seule avec le corps sans vie de Davis. Des cris et des plaintes s'élevaient encore de toutes parts. Lando avait lancé les moteurs du *Lady Luck*.

Chewbacca le rejoignit. Yan ignorait ce que le Wookie avait pu entendre de leur conversation.

— Il faut ficher le camp. C'était Coruscant la cible originelle.

Chewbacca gémit.

— Mais nous ne pouvons pas laisser ces gens comme ça, continua Yan, dont les pensées allaient plus vite que ses paroles.

Il ne voulait qu'une chose : s'échapper des astéroïdes et pouvoir enfin contacter Coruscant.

Leia était son unique souci.

Chewbacca lui parlait. Yan ne l'écoutait plus depuis sa dernière plainte.

— Oui, je sais, vieux. Ils ont besoin de nous. Essaie de faire le compte des vaisseaux en état de marche pour voir ce que nous pouvons évacuer. Ensuite, on commencera l'embarquement du *Faucon*. Je tiens à ce qu'on soit dans les premiers à quitter le Quartier. C'est seulement après que nous pourrons savoir ce qui s'est passé sur Coruscant. (Il répondit aussitôt au meuglement brusque de Chewie :) Mais oui, on prendra aussi des nouvelles de Kashyyyk. Mais je suis certain qu'ils se portent tous bien dans ta famille. Vous n'avez pas de droïds, du moins pas que je me souvienne.

Yan s'éloigna dans la fumée, heureux de pouvoir respirer

sous son masque. Il se demanda combien de gens allaient encore périr par asphyxie.

Les quelques contrebandiers à avoir un semblant d'expérience médicale fouillaient dans les gravats, séparant les survivants en groupes distincts. Yan savait ce qu'ils faisaient, même s'il le déplorait. Ils isolaient ceux qui avaient des chances de tenir pendant les prochaines heures de ceux qui étaient condamnés. Compte tenu des ressources médicales limitées, les premiers recevraient des soins en priorité. Il ne s'agissait pas de perdre inutilement du temps. Il retournait vers le *Faucon* en escaladant les décombres, réprimant une terrible envie d'abattre Blue. La tuer ne ferait qu'aviver sa colère. Et ce genre de vengeance ne pouvait qu'empirer les choses.

Pourtant, il se disait qu'il se sentirait moins impuissant. Car il savait que malgré les efforts des équipes de secours, cette même scène de désastre se répétait sur tous les astéroïdes. Il y avait des droïds sur Skip 2, 3, 5 et 72. Il avait même la certitude que le repaire de Nandreeson, Skip 6, comptait plusieurs droïds.

Il escalada la coupée du *Faucon*, puis se mit en devoir de déverrouiller les sièges et de dégager un maximum de place pour évacuer autant de blessés que possible.

Il redescendit. La fumée se dissipait lentement et, près du *Lady Luck*, il aperçut Lando qui dirigeait les brancardiers. Chewie discutait avec les Sullustéens qui avaient éteint les derniers foyers et Yan les vit hocher la tête.

Il s'approcha d'un des secouristes.

— Je peux prendre des blessés graves à bord de mon vaisseau, lui dit-il. Immédiatement.

L'autre avait le visage couvert de sang et de suie. Il ne cessait de s'essuyer nerveusement les mains avec ses serviettes antiseptiques.

— Je ne sais pas par où commencer, dit-il.

Yan sentit un creux douloureux. Pour chaque vie sauvée, ils en perdraient une autre. Le choix était impossible.

Chewbacca le rejoignit en grognant par-dessus les plaintes des blessés.

— Quinze vaisseaux, c'est mieux que ce que j'espérais.

Pourquoi tu ne te chargerais pas de commencer l'embarquement ?

Chewie glapit d'un air décidé et demanda au médic de l'aider à sélectionner les blessés.

Yan repartit dans les ruines. Il découvrait peu à peu des corps mutilés entre les pierres et le métal encore fumant. Des doigts, des ailes, et même une tête tranchée.

Il rallia enfin le *Lady Luck*. Lando portait un Ruurien dont la toison velue était brûlée et les antennes plumeuses calcinées. La bouche étroite de la créature s'ouvrait spasmodiquement sans émettre aucun son.

— Si on veut tous les récupérer, Yan, ça va nous prendre des jours.

Le *Lady Luck* n'était plus qu'une triste réplique du rapide cargo qu'il avait été. Seluss mettait la dernière main aux réparations de l'ordinateur.

— Tu lui fais confiance ? demanda Yan, l'air soucieux.

— Sincèrement, je m'en contrefous. Il m'aide à dégager les blessés. C'est tout ce qui compte.

Yan hocha la tête. On emmenait les premiers blessés vers le *Lady Luck*. Il vit des Sstys sans poils, des Oodocs sans épines, des humains sans bras.

— Je vais les évacuer. Blue m'a dit que les droïds avaient été réglés pour exploser sur Coruscant.

— Blue ? (Lando installa le Ruurien près d'un Rodien, qui avait perdu ses deux yeux.) Mais je pensais que...

— Elle travaillait pour le compte d'un certain Kueller. De la planète Almania. Il veut Leia.

— Almania. (Lando se leva avec une petite grimace douloureuse.) Tout nous ramène à Almania, non ?

— Je pense que j'étais l'appât, acquiesça Yan.

— Si les droïds étaient destinés à Coruscant... (Lando n'acheva pas sa phrase et enchaîna avec un pâle sourire :) Je vais te dire quelque chose, vieux. Je vais faire des heures supplémentaires. Et toi, tu files là où le devoir t'appelle.

Yan lui posa la main sur l'épaule.

— Tu es un sacré copain, Lando. Il a fallu qu'on vienne dans le Quartier pour que je le comprenne vraiment.

— Je me suis amendé. Il fut un temps, je ne valais pas mieux que Blue.

— Non, tu n'as jamais vraiment été comme eux. Elle savait ce que ces droïds allaient déclencher.

Lando eut un rictus.

— Karrde disait que les choses avaient changé dans le coin. Pas étonnant qu'il n'ait jamais voulu y remettre les pieds.

— Oui. (Yan s'arrêta.) Merci.

— De rien, vieux. Je t'envie.

— A un de ces jours.

— Oui, à un de ces jours, fit Lando en reportant son attention sur le Ruurien.

Yan s'éloigna en courant. Il espérait qu'il était encore temps. Si quelque chose était arrivé à Leia et aux enfants, ce serait une abomination et plus jamais on ne le considérerait comme un gentil garçon.

La créature le léchait.

Luke croisa les bras sur son visage au contact de la langue douce et insistante. Le contact était plaisant mais l'haleine fétide. Néanmoins, la douleur cuisante de son dos s'apaisait. Il avait la sensation d'être enveloppé dans une couverture épaisse et tiède.

Il avait lu certains récits à propos de créatures qui anesthésiaient leurs victimes avec leur salive pour leur éviter toute souffrance à l'instant de la mort. Mais dans ce cas, sa volonté de survivre aurait été étouffée, alors qu'il retrouvait très vite ses forces.

Sans pouvoir bouger cependant. La langue pesait lourdement sur lui : il était cloué sur place.

C'est alors qu'une image s'imposa à son esprit. Celle d'un petit Luke, blotti sur le sol, pointant une arme. Il sentit la douleur dans sa main — non, sa patte — et vit le sang couler. Il ressentit le trouble : pourquoi ces créatures cherchaient-elles constamment à lui faire du mal ? Et aussi la solitude. Profonde, absolue. Et la nostalgie des forêts fraîches, de l'eau et du soleil.

Le soleil.

Il — le Thernbee — avait soif de soleil.

Cette créature avait des dons psychiques. Et elle avait pénétré dans l'esprit de Luke.

— Hé, fit-il, à demi étouffé, il faut que je respire !

Instantanément, la pression de l'énorme langue se relâcha. Il perçut la peur de la créature, et l'espoir de ne pas être attaquée à nouveau. Il inspira profondément et tendit la main.

— Je n'ai rien. Tu vois.

La créature inclina la tête. Elle ne comprenait pas.

Luke forma une image dans son esprit : lui-même, cassant les échardes de bois sur son genou. Et encore lui, extirpant l'écharde de la patte du Thernbee avant de soigner sa blessure.

Je suis désolé, transmit-il. *Je pensais que tu allais me faire du mal.*

Le Thernbee lui répondit par une volée d'images. Des gens minuscules l'attaquaient, le frappaient, le mordaient en criant, lui perçaient la chair avec des pieux enflammés. Il les repoussait en se débattant et ils mouraient parfois. On lui apportait rarement à manger et il lui arrivait de dévorer les morts. Cette idée le rendait un peu malade. Même la viande dont on le nourrissait lui soulevait l'estomac. Ici, il était obligé de mâcher, alors que les Thernbees préféraient les végétaux à la viande, ou bien ces petites créatures délicieuses qui ressemblaient à des serpents. La dentition des Thernbees était faite pour déchirer les branches et les feuilles, pour avaler les créatures rampantes. Un Thernbee préférait manger abondamment et ne plus rien avaler ensuite durant des semaines. Mais ici, il n'avait droit qu'à de maigres portions.

Et son corps était trois fois plus petit qu'il aurait dû l'être.

Il mourait de famine. Lentement.

Seul dans le noir.

Luke frissonna. Il devinait que la créature était là depuis longtemps. Il se releva et lui désigna les grilles du plafond. Il imaginait facilement que le Thernbee s'y était attaqué avec ses pattes. La créature se redressa sur ses pattes arrière, le corps étiré. Mais la grille était encore à un mètre de ses pattes. Elle lui fit la démonstration de toutes ses tentatives pour fuir, pour échapper aux gardes. Elle avait essayé d'utiliser des morceaux de bois, elle aussi, et tenté de sauter. Sans succès.

Moi, je le pourrais, pensa Luke.

Une fois encore, le Thernbee posa sur lui un regard perplexe. Il avait des yeux ronds, bleus et doux au-dessus de son nez d'un rose tendre, et ses dents étaient émoussées comme celles de la plupart des végétariens.

Luke se demandait comment il avait pu le trouver dangereux.

Il s'imagina porté par les pattes du Thernbee jusqu'à la grille. Il allait les délivrer.

La créature s'assit, jeta un regard à la grille, puis à Luke, et lui répondit en lui renvoyant l'image d'un Luke qui s'insinuait entre les barreaux et s'enfuyait.

Cela s'était déjà produit. La créature lui présentait le souvenir de plusieurs humains. Aux images se mêlaient une grande tristesse et une certaine défiance.

Luke soupesa un instant tous ces éléments. Puis, il lança ses propres souvenirs, ses rencontres avec Yoda, comment il avait volé au secours du Jawa sur *L'Œil de Palpatine*, ses conversations avec Jacen, Anakin et Jaina au centre médical de Coruscant. Des exemples de son travail avec ses étudiants de toutes races, et de la philosophie Jedi. Tout était très simple, mais le message parut passer.

Le Thernbee lui présenta sa patte gauche, celle qui était indemne.

Sans hésiter, Luke y monta et commença de grimper. Ce qui était difficile car il ne pouvait prendre appui sur sa cheville gauche. Il se servit surtout de ses bras pour se hisser jusqu'à la griffe qui était presque aussi grande que sa jambe. Le Thernbee, assis sur son arrière-train, s'étira. Luke, tout en se maintenant à la griffe, parvint à s'accrocher aux barreaux et à se soulever.

Il découvrit un couloir large et propre où l'air était plus vif. Les cloisons étaient faites d'un métal inconnu, à l'aspect de papier grisâtre avec des incrustations. Il n'avait guère le temps de s'attarder à les détailler et baissa la tête vers le Thernbee dont les yeux luisaient dans l'obscurité. Luke lui envoya l'image de ce qu'il voyait tout en explorant les dimensions de la grille pour savoir s'il pouvait s'en extraire.

— En fait, dit une voix derrière lui, il faut pousser le levier. Celui qui se trouve juste à votre gauche.

Il détourna le regard. Il y avait bien un levier près de la paroi. Ainsi que quatre gardes qui braquaient leurs blasters sur lui. Ils portaient la tenue des commandos de l'Empire. Celui qui venait de l'interpeller avait ôté son masque et lui indiquait du menton la direction opposée. Sept autres gardes couvraient le couloir.

Une vague de désespoir déferla en lui. Elle émanait du Thernbee. Luke voulut lui faire parvenir un message pour lui dire de ne pas abandonner, mais il ignorait comment. Et il n'avait pas le temps de se concentrer.

— Qui vous fait croire que j'ai besoin du levier ? demanda-t-il.

Le commando haussa les épaules.

— Si vous libériez le Thernbee, ce serait le chaos.

Certainement, songea Luke. Il aurait dû le penser depuis le début. S'il avait sauté sur le levier, la situation aurait été bien différente. Mais non. Il devait se battre seul.

— Je suppose que je suis de nouveau votre prisonnier. Qu'est-ce que vous comptez faire de moi ?

Aucune réponse. Luke sourit.

— Est-ce que vous avez déjà entendu parler d'un Maître Jedi ?

Ils le dévisagèrent. Il se servit de son pied valide pour franchir la grille, et cogna sur le levier malgré la douleur. Dans la même seconde, il lança ce qu'il lui restait de la Force pour attirer les blasters. Un souffle violent parcourut le couloir et il vacilla en se demandant si Vador avait ressenti la même chose dans la Cité des Nuages.

La grille s'ouvrit en claquant et les blasters glissèrent jusqu'à ses pieds. Les gardes s'accrochaient désespérément aux cloisons et à la grille, balayés par le cyclone que Luke avait suscité.

Il se pencha pour récupérer leurs armes. Une forme floue,

blanche et velue passa devant lui. Le Thernbee venait de s'évader de sa prison. Luke fit tomber le vent. Dès qu'ils touchèrent le sol, les gardes s'enfuirent en hurlant.

Il se tourna en souriant vers le Thernbee dont les yeux pétillaient.

— Cette fois, on les a eus, fit-il en accrochant tant bien que mal les onze blasters à sa ceinture. Mais quelque chose me dit que la prochaine fois, ça ne sera pas aussi facile.

43

Les chasseurs Tie arrivèrent en premier en mugissant. Du moins, Wedge Antilles les avait toujours imaginés ainsi.

Il se tenait dans le poste de commandement et observait les Tie sur trois vecteurs différents d'ordinateurs tactiques. Au large, il détectait des blips mineurs qui devaient correspondre aux Superdestroyers.

Le combat lui manquait terriblement.

— L'Escadron Bleu a rejoint les Tie, amiral, lui annonça Ginbotham.

— Passez ça sur moniteur.

Le crépitement des communications résonna dans le centre.

— ... Leader Bleu...

— Je vous reçois.

— Nous envoyons d'autres chasseurs. Je n'arrive pas à croire qu'on ait autant de vaisseaux en face de nous !

— Bleu Dix, restez en formation !

Wedge ne quittait pas le moniteur des yeux, les poings crispés. Il aurait tellement préféré diriger l'attaque contre les Tie. Mais il était le coordinateur. Et il détestait ça.

— ... Vert Huit, surveillez vos arrières.

— Je les vois.

— Mouvement au trois un, Vert Huit. Je les tiens.

— Reçu.

— Ça y est, je...

Une rafale de statique.

Le blip de Vert Huit venait de disparaître. Et une dizaine de chasseurs Tie venaient de surgir.

— Ils vont se faire massacrer, dit Sela. Nous avons besoin de renforts.

— Pas encore, dit Wedge, nous ignorons de combien de vaisseaux ils disposent.

— Certainement pas de beaucoup. On n'a jamais dénombré beaucoup de vaisseaux dans l'Empire.

Wedge fut troublé par cette réponse. Autour de lui, les échanges radio se croisaient.

— ... tactiquement perdu, Leader Jaune. Je regagne la base.

— Copy, Jaune Deux.

— Leader Vert, huit autres chasseurs Tie se portent en cinq point trois.

— Je les serre...

Deux Tie disparurent de la carte, pourchassés par trois vaisseaux de Wedge. Il plissa le front.

— ... derrière toi, Bleu Huit. Je m'en occupe.

— Trop tard...

Le cri qui suivit se perdit dans une rafale de statique.

— ... je me porte au un huit. Je viens de compter six largages.

— Copy, Leader Bleu.

— Je l'ai eu ! Je l'ai eu !

Des blips disparurent de l'écran. Wedge examina la formation. Typique d'un escadron de combat impérial. Des Tie déployés selon un dispositif ancien. Il n'avait pas vu ça depuis la destruction de l'Etoile Noire.

J'ai décimé la population de Pydyr en un instant, sans me servir de moyens aussi grossiers que l'Etoile Noire ou un Super-destroyer impérial.

Les escadrons effacèrent encore six chasseurs Tie des écrans.

— ... je remets le cap sur le secteur de lancement. Couvrez-moi...

Wedge avait lu le mémo sur le trafic de matériel impérial. Tout cet armement qui avait été vendu dans n'importe quelle condition, pour des sommes énormes.

— ... à tout l'Escadron Vert. Descendez un maximum de Tie. Il va falloir nous concentrer sur les destroyers...

Je préfère les armes simples et élégantes, pas vous ?

Wedge se demanda ce qu'il aurait fait s'il avait disposé d'une arme simple et élégante.

Il aurait déclenché une contre-offensive totale pour distraire la flotte d'invasion.

— On change de plan ! lança-t-il en se détournant de la console. Je veux que toute la flotte se replie.

— Amiral ? s'étonna Sela, perplexe, comme s'il perdait l'esprit.

— Il nous a envoyé toute sa quincaillerie. Parce qu'il compte uniquement sur sa méchante arme secrète pour nous liquider. Tous ces vaisseaux ne sont que des leurres. Dites au général Ceousa que ses escadrons évitent désormais tout engagement. Qu'ils se portent vers la surface d'Almania, à partir de l'équateur ou de l'hémisphère supérieur. Kueller ne dispose pas des moyens nécessaires pour contrer une attaque de flanc. Je veux que toutes les autres unités lancent une offensive massive contre l'ennemi.

— Si nous avons bien mesuré sa puissance de feu, amiral, c'est un suicide.

Wedge haussa les épaules. Dès le départ, cette mission était un suicide. Un suicide politique. Autant aller jusqu'au bout.

Les droïds s'avançaient vers Cole. C3 PO observait la scène. Il s'agissait de droïds assassins améliorés, avec des canons-lasers dans le torse. Avant peu, il ne resterait pas grand-chose de Cole Fardreamer. Mais C3 PO était impuissant. Il était bien trop loin. Et en danger lui-même.

Le tunnel où il se trouvait accédait normalement au département des circuits. Tout droïd non marqué devait être détruit puis démantelé, avait-il lu sur un panneau.

— Regardez, un vieux droïd de protocole !

La voix nasale était celle d'un droïd gladiateur.

— Ça n'est pas bien de me déprécier, protesta C3 PO.

Il se tut en voyant le droïd. Il était d'un modèle tout nouveau. Rouge, étincelant, comme s'il avait été construit avec des centaines de pièces de cuivre. Et ses yeux avaient un éclat intense dans son visage étroit.

— Et pourquoi pas, vieux tas de ferraille ?

— Je... euh... Je pratique couramment six millions de formes de communication.

— Et je parie qu'avec aucune d'elles tu ne réussirais à me convaincre de ne pas te mettre en morceaux, rétorqua le gladiateur d'un ton quasi jubilatoire.

— Oh, veuillez m'excuser : vous êtes un droïd gladiateur, n'est-ce pas ?

— Quelle différence ça fait ? Je peux te dépecer en un temps record.

— Je n'en doute pas. Mais je me demande pourquoi vous feriez ça. Je ne suis rien de plus qu'un droïd de protocole. Sans intérêt pour vous.

— Mais si, tu es très intéressant. Tu es entré là sans autorisation. C'est mon boulot de détruire les droïds en infraction, tu sais.

— Par tous les cieux, pourquoi donc ?

— Et pourquoi tu as appris six millions de formes de communication ?

— Eh bien, fit C3 PO en tournant la tête comme s'il cherchait une possible issue, si tu es un droïd gladiateur, il faut que tu gladies, non ?

— Désolé, très vénérable ancêtre. Il se peut que j'aie commencé ma vie comme ça, mais ça n'est plus le cas. J'appartiens à la garde d'élite de Telti. Ils nous appellent la Terreur Rouge.

— Qui donc ? couina C3 PO.

— Les autres droïds. Ceux qui sont en bout de course. Ils savent que s'ils se comportent mal, ils auront affaire à la Terreur Rouge. On leur arrache les membres un à un et ensuite, on leur efface la mémoire. Et on disperse toutes les pièces à la surface de Telti pour qu'ils n'aient pas la moindre chance d'être réassemblés.

La porte au bout du couloir était fermée. La plaque indiquait SORTIE en plusieurs langues droïds. Deux autres droïds rouges rejoignirent leur camarade.

— Et vous êtes combien ? s'enquit C3 PO.

— Cinq cents en tout, disséminés sur toute la lune. Mais c'est ton jour de chance. On n'est qu'une cinquantaine dans ce bâtiment. J'ai appelé tout le monde.

— Rien que pour moi ? Je ne crois pas qu'un simple droïd de protocole mérite une telle attention.

— Probable que non. Si tu travaillais seul. Mais au cas où tu aurais des copains dans le coin, on peut avoir besoin de tout le monde. Mais tu n'as pas de copains ici, n'est-ce pas ?...

— Sûrement pas. Je suis seul. Tout seul. Je suis venu en pèlerinage sur les lieux de ma naissance. Est-ce que vous saviez que les droïds de protocole doivent faire cela tous les cent ans ?

Trois autres gladiateurs rutilants surgirent.

— J'ai jamais entendu dire ça.

— Moi non plus, fit un des nouveaux venus.

— Soyons précis : ça n'est valable que pour les droïds dont la mémoire n'a jamais été effacée. A vrai dire, je suis en retard. Je me suis peut-être trouvé trop longtemps dans le même état d'esprit. J'aimerais que vous m'indiquiez où se trouvent les bains d'huile.

Il se dirigea vers la sortie. Mais deux droïds rouges lui barrèrent le chemin.

— Pas si vite, l'ancêtre, dit le premier gladiateur. Aucun droïd de protocole ne s'est jamais aventuré ici comme ça.

— Et vous avez rencontré beaucoup de droïds qui n'aient jamais subi un effacement de mémoire ? Ça a failli m'arriver dans la Cité des Nuages il y a pas mal de temps, mais un de mes amis m'a retrouvé dans les détritus et m'a tiré d'affaire. Sinon, je ne serais pas ici en ce moment. Mais puisque c'est le cas...

— Tu crois que tous les droïds de protocole sont aussi bavards ? demanda un des gladiateurs rouges à un collègue.

— Oh, mais non, fit C3 PO. C'est un défaut inhérent à mon modèle. Je comptais trouver une solution pour y remédier plutôt que d'accepter un effacement. Avoir toute sa mémoire intacte, vous ne pouvez pas savoir à quel point c'est bon, mais c'est aussi lourd à porter, si vous voulez la vérité. Par exemple, je me souviens de la première fois où j'ai rencontré un droïd gladiateur. Ça devait être sur Coruscant. Avant la Rébellion, bien entendu.

— On l'efface, proposa un des nouveaux venus.

— Non, non, fit le premier. Je suis curieux. J'aimerais bien savoir comment un droïd peut éviter l'effacement de mémoire.

— J'ai eu beaucoup de chance, dit C3 PO. Mon sympathique maître considère que les droïds sont des créatures uniques.

— Il ment, fit un gladiateur.

— Peut-être pas, répliqua un autre.

— Mon maître m'estime pour ce que je suis et ne laisserait personne me faire du mal.

— Ton maître, c'est le type qui a débarqué avec le cargo ? demanda le premier droïd.

— Oh non. C'est seulement quelqu'un que j'ai rencontré en route. Mon maître... A vrai dire, j'en ai plusieurs. Je suis généralement au service de la Présidente Leia Organa Solo, sur Coruscant. Mais il m'arrive de travailler pour le Maître Jedi Luke Skywalker.

— Alors pourquoi tu voyages avec quelqu'un d'autre ?

— Il souhaitait ma présence à cause de ma connaissance des langages. Je l'ai persuadé de faire étape ici. Pour ce pèlerinage personnel.

Il avait réussi à faire quelques pas en direction de la sortie. Les droïds s'étaient écartés sans cesser de le fixer. Les droïds avaient horreur de l'effacement mémoriel. Il avait réussi à les intriguer.

— Oui, c'est ça, dit le premier droïd. Et il t'a écouté.

— Maître Fardreamer est un homme exceptionnel. Tout comme Maître Luke Skywalker.

— Skywalker, fit un des gladiateurs rouges, est-ce que ce n'est pas lui qui est déjà venu ici ? Celui qu'on ne pouvait pas toucher ?

Un de ses collègues le fit taire.

— Maître Skywalker est venu ici ? demanda C3 PO.

— Je croyais que tu savais où se trouve ton maître, railla le premier droïd.

— Eh bien, il n'est pas constamment mon maître. Je pensais vous l'avoir expliqué.

— Tu nous as expliqué pas mal de choses. Sauf ce que tu fais ici.

— Mais je vous l'ai dit : si vous vous souvenez bien, je fais un pèlerinage sur les lieux de mes origines.

— Ça aussi, ça aurait pu marcher, dit le premier droïd, si cette fabrique avait produit des droïds de protocole il y a cent ans. Mais elle n'en a construit qu'après l'effondrement de l'Empire. Quand la Nouvelle République s'est formée, le Maître a pensé qu'il y aurait une place pour les intellos de ton genre.

C3 PO fit un autre pas vers la porte. Les droïds se rapprochaient, et le premier se glissa vers lui, flanqué de ses compagnons rouges.

— Et quand un droïd de protocole a la mémoire effacée, est-ce qu'il lui faut réapprendre les six millions de formes de communication qu'il connaissait ?

— Certes non, c'est un circuit intégré. (C3 PO comprit alors ce que le gladiateur voulait dire.) Attendez ! Attendez ! Je suis sûr que vous n'êtes pas obligés de m'effacer la mémoire. Vous ne savez pas qui je suis. Vous ne pouvez pas me toucher. Ce sera un incident intergalactique. Ma maîtresse...

— N'aura plus d'importance, acheva le droïd rouge. Tu n'as jamais eu droit à un effacement, alors laisse-moi te raconter ce qu'on sent en se réveillant. On voit le monde avec des yeux tout neufs. Tout te paraîtra si merveilleux. Tu auras encore tes six millions de langages et un nouvel avenir. Est-ce que ça n'est pas beau, ça ?

— Non, balbutia C3 PO tandis que la Terreur Rouge se refermait sur lui. Je ne crois pas que ça sera beau.

44

Dès que Leia pénétra dans le tunnel, le sentiment d'être observée disparut. En même temps que sa confiance. Elle avait l'impression d'être plongée dans une obscurité mentale.

Le tunnel se trouvait à proximité d'un immeuble plus important, une tour de pierre abandonnée qui s'était effondrée. Des blocs étaient tombés de part et d'autre, comme si la tour avait été secouée par la main d'un géant. La tour n'était pas loin de la baie d'atterrissage, mais jamais elle ne l'aurait trouvée d'elle-même.

Quelqu'un avait implanté des images dans son esprit.

Pas exactement des cartes, ni même des représentations précises des choses telles qu'elles étaient actuellement, mais telles qu'elles avaient été autrefois. La tour qu'elle voyait n'était pas en ruine, les rues grouillaient de passants, des véhicules mécaniques circulaient et il y avait des fleurs partout. Il n'y en avait plus maintenant, plus de passants, plus de véhicules, rien qu'un silence menaçant, et des décombres.

Les images l'avaient apaisée. Elle avait maîtrisé son malaise et savait que la communication ne venait pas de Kueller. Chaque fois qu'il s'était adressé à elle, elle avait vu son visage masqué. Elle espérait que les images étaient émises par Luke. Sinon, elle était prête.

Et déterminée. Elle avait son blaster et son sabrolaser. Elle avait ressenti cela à trois reprises au cours de son existence : quand elle s'était lancée à l'assaut de l'Etoile Noire, quand elle avait aidé le Noghri, quand Hethrir avait enlevé ses enfants [1].

---

1. Voir *La Guerre des Etoiles*, *L'Ultime Commandement* et *L'Etoile de cristal*. (*N.d.T.*)

Elle sentait la présence de Luke. Il était tout près, sous la surface du sol. Elle avait marché dans la bonne direction.

Mais elle ne savait pas pourquoi les images s'étaient évanouies.

Elle continua vers le bas. Les parois du tunnel étaient en pierre et une faible odeur de moisi en émanait. Nul n'était passé ici depuis longtemps. Il était plus large qu'elle ne l'avait pensé par rapport aux images. Elle s'était presque attendue à une sorte de boyau étroit, mais il avait les dimensions d'une grande pièce.

Sur une paroi, des poignées et des barreaux rouillés faisaient office d'échelle. Leia avait de plus en plus l'impression de descendre vers le fond d'un puits. Ce qui était faux si elle en croyait les images. C'était en fait une ancienne issue destinée aux constructeurs de la tour. Elle devrait bientôt atteindre un étage. Mais sa descente semblait interminable et ses mouvements répétés finissaient par être fatigants. Et l'écho se faisait plus sonore tandis que la lumière s'assombrissait.

Elle projeta son esprit en avant dans l'espoir de capter d'autres images. Mais là aussi l'ombre gagnait.

C'est alors qu'elle retrouva la présence de Luke. En même temps qu'un déferlement d'images l'envahissait.

Des créatures blanches, blanches, si blanches, couraient sous le soleil, dans l'éclat de leurs toisons.

Des roses. Partout, le parfum des roses, et aussi des feuilles vertes, et des créatures rampantes et succulentes. L'eau et le ciel.

Une joie intense vibra en elle, tellement forte qu'elle faillit lâcher prise.

Ce qu'elle venait de recevoir n'émanait pas de Luke. Elle avait continué de sentir sa présence derrière l'éclatante note de joie que quelqu'un d'autre lui avait transmise.

Elle espérait ne pas se tromper et avoir choisi la bonne route. En atteignant enfin le bout du tunnel, elle se retrouva devant une saillie qui dominait une trappe de bois. Elle découvrit une poignée, tira, et la trappe s'ouvrit en grinçant.

Dans l'instant qui suivit, elle fut confrontée à une face blanche géante, avec un nez rose, une large bouche rose, et d'immenses yeux bleus. La bouche s'ouvrit et elle se plaqua contre la pierre en portant la main à son blaster.

— Tout va bien, dit la voix de Luke. C'est un ami. Je crois qu'il est heureux de te voir.

Elle regarda plus attentivement la créature : elle était blanche, comme celles qu'elle avait entrevues courant dans le soleil. C'était d'elle qu'était venue l'onde de joie.

— Tu peux lui dire de bouger pour que je puisse vous rejoindre.

— Ça va prendre un moment.

La créature tourna la tête et, avec une délicatesse inattendue, s'écarta.

Leia agrippa le bord de la trappe et se laissa glisser dans un couloir rempli de blasters, avec une grille ouverte et les signes évidents d'une lutte récente. Luke était assis sur les barreaux de la grille et son compagnon occupait tout le couloir, à quelques mètres de là.

— C'est quoi, cet endroit ?

— D'après ce que j'ai pu déduire, c'est une sorte d'oubliette. Le Thernbee s'y trouvait depuis pas mal de temps.

Leia regarda la créature dont la queue énorme en cognait régulièrement la muraille en remuant.

— Vous m'avez envoyé la carte, lui dit-elle.

— Il ne parle pas, fit Luke. Je ne pense même pas qu'il comprenne un langage. C'est une race psychique.

— Et amicale, j'en suis certaine, fit-elle en s'approchant de Luke.

— Très. Trop même, parfois.

Luke la regarda approcher sans bouger, ce qui était le signe certain qu'il n'allait pas bien. Il avait le teint verdâtre, ses vêtements étaient déchirés et noircis, ses cheveux brûlés par endroits, et sa main artificielle avait perdu sa peau. Sa chemise ouverte dans le dos montrait que sa peau avait été atteinte : elle était couverte de pustules. Il s'était fait une attelle à la cheville gauche.

— Que t'est-il arrivé ?

— Mon aile-X a explosé.

Il avait un blaster au poing et plusieurs autres à la ceinture. Le Thernbee ne le quittait pas des yeux.

Le cœur de Leia se serra.

— Les détonateurs impériaux.

Il secoua la tête.

— Je ne le crois pas.

— Luke, je les ai vus. Ils sont montés sur le système de l'ordinateur.

Il soupira et elle guetta sa réponse, hésitante. Jamais elle ne l'avait vu dans un tel état d'épuisement et d'incertitude.

— L'*Alderaan* est tout près d'ici.

— Je sais. Et je pense que Kueller le sait aussi. J'aurais aimé... (Il s'interrompit.)

— Tu aurais aimé que je ne vienne pas. Mais je suis là. Nous devons nous enfuir.

— Il veut nous tuer. Il pense qu'ainsi il pourra être le nouvel Empereur.

Leia sourit.

— Je ne siège plus au Conseil. Quoi qu'il nous fasse, il ne pourra pas influencer les sénateurs.

— Ça n'a rien à voir avec le Conseil mais avec nos talents de Jedi. Il est convaincu qu'il doit nous éliminer.

— Alors pourquoi n'a-t-il pas tenté de te tuer ?

— Il avait besoin de moi pour t'attirer ici.

Elle regarda le Thernbee.

— Tu es certain de pouvoir faire confiance à cette créature ?

Luke leva la tête et dit :

— J'ai oublié.

Il ferma les yeux, soudain concentré, absent. Inquiète, Leia récupéra plusieurs blasters et les fixa à sa hanche tant bien que mal. Luke rouvrit les yeux.

Le Thernbee s'était redressé et avait cessé d'agiter la queue. Il s'avança lentement, indécis, pareil à un chaton géant qui aurait voulu jouer sans savoir où aller.

— Rentre chez toi ! lança Luke en agitant la main. S'il te plaît !

En deux enjambées, le Thernbee se retrouva auprès de lui et se mit à le lécher. Luke leva les mains. Mais Leia poussa un cri et la créature recula.

— Il n'y a rien à craindre, dit Luke en tapotant le nez du

Thernbee. (Et il murmura en souriant :) Allez, rentre chez toi.

La créature bondit dans le couloir et s'éloigna en courant, laissant des touffes de poils dans son sillage.

— Viens, fit Luke. Retournons à l'*Alderaan.*

Ses vêtements étaient trempés.

— Tu ne devrais pas d'abord te nettoyer ?

— La salive du Thernbee a des propriétés calmantes. Je sais qu'il ne m'a pas guéri, mais j'ai retrouvé un peu de forces.

— Je suis venue par une très haute échelle. Tu penses que tu peux risquer l'escalade ?

— Je ferais n'importe quoi pour sortir d'ici.

— Je ne comprends pas. Si Kueller tient tellement à nous capturer, pourquoi tout s'est passé aussi facilement jusque-là ?

— Pour toi, peut-être. Mais je n'aurais pas pu m'enfuir et récupérer tous ces blasters sans l'aide du Thernbee. Kueller avait posté une dizaine de gardes devant cette grille. Je pense que l'accalmie ne va pas durer : ils sont allés chercher du renfort. Il faut en profiter au maximum.

Il se redressa lentement. La salive du Thernbee avait peut-être un pouvoir sédatif, mais Leia n'en surprit pas moins sa grimace de douleur. Il prit les derniers blasters et les noua dans un lambeau de vêtement. Puis il boitilla jusqu'au tunnel, leva la tête et prit son souffle. Leia était inquiète : jamais il ne réussirait à sauter.

Mais il ferma les yeux, souleva sa jambe blessée, et atterrit avec aisance sur le surplomb de pierre en agrippant aussitôt les barreaux. Il se mit à escalader l'échelle.

Elle plissa le front : jamais elle n'avait réussi à maîtriser ce tour.

— Luke...

Le puits inférieur était encore profond.

— Luke, je ne pourrai jamais.

— Tu l'as déjà fait, Leia.

Il redescendit quelques barreaux et lui tendit la main.

— Je vais te rattraper.

— Ton dos va craquer.

— Ce sera plus pratique que de te soulever jusqu'à moi. (Il la fixait. Il était tout à coup redevenu le frère aussi puissant qu'invincible.) Viens. Tu n'as besoin que d'un peu de foi en toi-même.

Elle avait toujours douté de ses talents Jedi. Ils se manifestaient par intermittence et elle ne les avait pas développés.

— Leia...

Elle ferma les yeux et chassa de son esprit l'image de la saillie de pierre pour penser au vide béant, aux ténèbres dans lesquelles elle risquait d'être précipitée. Elle affina encore la vision : la surface avec ses blocs de rocs brisés et la tour. Et au loin, dans le couloir, elle entendit des bruits, des voix. L'ennemi arrivait.

Elle se replia puis bondit, les yeux soudain ouverts, et passa en tourbillonnant près de Luke. Elle manqua le haut du tunnel d'un mètre et bascula en arrière.

— Cramponne-toi !

Derrière le cri de Luke, elle perçut l'écho des voix, tout en bas.

Elle tournoyait encore, ce qui lui permit de saisir un barreau qu'elle lâcha aussitôt, puis un autre, avant de réussir enfin à se stabiliser.

Une onde douloureuse lui traversa le bras. La violence de son mouvement avait rudoyé ses vertèbres. Tel un Wookie, Luke escaladait le tunnel, comme s'il avait oublié sa douleur.

— Des commandos ! Il faut arriver en haut avant qu'ils nous cherchent ici.

— Ils vont bien voir que la trappe est ouverte.

— Oui, mais ils ne savent pas forcément où conduit ce tunnel. Je ne crois pas que ce soit Kueller qui l'ait fait construire.

— Tu ne te trompes pas.

Leia se mit à grimper aussi rapidement que possible. Elle était encore sous le choc mais ressentait une certaine exultation. Elle avait réussi. Elle avait utilisé la Force pour accroître son énergie, comme Luke avait toujours tenté de le lui apprendre.

Les voix résonnaient plus fortement, mais elle était tout près de la surface et de la lumière du jour.

— Bien joué, Leia ! souffla Luke.

Elle lui jeta un regard, émue par ce compliment. Il était pâle mais souriant. Il porta un doigt à ses lèvres et elle hocha la tête en signe d'assentiment.

A l'extérieur, le jour déclinait. Le sentiment d'exultation s'éteignait en elle. Le Thernbee devait être loin à présent. Elle s'inquiétait pour Luke et redoutait le silence de Kueller.

Elle atteignit la surface et observa les environs. L'air était froid et mordant. C'était le crépuscule et rien n'avait changé dans le paysage qui s'étendait devant la tour. Elle retrouvait les rues vides, les bâtiments abandonnés.

Les paroles de Kueller lui revinrent : *Je préfère les armes simples et élégantes.*

Des armes difficiles à voir ?

Elle saisit la main de Luke et l'aida à s'extraire du tunnel.

Elle pensait qu'elle le découvrirait avant peu.

D2 avait suivi un labyrinthe de couloirs entre des dizaines de panneaux d'ordinateur protégés. Il devait approcher du centre de commandement car leur nombre avait quadruplé.

Les couloirs étaient plus propres dans ce secteur. Il ne rencontrait plus de droïds. Un avertissement griffonné sur un panneau mettait en garde contre une sorte de Terreur.

D2 gémit doucement.

Les panneaux étaient installés plus bas et les circuits de protection moins sophistiqués. Il n'y avait plus de chaussée pour les droïds à chenillettes : le sol ici était lisse, prévu pour des pieds humains, ou quasi humains.

Il approchait du but. Et il accéléra.

Des holos apparurent autour de lui, montrant des images d'un événement qui se passait plus bas. D2 ne ralentit pas, mais il stocka aussitôt l'information. Il avait vu un cargo et, non loin, Maître Fardreamer discutant avec Brakiss, un ex-étudiant de Maître Luke.

Ses capteurs électroniques hypersensibles détectèrent un

vrombissement, puis plusieurs, à huit mètres derrière lui. Ils se rapprochaient rapidement.

Il roula jusqu'à un placard et y pénétra. Immédiatement, la porte se referma et le placard chuta à toute allure sur plusieurs étages. Les délicats systèmes d'équilibrage de D2 furent pris de court et il bascula sur deux roues, se cognant le dôme contre la cloison. Il était piégé.

Le placard percuta le fond avec une violence telle que D2 bascula dans la direction opposée. Il libéra sa troisième roue et réussit à retrouver l'équilibre, même s'il avait encore la tête qui tournait. Littéralement.

Il ne capta que des cloisons obscures, une porte obscure. Qui se répétaient, encore et encore. Il parvint à immobiliser sa tête et à faire face à la porte à l'instant où elle coulissait.

Lui révélant une salle remplie de R2, de R5 et autres astromécaniciens de série allant de 1 à 7. Ils étaient alignés, appuyés les uns sur les autres, et certaines têtes pivotèrent dès qu'il apparut. Leurs yeux électroniques lancèrent un éclair, et quelques-uns gémirent tandis qu'un cylindre éclatait au fond de la salle.

Le sol se souleva brusquement et D2 fut projeté au-dessus de ses collègues astromécanos — des centaines, des milliers de droïds — avant de s'écraser sur une pile de R5.

Il bipa quelques excuses, sans obtenir de réponse. Ils étaient encore activés, mais inertes.

En tournant la tête, il siffla longuement, stupéfait.

La salle devait bien mesurer un kilomètre et débordait d'astromécanos.

Il se retrouvait devant la pile gigantesque des droïds rejetés dont C3 PO avait si souvent brandi la menace. Il était en fait en plein dedans.

Peut-être pour l'éternité.

45

Yan avait les paumes moites. Jamais il ne s'était autant senti en insécurité à bord du *Faucon*. Il devait piloter avec prudence. La plupart des blessés n'étaient pas sanglés et toute manœuvre brusque ne pouvait qu'augmenter leurs souffrances.

Chewie semblait tout aussi crispé et son odeur avait envahi le cockpit. Un droïd médic et un assistant médical des contrebandiers s'occupaient des blessés. Deux professionnels seulement pour une centaine de passagers grièvement touchés. Le *Faucon* avait été prévu pour huit personnes, mais Yan était parvenu à faire tenir tout le monde dans les soutes, les capsules de sauvetage et les compartiments secrets.

— Oui, répondit-il au grognement de Chewie. Je les ai vus.

Il évita de justesse un essaim de rocs qui avaient chacun la taille d'un landspeeder.

Depuis qu'ils avaient quitté le Quartier, ils naviguaient dans les débris qui entouraient la ceinture d'astéroïdes. D'ordinaire, il aurait feinté sans arrêt, mais il devait piloter le *Faucon* comme un vaisseau glottalphib à demi rempli d'eau. Et dès qu'un cri s'élevait au fond de la cabine, Yan sursautait comme sous un tir de blaster.

Ils n'allaient pas tarder à quitter la zone critique. Ensuite, il aurait deux objectifs essentiels : trouver une planète-asile pour tous ces blessés et se mettre en quête de Leia.

Chewbacca régla les contrôles au plafond. Le *Faucon* tangua et des cris de douleur s'élevèrent.

— Désolé, marmonna Yan, en se disant que la contrebande était un métier certainement plus facile que celui d'ambulancier galactique.

Ils sortirent enfin des astéroïdes.

— Chewie, lance un message de détresse.

Dans le même temps, il interrogea ses fréquences personnelles. Mais Chewie rauqua et lui annonça qu'il avait réussi à joindre Wrea, une des plus proches planètes, qui était prête à les recevoir.

Yan répondit par leur identification et ajouta :

— Ici Yan Solo, l'époux de la Présidente Leia Organa Solo. J'ai des blessés à bord. Certains sont mourants. Disposez-vous de l'équipement nécessaire ?

— Nous avons suivi votre trajectoire, Président Solo. Votre vaisseau vient du Quartier des Contrebandiers.

— Oui, j'étais en mission d'enquête lorsque le Quartier a été attaqué.

— Les agresseurs vous ont-ils suivis ?

Les Wréens avaient toujours été méfiants face à la violence.

— C'était une attaque à longue distance. Leurs droïds ont explosé.

— Des droïds ? Tous les droïds ?

— Non. (Yan avait décidé de jouer la carte de la franchise.) Seulement ceux qui avaient été récemment volés. Certains soupçonnent qu'ils étaient en fait destinés à Coruscant.

— Pouvez-vous répondre de l'honnêteté de vos passagers ?

Chewbacca le regarda, inquiet, et Yan ravala une réplique cinglante. Ça n'était pas le moment.

— Oui.

Il ne mentait pas, se dit-il. Aucun des blessés n'était à même de voler quoi que ce soit.

— Sur la foi de votre parole, Président Solo, nous voulons bien recueillir vos blessés. Voici les coordonnées.

Tandis que Chewbacca s'occupait de l'ordinateur de navigation et mettait le cap sur Wrea, Yan gagna le seuil et observa les corps brûlés, parfois mutilés, les visages ravagés. Des images de désespoir et de détérioration absolus.

— Nous venons de contacter Wrea. Ils vont nous prendre en charge.

Il ne songea même pas à savoir combien de ces malheureux l'avaient entendu et se retourna, encore plus découragé.

Il y avait plusieurs messages pour lui, la plupart émanant de Leia. Mais aucun n'était récent. Le dernier avait été émis d'Anoth, peu avant que Yan ait quitté les astéroïdes.

Il le passa en lecture holo. Il était d'Anakin. La pièce derrière lui était obscure et il était penché sur la console. A l'évidence, tous les autres dormaient et il était là sans permission.

— Papa ? Il s'est passé quelque chose, et je n'arrive pas à avoir maman ni oncle Luke.

Yan eut un bref pincement de cœur : son fils avait d'abord appelé Luke. Mais il devait se faire à l'idée que ses enfants connaissaient la Force et que lui n'avait aucune expérience dans ce domaine.

— Winter nous a dit qu'on serait au courant si quelque chose n'allait pas. Mais tu sais, papa, je n'arrête pas de rêver à un homme mort. Il se passe des choses très mauvaises, je le sais.

Il tourna la tête comme s'il avait entendu un bruit inquiétant avant de revenir à la console.

— Appelle-moi quand tu auras mon message. S'il te plaît.

L'image d'Anakin disparut dans un dernier clignotement.

Chewbacca grogna tristement et Yan affronta son regard soucieux.

— Tu as raison, vieux. Quelle sorte de père suis-je donc ? Il ne m'était même pas venu à l'idée qu'ils avaient pu emporter des droïds sur Anoth.

Chewie grogna en réponse. Il avait raison : le message d'Anakin avait été émis après le désastre du Quartier. Les enfants n'étaient plus en danger.

Si ce n'est que Anakin avait perçu « quelque chose de mauvais ». La catastrophe des astéroïdes ? Ou pire encore ?...

Les enfants avaient été bouleversés par l'attentat du Sénat. Luke le lui avait dit.

Chewie mugit.

— Oui, d'accord, je vais l'appeler. Mais il faut avant tout

que je sache ce qui se passe sur Coruscant. Je ne pourrai pas rassurer le gamin si...

Il s'interrompit avant de parler de Leia. Il se pencha à nouveau sur la console et appela Leia. Presque dans la seconde, il découvrit le visage de Mon Mothma sur l'écran.

— Yan ! Nous vous pensions perdu.

— Mon Mothma, je suis à la recherche de Leia.

Elle hocha la tête.

— Il est évident que vous n'avez pas reçu ses messages. Elle n'est pas ici.

— Non ? Et elle va bien ?

— Pour autant que je sache. Nous venons de découvrir qu'elle avait appareillé avec toute une flotte en compagnie de Wedge à destination d'Almania.

— Almania ? (Les messages mystérieux étaient venus de là. Où se trouvait cet homme dont Blue avait parlé. Kueller.) Mais pourquoi ?

— Le chef de ce monde a menacé la Nouvelle République, et Leia plus particulièrement. Il retient Luke prisonnier.

— Luke ? Elle est partie pour le sauver ?

— Yan, jusqu'à ce qu'elle entraîne Wedge avec elle, c'était son affaire, fit Mon Mothma avec son habituelle sérénité. Elle a démissionné.

— *Démissionné ?*

Mon Mothma hocha la tête.

— Elle pense que ce Kueller est réceptif à la Force. Qu'il ne s'intéresse pas réellement à la Nouvelle République. Mais plutôt à elle et sa famille. Elle a probablement raison. Voulez-vous que je charge son message dans vos données, Yan ?

— Oui.

Mon Mothma était sur le point de couper la communication quand Chewie émit une plainte.

— Mon Mothma, tout va bien sur Coruscant ? ajouta Yan.

— Les Impériaux du Conseil se déchaînent à propos du départ de Leia. Ils l'accusent de trahison, Yan, parce que certaines preuves vous impliquent dans l'attentat du Sénat, et les éboueurs de la cité sont en grève à cause de certaines erreurs dans leurs trois derniers salaires. (Elle sourit.) La routine...

Yan ne pensa pas une seconde à protester contre l'accusation de trahison. C'était sans doute en rapport avec ces messages dont Lando lui avait parlé.

— Et les droïds ?...

L'expression de Mon Mothma se fit soucieuse.

— Maintenant que vous y faites allusion, nous avons reçu un message étrange de Luke. Il a pu l'émettre avant d'être capturé ou immédiatement après, puisqu'il est codé. Il nous mettait en garde contre tous les nouveaux droïds que nous devions neutraliser. La source était vérifiable et j'ai exécuté cet ordre. Ce qui a déclenché toutes sortes de protestations. Si seulement vous pouviez entendre...

— Vous les avez désactivés, fit Yan en fermant les yeux, soulagé.

Si Luke ne les avait pas prévenus, Coruscant ne serait plus que ruines, comme le Quartier des Contrebandiers.

— Bien sûr. Mais ça signifie quoi ? Je songeais justement à les remettre en fonction. Je ne peux quand même pas ajouter une crise à une autre.

— Ne le faites surtout pas.

Chewie l'approuva en hurlant.

— Nous sommes chargés de contrebandiers blessés. Les droïds qu'ils avaient volés sur Coruscant ont explosé. Chewie va vous envoyer les identifications de plusieurs vaisseaux de contrebande qui ont besoin d'assistance médicale.

Mon Mothma était soudain d'une pâleur mortelle.

— Ils ont explosé ? Comme dans la salle du Sénat ?

— Je le crois.

Elle inspira profondément pour garder son calme.

— Bien, dans ce cas je pense que nous ne les relancerons pas avant d'avoir trouvé l'origine du problème. Merci, Yan.

— C'est vous que je voudrais remercier. Mais j'ai perdu beaucoup d'amis.

Mon Mothma hocha la tête. Elle comprenait, sans doute mieux que quiconque.

— Yan, Leia perçoit cette menace d'Almania comme une agression personnelle.
— C'est ce que j'avais conclu. Merci, Mon Mothma.
— Je télécharge le message, dit-elle avant de couper la communication.

Ils approchaient de Wrea. La planète blanc et bleu montait lentement à l'horizon de transparacier du cockpit.

Chewie grommela : il se chargeait des manœuvres de débarquement.

Yan contacta Anoth dans l'espoir de joindre Anakin, mais ce fut Winter qui apparut.

Il ne tenait pas à ce que son cadet si doué ait des ennuis avec sa nounou et il s'efforça de sourire.

— Winter, vous avez l'air en forme !
— C'est idiot de me faire le coup du charme, général Solo. Je ne cesse de rappeler à Anakin qu'aucune communication ne peut être établie avec l'extérieur sans autorisation.

Yan réprima un frisson. La discipline de Winter était ferme mais jamais réellement dure. Pourtant, lui-même ne pouvait s'empêcher de sursauter quand elle proférait ses ultimatums.

— Entre nous, ajouta-t-elle, les enfants ont été très perturbés. Je leur ai permis d'essayer de joindre leur mère, mais elle est apparemment partie en mission. Et leur oncle Luke aussi.

— Tout ceci est en rapport avec la Force, n'est-ce pas ?

Winter acquiesça.

— Ils ont tous eu la même expérience, comme avant l'attentat du Sénat. Et Anakin prétend qu'il ne cesse de revoir le même homme mort.

— Laissez-moi lui parler.
— Comme vous voudrez, monsieur.

Il n'y avait pas de réelle désapprobation dans sa voix. C'était une femme d'une grande sagesse qui veillait sans doute mieux sur leurs enfants que Leia ou lui.

Anakin apparut sur l'écran. Une fois encore, Yan fut surpris par sa ressemblance avec Luke. Et il y avait dans ses yeux bleus plus d'intelligence que Yan n'en avait jamais lu chez bien des êtres, humains ou non.

— Winter m'a déjà dit que je n'aurais pas dû t'appeler.

Yan eut un sourire qu'il voulait rassurant.

— Non, Anakin. Tu peux toujours me joindre. Mais il faut le dire à Winter auparavant.

Anakin hocha la tête d'un air solennel et grave que Yan ne lui avait jamais connu, même après s'être fait réprimander par Winter.

— Que se passe-t-il ? Tu as peur de quoi ?

— Je n'arrive pas à retrouver maman. Mais Jacen et Jaina disent qu'il ne lui est rien arrivé. Sinon on le saurait.

— Elle va bien. Elle est en route et reviendra bientôt.

Anakin se frotta l'œil gauche : à l'évidence, il n'avait guère dormi.

— Je sais. Elle est allée voir l'homme mort.

Yan interrogea Chewie du regard. Le Wookie lui répondit par un haussement d'épaules.

— Je le vois dans mes rêves. Il dit qu'il va nous attraper. Mais il ne le peut pas, hein ?

— Non, fit Yan avec une colère qu'il avait du mal à retenir. Vous êtes en sécurité sur Anoth.

— Ils sont déjà venus, fit Anakin.

Yan n'avait pas oublié. Mais il était surpris que son fils se souvienne aussi précisément de l'agression : Winter et une nounou droïd lui avaient sauvé la vie. Mais rien n'aurait dû le surprendre avec Anakin.

— C'est pour ça que Winter est avec vous.

— J'aimerais bien que tu sois là toi aussi.

— Moi aussi j'aimerais bien.

Jacen et Jaina rejoignirent alors leur frère et il leur accorda un petit instant avant que Chewie ne le prévienne d'un ton sourd. Il leva les yeux. La planète Wrea occupait maintenant toute la baie.

— Repassez-moi Winter, les enfants, vous voulez bien ?

Ils se retirèrent, à l'exception d'Anakin, qui gardait son air grave.

— Winter, combien de droïds avez-vous là-bas ?

— Nous les avons tous désactivés selon les instructions de Maître Skywalker.

— N'y touchez plus. Et toi, Anakin, tu ne joues surtout pas avec, hein ?

Anakin acquiesça. Sans protester, sans rien dire : ça ne lui ressemblait guère.

— Papa ?...

— Oui, petit Jedi ?

— L'homme mort a dit qu'il allait tuer maman.

Yan sourit, alors qu'il bouillait de colère.

— Cet homme mort n'a pas le droit de te raconter des mensonges, même en rêve. Je vais aller rejoindre ta maman. Tout se passera très bien.

— La première fois, il a failli la tuer, lui rappela Anakin d'une toute petite voix.

Yan tressaillit : le Sénat, les droïds, les messages, tout désignait Kueller.

— Il le pense peut-être, mais ta maman est une personne qui sait se défendre. Il lui a fait peur. Il nous a fait peur à tous. Mais il n'a certainement pas « failli » la tuer.

— Mais elle a été blessée.

— Oui. Ton « homme mort » n'a rien de gentil. Mais on va l'avoir, et tu n'en rêveras plus.

— C'est promis ?

— Promis. Et toi, tu écoutes Winter, d'accord ?

— Je t'aime, papa.

— Moi aussi, fiston. A bientôt.

Chewie marmonna : ils étaient proches de la planète. Yan espérait qu'il n'était pas trop tard : les plaintes des blessés devenaient de plus en plus faibles. Il n'osait pas songer à tous ceux qui avaient pu mourir durant le voyage.

Kueller s'attaquait à ses enfants. C'était lui l'homme mort qu'Anakin voyait dans ses rêves. Il avait la Force. Et il détenait déjà Luke. Ce qui voulait dire que son talent était grand.

Autant que celui de Vador.

Il serra les poings. Il n'avait jamais été à la hauteur de Vador. L'autre l'avait terrassé à chaque affrontement. Le don que possédait Luke, Leia et les enfants était comme de la magie pour lui.

Mais la magie pouvait se retourner contre celui qui la possédait.

— Chewie, essaie de me trouver Mara Jade. Lando dit qu'elle est avec Talon Karrde. Explique-leur que j'ai besoin de leur aide.

Le Wookie acquiesça avec une note perplexe, et Yan lui sourit :

— Un plan ? Bien sûr que j'ai un plan. Tu m'as déjà vu ne pas avoir de plan ?

D2 était cabossé en plusieurs endroits, mais pas vraiment endommagé. Ce qui n'était pas le cas pour certaines unités R5. Il vit autour de lui des projecteurs cassés, des jacks écrasés et des panneaux de contrôle éventrés. Mais il devait y avoir plus grave.

A son arrivée, il avait bipé quelques questions. Auxquelles seul le silence avait répondu. Puis le R5 le plus proche avait émis une plainte assourdie, ce qui avait lancé la conversation. Le niveau des bips était maintenant trop élevé pour une oreille humaine, à supposer qu'il y en eût une. Ces droïds ne s'étaient pas parlé depuis des années. Cette salle devait être très ancienne.

D2 bipait et blatérait, posant des questions et répondant à celles des autres. Ils l'écoutaient attentivement avant de repartir dans de longs trilles et tout ça ressemblait maintenant à une réunion politique. Les droïds étaient de plus en plus nombreux à se dépoussiérer mutuellement avant d'intervenir. Ils s'agitaient en ouvrant leurs panneaux et en arrachant les détonateurs qu'ils empilaient sur le sol à grand fracas.

Lentement ils ouvrirent un chemin à D2. Il s'avança tout aussi lentement entre les rangs et quelques modèles D2 se placèrent sur le devant. Ils étaient ses exactes répliques et dataient de la même année que lui. Ils tanguaient et roulaient d'excitation. Tous continuaient à se débarrasser des détonateurs. Tous, jusqu'aux R1 et R5 qui avaient pris la cadence des unités astromécanos plus jeunes.

D2 arriva à la porte et sifflota une invitation générale. Un

R5 se connecta sur l'ordinateur, et la porte coulissa lentement.

Le corridor était obscur.

Un nouveau bruit domina les bips excités. Celui de roues nombreuses. D2 tourna sa tête en dôme : toutes les unités D2 R2 de sa génération le suivaient. Il aperçut aussi quelques R5 et R6.

Il franchit le seuil dans un déchaînement de sifflets — une immense ovation des droïds à laquelle il se joignit. Avant de s'arrêter car la lumière était revenue dans le corridor.

Il avait devant lui dix droïds rouges rutilants. Ils avaient des canons-lasers dans le thorax et des blasters à la place des doigts. Leurs yeux plats reflétaient une capacité intellectuelle un peu inférieure à celle d'une grue.

Ses collègues droïds battirent en retraite et il affronta seul la Terreur Rouge.

46

Le *Faucon Millenium* surgit de l'hyperespace presque sur la coque du *Wild Karrde*. Yan vira brutalement pour éviter l'autre vaisseau, soulagé de n'avoir plus de passagers. Chewbacca n'en proféra pas moins quelques jurons wookies riches en détails auxquels Yan préférait ne pas penser.

Il se cramponna à la console et tapa sur la touche de communication.

— Mais vous jouez à quoi ?

Pas de salutations, rien : il était trop furieux devant la désinvolture de Karrde.

La voix profonde de Talon répondit :

— C'est gentil d'accueillir comme ça quelqu'un qui est venu à votre secours.

— Quand on donne des coordonnées de rendez-vous, la procédure veut qu'on garde une certaine distance entre les vaisseaux. On aurait pu tous être tués.

— C'est encore plus grave ici. Votre flotte se fait canonner et je ne tiens pas à rester là.

Chewie enclencha les capteurs à longue portée et le moniteur de combat. Yan découvrit les flottes engagées sur l'écran. Les unités étaient difficiles à distinguer les unes des autres et Leia et Kueller semblaient avoir des forces de même importance.

Les choses ne semblaient pas se passer très bien. Son anxiété redoubla.

— Vous avez ce dont j'ai besoin ?

— Oui, mais j'espère que vous avez la somme nécessaire, rétorqua Karrde.

— Vous savez, Karrde, vous devriez essayer une fois et une fois seulement de rendre service gratuitement.

Karrde sourit sur l'écran.

— Solo, jamais je ne serai aussi richement récompensé que vous l'avez été.

— Croyez-le ou non, mais je n'ai pas fait tout ça pour la récompense.

— Je vous crois, Solo. Et il m'arrive de ne pas vendre mes services, contrairement à ce que vous dites. Mara est là avec vos ysalamari. Dites merci.

Yan n'avait pas espéré que Karrde capitulerait aussi aisément. Ce qui le rendait soupçonneux.

— Ah, oui, merci. (Il agita la main à l'adresse de Chewie.) Fais-la entrer.

Chewbacca s'était déjà levé.

— Vous la laissez nous accompagner ? demanda Yan en revenant à Karrde.

— Je n'ai pas besoin d'elle. Apparemment, elle s'intéresse à Skywalker. Elle dit qu'elle pourrait vous être utile.

— Elle connaît donc ce Kueller ?

— J'en doute. (Le vornskr familier de Karrde apparut à l'écran, toujours aussi affreux.) Je crois que c'est plus personnel. Elle a des rêves tout éveillée. Elle croit que je ne le sais pas.

— Kueller s'est aussi attaqué à elle ?

Karrde acquiesça.

— Je commence à me dire que cette fameuse phrase, « que la Force soit avec toi » est une malédiction.

— J'espère que non. Elle est avec moi depuis des années. Tous les miens en sont doués.

— Vous savez quel va être l'effet des ysalamari, n'est-ce pas ?

Yan sourit.

— C'est bien pour ça que je vous les ai demandés. Merci, Talon.

— Je vous en prie. Et c'est sincère.

Le sas se referma et Yan entendit Mara Jade approcher. Il quitta le cockpit pour se porter à sa rencontre.

Il découvrit sa silhouette de ballerine féline dans la coursive. Elle lui tendit la cage des ysalamari avec un éclair dans ses beaux yeux verts.

— Surtout ne me les montrez plus.

Yan ne l'avait jamais trop aimée. Elle avait toujours été dure, sans offrir jamais la séduction que Leia gardait même lorsqu'elle avait les nerfs à vif. Et il ne parvenait pas à oublier que Mara avait été l'arme secrète de l'Empereur Palpatine : la Main de l'Empereur, sa confidente favorite. Luke prétendait que la haine dont elle faisait preuve avait été implantée en elle et qu'elle n'avait jamais réellement eu foi en l'Empire. Mais le monde de Yan était moins nuancé que celui de Luke et jamais il ne ferait entièrement confiance à Mara. Elle avait travaillé pour l'Empire.

— Si vous ne vouliez pas rester auprès d'eux, vous n'auriez pas dû quitter Karrde, dit-il.

Elle secoua la tête et porta la main à son front. Les ysalamari inhibaient la Force. Yan le savait mais il n'avait jamais été témoin de leur effet.

— J'ai vu Luke dans une rue dallée de grès, brûlé vif.

Sa voix rauque le fit frissonner.

— Est-ce que vous pouvez discerner l'avenir ?

— Je ne le pense pas.

— Chewie, mets les ysalamari dans la soute. J'espère qu'ils seront suffisamment éloignés comme ça, Mara. Ce vaisseau n'est pas très vaste.

— Il va falloir que je fasse avec.

— Vous êtes venue pourquoi, en réalité ?

Elle avait la gorge nouée, le teint pâle. Luke disait que les ysalamari avaient le don de repousser la Force pour créer une bulle où elle n'existait plus. Mara dut s'appuyer contre la cloison.

— Solo, savez-vous combien de gens sont morts depuis quelques semaines ?

— Beaucoup trop.

— Plus encore. Kueller se sert de ces morts pour bâtir son pouvoir. Il se nourrit du Côté Sombre comme un droïd connecté à un câble énergétique. Si on lui en laisse le temps, il deviendra invincible.

— Vous ne le croyez pas vraiment.

Elle leva la tête. Il dut s'avouer qu'elle était fascinante, avec ses yeux verts et ses cheveux auburn, presque roux. Une fille qu'on ne pouvait que respecter.

— Je n'ai pas senti une puissance pareille depuis les jours

lointains de Palpatine. Si ça continue, Kueller sera plus fort que l'Empereur ne l'a jamais été, et plus vite encore.

— Ça n'est donc pas vraiment Luke qui vous intéresse.

— Il est peut-être trop tard pour lui. Je suis venue pour nous tous.

— Pourquoi Karrde n'est-il pas resté, en ce cas ?

— Il avait décidé de rester... jusqu'à ce qu'il assiste à la Bataille d'Almania.

— Que se passe-t-il ?

— Trois Superdestroyers de classe *Victory* sont engagés contre la flotte de la Nouvelle République. En sortant de l'hyperespace, nous avons vu un des Superdestroyers Mon Calamari exploser. La Nouvelle République est en train de perdre, Yan. Ils vont tous mourir là-bas, au large d'Almania, ce qui donnera encore plus de pouvoir à Kueller.

Elle avait retrouvé un ton plus vif. Chewie avait dû réussir à mettre les ysalamari assez loin pour qu'ils ne l'affectent quasiment pas.

— S'il était aussi puissant, nous le saurions, dit Yan.

— Luke le sait. Selon mes sources, Kueller a été l'un de ses élèves. Luke l'a laissé partir.

— Il ne les laisse jamais « partir ». Ils sont libres de quitter Yavin 4 à leur gré.

— Mes sources disent aussi que Kueller était rempli de haine, ce que confirmerait la vision que j'ai eue de Luke.

Yan se refusait à imaginer son ami en train d'agoniser sur une planète étrange. Les paroles d'Anakin lui revinrent : *Je n'arrive pas à retrouver maman.*

— Kueller est-il à bord d'un des Superdestroyers ?

— Je n'en ai pas eu l'impression alors que j'étais encore sur le *Wild Karrde*. D'après les quelques fragments de transmission qu'on a pu capter, il semble qu'il se trouve sur la planète.

Tout comme l'Empereur, installé au balcon pour observer la bataille.

— Vous pouvez vérifier ça, Mara ?

— Qu'est-ce que vous comptez faire ?

— Arrêter ça.

— Tout seul ? Mais Yan, il a vaincu Luke.

Il sourit.

— Ça ne m'inquiète pas.

— Trop de confiance, ça peut tuer un homme.

— Exactement. Et c'est là-dessus que je compte.

Elle l'étudia un instant.

— Vous croyez donc vraiment à cette vieille histoire de bonne femme ? Que le meilleur moyen de vaincre un homme fort c'est de devenir son égal ?

— Les ysalamari ne feront pas de moi son égal, Mara. Ils me donneront l'avantage.

— S'il a reçu une formation de Jedi, il est également fort sur le plan physique.

— Je le sais. Mais je vous ai observée sous l'influence de ces créatures. Luke m'a dit que c'était comme de se retrouver sourd-muet. Un homme dépouillé de son pouvoir devient obsédé par sa perte. C'est ce qui me donnera momentanément l'avantage.

— Ça ne durera guère. Vous devrez en profiter très vite.

Les vaisseaux qui explosaient dans l'espace rappelaient à Kueller le passé. Même s'il était en train de gagner cette bataille, même s'il avait détruit la plupart des escadrons d'ailes-A et un Superdestroyer, il éprouvait un sentiment d'échec.

La guerre permettait aux gens d'avoir peur. Leur donnait la possibilité de maudire leurs chefs. Les survivants n'avouaient que rarement leur incompétence, et accusaient surtout les menées personnelles de celui qui les avait lancés dans le combat.

Il avait espéré éviter cela. Ses Superdestroyers n'étaient là que pour la démonstration. Pourtant, leurs équipages le servaient bien, mieux qu'il ne l'avait espéré.

Si seulement il n'y avait pas ce quelque chose qui le tracassait, un détail oublié.

Une autre aile-A explosa et ses débris envahirent plusieurs écrans. Sur la projection tactique, un blip s'effaça. Un cri humain fut coupé net et Kueller se demanda si la

Nouvelle République savait qu'il écoutait les communications.

Est-ce qu'ils s'en souciaient seulement ?

Deux nouveaux blips apparurent sur l'écran, à la limite de l'espace almanien.

— De quoi s'agit-il ? demanda Kueller.

— De nouveaux venus, monseigneur, répondit Gant. Le premier vaisseau a failli se joindre à l'engagement, puis a battu en retraite. Dès qu'il est revenu à son point d'émergence hyperspatial, le deuxième vaisseau est apparu, presque collé à lui.

— Je veux qu'on les identifie.

— Oui, monsieur.

Kueller leva les yeux vers le dôme. Ses chasseurs Tie se portaient en formation en V vers le Superdestroyer. La Nouvelle République n'avait-elle donc pas conscience qu'il connaissait la stratégie de ses unités ? Y compris la façon la plus facile de les détruire. Il avait parfaitement retenu les leçons de Maître Skywalker.

Skywalker.

Le Jedi était en mouvement. Il le sentait. Il se détacha du groupe de ses assistants à l'instant où Vek s'approchait.

— Monseigneur, nous avons identifié ces deux vaisseaux.

— Pas maintenant, Vek.

— Mais, monseigneur, Yanne m'a dit que vous deviez absolument savoir. Il s'agit du *Wild Karrde* et du *Faucon Millenium*.

Kueller se concentra soudain sur le jeune homme. Il avait le visage rond, des yeux brun sombre, et il était couvert d'acné. C'était un des survivants d'Almania. Un parmi les mille qui s'en étaient sortis, et Kueller avait du mal à se rappeler pourquoi il l'avait épargné.

— Le vaisseau de Yan Solo ?...

— Oui, monseigneur.

Kueller sourit. Le garçon recula d'un pas.

— Eh bien, il semble qu'Ana Blue la Sinueuse ait fait son travail, bien qu'un peu tard. Doublez son crédit, ainsi que je l'ai promis.

Le garçon hocha la tête d'un air intrigué.

— Oui, monseigneur.

Solo était arrivé. Kueller n'en avait plus réellement besoin depuis que Leia était sur Almania, mais il était décidé à prendre tout ce qui se présentait. Solo défendait vigoureusement sa famille et ses amis et, dès que Kueller en aurait fini avec son épouse et son beau-frère, il s'occuperait des enfants de Solo.

— Yanne ! lança-t-il.

Son second se pencha vers lui, près de l'écran tactique.

— Monsieur ?

— Jusqu'à mon retour, vous êtes responsable. (Kueller sourit.) Et n'oubliez pas : j'ai horreur de l'échec.

Yanne leva la main vers sa gorge.

— Je ne risque pas de l'oublier, monsieur.

— Excellent.

Il quitta le centre de commandement. Il était fatigué et éprouvait un sentiment de défaite. C'était Yanne qui l'avait éveillé après qu'il eut donné ses ordres. Les droïds avaient explosé dans les astéroïdes du Quartier des Contrebandiers. Les droïds volés. Mais pas les autres. Ce qui signifiait que quelqu'un avait découvert les détonateurs et les avait neutralisés.

Brakiss ?

Non. Il aurait perçu sa trahison. Cela venait d'une source qu'il n'avait pas soupçonnée et dont il ignorait jusqu'à l'existence. Quelqu'un, sur Coruscant, avait découvert que les droïds étaient piégés.

Il aurait dû prévoir ce risque.

Mais peu importait. Le gouvernement de Coruscant était bien trop égoïste pour penser à mettre en garde les autres secteurs. Et Brakiss avait équipé tous les nouveaux droïds d'un détonateur depuis près de deux ans. Ce qui suffirait largement à semer la panique dans toute la galaxie.

Kueller les déclencherait bientôt. Mais auparavant, il devait renforcer son pouvoir.

Il était temps de s'occuper de Skywalker et de sa sœur.

Kueller avait senti la distorsion de la Force quand Organa Solo s'était posée sur la planète. Il avait pu observer son vaisseau sur son moniteur personnel. Il était près des tours, et il avait perçu la vaillante tentative de Skywalker pour abattre ses gardiens. Kueller avait donné l'ordre qu'aucun renfort ne soit envoyé.

Il voulait en finir seul.

Et la tour n'était pas très éloignée.

Skywalker était affaibli et Organa Solo n'avait pas été élevée dans la Force. Il aurait un avantage certain sur eux.

Il empoigna son sabrolaser. Un avantage ne signifiait pas la victoire. Il devait agir.

Pour que Skywalker et Organa Solo ne quittent pas Almania vivants.

47

Tandis que Brakiss et ses droïds accompagnaient Cole dans les profondeurs de la fabrique, les mots de sa mère à son propos lui revinrent : *impétueux, entêté, impulsif...* C'est ce qu'elle lui avait dit quand il avait voulu aller à l'Académie Jedi, quand il était parti travailler à Anchorhead et qu'il avait quitté Tatooine. Un jour, son envie de devenir un héros le mettrait en fâcheuse position.

Elle ne s'était pas trompée.

Il laissa ces souvenirs comme une musique de fond dans son esprit et réfléchit à sa situation. Brakiss avait son blaster pointé sur lui, de même que les droïds assassins, et au loin, il surprit des droïds gladiateurs, de vieux modèles impériaux.

Il était seul, avec un droïd de protocole à paillettes et une unité D2 plutôt futée, envolés dans la nature depuis un bon moment.

Mon Mothma et l'amiral Ackbar savaient peut-être où il était à cette heure, ce qui ne signifiait pas nécessairement qu'ils réagiraient.

Impétueux, entêté, impulsif. Mentalement, il ajouta : *stupide* à la liste. Il faisait tellement confiance à D2 qu'il avait plus ou moins cru que le petit droïd contrôlait la situation.

Et voilà.

Ils s'étaient engagés sur un plan incliné et tous les panneaux avaient disparu. Ici, les murs étaient inachevés et les panneaux luminescents dénudés — ce qu'il n'avait encore jamais vu. Les lieux en acquéraient un relief dur, presque menaçant, qui s'accordait à son moral.

Bien sûr, Brakiss était au courant pour les détonateurs. C'est lui qui les avait mis en place. Et il paraissait doué du même charisme que Leia Organa Solo. Cole commençait enfin à comprendre que c'était en rapport avec la Force.

Ils l'entraînaient bien trop loin du cargo, mais il n'avait

pas le choix. Il devait laisser à D2 le temps de travailler, de faire ce qu'il croyait pouvoir faire ici.

Ils atteignirent enfin une haute porte d'acier. Brakiss composa le code d'entrée et elle s'ouvrit avec un sifflement. Cole essaya de reculer, mais Brakiss le poussa d'une main ferme.

La salle était vaste et il y flottait une odeur d'ozone et de métal brûlant. Des droïds hurlaient dans des jaillissements d'étincelles. Les plaintes des voix artificielles répondaient aux claquements des éclairs et des fouets électriques. Une salle de torture pour droïds. Cole en avait entendu parler sans jamais le croire.

Il fallait un esprit particulièrement sadique pour trouver le moyen de faire souffrir des créatures censées ignorer la souffrance.

Contrairement à Cole.

La porte était à double blindage, de même que les murs. Une droïd élancée autant que déglinguée gloussa de rire en le découvrant.

— Un humain pour toi, Eve, dit Brakiss. Vois ce que tu peux en tirer. Je veux savoir pourquoi il est ici, alors ne le tue pas.

— Vous n'avez qu'à vous en occuper, répliqua la droïd d'une voix féminine hypnotisante. Je déteste les cibles trop faciles.

— Le faire souffrir est aisé, je te l'accorde. Mais le garder en vie est plus difficile. Quant à ce qu'il conserve la raison... Mais je te fais confiance.

Eve s'approcha de Cole sur ses jambes fines. Elle inclina la tête et l'examina de près. Ses yeux n'étaient que deux fentes dorées et elle sentait le métal brûlé.

— Je m'appelle Eve-9D9-2. J'ai dirigé les opérations cyborg et la rééducation depuis que mon prototype Eve-9D9 a été acheté par un seigneur du crime de Tatooine. On m'a dit qu'elle était deux fois plus impitoyable que moi. Je vous dis cela en matière d'avertissement, en pensant que vous voudrez bien confesser ce que mon maître désire savoir, avant que je ne découvre les limites de la souffrance humaine.

Cole ne put réprimer un frisson. Mais il ne voyait aucune unité R2 dans la salle, et C3 PO non plus.

— J'ai dit à votre maître pour quelle raison j'étais venu. (Il risqua un regard vers Brakiss dont les yeux brillaient avec la même cruauté que ceux de la droïd.) J'ai découvert des détonateurs montés sur certains droïds qui provenaient de cette fabrique, et j'ai pensé qu'il voudrait sans doute être mis au courant.

— Un altruiste, dit Brakiss. Qui oublie fort à propos qu'il a envoyé ses droïds dans les profondeurs de mon usine.

Eve frotta l'une contre l'autre ses mains semblables à des serres.

— Je préférerais avoir les droïds.

Ce qui confirmait au moins que C3 PO et D2 n'avaient pas encore été capturés.

— Je n'ai pas vu les panneaux d'interdiction, dit Cole.

— Fardreamer, votre histoire ne se tient pas. Dites-moi quel rôle vous jouez auprès de Skywalker, et je vous laisserai repartir.

Cole haussa les épaules.

— Je ne suis que son mécano.

— Un homme qui circule librement avec les deux droïds les plus importants de la galaxie ? Franchement Skywalker a une confiance illimitée dans ses employés.

Un droïd trapu à la tête cylindrique lança un sifflement perçant entrecoupé de *iips* : on lui grillait les pieds en les tordant. Quelque part, un *splash* énorme fut suivi de la supplique mécanique d'un droïd.

— Mais non, dit Cole. Il compte simplement sur nos initiatives.

— Je vois. Et personne d'autre n'aurait pu venir à votre place ? Ou me transmettre un message ?

— J'ai considéré que ce sujet était délicat. Ça ne serait guère habile de faire savoir à toute la galaxie que les droïds sont devenus dangereux.

— Non, certainement pas.

Brakiss poussa Cole vers Eve. Elle lui saisit les bras avec une violence telle qu'elle lui bloqua la circulation.

— Rappelle-toi, dit Brakiss. Vivant et sain d'esprit.

— Je n'oublierai pas.

Les droïds assassins s'étaient retirés. Même eux devaient être terrifiés par cet endroit.

Cole devait tenter sa chance.

D'une voix rauque, il dit :

— Saviez-vous que vous avez placé vos griffes exactement sur mes points érogènes ?

Elle tourna la tête, surprise.

— Non, fit Brakiss.

Mais il était déjà trop tard : elle avait relâché son étreinte.

Cole se dégagea et courut vers la porte. Il bouscula Brakiss en lui arrachant son blaster.

Une décharge électrique l'enveloppa et tout son corps fut secoué. Il sursauta, battit des bras, le souffle coupé net. Il sentit ses yeux jaillir de ses orbites. Ses poumons étaient bloqués...

Il ne pouvait plus...

... respirer...

... et le choc s'évanouit. Il tomba au sol en se débattant comme un poisson hors de l'eau, incapable de se maîtriser. Ses muscles se détendirent enfin et il resta inerte, comme liquéfié.

Brakiss le retourna d'un coup de pied. Il était seul. Eve était restée dans la salle de torture, dans la même position qu'auparavant. Cole ne vit aucun paralyseur, pas le moindre appareil qui ait pu provoquer cette paralysie déplaisante.

— Mon garçon, essayez de ne plus me mettre en colère, dit Brakiss. Je pourrais très bien vous torturer moi-même, mais je n'ai pas de temps à perdre.

— C'est vous qui avez fait ça ? demanda Cole d'une voix pâteuse, les lèvres engourdies.

— Je vais vous laisser aux bons soins d'Eve, à présent. Si vous souhaitez lui raconter une autre histoire, faites-le-lui savoir. Elle me contactera.

Il enjamba Cole et s'éloigna. Tout le corps de Cole était parcouru de frémissements et il ne contrôlait plus du tout ses mouvements. Eve, qui s'était approchée, se pencha sur lui et lui saisit la cheville. Il ne songea même pas à lui donner un coup de pied.

Elle le traîna dans la salle et le jeta comme un objet sans poids sur un plan incliné. Il vit au-dessus de lui des scies, des vrilles et des fers à souder. Rien que des outils familiers conçus pour travailler le métal.

Eve se pencha sur lui avec ce qu'il crut être un sourire électronique.

— C'est ta dernière chance, humain.

Ses lèvres refusaient de s'animer. Il ne pouvait rien confesser, même s'il l'avait voulu.

Luke se reposa un moment auprès de Leia. Un homme plus faible serait mort, se dit-elle.

— Nous devons nous enfuir.

— Je sais, souffla Luke.

Mais il semblait attendre quelque chose. Elle espérait que ça n'était pas Kueller.

Elle l'enlaça en prenant garde à éviter ses blessures et le remit sur pied. Il posa un bras sur son épaule et, tant bien que mal, ils se dirigèrent vers le hangar.

Une double note familière avertit soudain Leia que le processus d'autodestruction de l'*Alderaan* venait de se mettre en route.

— On a des ennuis, chuchota-t-elle.

Luke retrouva un peu d'énergie et se tint debout sans son aide. Il dégaina deux blasters et elle l'imita. Puis elle s'avança vers le vaisseau dans la pénombre.

Trois notes retentirent. Lorsque l'*Alderaan* biperait cinq fois, il exploserait. Leia avait la gorge sèche. Le yacht était l'unique moyen de quitter cette planète désolée.

Elle risqua un œil dans le hangar et ne vit personne. Mais des empreintes étaient mêlées aux siennes, à proximité du vaisseau. Une dizaine, peut-être plus. Une trace de blaster près de la porte du sas lui apprit ce qui s'était passé.

Où étaient-ils maintenant ?

— Luke, tu vois quelque chose ?

Il secoua la tête. Il avait l'air absent, comme s'il écoutait une musique lointaine. Elle l'avait déjà vu comme ça, quand il avait perdu sa main sous la Cité des Nuages de Bespin.

Elle ne savait pas si c'était le signe d'une souffrance intense ou s'il écoutait simplement une voix intérieure.

La première fois, il avait senti la présence de Vador.

Est-ce qu'il sentait celle de Kueller ?

Le son d'alarme passa à quatre notes. Il fallait agir. Soit elle sauvait sa vie, soit elle sauvait le vaisseau.

Elle courut vers le sas en braquant ses blasters. L'*Alderaan* enregistra son identité digitale, rétinienne et vocale en une nano-seconde quand elle débita le code. Elle entra à l'instant où résonnait le son à cinq notes.

Et s'arrêta net.

Le cœur battant.

Personne n'avait tiré sur elle. Ceux qui avaient fait irruption dans le vaisseau s'étaient repliés dès que le signal d'autodestruction avait résonné.

Elle ouvrit le panneau de contrôle de la coursive et arrêta le processus. Puis elle se retourna et lança :

— Luke !

Aucun son ne lui répondit. Elle ne parvenait pas à le discerner dans l'ombre.

— Luke ! Vite !

Toujours rien. S'était-il évanoui ?

Il fallait qu'elle retourne là-bas.

A l'instant où elle franchissait le seuil, elle entendit le sifflement d'un sabrolaser. Instinctivement, elle porta la main à sa ceinture. Luke n'avait pas le sien, se souvint-elle.

Il n'y avait qu'une seule autre personne qui ait la Force sur Almania.

Kueller.

48

Dans son message, Leia disait qu'elle était partie pour Almania avec l'*Alderaan*. Ensuite, elle mentionnait Wedge et la flotte. Mais Yan ne parvenait pas à repérer l'*Alderaan* dans les vaisseaux engagés dans la bataille. Et il n'osait penser aux débris qui dérivaient sous ses yeux.

Chewbacca se tenait près de lui dans le cockpit et Mara Jade était assise derrière eux. Encore silencieuse et pâle. Elle prétendait que les ysalamari affectaient la Force même à la distance où ils se trouvaient.

Ça n'était pas pour déplaire à Yan.

— Chewie, appelle une unité de la Nouvelle République. Il faut que je sache où est Leia.

— Son vaisseau n'était pas dans le secteur quand nous sommes arrivés, remarqua Mara.

Chewbacca l'ignora et tapa sur les touches de communication. Yan se rapprocha du *Wild Karrde*. Talon n'avait toujours pas regagné l'hyperespace. Quelque chose le retenait.

— Je croyais qu'il voulait sauver sa peau.

Mara sourit.

— Je crois que la mienne l'intéresse encore, dit-elle d'un air énigmatique.

— Super, dit Yan.

Chewie, lui, grommela son inquiétude : personne n'avait vu Leia depuis le début de la bataille.

— On dégage, fit Yan en mettant le cap sur Almania. Chewie, tu sondes la surface. L'*Alderaan* a une signature distincte. Nous allons la trouver si elle est là.

Mara se laissa aller en arrière.

— Vous serez morts avant que Kueller vous laisse débarquer.

— J'en doute, mon chou, fit Yan. Il m'a invité.

Mara ne répliqua pas. Ils survolaient la bataille à distance. C'était plutôt moche. Les Superdestroyers avaient reçu pas mal de bordées mais n'avaient pas cédé. Il y avait trop de chasseurs Tie, et plus la moindre aile-X, seulement des A et des B. La Nouvelle République avait déjà perdu un cuirassé et il n'en restait que deux.

— Solo, abandonnez cette idée, fit Mara Jade. Vous sauvez votre femme ou vous sauvez la flotte.

Il savait qu'elle avait raison, mais le spectacle qui se déroulait sous ses yeux le désarçonnait. C'est alors qu'un objet apparut à la périphérie.

— Chewie, on a un chasseur Tie dans le deux zéro neuf. Tu restes aux commandes, je m'occupe de l'artillerie.

— Je vais avec vous, dit Mara.

Yan monta vers les tourelles de tir tandis qu'elle descendait vers les pièces du pont inférieur. Il s'installa devant les canons-lasers en réglant son casque. Les étoiles et les chasseurs tournoyèrent soudain autour de lui.

— Mara, vous êtes là ?
— Prête.
— Okay. On ne les rate pas.

Le Tie plongea sur eux en ouvrant le feu. Yan riposta et, dans le même instant, Mara ajusta son tir.

Le chasseur explosa dans un flash aveuglant.

— Je l'ai eu !

Deux autres chasseurs surgirent, puis six qui se séparèrent pour attaquer sous deux angles. Et deux de plus se rabattirent à bâbord.

— Chewie ! cria Yan en essayant de riposter dans toutes les directions.

Le Wookie savait se tirer de ce genre de piège. Le *Faucon* parut continuer sur son cap, puis vira soudain de bord et se glissa dans la vague des attaquants.

Les Tie, habitués à affronter des ailes-A de moindre envergure que le cargo, réagirent un peu tard.

— Demi-tour ! lança Yan.

Chewbacca exécuta une parabole parfaite et Yan et Mara déclenchèrent leurs canons, balayant les chasseurs avant que cinq autres n'apparaissent.

— Mais il y en a combien ? s'exclama Mara.

— Kueller a dû dépenser une fortune. Même l'Empire n'a jamais déployé des forces pareilles.

Chewbacca ulula depuis le cockpit. D'autres adversaires piquaient sur eux.

— Qu'est-ce qu'il dit ? fit Mara.

— Tous ces chasseurs ont été retirés de la bataille. Votre petit camarade à la face de cauchemar doit savoir qui nous sommes.

— Je croyais que vous aviez dit qu'il vous voulait vivant.

— Et c'est vrai !

Un chasseur Tie touché partit à la dérive. Les boucliers reçurent une rafale du second. Un troisième vint l'appuyer et quelque chose explosa à bord du *Faucon*.

— Chewie ? hurla Yan.

Chewbacca lui annonça qu'un déflecteur avait été atteint.

— Mais, Chewie, c'est plus grave qu'un bouclier !

Un grognement lui apprit que le Wookie avait presque fini de réparer le déflecteur et qu'il n'avait pas le temps d'en dire plus.

— C'était mon canon, dit Mara.

— Et vous ?

— Des brûlures au troisième degré, mais à part ça, les mains sont intactes.

— Alors, allez aider Chewie. (Il ignorait si elle mentait ou non au sujet de ses brûlures.) Il va falloir qu'on passe au-dessus d'un des Superdestroyers. En espérant qu'il ne nous repère pas.

— L'espoir est toujours dangereux, Solo.

Il ne répondit pas. Il avait les bras douloureux à force d'être rivé aux canons.

Ils furent touchés une deuxième fois. Le *Faucon* partit en vrille. Chewbacca tempêta et Mara jura. Quant à Yan, il se retrouva la tête à l'envers.

— Chewie, des dégâts ?

Le Wookie meugla.

— Oui, je sais que ça n'est pas de ta faute ! Dis-moi seulement ce qu'il y a !

— Les tubes de missiles ont été touchés, fit Mara. Et

vous devriez le remercier pour ses réflexes. Il les a largués à la seconde près.

— Oh, magnifique ! Ravi qu'il ait balancé notre artillerie dans le vide. Réaligne-moi ce bouclier, Chewie !

Le *Faucon* se redressa et se dirigea droit sur le Superdestroyer.

— Chewie, dit Yan. Laisse tomber ce plan et mets le cap sur la planète.

Chewie protesta.

— Tu sais bien qu'il n'y a pas de ligne droite dans l'espace. Passe où tu veux, peu m'importe.

Chewie gronda à nouveau avec insistance.

— Mais non, nous ne sommes pas dans un faisceau tracteur, fit Yan, incrédule. Vérifie les instruments.

— On dirait qu'il ne tient pas à aller sur Almania, Yan, remarqua Mara.

Yan essuya la sueur de son front. Il voyait le hangar béant du destroyer. Ils seraient sous peu aspirés à l'intérieur pour affronter des commandos ou quoi que ce soit d'autre.

Si seulement il pouvait contacter Leia.

Luke avait réussi à se tirer d'affaire autrefois dans son aile-X face à un Superdestroyer de l'Empire. En tirant des torpilles à protons dans le faisceau tracteur. Elles avaient explosé dans la cale.

Mais le *Faucon* ne disposait plus de cette puissance de feu.

Le canon-laser ne causerait pas assez de dommages, pourtant il y avait une petite chance pour qu'il interrompe la manœuvre ou le faisceau. Ce qui leur donnerait une marge pour gagner Almania et rejoindre Leia.

— Vous n'avez pas d'autres armes ? demanda Mara.

Yan fit pivoter son fauteuil, tira une rafale sur deux chasseurs et lança :

— On en est réduits à un seul canon-laser, ma belle, plus toute une panoplie de blasters. Vous voulez peut-être sortir par une écoutille pour leur donner une leçon ? Je suis sûr que Chewie acceptera même de vous attacher à un filin pour que vous ne partiez pas dans l'espace.

Le Wookie ronfla.

— Inutile d'être sarcastique, Solo. J'essaie seulement de me rendre utile.

— Alors, essayez de scanner le vaisseau de Leia. Pas besoin de débarquer sur Almania si elle n'y est pas.

Il centra son tir sur un nouvel attaquant qui se mit en vrille dans une cape de feu.

— Combien de temps avant d'aborder le destroyer ?

— On y est presque ! cria Mara.

Chewie entama le compte à rebours de leur dernière et futile tentative. Le tir de Yan n'aurait certainement pas l'effet de destruction miraculeux que Luke avait utilisé pour venir à bout de l'Etoile Noire. Au mieux, il pourrait ravager quelques parois de transparacier, et assommer des officiers au passage.

Mais il activa quand même l'ordinateur de ciblage et tapa les coordonnées du destroyer. Les chasseurs déferlaient sur le *Faucon*, de plus en plus nombreux, vague après vague. Les pilotes étaient sans doute convaincus de l'avoir coincé à si faible distance du destroyer.

Chewie acheva le compte à rebours. Yan ne quittait pas l'ordinateur du regard.

— Vous allez le manquer ! cria Mara.

Yan l'ignora et, à la seconde où les lignes se croisaient sur un point unique, il appuya sur la détente. La rafale remonta le faisceau tracteur jusqu'à la baie du hangar. Suivit une explosion énorme dont ils perçurent l'écho assourdi.

— C'était le mieux qu'on puisse faire. Profitons de l'effet de surprise et...

Le Superdestroyer éclata en milliers de shrapnels. Des étincelles et des brandons en fusion déferlèrent sur le *Faucon*.

— Chewie ! Sors-nous de là !

Les chasseurs Tie s'étaient esquivés. Yan redescendit dans le cockpit avec un hurlement de victoire.

— Ça n'est pas vous, Solo, dit Mara en montrant le yacht qui les survolait. Vous feriez bien de lui dire merci !

Yan cogna sur la console.

— Karrde ! Mais je croyais que vous aviez disparu.

— Solo, je ne résiste jamais devant une belle bagarre,

répondit Karrde dans le crépitement des parasites. Filez sur la planète. Je vous couvre.

— Il ne propose pas souvent ça, remarqua Mara.

— Et je ne me le ferai pas dire deux fois. (Yan se glissa dans le siège du pilote.) Vous avez repéré Leia ?

— Négatif. Il va falloir jouer à l'instinct.

— Je croyais que les ysalamari interféraient avec votre Force.

— J'espère que non, fit-elle en haussant les épaules.

Zeee-whit !

Le droïd en chef venait de repérer D2.

— D2 ! cria C3 PO. C'est toi, D2 ?

Le droïd gladiateur le secoua.

— Je t'avais dit de te taire !

— J'aurais bien aimé, monsieur, si j'avais estimé que vous maîtrisiez encore la situation, mais je me permettrai de dire que vous voilà dans l'embarras.

Le gladiateur pivota la tête. Ses deux sbires avaient été fracassés contre le mur, leurs armes enfoncées dans le thorax. Et des centaines d'astromécanos s'étaient rués à l'assaut.

— D2 ! répéta C3 PO.

— Va chercher des renforts, lança le gladiateur au droïd le plus proche. Vite ! Et vous autres : feu !

Les détonations des canons-lasers résonnèrent dans le corridor en même temps que les hurlements des droïds. La fumée des composants électroniques monta en volutes, mais les petits astromécanos chargeaient toujours.

C3 PO avait perdu de vue D2 et il l'appela encore.

— Encore un mot, et je te bousille avec ce brouilleur ! menaça le gladiateur.

Mais C3 PO, qui en avait assez des menaces, protesta avec vigueur et se dégagea à l'instant où le droïd rouge appuyait sur la détente, atteignant l'un de ses acolytes qui se mit à hurler en irradiant une lueur verte, comme un phare dans la fumée. C3 PO avait réussi à libérer son bras droit. Il fit de même pour le gauche dans un dernier effort et se perdit dans le brouillard.

Des tirs ricochèrent tout autour de lui. Les silhouettes des gladiateurs s'agitaient comme des flammes dans la fumée. C3 PO en surprit plusieurs en chargeant par-derrière et les projeta au sol.

— D2 ! cria-t-il une fois encore dans la direction où il avait entrevu les astromécanos.

Zeee-whit !

Le sifflement était venu de la gauche, d'un couloir latéral. Ça pouvait être D2 tout comme il pouvait s'agir d'un piège.

Il s'avança en courant, les mains levées. Les gladiateurs tiraient toujours. La fumée était maintenant d'une densité qui semblait affreusement irréelle. Même si de nombreux astromécanos avaient été touchés, cela n'expliquait pas cette incroyable fumée.

A moins que...

A moins qu'il n'y ait un incendie.

— Oh, par le ciel ! marmonna C3 PO. Pourquoi faut-il donc que les choses empirent encore ?

D'autres cris s'élevèrent, mais ils ne venaient plus des astromécanos. Les gladiateurs rouges étaient atteints par les ricochets de leurs salves répétées.

Zeee-whit !

D2 l'attendait dans le couloir en se balançant d'une roue sur l'autre en pépiant. Il agrippa le droïd doré et la porte claqua sur eux.

Ici, il n'y avait plus de fumée. En fait, découvrit C3 PO, il ne s'agissait pas de fumée mais d'une brume chimique diffusée par les astromécanos.

— D2, je t'ai cherché partout ! Maître Cole pensait que nous ne devions pas nous séparer. Tu n'aurais pas dû t'éloigner seul, ça n'est pas...

D2 lança un bruit grossier et enfila le couloir à la suite de ses collègues astromécanos.

— Tu ne peux pas partir, protesta C3 PO. Ils vont tuer Maître Cole.

D2 s'arrêta net et bipa une question.

— Eh bien, il a dû couvrir ta petite escapade, vois-tu.

Le règlement interdit que les droïds quittent les vaisseaux. Quand tu t'es éclipsé, il s'est dit que tu devais avoir un plan. Il m'a envoyé à ta recherche en espérant que je pourrais t'être utile. Je constate que nous avons eu tort de nous inquiéter.

D2 blatéra sans ralentir.

— Comment ça ingrat ? Ingrat, moi ? Comment peux-tu me traiter d'ingrat ?

Une véritable marée de dômes, de bras et de pinces roulait devant eux.

— Je ne pense pas que Maître Cole puisse attendre, D2. J'ose même dire qu'il est dans de sales draps. Si tu ne peux pas aller à son secours, j'y vais, moi.

C3 PO fila dans un couloir.

D2 l'appela en sifflant sans aucune aménité. C'était un ordre. Que C3 PO ignora.

D2 blatéra une fois encore et C3 PO s'arrêta net.

— Là, je m'avoue vaincu, je l'admets. (Il parlait plus pour lui-même que pour son ami.) Je ne tiens pas vraiment à affronter tout seul la Terreur Rouge.

Il rejoignit D2 et sa horde. C3 PO ne put s'empêcher de se retourner. Mais la Terreur Rouge n'était pas encore en vue.

— Attends-moi ! Attends-moi !

49

Luke se déroba à une attaque de Kueller. Jusqu'alors, il s'était maintenu en garde rigide, sa cape noire flottant au vent. Il était élancé, maigre même, et Luke discerna les premiers ravages du Côté Sombre.

Le crépuscule venait. La lame du sabrolaser de Kueller était plus brillante dans la pénombre.

Luke ne disposait que d'un espace restreint. En reculant, il pouvait heurter le mur de la tour. C'est alors qu'il eut un flash ; une image se forma dans son esprit, nette et claire comme un hologramme : à l'extérieur de la tour, une allée étroite conduisait à la porte principale. Le montant s'était écroulé et, au centre de l'orifice...

Kueller faucha l'air de son sabre et fracassa l'image. Luke esquiva. Il hésitait à dégainer ses blasters. Pour Kueller, ils ne seraient que des cibles faciles.

— Rendez-vous, Skywalker. Vous êtes trop affaibli pour me battre. Cette fois, je vais vous tuer. Ensuite, ce sera au tour de votre sœur.

Leia ! Elle avait son sabrolaser. Luke tendit la main et Kueller abattit sa lame. Mais Luke s'écarta à l'instant où le sabre de Leia volait dans les airs et claquait entre ses doigts.

Il activa la lame dont le vrombissement rassurant se répandit dans l'ombre.

— Ah ! s'exclama Kueller. Ainsi vous avez choisi de me combattre. Prenez garde, *Maître* Skywalker. Si vous le faites dans une mauvaise intention, vous pourriez me rejoindre de ce Côté.

— J'ai affronté meilleur que vous. Et j'ai gagné.

— C'était il y a des années. Deviendriez-vous suffisant ?

Kueller lui porta une botte et Luke la para dans un claquement électrique qui perça la nuit.

Puis Kueller pivota et bloqua plusieurs traits de blaster. Leia se montra.

— Kueller, laissez-le. C'est moi que vous voulez !

Une lueur interne se répandait sous le masque de mort de Kueller et son sourire se fit encore plus sinistre.

— A vrai dire, madame la Présidente, c'est toute votre famille que je veux. Sans elle il n'existera plus de vrai Jedi.

Luke se rapprochait, le sabre levé. Il ne voulait pas que Kueller attaque Leia avant qu'elle soit prête.

— Vous savez, Kueller, il existe des dizaines de Jedi.

— Mais ce ne sont pas des Maîtres, Skywalker.

— Il y en a plus que vous ne l'imaginez.

Luke songeait à Callista. Même sans la Force, elle se serait montrée redoutable, confrontée à Kueller.

Leia tira une seconde fois. Sans même lui faire face, Kueller stoppa net les traits de feu qui retombèrent autour de lui. Le blaster de Leia lui fut arraché et explosa à quelques mètres au-dessus d'elle.

— Princesse, la prochaine fois que vous vous servirez de ces armes, je les ferai éclater entre vos mains.

— Les explosions, ça vous plaît, hein ?

Luke faillit sourire. Elle essayait de distraire l'attention de Kueller. Mais ce n'était pas chose facile. Et les émotions de Luke étaient partagées : il ne savait pas vraiment s'il combattait Kueller pour les défendre ou sous l'effet de la colère et de la haine. Ce qui ne ferait qu'augmenter la puissance de Kueller.

Et en cet instant, il semblait confirmer les craintes de Luke, ne cédant pas un pouce.

— Ce n'étaient que de petites explosions, Princesse. Les plus fortes détruisent la richesse.

Leia quitta le hangar sans arme.

— Même si vous nous tuez, Kueller, vous n'aurez pas les autres. Les détonateurs que vous avez placés sur les droïds ne fonctionneront pas. Nous avons désactivé toutes les unités.

— Vraiment ? fit Kueller d'un ton moqueur.

Il cherchait à acculer Luke en multipliant ses attaques. Deux volontés s'affrontaient dans l'éclat des lames, la brume de lumière.

— Madame la Présidente, vous avez réussi à prévenir

toutes les planètes ? Parce que sinon, il me suffira d'un ordre pour vous vaincre.

Luke frissonna de terreur. Toutes ces vies. Des milliards d'êtres qui pouvaient mourir d'un instant à l'autre. Pour Kueller, cela ne durerait qu'un bref instant : celui d'un souffle, d'une bouffée d'adrénaline. La fureur monta en lui. C'était *lui* qui avait créé ce monstre, qui lui avait offert ces outils qui pouvaient détruire la galaxie tout entière. S'il n'avait pas évoqué le Côté Sombre devant ses étudiants, Kueller serait toujours Dolph, et non pas cet être abominable qui portait fièrement son masque de mort et jouait avec les existences des créatures vivantes comme un contrebandier avec des denrées volées.

Avec un sourire mauvais, Kueller lança sa lame et Luke bondit de côté tandis qu'elle ronflait : la douleur fusa dans son dos et ses bras.

Kueller était devenu soudain plus fort encore.

— Kueller ! lança Leia.

Elle brandissait un autre blaster. Il se tourna brièvement vers elle, et Luke abattit sa lame dans son flanc. Le sang jaillit.

Le sabre était brusquement plus vif entre les mains de Luke.

Leia jeta son arme qui rougissait et l'envoya éclater à quelques pas.

Kueller fit face à Luke et l'affrontement reprit dans un bruit énorme, un geyser d'étincelles. Sous le masque, le souffle de Kueller se fit aigu. Mais Luke se dit que ça n'était pas Vador qu'il affrontait. C'était l'Empereur, avide et dominateur.

Il vacilla sous un nouveau coup et se déporta avec peine. Il prit le risque de s'appuyer sur sa cheville blessée. A présent, ils se trouvaient dans l'étroite allée qu'il avait entrevue dans sa brève vision. Des blocs de pierre jonchaient le sol et la lumière ne filtrait que par une mince ouverture. Leia n'était plus visible.

Sers-toi de ton agressivité, mon garçon ! Laisse la haine couler en toi !

Kueller partit d'un rire gargouillant et familier. Celui de l'Empereur, le rire sans joie d'un serviteur de l'ombre.

De la haine et de la peur.

Luke le rendait plus puissant à cause de la haine qu'il avait pour lui, et du dégoût qu'il éprouvait pour avoir créé cette abomination.

C'est en vain qu'il chercha Leia du regard.

Il était seul dans l'allée avec cette créature, cet élève perverti. Ce qu'avait été Vador pour Ben Kenobi.

Vador.

Ben.

Il sourit. Il savait soudain comment se libérer.

Wedge regarda le *Faucon* disparaître au-dessus d'Almania. Le yacht spatial qui s'était identifié comme étant le *Wild Karrde*, avait rallié la flotte de la Nouvelle République en faisant feu de tous ses canons-lasers. Wedge n'avait aucune certitude quant à l'identité du propriétaire réel, mais il était en train de perdre la bataille et tout renfort était le bienvenu.

Son vaisseau avait d'importantes avaries. L'incendie s'était propagé sur plusieurs ponts et seul le poste de commandement avait été épargné.

Ils n'avaient plus d'ailes-A ou B à déployer et les chasseurs Tie semblaient se multiplier. Le vaisseau du général Ceousa dérivait, toute son artillerie hors d'état.

Le *Tatooine* avait explosé et des hurlements d'agonie s'étaient répandus sur les fréquences radio.

Wedge s'était déjà heurté à des puissances de feu de cette importance, mais jamais à une pareille détermination désespérée. Les soldats de Kueller étaient prêts à sacrifier leurs vies et il ignorait quelle créature pouvait susciter un tel dévouement. Jamais Thrawn, Daala ni même l'Empereur n'avaient provoqué cette abnégation aveugle. Comme si tous ces vaisseaux étaient pilotés par des droïds.

Wedge jeta alors un regard au droïd penché sur la console. L'étrange message de Luke lui revint. Il avait demandé de neutraliser *tous* les droïds.

— Sela, je veux que vous désactiviez ce droïd immédiatement !

— Mais, amiral, nous ne pouvons nous passer de personnel !

— Nous allons quand même le faire. Et nous en supprimerons d'autres si nécessaire.

Oui, le secret résidait dans les droïds. Il fallait qu'il le découvre.

Les Tie cernaient le *Wild Karrde* comme des mouches s'acharnant sur un quartier de viande. Le yacht ripostait coup pour coup. Et les Superdestroyers se rabattaient sur le général Ceousa.

Si lui-même avait été un droïd, se dit Wedge, il aurait suivi un plan de bataille. Jusqu'au bout. Pas d'inventivité, pas de créativité, pas de déviation. Sans souci des pertes.

C'était là qu'il s'était trompé. Il avait suivi un plan de combat alors même que tout lui avait explosé au visage.

— Ginbotham, je veux que vous tiriez sur le *Wild Karrde*.
— Amiral ?...
— Tirez sur le *Wild Karrde*. Ne le touchez pas, mais débrouillez-vous pour qu'il soit évident que vous faites feu sur ce yacht. Ensuite, modifiez le cap et faites la même chose pour le *Calamari*, le vaisseau du général Ceousa.
— Mais ce sont nos vaisseaux, amiral !
— Oui, soldat, il s'agit bien de nos vaisseaux.

Il crispa les mains sur la balustrade : il aurait tellement voulu partager avec les autres commandants cette subite illumination. Mais il devait se contenter de compter sur eux pour réagir.

La première salve manqua de peu le *Wild Karrde* et le chasseur Tie qui le menaçait.

— Continuez le tir, ordonna Wedge.

D'autres traits de laser rayèrent l'espace.

— Amiral, nous venons de recevoir un message du *Wild Karrde*.

— On l'écoute.

Une voix furibonde envahit le poste de commandement.

— Qu'est-ce que vous fabriquez ? J'essaie de vous aider, bande d'idiots !

— Nous répondons, amiral ?

Wedge s'écarta du pupitre de communication.

— Ouvrez le feu sur le vaisseau du général Ceousa.

— Comment ? Seriez-vous devenu fou, amiral ?

— Peu importe que je sois fou ou non, je reste votre commandant. Faites ce que je dis.

— Mais, amiral, le nouveau règlement rédigé par l'amiral Ackbar stipule que...

— Que vous pouvez m'obliger à abandonner mon poste si vous prouvez mon incapacité. Mais il dit aussi que le fait que vous désapprouviez les ordres de votre commandant n'implique pas nécessairement qu'il soit inapte à occuper son poste. Ouvrez le feu ou je vous fais tous relever.

L'officier retourna à son moniteur et les tirs effleurèrent le *Calamari*. Un chasseur Tie, atteint par un ricochet, se perdit en vrille.

— Wedge ? Wedge, vous êtes là ? (C'était la voix du général.) Wedge ?

— Présent et à votre service, général.

— Vous tirez sur le *Calamari*.

— Désolé, général, je ne fais que mon devoir.

— Vous allez bien, Wedge ?

— Soldat, tirez une autre bordée et sur les deux vaisseaux.

Wedge croisa les mains dans le dos en essayant de dissimuler sa jubilation. Ça marchait. Les chasseurs Tie venaient d'interrompre leurs passes sur le *Wild Karrde* et le *Calamari*. Mais Wedge s'inquiétait surtout pour les Superdestroyers.

Les tirs fusaient de toutes parts. Deux Tie furent touchés et d'autres explosèrent sur les déflecteurs du *Wild Karrde*.

— Je vous avais dit de ne pas toucher les vaisseaux, fit Wedge.

— Désolé, amiral. Mais la précision, c'est pour les ailes-A.

— Rater une cible grosse comme une lune, ça ne devrait pas être si difficile, Ginbotham.

— Non, amiral.

— Continuez le tir.

— Wedge ! lança Ceousa.

— Oui, général, je suis là. Veuillez m'excuser, mais la Présidente Organa Solo m'a confié cette mission.

— J'en suis conscient, Wedge. Mais vous êtes en train de tirer sur nos unités.

— Vraiment, général ? Vraiment ?

Wedge coupa la communication. Il ne pouvait en dire plus à Ceousa. Que le général lui fasse confiance ou non. Peu importait. Les prochains instants seraient décisifs.

Les Superdestroyers se rapprochaient encore.

— Je les ai dans ma ligne de tir, amiral, annonça Ginbotham.

— Non, soldat : renforcez vos tirs sur le *Wild Karrde* et le *Calamari*.

— Amiral ?...

— Et profitez-en pour toucher quelques Tie par ricochet. On dirait bien qu'ils s'apprêtent à réattaquer.

— Oui, amiral.

Wedge observa : le *Wild Karrde* et le *Calamari* viraient de bord. Un ricochet atteignit le panneau solaire d'un chasseur Tie avant d'en toucher un autre.

Dans le même instant, les Superdestroyers convergèrent sur leur vaisseau.

— Nous ne pourrons jamais les détruire tous les deux, dit Sela.

— Je sais.

Wedge espérait qu'il n'aurait pas à le faire.

50

La surface d'Almania semblait déserte. Yan débarqua du *Faucon* le blaster dans la main droite, les ysalamari sur son bras gauche. Il détestait ces créatures qui lui rappelaient les serpents d'herbe corelliens, en plus gros, plus velus et griffus.

Personne ne l'avait mis en garde contre ces griffes.

Pas plus qu'on ne lui avait parlé du poids des ysalamari. Quant à leurs cages, faites de bouts de tuyaux qui permettaient de les alimenter, et de les observer, elles pesaient encore plus lourd. Mara se tenait à distance. Yan et Chewie avaient accepté qu'elle reste au large de la bulle anti-Force.

Mais Yan aurait aimé qu'elle soit à proximité. Il n'aurait pas dû se fier à ses capacités dans la Force alors que les créatures l'inhibaient. A l'évidence, elle s'était trompée et Leia n'était pas dans les environs. Cet endroit était désert.

Il avait posé le *Faucon* sur une vaste place, au centre d'un quartier de tours en ruine. Partout, il ne voyait que des tas de décombres. Mais pas de traces de cadavres.

Il perçut alors un bruit d'éboulis. Il se retourna en même temps que Chewbacca. Les cages des ysalamari se balancèrent et il faillit perdre l'équilibre.

La porte de la tour la plus proche avait été enfoncée et les montants s'étaient abattus. Une chose blanche, fantomatique, venait d'en surgir.

— Formidable, fit Yan. Tout simplement formidable. Non seulement elle n'arrive pas à retrouver Leia, mais elle nous ramène un fantôme.

Chewbacca gronda doucement et Yan regarda plus attentivement. Le Wookie ne se trompait pas : il ne s'agissait pas d'un fantôme. Cette chose était vivante. Il s'avança en braquant son blaster.

Et entendit un cri de femme.

Il crut que son cœur s'arrêtait. Ça n'était pas Mara, mais Leia.

— Chewie, on fonce dans cette allée. On s'occupera plus tard de la chose.

Une voix mâle venait de répondre au cri de Leia. Mais ils étaient encore trop loin pour distinguer clairement les mots.

Chewie gronda et Yan entendit un choc retentissant. Il jeta un coup d'œil par-dessus son épaule. Chewie était tombé, et une créature massive et velue le clouait au sol. De son autre patte, elle agrippait la cage de l'ysalamari du Wookie et tentait de l'aspirer comme un spaghetti. Finalement, elle engloutit la cage en même temps que l'ysalamari.

Yan jura en levant son blaster. Chewie meugla et il fallut une seconde à Yan pour comprendre que le Wookie lui disait de ne pas tirer.

Yan décida d'ignorer sa supplique. Le cou de la créature était dilaté par la proie qu'elle venait de gober. Elle regarda Yan, puis la deuxième cage qu'il tenait à la main.

— Oh, non, certainement pas ! fit-il en la cachant derrière son dos.

Chewie meuglait toujours, mais la créature l'avait libéré.

Yan appuya sur la détente de son blaster, mais la créature était déjà sur lui et le serrait entre ses pattes énormes. Il tomba sur le dos et lâcha la cage. Lorsqu'il voulut lever son blaster, il était trop tard. La créature blanche avait déjà happé et avalé la cage.

Yan s'aperçut que son épaule saignait. La créature inclina sa tête colossale, puis darda une langue impressionnante, encore enduite de poils. Yan se recroquevilla pour tenter de lui échapper.

Chewie se redressait, mais il n'avait pas armé son arbalète.

Au bout de l'allée, Leia criait.

— Tu ne peux pas me dévorer, dit Yan à la créature blanche. C'est ma femme. Et tu viens d'avaler le plan dont j'avais besoin.

Chewie ulula.

— Mais je ne tire pas, fit Yan.

Il se leva. La créature ne s'était pas rapprochée. Yan lui adressa un signe de la main en rejoignant le Wookie.

Ils repartirent en courant, sans être poursuivis par la créature.

— Dis, ça ne te ferait rien de me raconter pourquoi tu t'es fait un copain de cette grosse pelote de poils ? C'est un cousin à toi ?

Chewie lança une plainte douloureuse, puis colérique.

— D'accord, d'accord, excuse-moi. Tu sais, ça m'a un petit peu énervé de voir ce machin déguster les bestioles qui devaient assurer le sauvetage de mon épouse.

Le Wookie ne fit pas de commentaires.

Leia ne criait plus.

Un choc sourd résonna dans leur dos. Yan se retourna et constata que la créature tentait désespérément de pénétrer dans l'allée. Mais compte tenu de sa taille, elle renonça, écœurée.

— Pathétique ! marmonna Yan. Pauvre chose obèse !

Chewbacca grogna et Yan se demanda avec une grimace comment le Wookie et la créature étaient devenus si vite des amis.

Ils étaient presque au bout de l'allée quand Leia cria de nouveau. Cette fois, il n'y avait pas à s'y tromper. Elle avait appelé Luke.

D'un ton qui signifiait qu'il était trop tard.

Leia ne pouvait plus se servir de ses mains, et Kueller n'écoutait plus ses arguments. Il se concentrait sur Luke.

Luke, qui avait l'air d'un homme possédé du démon.

Luke, qui avait cédé à la colère.

Kueller souriait. Il paraissait plus grand, plus massif, entouré d'une aura de puissance qui semblait le rendre invincible.

Leia vit alors le visage de Luke se transformer. Et prendre une expression familière qui ne lui appartenait pourtant pas. Et cependant, elle avait déjà vu cette expression.

Le jour où elle l'avait rencontré, tant d'années auparavant.

Il avait la même expression qu'Obi-wan Kenobi quand il avait combattu Dark Vador, levé son sabre et...

... que Vador l'avait tranché en deux.

Le sabre d'Obi-wan s'était éteint et la poignée avait jailli dans les airs avant de retomber sur sa cape fumante.

Luke avait toujours dit qu'Obi-wan croyait que cet instant l'avait rendu plus fort, alors qu'il n'avait trouvé que la mort.

La mort.

Leia fit quelques pas hésitants. Luke la distinguait mal dans la nuit. Kueller parut hésiter ; à l'instant où il levait son sabre, lentement, devant son visage.

Tout comme Obi-wan Kenobi.

Kueller sourit.

Tout comme Vador.

— Luuuke ! hurla Leia alors que Kueller pointait son sabre, prêt à porter le coup final.

51

Les Superdestroyers maintenaient la pression sur le *Yavin*. Le *Wild Karrde* et le *Calamari* lançaient bordée sur bordée, mais chaque tir ricochait sur les déflecteurs.

— Amiral, annonça Ean, ils foncent droit sur nous.

Wedge observa les unités ennemies sans desserrer les poings. Il risquait tant de vies sur une simple intuition. Mais il savait que s'il avait suivi les procédures normales d'attaque, tous seraient morts à l'heure qu'il était.

— Amiral, dit Sela, s'ils se rapprochent trop, nous ne pourrons pas faire feu sur les cibles. Nos armes à courte portée ne sont pas assez puissantes...

— Je le sais. Mais je veux que vous tiriez encore une fois sur le *Calamari*.

Il ne pouvait plus risquer que le *Wild Karrde* cesse de les soutenir.

Le *Calamari* roula sous les tirs conjugués.

— Ils sont à peine hors de portée de nos tirs, amiral. Si nous ouvrons encore le feu, ils...

— Nous n'ouvrirons plus le feu, dit Wedge.

Le silence était soudain effrayant. Il avait les mains glacées. Même Karrde avait cessé de les insulter. Et les autres commandants devaient le considérer comme mort.

Les Superdestroyers étaient au-dessus du dôme de vision. Wedge discernait nettement les cicatrices des batailles anciennes qui marquaient leurs flancs et les crevasses rouillées.

— Amiral, je pense que nos chasseurs légers...

— Non, Ean. Je veux des artilleurs humains aux postes de tir.

— Mais nous pourrions réactiver les droïds, amiral.

— Non. Ce sera un tir précis et décisif. Et je veux que tous les pilotes d'ailes-A ou X nous appuient.

— Ils sont à la verticale, amiral. S'ils tirent maintenant, nos boucliers ne résisteront pas.

Ean était visiblement paniqué.

— Mais ils ne tireront pas. Prévenez-moi quand tous les artilleurs seront à leurs postes.

Les Superdestroyers les dominaient comme des montagnes de métal, sur tous les écrans et les dômes. Les chasseurs Tie avaient repris leurs tirs sur le *Calamari* et le *Wild Karrde*.

— Amiral ? s'inquiéta Sela. Nous avons les Superdestroyers de flanc.

— Ils vont tirer ?

— Non, amiral. En fait, ils sont en formation d'escorte. Comme s'ils étaient des nôtres.

Wedge sourit. Son intuition ne l'avait pas trompé. Les vaisseaux étaient pilotés par des droïds. Et comme son comportement dans la bataille était illogique pour un commandant de la Nouvelle République, ils le considéraient comme étant de leur côté.

Si sa chance persistait...

— Les servants sont à leurs pièces ?

— Oui, amiral.

Il se rua vers la console de tir et déploya la carte de ciblage.

— Ils doivent prendre leurs repères là-dessus et frapper le point précis que j'ai indiqué. Aucun autre. C'est clair ?

— Oui, ce point précis.

— Ils n'auront qu'une seule chance. Parce que s'ils ratent leur coup et touchent les boucliers, ces vaisseaux riposteront en nous tirant dessus. (Il se redressa, le cœur battant.) Dès le début du tir, je veux être en liaison immédiate avec le *Calamari* et le *Wild Karrde*. Je veux aussi que nous piquions sur le point deux six trois à mon commandement. C'est compris ?

— Oui, amiral.

— Bien.

Wedge leva les yeux vers le ventre immense du Superdestroyer.

C'était un pari risqué.
— Feu ! lança-t-il.

Luke avait levé son sabrolaser. Il appela la Force, comme il l'avait fait dans son combat contre Exar Kun. Il allait quitter son enveloppe charnelle mais resterait sous la protection de la Force. Tout comme Obi-wan quand il avait affronté Dark Vador.

Ainsi, il gagnerait de la puissance et il pourrait guider Leia pour qu'elle vainque Kueller.

Son arme était à trente degrés par rapport à son menton, quand il eut l'impression d'être enveloppé dans une couverture douce et tiède. Il voyait encore, mais tous ses autres sens étaient altérés. Et il ne percevait plus Leia ni Kueller.

La Force l'avait abandonné. Elle avait disparu, le laissant aveugle et paralysé.

Totalement vulnérable.

Le sabre de Kueller retomba et Luke fit un écart pour se retrouver le dos à un mur en ruine. Kueller l'avait à sa merci.

Il n'avait plus nulle part où aller.

52

Kueller avait tout à coup l'impression de se mouvoir dans une boue épaisse. Son sabre lui échappait. Il perdait l'énergie qui l'avait habité quand il avait anéanti les Je'har.

Et il ne percevait plus la colère de Skywalker. Ni celle de sa sœur.

Encore moins cet étrange froissement du champ de la Force qu'il avait senti un instant avant.

Skywalker se dérobait, et il lança une attaque. La lame de son sabre s'abattit sur le mur dans une volée d'étincelles et le choc remonta jusqu'à son épaule. Kueller vacilla.

Il ne savait pas quel genre de tour Skywalker utilisait contre lui. Ses pensées étaient moins claires. Comme s'il se retrouvait immergé.

Il remarqua alors l'expression troublée de Skywalker. Le Jedi ne manipulait plus son sabre avec la même habileté.

Mais alors, que se passait-il ?...

Surpris, il découvrit deux nouvelles silhouettes qui venaient de surgir de l'allée. Elles étaient peu distinctes dans l'ombre et il lança la Force. Qui ne les trouva pas. Ces intrus étaient-ils responsables ? Et qui étaient-ils donc ?

Skywalker tenta de lever son sabre qui semblait peser un millier de tonnes. Tout comme celui de Kueller.

Une fois encore, il avait été piégé. Par le Maître Jedi et ses amis.

La colère qui déferla en lui n'accrut nullement son énergie. Il ne put que rugir et Skywalker répondit par un rire.

Kueller avait perdu l'avantage.

Il laissa tomber son sabre. Il n'avait pas encore tout perdu.

Il gardait encore un atout.

Le *Yavin* se mit en position verticale en se dérobant aux Superdestroyers.

— Ceousa ! Karrde ! lança Wedge sur les fréquences libres. Faites feu sur les destroyers ! Vite !

Les chasseurs Tie affluaient. Et les destroyers semblaient intacts. Comme si le subterfuge de Wedge n'avait eu aucun effet. Il allait perdre tous ses vaisseaux.

C'est alors que le *Yavin* fut secoué par des explosions.

— Des avaries ? lança Wedge.

— Rien, amiral, répondit Sela.

— C'est un Superdestroyer qui a été touché, amiral, dit Ginbotham.

Wedge se redressa et examina l'écran tactique. Le destroyer qui s'était trouvé à la verticale du *Yavin* était devenu un nuage de débris en fusion qui se dispersaient maintenant. Certains percutèrent la carcasse de *Tatooine* qui fut rejetée un peu plus au large.

— Contactez Karrde.

— Inutile, amiral, fit Sela. Il tire à pleines bordées sur les Tie qui nous entourent.

Les ailes-A et B s'étaient à leur tour lancées à la poursuite des chasseurs ennemis. La situation tournait à la déroute de l'adversaire.

Mais il restait encore le dernier Superdestroyer. Qui se préparait à plonger, tous feux de bord allumés.

Wedge jura et se tourna vers Sela.

— A vous le commandement.

Il courut vers les canons dans les coursives enfumées et encombrées de droïds. Il pouvait abattre le destroyer sans l'assistance de l'ordinateur tactique. Cette idée aurait dû lui venir en premier.

Il coiffa le casque d'artilleur et se boucla sur le siège avant d'empoigner les commandes du canon. Il n'écoutait pas les appels angoissés de ses hommes.

Si le Superdestroyer se rapprochait trop, le *Yavin* exploserait, car les cuirassés étaient plus vulnérables, ils offraient trop de zones fragiles. Et les déflecteurs étaient à bout, après tant d'heures de combat. Et puis, l'absence des droïds de bataille rendait les choses plus difficiles. Les droïds étaient experts dans le tir de précision, ce qui expliquait la destruction trop rapide du *Tatooine*.

Le *Calamari* apparut sur l'écran de Wedge. Il se lançait à l'assaut du destroyer. Mais un peu tard. L'ennemi ripostait et les tirs crépitaient sur les boucliers du *Yavin*.

— Parés à décrocher, dit Sela. Attention à...

Wedge arracha son casque. Il ne voulait pas écouter les ordres. Il repoussa aussi la console de l'ordinateur de tir. Certes, il n'était pas doué de la Force, comme Luke, mais il avait un autre talent, tout aussi important. Il avait foi en ses capacités. Et il était suffisamment près de sa cible pour la voir avec netteté, ce qui était rare dans les combats interstellaires.

Les traits rouges fusaient du ventre du destroyer comme autant de veines ardentes. Wedge devinait la manœuvre. L'ennemi arrosait une zone de plus en plus rétrécie afin d'atteindre les œuvres vives du *Yavin*, le point le plus vulnérable.

En traversant les boucliers.

Ça n'était plus qu'une question de secondes.

Wedge serra la poignée de tir. Il n'avait pas encore fait feu, comme s'il ne disposait que d'un seul et ultime coup.

Le *Yavin* ne tiendrait plus longtemps. Mais l'adversaire ne lui présentait pas l'angle de tir favorable. Wedge attendit encore, visant le point faible du destroyer.

Il occupait tout l'espace visible. Wedge comptait les secondes.

Sa cible fut enfin au centre. Il se maîtrisa, appuya sur la détente et regarda jaillir les traits de laser.

Flamboyants et ténus, ils filèrent droit vers le flanc blanc strié de noir du Superdestroyer. Un instant, Wedge eut l'impression qu'ils allaient ricocher sur les boucliers et revenir sur eux.

Mais non : ils frappèrent le point faible du destroyer qui fut instantanément porté au rouge. Wedge lança :

— Plongez ! Plongez !

La zone rouge se dilata avec une première secousse. Le *Yavin* dégageait et Wedge fit pivoter son siège pour assister au spectacle.

Le destroyer se fragmenta et éclata. Un nuage de débris jaunes et écarlates envahit l'espace noir. Comme une fleur. L'incendie se propagea dans le vide au rythme d'un cœur battant, magnifique et terrifiant.

Wedge poussa un soupir de soulagement. Il entendait maintenant des cris : il devait y avoir des blessés à bord. Et ils devaient encore éliminer les chasseurs Tie.

Le pire était passé. La bataille était gagnée.

Il se demanda pourtant où ils en étaient de la guerre.

53

Apparemment, D2 avait vu une carte structurelle de la planète et il commandait les droïds avec une certaine assurance. La pente des corridors s'accentuait et le fracas des roues et des chenillettes était assourdissant. Un seul astromécano était déjà une source de bruit pénible. Mais il y en avait maintenant plus de cent.

Et d'autres affluaient de toutes parts. Plus ou moins noircis et scarifiés. Plus ou moins démantelés. Ils surgissaient des corridors et s'inquiétaient de la Terreur Rouge. Un seul astromécano avait aperçu les gladiateurs écarlates, et il était déjà vieux au temps des Guerres Cloniques. Il prétendait avoir vu les droïds rouges se détruire mutuellement. La nouvelle se propagea : la Terreur Rouge était en cours d'auto-destruction.

Puis une vague de bips passa, comme une ride sur un océan de Mon Calamari : les astromécanos étaient inquiets. C3 PO ne tarda pas à apprendre pourquoi. D'immenses panneaux étaient apparus, avertissant tous les droïds de se maintenir à l'écart en trente langues différentes sous peine d'effacement de mémoire.

Un projecteur balaya le corridor. De part et d'autre, sur les cloisons, il y avait des miroirs.

D2 ignora les panneaux et poursuivit sa course, scintillant dans la clarté des projecteurs.

Jamais il n'avait semblé aussi déterminé.

C3 PO se fraya un chemin dans la cohorte des petits droïds.

— Excusez-moi. Excusez-moi.

Ils s'écartèrent, mais il n'avait toujours pas rejoint D2.

A l'instant où il se portait en avant de la troupe, la porte s'ouvrit et D2 s'engouffra à l'intérieur dans un roucoulement triomphant. C3 PO se porta à sa hauteur.

Et s'arrêta net.

Des éléments de droïds pendaient au plafond. Des éléments usagés. Les restes de droïds qui les avaient précédés et avaient trouvé la mort ici. C3 PO identifia quelques têtes dorées et divers dômes cervicaux.

— D2, fit-il d'un ton frémissant, nous devrions peut-être réfléchir. Je suis persuadé que nous allons retrouver Maître Cole et qu'il aura un plan tout ce qu'il y a de plus valable. Tu ne peux pas continuer comme ça.

— Certainement pas, dit un homme qui leur barrait la route et que C3 PO n'avait pas repéré dans la pénombre.

Plusieurs astromécanos freinèrent derrière C3 PO. D2 continua en direction d'un grand panneau d'ordinateur, l'air déterminé.

— Recule, D2, dit Brakiss.

C3 PO prit conscience que Maître Cole ne l'accompagnait pas.

— Ciel ! D2, fit-il, obéis-lui.

D2 bipa.

Plusieurs autres unités D2 lui firent écho.

Brakiss brandissait un brouilleur cérébral.

— D2, stop ! J'aimerais bien garder tes circuits intacts. Je suis sûr que tu as des informations intéressantes à me donner. Mais je n'hésiterai pas à me servir de ça...

— D2 ! glapit C3 PO. Fais ce qu'il te dit !

D2 bipa.

— J'ai toujours pensé que tu n'étais qu'un sale petit droïd entêté.

Brakiss leva son arme. Mais, à l'instant où il allait tirer, il pivota.

Un astromécano fusionna dans un éclair argenté, bipa douloureusement sur cinquante tons différents, et se tut, foudroyé. C3 PO avait déjà assisté à pareille scène. Même une réinitialisation ne sauverait pas le droïd. Ses microprocesseurs devraient être effacés. Il avait perdu sa personnalité.

D2 s'était arrêté.

Brakiss avait enfin réussi à capter son attention.

En souriant, il leva son brouilleur sur C3 PO.

— Si tu me crées encore des ennuis, dit-il à D2, j'efface ton collègue doré.

C3 PO essayait de conserver une attitude digne.

Quant à D2, il émit un bip désolé.

C3 PO referma les bras sur sa tête, s'attendant à un destin pire que la mort.

Kueller sortit de sa cape la télécommande que Brakiss lui avait donnée il y avait si longtemps. D'un coup de pouce, il annula toutes les protections. Chacun des droïds construits par Brakiss au cours des deux dernières années exploserait dès qu'il composerait le code d'identification.

Skywalker leva son sabrolaser à deux mains.

Kueller esquiva en maudissant la lenteur de ses mouvements. Il lui fallait un instant. Il leva le boîtier à hauteur d'œil et appuya sur le scan. Aussitôt, un rayon lumineux toucha sa rétine et l'identifia.

— Luke ! cria Leia. Il a une nouvelle arme !

Mais Luke avait les gestes aussi lourds que ceux de Kueller. Il leva son sabre comme s'il était fait d'acier et non d'énergie pure.

Le scan de la télécommande s'éteignit et un minuscule panneau couvert de chiffres apparut. Les séquences comportaient cinq chiffres. C'était très simple, avait expliqué Brakiss. Il pouvait les tuer tous. C'était plus difficile pour les petites unités, dont il fallait préciser le numéro du lot.

Kueller s'éloigna de la lumière tout en composant le premier numéro.

Leia criait toujours.

Skywalker se rapprochait.

Mais ni l'un ni l'autre ne l'atteindraient.

Il composa un deuxième puis un troisième numéro en luttant contre le flou de ses pensées.

Leia leva la main.

Une créature blanche surgit derrière Luke.

Kueller composa un quatrième puis un cinquième numéro.

La télécommande émit un bip pour confirmation de ses instructions et retransmit le message dans toute la galaxie.

54

D2 lança des bips violents.

— Nooon ! fit C3 PO, sans ôter les mains de ses yeux.

Un fracas prolongé le fit réagir. Des droïds astromécanos venaient de briser la paroi de verre et Brakiss était couvert d'échardes brillantes. Il hurlait et se secouait pour s'en débarrasser. Le brouilleur était tombé sur le sol. Un raz de marée de droïds arrivait et Brakiss, sans plus hésiter, s'engouffra dans un couloir. Les astromécanos se lancèrent à sa poursuite dans un orage de trilles féroces.

D2 bipa avec jubilation, puis se connecta sur l'ordinateur.

C3 PO contourna le petit droïd foudroyé et observa son collègue.

— Qu'est-ce que tu fais ?

D2 roucoula.

— Mais comment pourrais-tu neutraliser autant de détonateurs à pareille distance ? La folie des grandeurs, c'est bien ce que j'ai toujours pensé. Il faut que nous nous échappions avant que Brakiss ne revienne. Il faut retrouver Maître Cole.

D2 le rabroua de quelques bips avant de glapir.

— Quoi ? Comment ?

C3 PO agita les mains, désespéré.

— Qu'est-ce que tu veux dire ? Ils sont activés ? Tous les nouveaux droïds vont exploser ? Mais nous allons périr cent mille fois ! Il ne restera pas une miette de nous !

D2 sifflota avant d'émettre quelques ordres aigus.

— Comment un panneau ? Si je n'ai pas de panneau, comment pourrais-je appuyer sur ce bouton de commande ?

Il explora néanmoins le panneau de l'ordinateur en quête du bouton que D2 lui avait décrit.

D2 trilla une nouvelle explication à la seconde où C3 PO trouvait le bouton. D2 allait lancer le code de neutralisation, mais c'était à C3 PO d'activer la fréquence d'urgence.

Ainsi, espéra-t-il, ils subrogeraient tout autre message et les détonateurs n'exploseraient pas.

D2 retira son jack et bipa.

C3 PO appuya trois fois sur le bouton.

Rien.

D2 se concentrait sur un moniteur en se dandinant. Puis il poussa un couinement victorieux.

— Ça y est ? (C3 PO posa affectueusement un bras doré sur le dôme de son petit collègue.) Nous avons réussi ? Oh, D2, tu es un génie !

D2 gloussa avec modestie.

— Et moi aussi je suis un génie. Je t'ai aidé, après tout. Tu n'y serais jamais arrivé seul. Et si Maître Cole et moi nous n'étions pas venus... (Il s'interrompit.) Oh, par tous les cieux ! Maître Cole ! Il faut le retrouver, D2 ! Avant qu'il ne subisse un sort abominable.

D2 geignit doucement.

— Ciel ! J'espère que tu ne veux pas dire qu'il est trop tard.

Leia ne percevait plus la présence de Luke. Comme si sa personnalité avait été effacée, bien qu'elle le vît toujours, dressé dans la vague clarté du crépuscule. Derrière lui, le Thernbee épiait Kueller, qui semblait lui aussi avoir disparu.

Mais elle sentait une présence. Une présence précieuse et proche. Elle se retourna. Yan était au bout de l'allée, le blaster au poing, le visage à peine distinct. Et Chewbacca l'accompagnait. Elle aurait voulu se précipiter vers lui. Mais elle ne le pouvait pas.

Il y avait Luke. Tout d'abord, elle crut qu'il allait mourir, tout comme Obi-wan, mais non. Kueller ne le frappa pas. Il tenait à présent un petit boîtier et un trait lumineux en jaillit pour toucher son visage.

Ça ne signifiait rien de bon.

— Luke ! cria-t-elle.

Mais il ne parut pas l'entendre. Il semblait avoir du mal

à tenir son sabre. Leia leva la main et appela le blaster de Yan qui jaillit dans les airs.

Le Thernbee s'était tourné vers elle en agitant sa grande queue. Il s'approcha.

Le blaster tombait vers le sol. Elle perdait son emprise mentale. Elle lutta pour le récupérer. A l'instant où il se bloquait dans sa paume, un brouillard enveloppa son esprit. Elle tituba en arrière.

Kueller tenait toujours son appareil. Il bougeait les doigts dans le trait de lumière.

Elle ne pouvait le sentir avec la Force, mais elle savait ce qu'il faisait. Il le lui avait dit quand elle était arrivée. Et peu importait que quelques droïds aient été désactivés.

Il en restait tant d'autres.

Ces ondes de froid...

Le choc de la bombe...

Le rire de ses enfants...

Elle leva son blaster et visa Kueller. Il ne la voyait pas. Et il ne pouvait plus la sentir.

Luke, lui, en était encore capable.

— Leia ! hurla-t-il.

Kueller se détourna et elle n'hésita pas. Le trait fila droit vers sa tête.

Il leva la main. Vainement. Sous le choc, il fut projeté en arrière.

— Leia ! cria encore Luke.

Le Thernbee était sur elle, silhouette géante et hirsute dans la pénombre.

Kueller était assis et Leia tira une seconde fois. Il retomba et lâcha son appareil. Elle s'avança sur les dalles, à demi paralysée par le poids qui pesait sur elle.

Luke la rejoignit. Il lui prit le blaster. Elle devinait son inquiétude. Est-ce qu'elle avait abattu Kueller sous l'emprise de la haine et de la colère ? Probablement. Alors, elle risquait de basculer vers le Côté Sombre.

Elle ne savait pas. Elle ne sentait d'ailleurs plus la Force.

Elle s'arrêta devant Kueller. Il semblait plus petit, les bras en croix, immobile. Luke leva les mains, mais elle se penchait déjà sur Kueller. Elle glissa une main sous son masque et l'arracha.

Et vit un jeune garçon aux traits fatigués, comme Palpatine au terme de son règne. Ses yeux sombres étaient ouverts, il avait des lèvres molles, mais il émanait encore de son visage rond le charme de la jeunesse. Elle se dit qu'il aurait dû rayonner de joie plutôt que de haine. Pas étonnant qu'il ait porté ce masque. A visage nu, jamais il n'aurait effrayé personne.

— Ça n'était qu'un enfant, souffla-t-elle.

Luke s'accroupit auprès d'elle et lui prit le masque.

— Non, Leia. Il a quitté l'enfance avant de venir sur Yavin 4. Il savait ce qu'il faisait, ce qu'il était devenu.

Il posa le masque sur la poitrine de Kueller et aida Leia à se relever. Le Thernbee les observait, la langue pendante.

— Ah, voilà ce satané machin ! lança Yan en s'approchant. J'aurais pu vous aider s'il n'avait pas gobé les ysalamari.

— C'était donc ça, fit Luke avec un rire tremblant. Tu nous as aidés, Yan, mon vieil ami. Espérons que le Thernbee digérera les ysalamari rapidement.

— A ta place, je n'y compterais pas trop, dit Yan. Il a avalé les cages avec.

— Le Thernbee a mangé pas mal de choses bizarres depuis quelque temps, répliqua Luke.

Mais Leia ne se souciait guère du Thernbee. Elle jeta un ultime regard à l'homme qui avait menacé tous les siens. Puis se détourna.

— Princesse, je vous aime, fit doucement Yan.

Elle se jeta dans ses bras et le serra contre elle.

— Je sais. Je sais.

55

Tous les droïds piégés avaient été neutralisés. Apparemment, les unités astromécanos n'avaient pas de détonateurs. Pas plus que C3 PO. Les astromécanos poursuivirent Brakiss jusqu'à son vaisseau et le regardèrent disparaître pour une destination inconnue.

L'ordinateur se révéla incapable de localiser Maître Cole, aussi C3 PO et D2 partirent-ils à sa recherche. Ils le retrouvèrent dans une salle de torture à côté de laquelle le palais de Jabba le Hutt aurait fait figure de hammam de luxe. Maître Cole était ligoté sur un bat-flanc, partiellement inconscient.

D2 décida qu'il n'était pas en état d'embarquer sur le cargo. C3 PO demanda donc un moyen d'évacuation à diverses sources.

Il réussit à joindre Lando Calrissian qui rit en lui disant que le *Lady Luck* était devenu un paquebot interstellaire. Il promit néanmoins d'arriver au plus vite.

C3 PO montait la garde auprès de Maître Cole. D2 avait insisté pour que tous les droïds torturés soient dirigés sur un service de réparation. Il circulait dans la salle en détruisant l'atroce matériel. En priorité, il avait retiré tous ses instruments de torture à Eve-9D9-2.

Maître Cole bougea les mains. C3 PO, soulagé, le vit ouvrir les paupières. Mais en le voyant, Maître Cole poussa un hurlement.

D2 se précipita.

C3 PO s'était prudemment écarté.

— Je suis désolé, monsieur. Ce n'est que moi. C3 PO. A votre service.

Maître Cole s'était tu et il porta une main à son visage. D2 émit un bip de sympathie.

— On est toujours dans cet endroit.

— Rien que pour un moment encore, fit C3 PO. D2 nous a trouvé un moyen de transport.
— Et Brakiss ?
— Il a fui, monsieur. Poursuivi par les astromécanos. Après que j'ai...

D2 bipa, outré.

— Euh... après que *nous* avons vaincu la Terreur Rouge.
— La quoi ?
— Oh, c'est une longue histoire, monsieur, mais passablement intrigante. Voyez-vous, après...

Maître Cole se dressa sur ses coudes.

— Plus tard, C3 PO. D2, as-tu résolu notre problème ?

D2 sifflota.

— Oh, monsieur, il a fait plus que de le résoudre. Il a neutralisé tous les détonateurs. Apparemment, Brakiss pouvait tous les déclencher avec une télécommande, quoique cela me semble passablement incongru. Mais D2 m'assure que cette coutume est très répandue chez les fabricants de droïds. Cela permet de désactiver les modèles défectueux même dans des secteurs éloignés où...

— Quelqu'un pourrait-il le faire taire ? demanda Cole en se mettant debout avec un gémissement.

— Monsieur, je ne pense pas que vous devriez vous lever.

— Je ne vois pas pourquoi on s'attarderait ici. Où est le cargo ?

— Mais là où nous l'avons laissé, monsieur. Mais vous ne pouvez pas y embarquer, pas dans votre état. Maître Calrissian sera bientôt là. Il nous ramènera sur Coruscant.

C3 PO s'avança pour soutenir Maître Cole, qui vacillait.

— Ils vous ont fait du mal, monsieur ?

Cole lui décocha un regard noir.

— Ils ne m'ont pas précisément chatouillé.

C3 PO hocha sa tête dorée d'un air entendu.

— Monsieur, vous feriez bien de ne pas oublier deux choses. D2 et moi vous avons sauvé mais, si vous voulez bien pardonner mon impertinence, monsieur, deux droïds ne sont jamais semblables. Je sais que les êtres biologiques et conscients oublient souvent cela, mais nous sommes des individus et pouvons le rester sans avoir besoin d'un quelconque effacement de mémoire.

Cole sourit.

— Mais je le sais, C3 PO. Tu m'as simplement surpris quand je me suis réveillé. Et puis, ça me fait encore mal quand on me touche. Je suis certain que ça s'arrangera. (Il se tourna vers D2.) Avec vous, j'ai appris à ne jamais sous-estimer un droïd. Avant, je me comportais aussi mal que tous les autres en vous considérant comme à peine utiles.

D2 bipa joyeusement.

— Il a dit quoi ?

— Que vous avez l'air d'aller mieux, dit C3 PO en posant une main sur le dôme du petit astromécano. Tout s'est arrangé grâce à l'esprit vif de D2 et mes talents de diplomate.

Cole sourit.

— Je crois bien que tu as raison, C3 PO.

Mon Mothma précédait Leia vers la salle de bal impériale qui avait été entièrement restaurée. Leia portait une copie de sa robe blanche, mais elle avait oublié de se tresser les cheveux en macarons et ils retombaient sur ses épaules. Yan lui avait demandé avec un sourire de revenir aussi vite que possible du Sénat. Les enfants seraient de retour le lendemain et il voulait savourer leurs derniers moments de liberté.

— Je ne comprends toujours pas comment vous avez pu les amener à annuler l'élection, dit Leia.

Mon Mothma sourit.

— Je n'ai rien fait, Leia. C'est vous. Vous, Wedge, Yan et Luke. Si vous n'étiez pas venus à bout de Kueller, nous aurions eu une véritable tempête politique. Mais quand il est devenu évident que Yan ne pouvait être impliqué dans l'attentat et que vous aviez démasqué le coupable, Meido et son groupe n'ont pu que vous soutenir.

— Mais vous avez bien fait quelque chose, Mon Mothma. Quand je suis revenue, vous aviez déjà expulsé Meido du Conseil Intérieur.

Mon Mothma haussa les épaules avec désinvolture.

— Leia, j'ai affronté des opinions divergentes depuis plus longtemps que vous. Vous apprendrez avec le temps à négocier avec un groupe qui n'est plus homogène. Le Sénat ne sera plus jamais d'accord en bloc. Il vous faudra construire des coalitions.

— Avec les Impériaux ?

— Avec les ex-Impériaux, qui n'ont plus rien à voir avec l'Empire. Vous ne pourrez pas constamment leur reprocher ce passé, madame la Présidente.

Mon Mothma disait vrai. Le passé de Yan était loin d'être clair, et pourtant on l'avait considéré comme un héros pour son action après l'attentat du Quartier des Contrebandiers. De même que Lando. Qui avait demandé s'il y avait une compensation financière avant de faire la grimace quand Leia lui avait répondu qu'il avait seulement droit à la gratitude du gouvernement.

Mais elle lui avait néanmoins promis de payer les réparations du *Lady Luck*. Après tout, Lando avait sauvé des centaines de vies avec son vaisseau.

— Des nouvelles de Chewbacca ? demanda Mon Mothma.

— Oui. Il doit arriver avant peu avec l'*Alderaan*. Il lui a fallu un certain temps pour retrouver les Thernbees. Apparemment, les persécutions des Je'har les ont fait fuir très loin. Mais il fallait que Chewie leur ramène leur camarade.

— Cet être me semble très sympathique.

— Il est un peu trop gros et insupportable. Et puis, il lui a fallu deux jours pour digérer les ysalamari. Mara, Luke et moi nous étions coincés dans le *Faucon* pendant que Yan et Chewie se disputaient pour savoir qui allait réparer les dégâts.

— Ils ont dû y arriver.

Leia sourit.

— Oh, oui. Après que Mara eut menacé de les descendre tous les deux.

Elles venaient de s'arrêter devant la porte de la salle. Mon Mothma posa la main sur le bras de Leia.

— Vous avez bien conscience que certains sénateurs

considèrent que C3 PO et D2 devraient être désactivés pour avoir pris une telle initiative. Ils veulent également poursuivre Cole Fardreamer. Le vol de ce cargo les a tous irrités. Ça sera à l'ordre du jour.

Leia leva les yeux. La dernière fois qu'elle s'était présentée devant le Sénat, elle s'était irritée de la mesquinerie de ses représentants. Mais l'attentat qui avait coûté tant de vies avait du même coup ramené cette préoccupation à de justes proportions.

Kueller. Elle reverrait encore longtemps ce visage d'adolescent qu'avait dissimulé le masque de mort.

Et elle se rappellerait longtemps ses actes terribles.

Il avait effacé des millions de vies d'une seule pensée. Et ils avaient eu tant de mal à le vaincre. En tant que chef d'Etat, elle ferait tout pour que d'autres monstres ne se manifestent plus.

La première urgence était de s'assurer que la vérité ne soit pas déformée par les politiciens opportunistes.

— Ils ne désactiveront pas les droïds, dit-elle. D2 et C3 PO sont des héros. J'ai quelques idées de modification des lois en ce qui concerne les droïds. Ils ne toucheront pas non plus à Cole Fardreamer. C'est lui qui a découvert que les nouvelles ailes-X étaient piégées. C'est sur sa suggestion que nous revenons à l'ancien modèle. Je vais m'occuper de tout ça.

— Rude journée.

— Certes non. Luke est en cuve bacta et je tiens à être auprès de lui quand il se réveillera. Ensuite, je regagne nos appartements. Yan a promis de faire le dîner.

— Et les enfants ne seront là que demain.

— Il faut savoir tirer un avantage des situations, non ?

— Mais oui, Leia, vous êtes douée pour ça.

Estimant que la conversation prenait un tour trop sérieux, Leia passa affectueusement le bras autour de la taille de Mon Mothma.

— Il y a encore tout un nouveau chapitre de l'histoire à écrire.

— Certainement. D'abord, je me retire et vous, vous reprenez votre poste.

— Vous pensez qu'ils vont ratifier ma reprise de pouvoir ?

— Il n'y en aura pas un pour s'élever contre.

Elles ouvrirent alors la double porte de la salle temporaire du Sénat. Leia avait son allocution prête. Elle serait bien différente de celle qu'elle avait préparée longtemps auparavant. Il y serait question d'unité et de respect.

Elle comptait bien donner le ton de son nouveau mandat.

Et cette fois, ça marcherait.